CW00326548

Bestseller Internacional

Biografía

Philipp Vandenberg nació en 1941 en Breslau, y
después del bachillerato estudió Historia del Arte
y Germánicas en Munich. Ha escrito numerosos libros
sobre la historia y la investigación de la antigüedad,
entre ellos el éxito mundial *La maldición de los faraones*
y *El secreto del oráculo*. Otras obras suyas publicadas
en esta misma colección: *El escarabajo verde* y
El inventor de espejos.

Philipp Vandenberg
La conjura sixtina

Traducción de Pedro Gálvez

 Planeta

Título original: *Sixtinische Verschwörung*

© Gustav Lübbe Verlag GmbH, Bergisch Gladbach, 1988
Publicado de acuerdo con Ute Körner, Literary Agent, S. L., Barcelona
© de la traducción, Pedro Gálvez, 1991
© Editorial Planeta, S. A., 2005
   Avinguda Diagonal, 662, 6.ª planta. 08034 Barcelona (España)

Diseño e ilustración de la cubierta: Opalworks/David Argemí
Primera edición en Colección Booket: mayo de 2005

Depósito Legal: B. 14.251-2005
ISBN: 84-08-05936-X
Impresión y encuadernación: Litografía Rosés, S. A.
Printed in Spain - Impreso en España

PERSONAJES PRINCIPALES DE ESTA HISTORIA

Eminentísimos y reverendísimos señores cardenales

GIULIANO CASCONE	Cardenal secretario de Estado y prefecto del Consejo para los Asuntos Públicos de la Iglesia.
JOSEPH JELLINEK	Prefecto de la Sagrada Congregación para la Doctrina de la Fe.
GIUSEPPE BELLINI	Prefecto de la Sagrada Congregación para los Sacramentos y el Culto Divino.
FRANTISEK KOLLETZKI	Vicesecretario de la Sagrada Congregación para la Educación Católica y rector del Collegium Teutonicum.

Eminentísimos y reverendísimos señores arzobispos y obispos

MARIO LÓPEZ	Vicesecretario de la Sagrada Congregación para la Doctrina de la Fe y arzobispo titular de Cesarea.
PHIL CANISIUS	Director general del Istituto per le Opere di Religione (IOR).
DESIDERIO SCAGLIA	Arzobispo titular de San Carlo.

Ilustrísimos monseñores

WILLIAM STICKLER   Ayuda de cámara del papa.
RANERI   Primer secretario del cardenal
                     secretario de Estado.

Otros

AUGUSTINUS FELDMANN   Director del Archivo Vaticano.
PIO SEGONI   Fraile benedictino del monas-
                        terio de Montecassino.
ANTONIO PAVANETTO   Catedrático universitario y di-
                        rector general de la Secretaría
                        general de monumentos, mu-
                        seos y galerías pontificias.
RICCARDO PARENTI   Catedrático universitario flo-
                        rentino, especialista en la vida
                        y la obra de Miguel Ángel.
GABRIEL MANNING   Catedrático de Semiótica en el
                        Ateneo de Letrán.
Doctor HANS HAUSMANN,
   alias «hermano Benno»   Monje.
GIOVANNA   Portera.

Sobre el placer de narrar

Mientras esto escribo me atormentan las dudas más espantosas, pues no sé si debería contar todo cuanto sigue. ¿No sería mejor que me lo guardara para mí, al igual que se lo han reservado para sí todos aquellos que hasta ahora han tenido conocimiento del caso? Y sin embargo, ¿no es acaso el silencio la más cruel de las mentiras? ¿No es cierto que el callar contribuye incluso a sembrar el error por el camino que conduce al conocimiento de la verdad? Incapaz de soportar ese saber, que hasta se le mantiene oculto de por vida al cristiano auténtico, ya que se le esconde siempre, amparándolo en el refugio del testimonio de la fe, he sopesado durante largos años todos los pros y los contras, hasta que se impuso en mí el placer de contar esta historia, tal como yo mismo llegué a enterarme de ella, en circunstancias harto notables.

Me gustan los monasterios, un impulso inexplicable me conduce a esos lugares retirados y apartados del mundo, los cuales, dicho sea de paso, están ubicados en los parajes más hermosos de la tierra. Me gustan los monasterios, porque en ellos parece que el tiempo haya quedado detenido, disfruto con ese aroma mórbido que envuelve sus edificaciones ramificadas, con esa mezcla odorífera de legajos que rezuman eternidad, de galerías húmedas por el tanto fregar y de incienso volatilizado. Y por sobre todas las cosas me gustan los jardines de los monasterios, ocultos en su mayoría a la mirada del resto de los mortales, no sé en verdad a cuento de qué, pues son realmente ventanas abiertas por las que atisbamos los rincones del paraíso terrenal.

Tras esta aclaración preliminar quisiera explicar ahora por qué entré en ese paraíso del monasterio benedictino, en aquel día otoñal, espléndido y luminoso, como sólo el cielo del Mediterráneo sabe crear como por encanto. Después de una visita a la iglesia, la cripta y la biblioteca, logré escabullirme del grupo de turistas y encontré mi camino a través de un pequeño portal lateral, detrás del cual, y conforme al proyecto arquitectónico de san Benito, podía intuir que se encontraba el jardín del monasterio.

El jardincillo era inusitadamente pequeño, muchísimo más pequeño de lo que uno hubiese podido esperar de un monasterio de tales dimensiones, a lo que he de añadir que esa impresión de pequeñez se veía acentuada por el hecho de que el sol, ya acercándose a su ocaso, dividía diagonalmente ese cuadrilátero paradisíaco en dos mitades, una de las cuales estaba alegremente iluminada, mientras que la otra quedaba sumida en sombras profundas. Tras la fría y angustiosa humedad que se esparcía por los recintos en el interior del monasterio, era gozo inefable sentir el calor del sol. Las flores tardías del verano, las fluorensias y las dalias, con sus pesados ramilletes floridos, se mostraban en toda su magnificencia; los lirios, los gladiolos y los altramuces introducían en esa sinfonía cromática sus acentos verticales, y todo tipo de plantas aromáticas se apretujaban, creciendo profusamente como las malas hierbas, en angostos bancales, separados unos de otros por rústicas tablas de madera. No, en verdad que ese jardincillo nada tenía en común con esas aglomeraciones botánicas, similares a parques, que encontramos en otros monasterios benedictinos, custodiadas por sus cuatro costados por las falanges aguerridas de edificaciones pretenciosas, enclaustradas en un pórtico que las circunda, tratando así de competir con sus gemelas profanas, bien sea de un Versalles o de un Schönbrunn. Ese jardincillo había ido creciendo con el tiempo, luego se hizo de él una terraza en la ladera meridional del monasterio, sostenida por un alto muro de piedra caliza, que tal era el material que prodigaba esa región. Hacia el sur la vista quedaba libre, y en los días claros y despejados podía divisarse en el horizonte la cadena montañosa de los Alpes. En uno de sus lados, allí donde crecían las hierbas aromáticas, murmuraba el agua que manaba de una cañería oxidada para ir a caer a un aljibe de piedra, junto a una de esas casetas que se estilan en los huertos, pero destartalada, más bien una choza de tablas mal ensambladas, en la que habrían probado fortuna diversos constructores con bastante torpeza. De la lluvia protegía un tejado de cartón alquitranado, y el viejo marco de un ventanuco carcomido, dispuesto horizontalmente, era el único tragaluz. Aunque de un modo inusitado, el conjunto irradiaba en verdad alegría, quizá porque esa edificación recordase de alguna forma aquellas cabañas de tablas que nos construíamos de niños durante las vacaciones de verano.

Surgiendo de las sombras, retumbó de repente una voz:

−¿Cómo me has encontrado, hijo mío?

Alcé entonces mi diestra a la altura de mis cejas, manteniéndola como visera sobre los ojos para protegerlos de los rayos del sol y poder así orientarme mejor en la penumbra. Lo que vi me paralizó durante unos instantes: sentado en una silla de ruedas, con la espalda erguida, se encontraba un monje de poblada barba blanca como la nieve, majestuosa y digna de un profeta. Vestía un hábito de color grisáceo, que se diferenciaba ostensiblemente de ese negro aristocrático que distingue al de los frailes benedictinos, y mientras me contemplaba con ojos penetrantes, movía la cabeza de un lado a otro, sin dejar por eso de mirarme, como un títere de madera.

Pese a que había entendido perfectamente su pregunta, con el fin de ganar tiempo inquirí a mi vez:

−¿Qué quiere decir?

−¿Cómo me has encontrado, hijo mío? −insistió aquel extraño monje, repitiendo su pregunta mientras ejecutaba los mismos movimientos con la cabeza, y creí advertir entonces una expresión de vacío en su mirada.

Mi respuesta fue anodina y no carente de cierta descortesía, tal como tenía que ser, pues no sabía en modo alguno cómo reaccionar ante aquel encuentro tan extraño, ni qué responder a aquella pregunta igualmente extraña.

−No le he buscado −dije−, he estado visitando el monasterio y tan sólo pretendía echar un vistazo al jardín, así que discúlpeme.

Pues sí, me disponía a despedirme con una inclinación de cabeza, cuando el anciano echó de repente hacia atrás las manos, que había mantenido hasta ese momento inmóviles y apoyadas en los brazos de la silla de ruedas, imprimiendo a éstas un impulso tan violento que salió disparado hacia mí como si hubiese sido lanzado por una catapulta. Aquel anciano parecía tener la fuerza de un toro. Se detuvo en seco con la misma rapidez con la que se me había acercado, y cuando lo tuve casi pegado a mí, esta vez expuesto a los rayos del sol, pude advertir, tras los desgreñados y abundantes pelos de su melena y su barba, un rostro enjuto y macilento, pero de aspecto mucho más juvenil de lo que había creído en un principio. Aquella compañía inesperada comenzaba a intranquilizarme.

–¿Has oído hablar del profeta Jeremías? –preguntó el monje a bocajarro, mientras yo titubeaba unos instantes, pensando si no sería mejor, simple y llanamente, salir corriendo, pero su mirada penetrante y la asombrosa dignidad que irradiaba aquel hombre me obligaron a quedarme.

–Sí –contesté–, he oído hablar del profeta Jeremías, así como también de Isaías, Baruc, Ezequiel, Daniel, Amós, Jonás, Zacarías y Malaquías.

Con lo que había enumerado los nombres de aquellos profetas que se me habían quedado grabados en la memoria desde mi época de estudiante interno en un monasterio.

Mi respuesta dejó perplejo al monje y hasta pareció agradarle, pues de repente se disipó la rigidez en su rostro, y sus movimientos perdieron el carácter compulsivo que los hacía parecer como los de un títere movido por invisibles hilos.

–«En aquel tiempo», dijo Jeremías, «sacarán de sus sepulcros los huesos de los reyes de Judá, los de sus príncipes y sacerdotes, los de los profetas y los de los habitantes de Jerusalén, y los esparcirán al sol, a la luna y a toda la milicia celestial, que ellos amaron y a la que sirvieron, tras de la cual se fueron, y que consultaron y adoraron; nadie los recogerá ni sepultará; serán como estiércol sobre la superficie de la tierra. Cuantos restos de esta mala generación sobrevivan preferirán la muerte a la vida en todos los lugares a que los arrojé».

Contemplé al monje con expresión de asombro; éste, al advertir el desconcierto en mi mirada, dijo:

—Jeremías ocho, uno al tres.

Hice un gesto de asentimiento.

El monje irguió tanto la cabeza, que su barba casi adquirió una posición horizontal, se la alisó por debajo, pasando cuidadosamente los dorsos de sus manos por el espeso pelambre, al tiempo que afirmaba:

—Yo soy Jeremías.

Y en el tono de su voz se apreciaba una cierta vanidad, característica ésta completamente impropia de un monje.

—Todos me llaman *el hermano Jeremías.* Pero esto es una historia muy larga de contar.

—¿Es usted benedictino?

El monje hizo un gesto con la mano en señal de negación antes de proseguir:

—Me han encerrado en este monasterio, porque piensan que aquí el daño que pueda ocasionar será el menor. Y así es como vivo según las reglas del Ordo Sancti Benedicti (1), alejado del influjo y las molestias de las necesidades mundanas, sin dignidad alguna en mi condición de converso. ¡Si pudiera, huiría!

—¿No lleva mucho tiempo en el monasterio?

—Semanas. Meses. Quizá sean ya años. ¡Qué importancia puede tener esto!

Las lamentaciones del hermano Jeremías comenzaron a despertar mi interés, y con la prudencia necesaria le hice algunas preguntas sobre su vida anterior.

Se quedó entonces callado el enigmático monje, hundió la barbilla en su pecho y agachó la mirada, contemplándose las piernas paralíticas, y me di cuenta de que había ido demasiado lejos con mis preguntas. Pero antes de que pudiese pronunciar una palabra de disculpa, Jeremías comenzó a hablar:

—¿Qué sabes tú, hijo mío, de Miguel Ángel...?

Habló atropelladamente, sin dirigirme la mirada; podía advertirse que reflexionaba sobre cada palabra antes

(1) La traducción de las expresiones latinas e italianas las encontrará el lector al final del libro, clasificadas por capítulos y orden de aparición. *(N. del t.)*

de pronunciarla, y, sin embargo, cuanto decía me parecía confuso e incoherente. Ya no recuerdo más cada uno de los detalles de su discurso, debido sobre todo a que se atascaba y se enredaba continuamente en sus explicaciones, corrigiéndose a sí mismo y comenzando sus frases de nuevo; pero sí me quedó en la memoria que detrás de los muros del Vaticano se ventilaban ciertas cosas de las que el cristiano creyente no tiene la menor idea y que –y esto fue algo que me espantó– la Iglesia era una *casta meretrix*, una puta púdica. Y al particular utilizaba tantos términos eruditos y hacía gala de tal profusión de expresiones, como teología de la controversia, teología moral y teología dogmática, que las dudas que yo podía haber abrigado sobre si el hermano Jeremías se encontraba en su sano juicio se desvanecieron mucho antes de que me las hubiese formulado. Se refería a los concilios por sus nombres y sus fechas, los diferenciaba según hubiesen sido particulares, ecuménicos o provinciales y enumeraba las ventajas y los inconvenientes de la institución del episcopado, hasta que de repente se detuvo de forma abrupta y me preguntó:

–¿Tú también me tendrás por loco?

Pues sí, dijo *también*, y esto fue algo que me sorprendió. Era evidente que en ese monasterio se consideraba al hermano Jeremías como un perturbado mental y que se le tenía apartado como a un hereje inoportuno y molesto, pero no sabría decir en estos momentos qué respuesta di entonces al monje; tan sólo puedo recordar que se redobló en mí el interés por ese hombre. Así que volví a mis preguntas del principio y le rogué que me contase cómo había ido a parar a ese monasterio. Pero Jeremías volvió su rostro hacia el sol y permaneció en silencio con los ojos cerrados, y mientras lo contemplaba en esa postura observé que su barba comenzaba a temblar; sus movimientos, apenas perceptibles al principio, fueron haciéndose cada vez más violentos, hasta que de pronto entró en convulsión la parte superior de su cuerpo, por encima de la cintura, mientras que sus labios se estremecían como si la fiebre lo atormentase. ¿Qué acontecimiento tan horrible estaría reproduciéndose en silencio ante los ojos cerrados de aquel hombre?

En la torre de la iglesia del monasterio sonó la campana, llamando al rezo en común, y el hermano Jeremías se incorporó, como si despertase de un sueño.

–No hables con nadie de nuestro encuentro –me dijo precipitadamente–, lo mejor es que te ocultes en la casilla del jardín. Durante las vísperas podrás abandonar el monasterio sin que te vean. ¡Ven mañana a la misma hora! ¡Aquí estaré!

Seguí las instrucciones del monje y me oculté en la caseta de madera; inmediatamente después escuché ruido de pasos. Atisbé a través del ventanuco medio cegado y vi cómo un fraile benedictino empujaba a Jeremías en su silla de ruedas hacia la iglesia. Los dos hombres no intercambiaron palabra alguna. Parecía como si ninguno de los dos hiciese caso del otro, como si el uno obedeciese a la ejecución de un mecanismo inalterable, al que el otro se sometía pasivamente con la mayor apatía.

Poco después percibí los acordes de un canto gregoriano que me llegaba desde la iglesia y salí al exterior, sin embargo, me mantuve a la sombra de la caseta del jardín, con el fin de no ser descubierto desde alguna de las ventanas de los edificios adyacentes del monasterio, pues quería volver a ver a toda costa al hermano Jeremías. Por el alto muro de contención, una empinada escalera de piedra conducía hacia abajo. Una puerta de hierro, que cortaba el paso, fue fácil de salvar.

De ese modo salí del monasterio, dejando atrás su jardín paradisíaco, y por el mismo camino volví a entrar a ese lugar al día siguiente. No tuve que esperar mucho tiempo, pues en seguida apareció un fraile, silencioso como el día anterior, empujando la silla de ruedas para introducir a Jeremías en el jardín.

–Desde que estoy aquí nadie se ha interesado por mi vida anterior –dijo el monje, comenzando así la conversación sin ningún preámbulo–, sino todo lo contrario, ya que se han esforzado por olvidarla, por mantenerme apartado del mundo, y es así que pretenden hacerme creer que he perdido el juicio, como si fuese un espiritualista degenerado y corrompido, un vil sicario de la secta islámica de los asesinos; aunque bien es posible que a este monasterio no haya llegado toda la verdad sobre mi persona, pero aun cuando la proclamase y jurase por ella mil veces, nadie me creería. No otra cosa tuvo que haber sentido Galileo.

Le aseguré que yo sí daba crédito a sus palabras, y me di cuenta de que era para él una necesidad el poder sincerarse con alguien.

—Pero mi historia no te hará más feliz —objetó el hermano Jeremías, y le aseveré entonces que sabría soportarla.

Acto seguido ese monje solitario inició su relato, hablando en tono reposado, a veces hasta con distanciamiento, y en ese primer día no pudo menos de asombrarme el hecho de que él mismo no apareciese en su propia historia. Al segundo día fui dándome cuenta poco a poco de que parecía hablar de sí mismo en tercera persona, como si él no fuese más que un observador imparcial de los hechos; y entonces no me cupo la menor duda de que una de esas personas de las que me hablaba, como si se tratase de figuras perdidas en un pasado remoto, tenía que ser él mismo, el hermano Jeremías.

Nos encontramos durante cinco días seguidos en aquel jardincillo paradisíaco del monasterio, ocultándonos detrás de un seto de rosales silvestres, a veces también dentro de la destartalada caseta. Jeremías hablaba, daba nombres, enumeraba hechos, y pese a que su historia parecía a ratos fantástica, no dudé en ningún momento de que no fuese cierta. Mientras hablaba, el hermano Jeremías solamente me miraba muy de cuando en cuando; por regla general mantenía su mirada clavada en un punto imaginario en la lejanía, como si estuviese leyendo lo que decía en una pizarra. No me atreví a interrumpirlo ni una sola vez, no osé plantearle ninguna pregunta, por temor a que fuese a perder el hilo y porque su narración me fascinaba. Evité también tomar apuntes, que podían haber perturbado quizá el libre fluir de su discurso, de modo que lo que sigue lo transcribo de memoria, pero creo que se aproximará con cierta fidelidad a las propias palabras del hermano Jeremías.

El libro de Jeremías

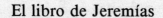

EN LA EPIFANÍA

Maldito sea el día en que la curia romana decidió ordenar la restauración de la Capilla Sixtina, utilizando para ello los últimos conocimientos científicos. Maldito sea el florentino, malditas todas las artes, maldita la osadía de no expresar las ideas heréticas con el atrevimiento del hereje y confiárselas en cambio a la piedra caliza, la más asquerosa de todas las rocas, pintándola y mezclándola al *buon fresco* con colores lascivos.

El cardenal Joseph Jellinek alzó la mirada a lo alto de la bóveda, contemplando el lugar donde colgaba un andamiaje cubierto por toldos; todavía podía divisarse a duras penas el cuerpo de Adán señalado por el índice del Creador. Como si se sintiese atemorizado por la diestra poderosa de Dios, el rostro del cardenal se contrajo con un temblor perceptible, que le sacudió la tez varias veces a intervalos irregulares; pues allá arriba, envuelto en rojas vestiduras, se cernía un Dios que nada tenía de clemente, se alzaba un Creador robusto y hermoso, de fuerte musculatura, digna de un gladiador, esparciendo vida a su alrededor. Allí el verbo se había convertido en carne.

Desde los tiempos aciagos de Julio II, aquel pontífice de exquisito gusto artístico, ningún papa encontró placer alguno en las pinturas orgiásticas de Michelangelo Buonarroti, cuya postura ante la fe cristiana –y esto fue ya un secreto a voces durante su vida– se caracterizó por la incredulidad, sumándose a esto además el hecho de que componía las imágenes que le dictaba su fantasía, entresacándolas de una mezcolanza extravagante de tradicio-

17

nes transmitidas por el Antiguo Testamento o que se remontaban a la antigüedad griega, quizá también con elementos incluso de un pasado romano idealizado, lo que para entonces era considerado, llana y simplemente, pecaminoso. El papa Julio II, según se cuenta, se hincó de rodillas y se puso a orar cuando el artista le descubrió por vez primera el fresco de aquel Juez despiadado, ante el que temblaban tanto el bien como el mal, atemorizados por el poder infinito de su sentencia, y se dice también que en cuanto se repuso el pontífice de su ataque de humildad, se enzarzó con Miguel Ángel en violenta disputa en torno al carácter extraño y enigmático, así como a la desnudez de esa representación. Desconcertada por ese simbolismo inescrutable, plagado de insinuaciones y de alusiones neoplatónicas, la curia no encontró más camino que censurar esa aglomeración de carne humana, desnuda y bien rellena; es más, exigió su destrucción, y por encima de todas esas voces de condena se alzó la de Biagio da Cesena, maestro de ceremonias del papa, quien creyó reconocerse en Minos, el juez de los infiernos; tan sólo el veto indignado que opusieron los artistas más significados de Roma impidió que fuesen raspadas las escenas de *El Juicio Final*.

El agua que se infiltraba por la techumbre, los retoques y numerosos repintes, al igual que el humo de los cirios, amenazaban con destruir el hijo orgiástico de la fantasía desbordante de Buonarroti. ¡Ay, si al menos el moho hubiese dado cuenta de los profetas y el hollín se hubiese tragado a las sibilas!, pues no acababa el restaurador jefe, Bruno Fedrizzi, de comenzar su trabajo en lo alto del andamio, apenas había liberado, asistido por sus ayudantes, a los primeros profetas de una capa oscura, compuesta de carbono, cola de conejo y pigmentos disueltos en aceite, apenas había hecho esto, cuando ya iniciaba su curso el legado del florentino, hasta parecía que el mismo Miguel Ángel hubiese resucitado de entre los muertos, amenazante como el ángel de la venganza.

Joel, el profeta, mantenía otrora entre sus manos un rollo amarillento de pergamino, el cual, pese a que se torcía desde adelante hacia atrás, sostenido entre la diestra y la siniestra, no contenía, ni por el anverso ni por el reverso, signo escrito alguno, pero ahora, tras haberlo limpiado, podía distinguirse claramente en el rollo de pergamino una A. La A y la O, primera y última letras del alfabeto griego, son símbolos cristianos, propios de la Iglesia primitiva, pero los restauradores estregaron inútilmente hasta que el pergamino pintado *al fresco* quedó de un color blanco brillante. El revestimiento de cal no escondía ninguna O. Para colmo, en el libro que tenía colocado sobre un atril la sibila eritrea, situada junto al profeta Joel, aparecieron nuevas siglas enigmáticas: I F A.

Ese hallazgo inesperado desencadenó discusiones acaloradas, que pasaron inadvertidas para la opinión pública. Archiveros e historiadores del arte de la Secretaría general de monumentos, museos y galerías pontificias, bajo la dirección del catedrático Antonio Pavanetto, examinaron el descubrimiento; de Florencia llegó el catedrático Riccardo Parenti, especialista en Miguel Ángel, y el cardenal secretario de Estado, Giuliano Cascone, tras una discusión interna sobre el posible significado de las siglas A I F A, declaró lo descubierto como asunto de sumo secreto. Fue Riccardo Parenti el primero en traer a colación la posibilidad de que en el curso de los trabajos de restauración pudiesen ser descubiertos otros nuevos caracteres y que su desciframiento podría ser, en principio, poco deseable para los intereses de la curia y la Iglesia. No había que olvidar, a fin de cuentas, que Miguel Ángel había sufrido mucho bajo sus clientes, los papas, y que más de una vez había insinuado que se vengaría a su modo.

El cardenal secretario de Estado preguntó si podrían esperarse ideas heréticas por parte del pintor florentino.

El catedrático de historia del arte dio una respuesta afirmativa, pero con reservas.

A raíz de esto, el cardenal secretario de Estado, Giuliano Cascone, llamó a consulta al prefecto de la Sagrada Congregación para la Doctrina de la Fe, cardenal Joseph Jellinek, quien mostró, sin embargo, muy escaso interés por el asunto, recomendando por su parte que se dirigiesen a la Secretaría general de monumentos, museos y galerías pontificias para que ésta se hiciese cargo del caso, si es que había motivo alguno para hablar de «caso» en ese asunto. Era evidente que el Santo Oficio no quería inmiscuirse.

Cuando al año siguiente se había llegado con los trabajos de restauración hasta la figura del profeta Ezequiel, el interés de la curia se centró especialmente en el rollo de pergamino que sostenía en su mano izquierda el hombre que había predicho la destrucción de Jerusalén. Daba la impresión, según comunicó Fedrizzi, de que el fresco se encontraba en esa parte especialmente tiznado, como si alguien hubiese utilizado la llama de una vela para acentuar artificialmente el ennegrecimiento de esa zona. Y finalmente, bajo la esponja del restaurador, aparecieron dos letras nuevas, la L y la U, por lo que el catedrático Antonio Pavanetto lanzó la suposición de que también la sibila persa, que seguía a Ezequiel en la alineación de figuras, tendría que ocultar algún misterio en lo que respectaba a las letras. Esa anciana jorobada y encorvada, miope al parecer, sostenía directamente ante sus ojos un libro de tapas rojas, y observada de cerca desde el andamio, ya antes de que Bruno Fedrizzi terminase sus trabajos de limpieza, podía distinguirse de forma somera una letra. El cardenal secretario de Estado Giuliano Cascone, a quien el hallazgo parecía intranquilizar más que a todos los demás, mandó limpiar, a título de prueba, el libro de la sibila. Es así como la suposición se convirtió en certeza, con lo que una nueva letra, la B, se sumó a la serie existente.

No había más remedio, por tanto, que partir de la base de que la última figura en esa fila, la del profeta Jeremías, se dejaría arrebatar igualmente el secreto de alguna abreviatura oculta, y así fue efectivamente: el rollo de pergamino que tenía a su lado reveló una A. Jeremías, el hombre que se vio atormentado como ningún otro profeta por las luchas que sacudieron su alma y que dijo abiertamente que jamás podría convertirse al pueblo, ese ser al que Miguel Ángel había dado su propio rostro descompuesto por la duda, esa imagen permanecía muda, resignada, desconcertada, como si conociese el significado oculto de la serie de letras: A I F A L U B A.

El cardenal secretario de Estado Giuliano Cascone declaró solemnemente su decisión de que antes de que se diese a conocer el hallazgo tendría que haberse esclarecido el significado de esa inscripción y planteó como tema de discusión la necesidad de borrar esas abreviaturas inexplicables en el caso de que no se les pudiese arrancar el secreto prontamente, cuanto más que el hacerlas desaparecer, según los informes del restaurador jefe Bruno Fedrizzi, era algo perfectamente posible desde el punto de vista técnico, ya que Miguel Ángel había añadido esas siglas a los frescos ya acabados, junto con algunas otras correcciones sin importancia, aplicándolas *a secco*. Pero el catedrático Riccardo Parenti elevó su más enérgica protesta y amenazó con renunciar en ese caso a su condición de consejero para dirigirse directamente a la opinión pública con la advertencia de que en la Capilla Sixtina, donde se albergaba sin duda alguna la obra de arte más importante del mundo, se estaban perpetrando falsificaciones y destrucciones. A raíz de lo cual el cardenal Cascone retiró sus proyectos y encomendó entonces *ex officio* al cardenal Joseph Jellinek, en su calidad de prefecto de la Sagrada Congregación para la Doctrina de la Fe, la creación de una comisión para el estudio de la inscripción sixtina con el fin de discutir luego en asamblea ordinaria los resultados a los que llegase. Se decretó al mismo tiempo otorgar una mayor importancia a ese asunto, elevándolo así de la categoría *speciali modo* a la categoría *specialissimo modo*, por lo que cualquier transgresión de la obligación de mantener el secreto sería sancionada con la pena eclesiástica de la interdicción, y como fecha para la celebración de ese concilio se estableció el lunes siguiente al segundo domingo después de la Epifanía.

Jellinek abandonó la capilla y empezó a subir por una angosta escalera de piedra, arremangándose con mano hábil la sotana, que al igual que todos los hábitos del cardenal provenía de la sastrería de Annibale Gammarelli, de la calle Santa Chiara, número 34, donde se vestían también la curia y el papa, giró luego a la izquierda al llegar a un rellano y prosiguió camino por esa dirección. Sus pasos nerviosos y precipitados retumbaban por ese pasillo largo y vacío, que exigía no menos de doscientos pasos para atravesarlo, pasando junto a mapas pintados al fresco del cosmógrafo Egnazio Danti, elegidos entre ochenta lugares que fueron escenarios de gestas gloriosas en la historia de la Iglesia y que el papa Gregorio XIII había mandado pintar entre los estucos recubiertos de oro de esa bóveda interminable, hasta llegar a aquella puerta famosa, desprovista de cerrojo y pestillo, que cerraba el paso a la Torre de los Vientos como un escotillón insalvable. El cardenal golpeó con los nudillos, haciendo una seña acordada, y permaneció a la espera, inmóvil, a sabiendas de que el encargado de abrirla tendría que recorrer un largo camino.

De sobra es conocido de dónde recibió esa torre su nombre: allí comenzó, en la guardilla, la reforma gregoriana del calendario, cuando el sumo pontífice ordenó instalar un observatorio para seguir los cursos del sol, la luna y las estrellas. Ni siquiera podía escapársele el juego cambiante de los vientos, porque el brazo poderoso de un puntero, accionado por una veleta, señalaba en todo momento la dirección de la corriente de aire. Ya hace mucho tiempo que han desaparecido aquellos instrumentos que sirvieron para privar a la cristiandad de diez días completos, en aquel memorable año de gracia de 1582, el décimo del pontificado papal, cuando al jueves cuatro de octubre siguió el viernes quince del mismo mes y se introdujo la ingeniosa regla de que en lo sucesivo fuesen bisiestos todos los años múltiplos de cuatro, pero que de los años seculares sólo fuesen bisiestos aquellos cuyo número de centenas fuese también múltiplo de cuatro: *Fiat. Gregorius papa tridecimus.* Lo que queda de aquello son mosaicos en el suelo con los signos del zodíaco, iluminados por los rayos del sol que deja pasar una rendija en la pared, y frescos en las paredes, en los que divinidades con vestiduras flameantes mandan y ordenan sobre los vientos.

El tabú y el secreto envuelven la torre de los días perdidos desde tiempos inmemoriales, pero de ello no tienen culpa alguna las divinidades paganas, ni Virgo, ni Tauro, ni Acuario, así como tampoco puede culparse de tal estado de cosas al hecho de que entre esos muros poderosos no haya ningún tipo de iluminación artificial, pues lo cierto es que esa aureola de misterio proviene de las montañas de legajos, de las paredes abarrotadas de documentos, que aquí se conservan, clasificados por secciones, por *fondi*, divididos por temas y ordenados cronológicamente, y nadie sabe hasta ahora cuántos *fondi* descansan bajo el polvo acumulado por los siglos, allí, en el Archivio Segreto Vaticano.

Enclaustrados con el correr del tiempo en los pasillos interminables del archivo secreto pontificio, se extienden como lava volcánica en la torre los papeles y los pergaminos, allí donde durante siglos lo presente fue cubriendo lo pasado, hasta que el presente mismo se tornó pretérito al verse enterrado bajo una montaña de nueva actualidad. En la torre tuvieron la oportunidad los archiveros de ir amontonando aquellos documentos, que por voluntad de los papas habrían de permanecer vedados para todos aquellos que no fuesen sus mismísimos sucesores, y allí se fueron acumulando, en la *riserva*, en el departamento sellado.

Cuando el cardenal percibió ruido de pasos detrás del portalón, repitió la señal con los nudillos, e inmediatamente después se escuchó el forcejeo de una llave y la pesada puerta se abrió en silencio. Era conocida al parecer la señal que hacía el cardenal con sus nudillos, o era cosa sabida el momento o la puerta trasera por la que se presentaba el prelado a tales horas, exigiendo paso, pues el prefecto que le abrió no preguntó quién era el tardío visitante, ni siquiera atisbó por la mirilla de la puerta, tal era la seguridad que tenía de haber reconocido al cardenal por su seña. El prefecto, un clérigo regular de la congregación del Oratorio italiano, a quien todos llamaban Augustinus, era, de todos los guardianes del archivo, el más anciano, el de más alto rango y el de mayor experiencia, y tenía como asistentes a un viceprefecto, a tres archiveros y a cuatro *scrittori*, todos los cuales realizaban idéntica actividad, aun cuando ocupasen puestos distintos dentro de la jerarquía; pero del padre Augustinus se decía que no sabría vivir sin los pergaminos y los *buste*, que tal es el nombre dado a las carpetas donde se guardan, clasificados, cartas y documentos, y algunos hasta llegaban a asegurar que dormía en medio de sus documentos y que probablemente se arroparía también con ellos.

Por regla general se entraba al archivo por la parte delantera, donde el prefecto o alguno de sus *scrittori* se encontraba sentado ante una mesa ancha y negra, conservando, sea cual fuere, siempre la misma postura, con las manos ocultas en las mangas del hábito negro y teniendo ante sí, ya abierto por la página correspondiente, el libro de registro, en el que tenía que inscribirse obligatoriamente todo visitante, siempre que presentase antes la tarjeta de admisión, en la que se le permitía el acceso a determinados estantes, aunque también le prohibía la consulta de la mayoría de ellos, y el custodio de turno jamás se olvidaba de anotar meticulosamente junto al nombre el tiempo que el investigador pasaba entre las oscuras estanterías, indicándolo en horas y minutos, aun cuando eran de una a dos, tres todo lo más, las personas que por allí se presentaban en el transcurso de una semana.

Al entrar murmuró el cardenal algo que podría interpretarse como un «*laudetur Jesus Christus*» y pasó rápidamente al lado del prefecto; se negó a consignar su nombre en el registro. A la derecha, un aposento con el sugestivo nombre de Sala degli Indici albergaba las listas, los índices, los sumarios, los inventarios y las reseñas sobre la clasificación del archivo, sin cuyo conocimiento todo lo allí amontonado resultaría tan insondable como el Apocalipsis de san Juan e igualmente desconcertante con toda certeza. Archiveros y *scrittori* podrían en tal caso dejar abiertas de par en par las puertas que dan acceso a los aposentos secretos y las estanterías prohibidas, ya que nadie, ni siquiera el más diligente de los sabios, podría arrancar ni un solo secreto a esos depósitos kilométricos, y es que todos los *fondi*, cifrados con letras y números, no tienen la más mínima indicación que pudiese revelar algo sobre la índole de sus cartapacios, es más, solamente para poder manejar los diversos índices se han escrito ponencias científicas que llenan paredes enteras de estanterías, y existen además departamentos, como ese al que sólo se llega por el último piso de la Torre de los Vientos, en los que hay almacenados hasta nueve mil *buste*, nueve millares de actas, sin abrir en su mayoría, porque dos *scrittori*, tal como ha sido calculado, si tuviesen que examinar cada nota, necesitarían ciento ochenta años para clasificar tal volumen de escritos.

No obstante, quien crea que por el simple hecho de

conocer la signatura de un documento podría por eso descubrirlo por la vía más rápida, acabará dándose cuenta de que andaba equivocado, pues durante el transcurso de los siglos, pero sobre todo a partir del gran cisma de occidente que sacudió los cimientos mismos de la Iglesia, hubo con cierta periodicidad numerosos intentos, todos infructuosos, por clasificar de nuevo aquella inmensa colección de manuscritos, lo que tuvo por consecuencia que muchos de esos *buste* se viesen adornados con las más variadas signaturas, amén de otras anotaciones y etiquetas de carácter francamente adjetival, como *de curia, de praebendis vacaturis, de diversis formis, de exhibitis, de plenaria remissione*, etcétera, lo que sólo resultaba legible, sin embargo, cuando esas actas se conservan almacenadas en posición horizontal, tal como era la costumbre en la época de los papas medievales, de ahí que los títulos se anotasen en el reverso, o cuando van provistas de una signatura numérica o de una combinación sistematizada de letras y números, como «Bonif. IX 1392 Anno 3 Lib. 28», por ejemplo.

En cuanto a esta última práctica antes mencionada, un cierto *custos registri bullarum apostolicarum* llamado Giuseppe Garampi dejó huellas claras de su labor a mediados del siglo XVIII. Fue el creador de aquel célebre *Schedario Garampi*, una colección de archivos cuya división esquemática en distintos campos temáticos para cada pontificado acarreó, sin embargo, más confusión que provecho, porque ningún pontífice gobernó igual tiempo que los demás y porque los diferentes índices, como *de jubileo* o *de beneficiis vacantibus*, aun cuando eran de volumen diverso, siempre tenían asignado un tamaño invariablemente idéntico.

Si todo esto ya parece harto confuso, aquella ordenación nueva podría equipararse a la construcción de la torre de Babel, pues así como la torre jamás llegó a la altura del cielo y Dios confundió las lenguas de sus constructores, de igual modo una nueva concordancia no podía tener más que consecuencias similares, ya que, en tanto que imagen refleja de un universo infinito, no podía por menos de estar condenada al fracaso desde un principio; o quizá también porque, al igual que en la doctrina de la cosmología griega, el caos era su estado primigenio, a partir del cual formó el Creador el cosmos organizado, y no al contrario. Esta comparación cojea menos que la primera, porque el caos no es únicamente lo desordenado, el estado no configurado, sino también el anuncio de algo, lo que se apunta, lo que se entreabre, así como se abría en esos momentos al que entraba un universo desconocido, un mundo misterioso sobre el que montaba guardia el padre Augustinus como el cancerbero de las tres cabezas a las puertas del Hades.

El oratoriano entregó al cardenal una lámpara alimentada por pilas, pues supuso que el otro dirigiría sus pasos hacia la *riserva*, donde no había ningún tipo de iluminación, y el cardenal hizo un gesto de asentimiento, sin pronunciar palabra alguna. También permaneció en silencio el padre Augustinus, pero no permitió que se le diera de lado y siguió al cardenal por la angosta escalera de caracol hasta el último piso de la torre, camino éste harto penoso, el único acceso hacia arriba, con un teléfono colgado de la pared en cada rellano de la escalera.

Allí, en ese camino hacia el más antiguo y más oculto de todos los departamentos del Archivio Segreto, el aire estaba cargado de un vaho sofocante que destilaba moho, y aquella fetidez pestilente se acentuaba aún más por las emanaciones de un producto químico no menos desagradable, cuyas exhalaciones penetrantes, según se suponía, tendrían que exterminar a un hongo por demás tenaz, el cual, introducido en aquel lugar desde hacía siglos, iba cubriendo actas y pergaminos con una hilaza de color púrpura y se resistía incluso a las fórmulas más refinadas de la edad contemporánea. Tan sólo con el permiso expreso del santo padre era posible realizar investigaciones en ese lugar y echar una ojeada a las actas, pero como quiera que su santidad no solía estampar su firma en documento alguno, a menos que se tratase de asuntos de extrema importancia, el cardenal Joseph Jellinek se aprovechaba de esta circunstancia; en muy raras ocasiones, por supuesto, pues a ningún cristiano asistía la competencia de exigir explicaciones sobre el rechazo de su solicitud. De todos modos, las actas que tuviesen menos de trescientos años de antigüedad estaban sujetas, sin excepción alguna, al secreto canónico, por lo que los documentos pontificios y los que afectaban al papado tenían que permanecer ocultos a la posteridad durante tres siglos completos, por lo menos. Amontonados, enrollados, atados y precintados, yacían allí, almacenados, casi dos milenios de historia eclesiástica; allí descansaba también, valga el ejemplo, aquel importante documento, precintado con trescientos sellos, en el que la reina Cristina, la monarca protestante de Suecia, declaraba solemnemente creer en la transubstanciación, en el santísimo sacramento de la Eucaristía, en la existencia del purgatorio, en el perdón de los pecados, en la autoridad infalible del papa y en los acuerdos del concilio de Trento, con lo que abrazaba así la fe de la Santa Madre Iglesia católica. Instrucciones minuciosas del papa Alejandro VII, libros de contabilidad, facturas, epístolas e informes pormenorizados, de los que no se excluían ni la vestimenta de la conversa (de seda negra y amplio escote) ni la confitería ofrecida en aquella ocasión (estatuillas y flores de mazapán, gelatina y azúcar), y en los que se describían también sus inclinaciones bisexuales, corroboran la fama de ese archivo como uno de los mejores del mundo. Allí se guardaba también la última carta que dirigió al papa María Estuardo, aquella ardiente y fogosa católica militante, biznieta de Enrique VII, junto con la resolución tomada por la Sagrada Congregación del Santo Oficio de incluir en el *Índice de libros prohibidos* los *Seis libros sobre las revoluciones de los cuerpos celestes* de Nicolás Copérnico, con lo que se condenaba aquella obra, que su autor, doctor en derecho eclesiástico, había dedicado al papa Paulo III. En archivo separado se almacenaban las actas procesales del caso Galileo Galilei, guardadas en paquetes precintados con la abreviatura *EN XIX*, donde constaba también, en la hoja número 402, la sentencia aciaga de los siete cardenales: «Afirmamos, anunciamos, sentenciamos y declaramos que tú, el arriba mencionado Galileo, de acuerdo con las cosas por ti confesadas y de las cuales hemos levantado acta, has caído en grave sospecha de herejía ante los ojos de este Santo Oficio, y a saber, por haber divulgado y creído la falsa doctrina, contraria a las Santas y Divinas Escrituras, de que el Sol es el centro alrededor del cual gira la Tierra y de que no se mueve de Oriente a Occidente, y de que la Tierra se encuentra en movimiento y no es el centro del Universo..., por lo que te has hecho merecedor de todos los castigos que se prevén en las sagradas leyes de la Iglesia y en otros decretos para combatir tales crímenes con todo el rigor del derecho canónico vigente.» *Verba volant, scripta manent.*

Allí se guardan también los augurios papales, las profecías que no fueron tomadas en cuenta oficialmente, así como las presuntas falsificaciones que podrían ser, sin embargo, de alguna importancia, pero también las profecías papales de san Malaquías, las cuales, y esto fue algo que sumió a la curia en el desconcierto más profundo, no podían provenir de aquel santo, ya que no fueron escritas hasta cuatrocientos cuarenta años después de su muerte, aun cuando justamente esas predicciones apócrifas ofrecían con precisión asombrosa nombres, orígenes de los papas y hechos significativos de sus pontificados, anunciando incluso el final del papado, que se fijaba para el gobierno temporal del tercer representante divino, el de un romano llamado Petrus; la ciudad de las siete colinas, se decía en ese escrito, será destruida, y el Juez temible condenará a su pueblo. No hay nada en este mundo que sea tan irrevocablemente definitivo como una resolución de la curia romana, y como quiera que ésta mantiene una actitud de rechazo ante las profecías papales, aun cuando, *credo quia absurdum*, no nos hayan llegado de la boca de un hereje, sino del padre de la Iglesia Anselmo de Canterbury, cuya lealtad para con Gregorio VII y la Santa Madre Iglesia no pueda ser puesta en tela de juicio, ese falso profeta Malaquías sigue siendo cosa prohibida, al menos de cara al exterior, en todo caso. Uno de los afectados por la profecía *Ignis ardens* fue el papa Pío X (fue elegido el 4 de agosto, en el día de santo Domingo, y fue su atributo un perro con una antorcha ardiente; murió Pío X pocas semanas después de que estallase la primera guerra mundial); ese pontífice compadeció a su sucesor, a quien no conoció, porque sabía, gracias a la profecía, lo que se le echaría encima: la *religio depopulata*, una religión devastada.

Las investigaciones científicas han logrado desenmascarar entre tanto a Filippo Neri, uno de los grandes santos de la renovación católica, como el autor de las profecías papales. Parece ser que se presentó a veces ante los mortales en época de Miguel Ángel y se dice de él que estaba poseído de dones sobrenaturales, hasta el punto de que al tiritar su cuerpo temblaban también los edificios en los que se albergaba; se cuenta además que mientras realizaba el sacrificio de la santa misa su cuerpo flotaba sobre el altar y su corazón se ponía a latir de un modo desmesurado, como las trompetas del Juicio Final. Entre los argumentos que se utilizaron para su ulterior canonización se encuentran las pruebas irrefutables de sus curas milagrosas y de sus dotes carismáticas.

¿Dónde se ocultan, sin embargo, los escritos de Neri, el padre de los oratorianos? Podríamos albergar la esperanza, y no sin buenos motivos, de descubrirlos allí, en el archivo secreto del Vaticano, aun cuando se diga del santo que quemó todos sus documentos personales antes de morir. ¿Fue esto una casualidad? En el año de gracia de 1595, año de la muerte de Neri, apareció una obra en cinco tomos del fraile benedictino Arnold Wion sobre las creaciones literarias de su orden, titulada *Lignum vitae: ornamentum et decus Ecclesiae*, en cuyo tomo segundo, páginas 307 a 311, se reproducen las profecías del fundador de la Sagrada Congregación del Oratorio, con el nombre de *Prophetia S. Malachiae Archiepiscopi, de Summis Pontificibus*. El milagro es el hijo predilecto de la fe. Se desconoce que haya habido algún tipo de relación entre el oratoriano Filippo y el benedictino Arnold, por lo que el benedictino, Dios se apiade de su pobre alma, cualesquiera hayan sido los motivos ocultos que dirigieron su pluma, no se atuvo a la verdad.

Sidus olorum, el adorno de los cisnes, según reza allí, se colocará la tiara sobre la testa; simbolismo éste por demás desconcertante; pero cuando Clemente IX fue entronizado en 1667 en el solio pontificio, ya no hubo nadie que dudara de la veracidad de aquella profecía. Clemente IX (Giulio Rospigliosi) alcanzó la fama y la gloria como poeta, sigue siendo hasta nuestros días la única persona que fue papa y poeta al mismo tiempo, y el cisne, como es sabido, es el animal simbólico de la poesía. Durante siglos ningún sumo pontífice abandonó el Vaticano después de haber sido elegido por el cónclave; y no otro destino le había sido deparado a Pío VI después de haber sido elegido, tras cinco meses de cónclave en el palacio del Quirinal, sucesor del decimocuarto Clemente. *Peregrinus apostolicus*, tal fue la expresión que utilizó el santo padre moribundo para caracterizar al nuevo papa, lo que fue olvidado en aquel siglo de la ilustración, hasta que el desdichado pontífice fue hecho prisionero, en el año de 1798, por las tropas del Directorio, que lo condujeron a Francia, donde encontró la muerte como *peregrinus*, como forastero. De modo enigmático se destaca un cometa en el escudo de armas de León XIII, que todos los pontífices tienen la obligación de aceptar como suyo al hacerse cargo de sus funciones; pero esto es algo que sólo resultó ser comprensible cuando fue relacionado con la profecía *lumen in coelo*, «una luz en el cielo». Ya antes de la elección de Juan XXIII se estuvo discutiendo sobre la profecía en la que se anunciaba que el sucesor del duodécimo Pío sería *pastor et nauta*, pastor y navegante; pero ese augurio no parecía corresponderse a ninguno de los candidatos, pues nadie concedía la menor oportunidad al patriarca de Venecia, la ciudad por antonomasia de la navegación cristiana. Y sin embargo, Angelo Giusseppe Roncalli fue elegido papa y su pontificado reza como un período de enorme significación pastoral.

Tan sólo algunos pasos más allá se encuentra la confesión del monje Girolamo Savonarola, que le arrancó mediante tortura el comisario papal Remolines, quien lo encontró culpable de brujería, de predicar enseñanzas perniciosas y de despreciar al sagrado solio pontificio romano. Allí reposan también los informes detallados sobre las últimas horas de vida de aquel predicador tan temido y sobre el registro minucioso a que fue sometido en su celda, no fuese a ser que por encantamiento de un demonio hubiese sido convertido en un hermafrodito, tal como sospechaba la Santa Inquisición; también las relaciones con las declaraciones de testigos sobre su sueño profundo antes de la ejecución, sueño que fue interrumpido por carcajadas sonoras, emitidas varias veces; allí el relato de su muerte anodina en la horca y la quema de su cadáver, cuyas cenizas fueron arrojadas al Arno. Pero por expedientes secretos también se sabe de mozas florentinas, bajo cuyas vestiduras se ocultaban matronas honorables que recogieron las cenizas del hermano dominico, y como si esto fuera poco, parece ser que hasta un brazo y partes del cráneo fueron conservados como reliquias, según testigos presenciales. También se encuentran allí los dogmas de los papas, hasta el más antiguo de ellos, el de la concepción inmaculada de la Virgen María, todos envueltos en terciopelo de un color claro azulado.

El custodio sabía muy bien que el cardenal no mostraba el más mínimo interés por todas esas cosas, pues el prelado dirigía resueltamente sus pasos hacia arriba, hacia la negra puerta de roble, la que no podía abrirse sin su mediación, sin la ayuda del custodio archivero, pues nadie más que él mismo llevaba consigo la llave de doble paletón, sujeta al cinturón con una cadena, nadie más que él y sólo él guardaba la llave de ese aposento, el recinto más secreto del archivo secreto vaticano. Esto no significaba en modo alguno que conociese todos los misterios de ese gabinete, que supiese de su contenido y que tuviese la obligación de callar sobre lo inexpresable, pues el oratoriano tan sólo sabía lo siguiente: que detrás de aquella puerta negra de pesada madera de roble se encontraban almacenados los misterios más grandes de la Iglesia, accesibles únicamente al papa de turno; al menos era así como lo habían mantenido los predecesores de Juan Pablo II. Pero el papa polaco había traspasado ese privilegio al cardenal, y es así que el custodio se adelantó al prelado y le abrió la puerta a la luz de la lámpara. Un temblor en sus manos delató la excitación que le embargaba. El cardenal desapareció detrás de la puerta, mientras que el padre Augustinus permaneció en la oscuridad. Se apresuró entonces a cerrar de nuevo; tales eran las ordenanzas.

Cada vez que abría aquella pesada puerta, el custodio echaba una rápida ojeada al recinto, pecado que disculparía hasta la santa Virgen María; y de este modo conocía el padre Augustinus el mobiliario que se ocultaba tras la negra puerta de roble: una larga serie de cajas de caudales, alineadas y empotradas, de las que no se veía más que una fila de puertas blindadas, como en los sótanos de un banco estatal, pero cuyas diversas llaves, sin embargo, no poseía él, sino el cardenal. No ocurría con frecuencia que el padre Augustinus tuviese que abrir esa puerta, aun cuando en los últimos tiempos solía el cardenal hacer un mayor uso de su privilegio. Tan sólo una vez en su vida, en el año de 1960, pudo darse cuenta el custodio de la importancia tremenda y alarmante que tenían los documentos allí atesorados. En aquella ocasión el oratoriano había abierto la puerta al papa Juan XXIII, encerrándolo después, y se había quedado esperando a oír la señal que haría con sus nudillos el sumo pontífice, al igual que esperaba ahora los golpecitos del cardenal, pero tuvo que aguardar mucho tiempo, y hasta pasó más de una hora y todo permanecía en silencio; pero al fin, de repente, percibió golpes secos, dados con el puño contra la madera, y cuando dio vueltas a la llave en el cerrojo y se abrió la pesada puerta, le salió el papa al encuentro, tambaleándose y temblando de pies a cabeza, tiritando como si una fiebre maligna se hubiese apoderado de todo su cuerpo, cosa que, en todo caso, fue lo que pensó el custodio en aquel momento, pero finalmente salió a relucir al menos una parte de la verdad. La santísima Virgen, que se apareció repetidas veces en 1917 a tres pastorcitos en la aldea portuguesa de Fátima y que predijo los estallidos de la primera y la segunda guerras mundiales, «Nuestra Amada Señora del Rosario de Fátima», había proclamado una tercera profecía, cuyo texto, en forma manuscrita, solamente podría conocer quien fuese papa en el año de 1960. El contenido auténtico de aquel escrito, guardado celosamente tras esa puerta, fue motivo en el Vaticano de especulaciones espeluznantes, cuya índole fue de lo más diversa: una guerra mundial apocalíptica, que acabaría con todo resto de vida sobre el planeta, tal era la predicción según algunos; el papa sería asesinado, afirmaban otros; y el sucesor de Pablo VI no pudo menos de informarse, tras su elección, del misterio que ocultaba aquella puerta. No es un secreto para nadie que desde entonces padeció graves depresiones y se vio aquejado de una indecisión enfermiza cada vez que tenía que tomar cualquier resolución.

Pero el interés del cardenal se centraba aquella noche en la caja de caudales donde se guardaban todos los documentos que tenían alguna relación con la persona de Michelangelo Buonarroti. El hecho de que la correspondencia que mantuvo Miguel Ángel con los papas, especialmente con Julio II y Clemente VII, así como los expedientes sobre las personas con las que alternaba, en los que no se escapaban ni su pasión ascética por la marquesa Vittoria Colonna ni sus contactos con los círculos neoplatónicos y cabalísticos, el hecho escueto de que precisamente sobre esos documentos pesase la prohibición más severa de revelar sus secretos, ese hecho había despertado en el cardenal la sospecha, en modo alguno infundada, de que detrás de Miguel Ángel y de su obra artística se escondía un secreto terrible; es más, estaba convencido de que ésa era la única explicación posible, pues tenía que haber una razón plausible para el hecho de que la vida de Miguel Ángel fuese cosa prohibida en el Vaticano desde hacía cuatrocientos cincuenta años.

Fiel al lema de que la ignorancia es enemiga del saber, el cardenal Joseph Jellinek se iba apoderando ávidamente de los pergaminos, desdoblaba con premura creciente los documentos varias veces plegados y desanudaba las cintas con las que estaban atadas las tapas de los legajos. A la luz de su lámpara iba reconociendo la caligrafía diminuta del maestro de Caprese, con sus bellos y nerviosos trazos, y recorría con la vista sus cartas, incomprensibles fuera del contexto en las que fueron escritas y que solían comenzar en su mayoría con la expresión en italiano *io Michelagniolo scultore...*, «yo, el escultor Miguel Ángel...», con lo que manifestaba, por una parte, lo orgulloso que se sentía de utilizar el mismo idioma de Dante, indicando así de paso que no entendía la lengua latina, empleada por la Iglesia, pero con lo que pretendía también, por otra parte, lanzar una clara indirecta contra el Vaticano, denunciando el abuso que la curia romana hacía de su arte.

El papa Julio II había logrado atraerse a Miguel Ángel a Roma empleando argucias y artimañas, sin escatimar los halagos y con la falsa promesa de que le encargaría esculpir en mármol de Carrara un grupo escultórico de dimensiones gigantescas para un mausoleo consagrado a él mismo, al papa, y por el que recibiría la cantidad de diez mil escudos... Una vida humana no hubiese bastado para la realización de aquella magna obra. Pero cuando llegaron a Roma los primeros bloques de mármol provenientes de la Toscana, el papa dejó de interesarse por el proyecto, que cada vez parecía menos de su agrado, y hasta se negó a pagar los sueldos de los picapedreros, por lo que Miguel Ángel salió precipitadamente de Roma en dirección a Florencia. No regresó hasta pasados dos largos años, y esto tras ser acosado y abordado por los delegados pontificios, que le dirigieron apremiantes requerimientos, pero al llegar a la ciudad se encontró con la sorpresa que le deparaba el papa Julio II, cuando éste le comunicó que el hecho de erigir su propia tumba en vida no podía significar otra cosa más que invitar a la desgracia, por lo que el artista haría mejor en pintar la bóveda de la Capilla Sixtina, aquella edificación desprovista de todo ornato a la que el papa Sixto IV, monseñor Francesco della Rovere, había dado su nombre. De nada valieron entonces todas las protestas del artista, que juraba y afirmaba solemnemente haber nacido para ser *scultore* y no *pittore*, pues su santidad se mantuvo en sus trece, empeñándose en que el maestro llevase a buen término ese proyecto.

El pergamino que sostenía ahora el cardenal entre sus manos, un pliego de apariencia insignificante y que aún resultaba legible a duras penas, proclamaba la victoria del papa sobre Miguel Ángel: «Hago constar que yo, el escultor Miguel Ángel, he recibido hoy, día 30 de mayo de 1508, quinientos ducados de su santidad el papa Julio II, que micer Carlino y micer Carlo Albizzi me han abonado, en concepto de anticipo, por las pinturas que comenzaré en el día de hoy en la capilla del papa Sixto, de acuerdo con las condiciones que figuran en el contrato que me ha sido extendido por el reverendo obispo de Pavía y que he firmado de mi propio puño y letra.»

El cardenal sabía apreciar el aroma inconfundible que exhalaban los vetustos escritos, así como ese polvillo fino e invisible que se iba depositando de un modo imperceptible en las membranas de las fosas nasales y que trastocaba los sentidos de tal manera, que lo leído, a través del rodeo que efectuaba por la nariz, comenzaba a cobrar forma, con lo que revivían los sucesos acontecidos en tiempos remotos. Y es así que de repente surgió ante él la figura corpulenta y nervuda del florentino, vistiendo unas calzas finas, muy apretadas, y un jubón de terciopelo, algodonado por dentro y ajustado firmemente a la cintura por un cinto, con sayo hasta las rodillas, la cabeza bien erguida, con su rostro anguloso, la nariz tan larga como prominente y los ojos hundidos y casi pegados el uno al otro, una imagen masculina de la que no podía aseverarse en verdad que fuese hermosa, ni mucho menos que se correspondiera a la de un *scultore* de rebosantes fuerzas. Con una sonrisa de complicidad –¿o sería acaso malicia lo que irradiaba aquella mueca?–, fue entregando el cardenal pergamino tras pergamino, mientras éste los iba leyendo con gran avidez. El prelado devoraba con la vista aquellos documentos que con frecuencia tan difíciles resultaban de entender, por lo que iba topándose así con la inconstancia incomprensible de su santidad el papa Julio II, con su avaricia rayana en lo extravagante y sus repetidos intentos por estafar al artista, negándole sus bien ganados honorarios, lo que tenía que conducir por fuerza al enfrentamiento entre el papa y Miguel Ángel, cuyas relaciones nunca estuvieron exentas de querellas. Su santidad hubiese visto con agrado que los doce apóstoles apareciesen representados en el techo de la Capilla Sixtina, por lo que el florentino, atendiendo al deseo pontificio, presentó unos esbozos en los que el arte se hacía sirviente de la teología, pero su autor los encontró francamente deplorables, como si esas figuras suyas estuviesen condenadas a quedar colgadas del techo, en el centro de la bóveda, como entes solitarios. En el ardor de la disputa, el papa Julio II acabó diciendo que Miguel Ángel debería pintar lo que le viniese en gana, y que en lo que a él respectaba, le daba igual que el artista llenase de pinturas la capilla, desde las ventanas hasta el techo, *in nomine Jesu Christi*.

Como resultado de ese intercambio de palabras, Miguel Ángel se decidió por el Génesis, por la creación del mundo, con el Todopoderoso cerniéndose sobre las aguas, hasta llegar a las escenas del diluvio universal, del que tan sólo se salvó el arca de Noé, presentando así el conjunto como si la historia de la creación hubiese sucedido únicamente en el cielo, como si ignorase el techo y la bóveda de la arquitectura, y sin que allí hubiese el más mínimo indicio o la más ligera indicación que apuntasen a la existencia de la Santa Madre Iglesia, sino todo lo contrario, pues Miguel Ángel evitó cualquier tipo de alusión al respecto, es más, la evitó incluso allí donde la relación se imponía con fuerza propia, y tanto es así, que a la hora de rellenar las doce puntas de la bóveda, que quedaban determinadas por las ventanas de la capilla, no optó por la representación de los doce apóstoles, sino que pintó cinco sibilas y siete profetas, como si quisiera insinuar de este modo la existencia de un saber oculto, que fuera guardado celosamente por esas figuras, sobrecogedoras por la inmensa fuerza que irradian, encarnaciones auténticas de titanes, cuyo poder parece extenderse incluso al Antiguo Testamento, dominándolo, enigmáticas en su simbolismo, cual mensaje alegórico cuyo significado pudiésemos intuir, pero sin llegar a comprender nunca.

Por la lectura de un escrito pudo darse cuenta el cardenal de que Miguel Ángel no había pintado con las manos, sino con la cabeza, para lo que había arrojado violentamente contra el techo rabia y saber, creando así trescientas cuarenta y tres figuras de una variedad homérica, sobre las que se entronizaban doce imágenes, entre sibilas y profetas, que las gobernaban, estampas éstas caracterizadas por una aureola de divinidad amenazadora. Cierto es que se dice de Balzac que inventó tres mil personajes, pero Balzac necesitó para ello toda una vida. Miguel Ángel pintó esa pequeña parte de su obra en tan sólo cuatro años..., a regañadientes, en contra de su voluntad, insatisfecho, sediento de venganza, como si quisiera hacérselas pagar caras al papa..., cosa que se desprende de los documentos conservados; pero, ¿dónde se ocultaba la clave de ese conocimiento? ¿Qué era lo que sabía Michelangelo Buonarroti? ¿Qué clase de vivencia trascendental pretendía expresar el florentino con aquella imagen tan incomprensible del mundo?

Cuarenta y ocho papas –que tal es el número de los que han sucedido hasta ahora a Julio II– se han preguntado con toda seriedad por qué Miguel Ángel pintó de aquel modo al recién creado Adán, a quien el Todopoderoso tiende su índice volador y expendedor de toda vida, por qué puso en el vientre de ese Adán un ombligo, cuando todo el mundo sabe que jamás le tuvieron que seccionar el cordón umbilical, si es que hemos de dar crédito a la Sagrada Escritura, donde podemos leer (*Génesis*, 2,7): «Modeló Yahvé Dios al hombre de la arcilla y le inspiró en el rostro aliento de vida, y fue así el hombre ser animado.» En repetidas ocasiones se realizaron serios intentos por eliminar aquel ombligo. Todavía incluso en vida del maestro –Miguel Ángel tendría para aquel entonces ochenta y seis años de edad–, su santidad el papa Paulo IV encomendó a Daniele da Volterra la misión de ocultar con taparrabos los atributos sexuales con los que Miguel Ángel había dotado, con excesiva claridad, a sus gigantes, labor ésta que costó a aquel ayudante de pintor, hombre digno de toda lástima, el apodo de *il Brachettone*, lo que significa en castellano «el fabricante de braguetas». El que en aquella época, e incluso siglos después, permaneciese intocable el ombligo de Adán, es algo que debemos agradecer a los sabios razonamientos de la curia romana, ya que ésta siempre sustentó la opinión de que un ombligo tapado a golpe de pincel daría mucho más que pensar a cualquier observador que un ombligo colocado según todas las reglas de la anatomía, aun cuando su presencia fuese de lo más sospechosa en lo que respecta a las de la exégesis.

El olor que desprendía el polvo de los libros y de los pergaminos, ese olor que tanto le gustaba y que encontraba tan excelso como el de los vapores de incienso que se alzaban cuando se exponía para su veneración en el altar la sagrada hostia a la hora de recibir el santísimo sacramento, ese aroma sumía al cardenal en un estado de arrobamiento y beatífica contemplación. Y es así que cuanto más se enfrascaba el cardenal en aquellos documentos, tanto más se compadecía del desdichado florentino, quien, y esto era algo que se desprendía claramente de sus cartas, parecía haber odiado a los papas en la misma medida en que éstos utilizaron su poder para gastarle más de una sucia jugarreta. En aquellas epístolas se lamentaba el maestro de no haber recibido durante un año ni un solo céntimo de Julio II, se sentía escarnecido con su trabajo de pintor («Ya dije a su santidad desde un principio que la pintura no era mi oficio») y maldecía la impaciencia que le consumía cuando se encontraba en lo alto de aquel andamio vacilante. Tendido de espaldas día tras día, con la pintura chorreando y cayéndole en los ojos, había padecido además una tortícolis tan fuerte que hasta le impedía leer en posición normal, por lo que durante largos años se había visto obligado a colocarse los escritos por encima de la cabeza, si es que deseaba leerlos.

El papa León X, aquel Juan de Médicis que sucedió a Julio II, no ocultaba en modo alguno la repugnancia que sentía por el artista florentino, al que calificaba de salvaje, haciendo correr la voz de que con aquel hombre no había forma humana de alternar; favorecía aquel papa, si es que favorecía a pintor alguno, a Rafael; por lo demás, su verdadera pasión era la música. Adriano VI, que sucedió al anterior, hubiese mandado destruir los frescos de Miguel Ángel de no haber sido sorprendido por una muerte de la que nadie se condolió, y tampoco Clemente VII mostró mejor disposición hacia esas pinturas. Con valentía no exenta de malicia hacía saber Miguel Ángel, en una carta dirigida al papa, el valor que le merecía el proyecto de su santidad de erigir un coloso de ochenta pies de altura, a saber: ninguno. Hasta qué punto irritaría al florentino el mal gusto del papa, que sin poder contenerse, se dejó llevar por el sarcasmo y la mofa, aconsejando al santo padre que se incluyese en aquella obra de arte la barbería que se interponía a la realización del proyecto, siempre y cuando se dispusiese al coloso en posición sedente, con un cuerno de la abundancia blandido en su brazo estirado, que podría servir de chimenea para el hogar del barbero, y con un palomar empotrado en lo alto de la cabeza, idea ésta que era la que más le gustaba, a él, a *Michelagniolo scultore*.

El cardenal fue colocando de nuevo en su sitio cada una de las cartas. Luego se quedó mirando el montón de escritos con aire de perplejidad, pues no le parecía que ninguno de aquellos documentos tuviese un carácter indecente o fuese digno de ser guardado con tan celoso misterio. Entonces posó la mirada sobre un legajo de pergaminos, un paquetito de aspecto insignificante, atado con cintas de cuero ya oscurecidas por los años, uno de esos manojos de papeles que se pasan fácilmente por alto; y en verdad que no se hubiese fijado en esos documentos protegidos por nudos y de los que habría una docena si no le hubiesen llamado la atención dos grandes sellos de color escarlata, en los que se podía reconocer sin ninguna dificultad el escudo pontificio con las tres bandas transversales que había pertenecido al papa Pío V. ¿Acaso no había muerto Miguel Ángel durante el pontificado de su predecesor?

Jesu domine nostrum! La idea de que desde hacía más de cuatro siglos ningún ojo humano había tenido acceso al misterioso contenido de ese legajo y de que el sumo pontífice, cualesquiera que hubiesen sido sus razones, había mantenido ocultos a la posteridad documentos importantes, esa sola idea hizo que le temblasen las manos. El cardenal sintió un sudor frío en el cogote, y aquel aire que lo rodeaba, el aire que había estado respirando, hacía tan sólo unos instantes, como el aroma dulzón de una clara mañana de mayo en las montañas albanesas, cuando millares de castaños en flor cubren con su polen los prados, esa atmósfera se le antojaba de repente sofocante, impidiéndole respirar, agobiándolo, y aún más, creyó que se asfixiaría en ese ambiente de incertidumbre y de miedo. Pero precisamente ese miedo y esa incertidumbre dieron alas a sus inquietos dedos, haciendo que rompiese los sellos y desgarrase las cintas entrelazadas, con lo que salieron al descubierto aquellos pergaminos cuidadosamente doblados, de tamaños distintos y que habían estado prensados entre unas tapas de ondulado cuero; tenía ante él una *terra incognita*.

«A Giorgio Vasari.» El cardenal reconoció en seguida la caligrafía de Miguel Ángel. ¿Por qué se encontraba allí, en el Archivo Secreto Vaticano, esa carta dirigida al amigo florentino? Con precipitación y gran premura, confundiéndose una y otra vez con los caracteres diminutos y nerviosos de Miguel Ángel, lo que le obligaba a recomenzar cada párrafo, leyó el cardenal: «Mi querido y joven amigo. Mi corazón está contigo, y lo seguirá estando aun cuando este escrito no llegue a tu poder, lo que no sería cosa improbable, dadas las costumbres que imperan en nuestro días. Ya conoces las disposiciones dictadas por su santidad (y al tener que escribir estas dos palabras, mi pluma derrama bilis), según las cuales, en interés de la Santa Inquisición, se da permiso para abrir y retener cartas y paquetes de toda índole, que hasta pueden ser utilizados como pruebas condenatorias. Ese anciano fanático, que intenta engalanarse con el nombre de Paulo IV, como si el nombre tuviese la oportunidad de ocultar lo diabólico en una persona, me ha retirado la pensión que recibía de mil doscientos escudos, lo que no cercena, sin embargo, mi posición. Puedes creerme si te digo que un Buonarroti no deja ofensa alguna sin venganza. Al decorar la capilla del papa Sixto no he empleado pinturas de colores, como podrá parecer ante los ojos piadosos, sino que he utilizado pólvora, un explosivo cuyos efectos devastadores supo describir magistralmente Francesco Petrarca, el insigne poeta de Arezzo, en la introducción a su tratado sobre los placeres de la vida solitaria..., ya sabrás de qué te hablo. Bajo el *intonaco* se ocultan el azufre y el nitrato suficientes como para enviar a los mismísimos infiernos a ese Gian Pietro Carafa, con toda su corte de lacayos vestidos de púrpura, a esos infiernos que nuestro querido Dante Alighieri con tanta certeza reflejó en su divino poema. Dicen los escritores que las palabras son las más contundentes de todas las armas. Pero yo te digo a ti, mi querido y joven amigo, que los frescos de la Capilla Sixtina son muchísimo más peligrosos que las lanzas y las espadas españolas, que en estos momentos amenazan Roma. El papa Carafa trata de protegerse de los españoles mandando levantar barricadas, por lo que los frailes han de acarrear toneladas de tierra en los regazos de sus sotanas, y si Paulo IV no fuese más que un montón de huesos debiluchos, él mismo levantaría el látigo para acelerar los trabajos. Pese a que soy tan viejo que la muerte me da a veces tirones de las mangas, o precisamente por serlo, no tengo miedo a los españoles. Te envío mis saludos. Michelangelo Buonarroti. Posdata: ¿Es cierto que en Florencia hay que notificar por escrito el número de hostias que se reparte cada día?»

El cardenal dejó caer la carta. Se apoyó con el codo en uno de los altos pupitres, que distribuidos entre las cajas fuertes servían para depositar en ellos libros y manuscritos. Se limpió el rostro con la palma de la mano, restregándose los párpados, como si quisiera borrar de sus ojos la imagen de un fantasma. Trató de poner orden en sus pensamientos, esforzándose por entender lo leído y darle una explicación, procuró concentrarse, pero todo fue en vano. Al fin comenzó de nuevo: parecía quedar claro que esa carta no había llegado jamás a su destinatario, sino que habría sido interceptada por los agentes de la Inquisición, quienes quizá no la entendiesen, pero que la habrían guardado como posible prueba condenatoria contra Miguel Ángel. ¿Qué querría decir el florentino cuando escribía que el azufre y el salitre estaban entremezclados con la fina capa de estuco sobre la que el artista había extendido las pinturas *al fresco*? Miguel Ángel odiaba a Paulo IV, detestaba a todos los papas, que no habían hecho más que maltratarlo, escarneciéndolo, a él, al genio, cosa que había que reconocer si se contemplaba el asunto de un modo objetivo; y cuando el artista escribía que un Buonarroti no deja ofensa alguna sin venganza, era porque ardía en deseos de cobrarse el desquite; más aún: significaba que ya había fraguado un plan terrible, lo suficientemente peligroso como para eliminar al papa. ¿Qué peligro acechaba detrás de los frescos de la Capilla Sixtina?

En una segunda carta, esta vez dirigida al cardenal romano Di Carpi, el artista daba rienda suelta a su odio, con alusiones similares. Miguel Ángel, para aquel entonces en edad muy avanzada, utilizando duras palabras, increpaba al cardenal de la curia, informándole de cómo había llegado a sus oídos el tono que empleaba su excelencia para referirse a su obra, cuando en realidad, ahora, después de la muerte del papa Carafa, no debería seguir bailando al son que el otro tocaba, sino todo lo contrario, pues la rebelión en Roma, los asaltos a las cárceles de la Inquisición y la destrucción de la estatua pretenciosa que ese papa se había mandado erigir en el Capitolio, todo esto eran claros testimonios de la impopularidad del pontífice y de la incapacidad de ese sucesor suyo que se hacía pasar por un Medici, cuando cualquier niño de pecho conocía no sólo sus orígenes milaneses, sino también su nombre auténtico, el de Medi*chi*. Le decía también que su santidad se comportaba como un vulgar adulador al seguir pagándole los honorarios fijados por su predecesor, ya que él, Miguel Ángel, no dependía de esa suma para vivir, puesto que un hombre de su edad no necesitaba mucho, por lo que había propuesto que se le dispensase de su trabajo, pero su solicitud había quedado sin respuesta, motivo por el cual se dirigía ahora a su excelencia el cardenal Di Carpi para que interviniese ante su santidad con el objeto de que le fuese aceptada la dimisión, ya que a él, personalmente, no habría de faltarle el trabajo con toda seguridad. Afirmaba además Miguel Ángel que no era de su incumbencia valorar el trabajo que había realizado para los papas, pero que si el santo padre opinaba que la labor suya redundaba en beneficio de su alma, que alcanzaría de este modo la salvación eterna, a él, por su parte, le asaltaban serias dudas en torno a si la bienaventuranza sería tan fácil de conseguir, sobre todo si el único y exclusivo procedimiento para ello era el de negar a un artista durante diecisiete años el salario que con justicia se había ganado. Sobre el tema de la salvación y la vida eterna podría decir muchas cosas, pero su buen juicio lo obligaba a permanecer callado. En cuanto a lo que tenía que decir, esto era cosa que ya había confiado a sus frescos en la bóveda de la Capilla Sixtina. Quien tuviese ojos para ver, que viese. Besaba humildemente la mano a su excelencia. Miguel Ángel.

In nomine domini! En la Capilla Sixtina estaba oculto un secreto, que Miguel Ángel divulgaba con infamia insondable. «¡Todos los secretos son cosas del diablo!», se dijo el cardenal para sus adentros, al tiempo que se horrorizaba ante esa idea. Tenía que realizar grandes esfuerzos para tratar de entender lo que acababa de leer. Lo único que parecía ser cierto era lo siguiente: las imputaciones injuriosas contra los papas no habían sido el motivo para hacer que esos documentos desapareciesen y quedasen ocultos en el archivo secreto. Había escritos en los que se lanzaban calumnias aún mayores, depositados en los aposentos de la parte frontal, y sobre los que no pesaba ningún tipo de interdicción que obligase a mantenerlos en secreto. No, el motivo verdadero parecía encontrarse más bien en las alusiones de Miguel Ángel. Pero ¿quién conocía el secreto? Pío V tuvo que haberlo conocido, pues de lo contrario, ¿qué otra razón podía haber tenido para lacrar aquellos documentos? ¿Significaba esto acaso que los treinta y nueve papas que le sucedieron no conocían aquel misterio? ¿Habría alguna relación entre el carácter inexplicable de los frescos de la Capilla Sixtina y la tercera profecía de la Virgen María? La inscripción en la bóveda de la Capilla Sixtina era algo que no podía apartar de su mente. De un modo compulsivo garrapateó un par de palabras sobre un papel, casi sin darse cuenta de lo que hacía...

–¿Eminencia...?

El cardenal escuchó la voz del custodio, que le inquiría desde el otro lado de la puerta.

–¿Eminencia...?

Jellinek no hubiese sabido decir cuánto tiempo llevaba ya encerrado en aquel sanctasanctórum, aun cuando tampoco era algo que pareciese importar en lo más mínimo al cardenal en esos momentos, ante la magnitud del descubrimiento terrible que había hecho. El prelado se acercó hasta la puerta y gritó en tono imperioso:

–¡Hay que esperar hasta que yo dé la señal, ya lo tengo dicho! ¿Puedo confiar en que han sido entendidas mis palabras?

–Ciertamente –respondió con humildad el aludido–. Ciertamente, eminencia.

Un escrito, caracterizado por la especial finura de los trazos a pluma, acaparó la atención del cardenal. Los arabescos al comienzo y al final de cada rasgo en aquella caligrafía revelaban el entusiasmo desbordante del escritor, como coloridos paños de seda expuestos al viento primaveral. «*Signora marchesa*», rezaba la primera línea del escrito, precedida de una ese mayúscula, que comenzaba por arriba con una onda, cual grito *in dulci jubilo*, que luego traspasaba la línea a la mitad de su recorrido, para enroscarse finalmente por abajo como una serpiente alrededor de un huevo. «*Signora marchesa...*» El cardenal era perfectamente consciente de la picardía que se ocultaba detrás de ese encabezamiento, pues conocía muy bien a la persona aludida en esas dos palabras. Vittoria Colonna, marquesa de Pescara, viuda desde la batalla de Pavía, mujer piadosa y beata, quizá hasta santurrona, a quien el papa Clemente VII insistía con empeño digno de mejor causa para que no se quitase el velo, mientras que una legión de nobles romanos y florentinos la asediaba con sus peticiones matrimoniales, pues estaba considerada como una de las damas más hermosas e inteligentes de su tiempo, mujer que dominaba el latín como un cardenal y se distinguía en la retórica como un filósofo, esa marquesa fue el único gran amor de Miguel Ángel, quien sentía por ella una pasión tan platónica como desconcertante. Un amor que convirtió al escultor y pintor en poeta, en *scolare* atolondrado, que expresaba sus devaneos en sonetos de encendida rima. «*Signora marchesa...*» ¿Qué haría esa carta en un lugar como aquél? Aunque no hacía falta romperse mucho la cabeza para saber por qué ese escrito no había salido nunca del Vaticano. Con gran circunspección, casi con miedo, comenzó a adentrarse el cardenal en esa escritura alada:

«Más feliz que un potrillo trotando por los prados, recibí el gran honor de vuestra carta fechada en Viterbo, rebosante de compasión y redactada con letra primorosa para vuestro fiel servidor. Feliz Michelangelo, exclamé entusiasmado, más feliz que todos los príncipes del mundo. Enturbió mi dicha, desde luego, el enterarme de que también he herido vuestros sentimientos y anhelos en lo que respecta a la sagrada religión de la Santa Madre Iglesia. Pero tendréis que tomarlo como los desatinos de un artista que va dando tumbos, desconcertado, yendo de aquí para allá entre el bien y el mal, y que trata de plasmar en su obra, unas veces de buen talante, otras de malo, algo que apenas revela forma alguna. Admiro humildemente la fe inconmovible de vuestra excelencia y el lema por el que se guía en sus actos, que tuvo la bondad de traducir tan acertadamente para este pobre inculto, ese *omnia sunt possibilia credenti*, según el cual, no hace falta más que creer en una cosa para que ésta suceda. Y es así que me consideraréis, sin remedio alguno, un palurdo incrédulo y os preguntaréis, agobiada por la preocupación, cómo es posible que hayan anidado en mi pecho las dudas acerca del espíritu de la creación y el juicio final. Pero las dudas de las que os hablo no se encuentran ocultas entre los negros nubarrones del ancho cielo, pues son incertidumbres que emergen de la alocada vorágine de una vida entera. Lejos de mí la intención de explicaros todo esto, aun cuando estaría dispuesto a hacer por vuestra excelencia mucho más de lo que sería capaz de realizar por persona alguna en este mundo. Vuestra excelencia conoce el proverbio que dice *amore non vuol maestro*, pues no necesita de acicate alguno el corazón de un amante. Pero es que estoy condenado a llevar conmigo ese secreto hasta la tumba y ni siquiera a vos podría revelar la más mínima parte, pues de hacerlo, por no hablar ya de perpetrar un crimen atroz y de ofrecer un infierno anticipado, sería como volcar veneno en vuestra persona y emponzoñaros el alma, al menos sería esto lo que os parecería, a vos, que habéis mandado construir un convento de monjas en una de las laderas del monte Cavallo, allí donde otrora contemplase Nerón desde las alturas la ciudad incendiada por sus cuatro costados, a vos, que hicisteis tal cosa para que los pasos de piadosas mujeres fuesen borrando las huellas que dejaron entonces las fuerzas del mal. Tan sólo puedo deciros lo siguiente: tal como habéis adivinado desde hace mucho tiempo, todo mi saber se encuentra eternizado en los frescos de la Capilla Sixtina, y resulta doloroso reconocer, aun cuando con esto se fortalezcan también las bases de mi incredulidad, el escaso conocimiento que tienen de la doctrina de la fe precisamente aquellos que se ocupan de la difusión de la misma. Siete papas han estado elevando hasta ahora sus miradas al cielo, día tras día, en la sagrada capilla, pero ninguna de esas mentes educadas en el arte ha advertido la existencia del terrible legado; ofuscados por su propio boato, han mantenido graciosamente erguidas sus tozudas testas, en vez de alzar la barbilla, encoger el cogote y contemplar para poder aprender. Pero con esto ya he dicho prácticamente demasiado como para no intranquilizaros.

> *¿Serán acaso menos favorecidos por la gracia*
> *los que con humildad mil pecados perpetraron*
> *que aquellos que, orgullosos de sus hechos,*
> *en abundancia buenas obras realizaron?*

»El seguro servidor de vuestra excelencia, Michelangelo Buonarroti, en Roma.»

El cardenal plegó precipitadamente el crujiente pergamino, lo colocó sobre el montón de los otros escritos y puso de nuevo el paquete dentro de la caja de caudales, en el mismo sitio de donde lo había sacado. ¿Quién podría llegar a entender jamás a ese Miguel Ángel? ¿Qué habría escondido el artista florentino en el techo de la bóveda de la Capilla Sixtina? ¿Y cómo podría él, cardenal y teólogo, descubrir ese secreto, cuando ya habían transcurrido más de cuatrocientos años?

Jellinek cerró la caja de caudales, empuñó la lámpara y se encaminó hacia la puerta. La golpeó repetidas veces con la palma de la mano, sumido en la impaciencia, hasta que percibió en la cerradura el ruido que hacía la llave del custodio. El cardenal abrió la puerta de par en par, echó a un lado de un empujón al adormilado guardián y se precipitó hacia la escalera, mientras el oratoriano cerraba apresuradamente la puerta. La luz de la lámpara arrojaba sombras en el recinto. Ante los ojos del cardenal danzaban figuras extravagantes, entre ellas sibilas –algunas hermosas, otras ancianas–, y profetas barbudos, y un Adán fuerte y musculoso, junto a una Eva excitante y provocadora, a la que amaba, como el estudiante prendado de la diva de opereta, a quien contempla cantando en el escenario, sin esperanzas y desde lejos. Y Noé saltó al corro, rodeado de Sem, Cam y Jafet, y le siguió Judit, ocultando el rostro entre sus velos, y también David, blandiendo en lo alto una espada, orgulloso y seguro de sí mismo. ¡Santa Virgen María! ¿Qué habría escrito en sus frescos, con tinta invisible, aquel Miguel Ángel, genio y demonio al mismo tiempo? ¿Estaría al acecho el anticristo detrás de aquellas figuras alegóricas? ¿Qué significaba aquella A en el pergamino que estaba descifrando el profeta Joel, que tanto se parecía al arquitecto Bramante? ¿Qué significado tendría adjudicado aquel ángel que le encendía la lamparita de aceite a la sibila eritrea, la que predijo al parecer el Juicio Final? Con aire soñador, hermosa y ricamente ataviada, se encuentra hojeando su libro, al igual que la sibila de Cumas, la que es vieja y huesuda, pero que resulta, sin embargo, más impresionante que todas las demás y que también busca la verdad en las páginas verdosas de su infolio. ¿Y qué secreto ocultarán la L y la U en el rollo de pergamino que sostiene entre sus manos el profeta Ezequiel, con aquel turbante en la cabeza? ¿O estará escondido el conocimiento divino en aquel texto que tanto ocupa al profeta Daniel? ¿Qué bello sueño se amadriga tras la sibila de Delfos, hacia dónde dirige su mirada temerosa?

El cardenal dirigió sus pasos hacia la Capilla Sixtina, a través de galerías parcamente iluminadas, hasta que encontró finalmente ante sus ojos al profeta Jeremías, el de la melancólica y trágica figura, al que Miguel Ángel había dado, sin duda alguna, los rasgos de su propia y áspera fisonomía, esas cejas negras y angulosas, esa larga nariz cartilaginosa, con la barbilla y la boca hundidas en la diestra de su brazo acodado..., un profeta atormentado por la tristeza profunda del sabio. Sí, no cabía duda, allá arriba en las alturas, por encima del Juicio Final, tendría que encontrarse la clave del misterio. El cardenal aceleró sus pasos.

Allá arriba se encontraba sentado Jeremías, prematuramente envejecido, reflexionando sobre la incongruencia de lo que veía, cubriendo con sus anchas espaldas a dos genios estrafalarios, avejentado el que tenía a su izquierda, con la cabeza vuelta y la mirada desviada en un gesto de dolor y de un parecido sorprendente con la sibila délfica, como si ésta se hubiese aviejado de un golpe en una generación, joven y rebosante en fuerzas el de su derecha, con la capucha y el perfil del monje Savonarola. ¿Una alusión acaso? ¿De qué tipo?

Respirando con dificultad bajó precipitadamente el cardenal los peldaños de la angosta escalera y empujó el batiente derecho de la puerta que conducía a la sagrada capilla, abriéndolo cuidadosamente, como si se tratase de no perturbar a la mismísima creación. La difusa luz invernal penetraba por las altas ventanas, iluminando la geometría del artístico suelo. La *Creación* de Miguel Ángel estaba envuelta en una dulce oscuridad, y tan sólo en algunos puntos dispersos se destacaban algunos escorzos entre las tinieblas, ora un brazo extendido, ora un rostro irreconocible. No se atrevía el cardenal a rozar siquiera el interruptor de la luz, vacilaba en iluminar silenciosamente aquellos colores con los focos que, situados entre las ventanas, estaban dirigidos al suelo, desde donde la luz eléctrica era reflejada al techo, siguiendo así el mismo rodeo que tenía que efectuar también la luz del día.

La iluminación de los focos se asemejaba al acto de creación del génesis en el primer libro del *Pentateuco*, cuando dijo Dios: «Haya luz», y hubo luz, y vio Dios ser buena la luz, y la separó de las tinieblas.

Ante la reja que separaba la nave del altar, el cardenal alzó la mirada en un acto involuntario, para contemplar la *Creación* mil veces contemplada, al profeta Jonás, símbolo de la resurrección del Santo Redentor, la luz, en el momento de separarse de las tinieblas, a Dios, creador del firmamento y de la vida de las plantas, la separación entre la tierra y las aguas y el índice extendido del Sumo Hacedor, otorgando a Adán alma inmortal, a Eva detrás suyo, despertada a la vida, y finalmente a la pareja seducida por el demonio de la serpiente. Los músculos del cuello se le agarrotaron, produciéndole un vivo dolor mientras estaba sumido en la contemplación, y el cardenal retrocedió lentamente algunos pasos, pero no bajó la cabeza ni apartó la mirada de la bóveda, y por su mente pasó la frase de la carta de Miguel Ángel, de que siete papas, ofuscados por su propio boato, habían mantenido graciosamente erguidas sus tozudas testas, en vez de alzar la barbilla, encoger el cogote y contemplar para poder aprender. Y de repente se introdujo a la fuerza Noé en su campo visual, practicando el sacrificio, después de haber sobrevivido al diluvio universal, y luego, finalmente, el diluvio, con un templo flotante en las aguas, con ambiciosos y egoístas en una isla superpoblada, que no ofrecía posibilidad de supervivencia alguna ni siquiera a los nobles de espíritu y a los inspirados en el amor.

El cardenal se detuvo en seco, petrificado. ¿Cuántas veces no habría escrudiñado con su mirada esa *Creación*, cuántas veces la contempló admirado, interpretando cada una de sus partes?, pero nunca se había dado cuenta de que allí arriba la cronología estaba trastocada. ¿Por qué había colocado Miguel Ángel el sacrificio antes del diluvio? *Génesis*, 8,20: «Alzó Noé un altar a Jahvé, y tomando de todos los animales puros y de todas las aves puras, ofreció sobre el altar un holocausto.» Y *Génesis*, 7,7, por el contrario: «Y para librarse de las aguas del diluvio entró en el arca con sus hijos, su mujer y las mujeres de sus hijos.» De forma abrupta terminaba aquel escenario con la borrachera de Noé: completamente embriagado, duerme desnudo en medio de su tienda, escarnecido por su hijo Cam, mientras que Sem y Jafet cubren, sin verla, la desnudez del padre, de espaldas y con los rostros vueltos.

Se dice que Miguel Ángel comenzó en esa parte su ciclo, en sentido contrario al decurso de la Creación, y parece como si ahí hubiese cometido errores intencionadamente. El artista florentino estaba familiarizado con el Antiguo Testamento, mientras que mantenía una inexplicable actitud de reserva con respecto al Nuevo, por el que parecía sentir hasta profundo rechazo. Y el observador atento de los frescos de la Capilla Sixtina advirtió con amargura que Miguel Ángel había dejado el Nuevo Testamento para las paredes de los demás: para el Perugino, en *El bautizo de Cristo*; para Domenico Ghirlandaio, en *La comunión de los apóstoles*; para Cosimo Roselli, en *La última cena* y *El sermón de la montaña*, o para Sandro Botticelli, en *La tentación de Cristo*, pero era completamente cierto que Miguel Ángel había ignorado a Jesucristo, ¡que Dios se apiadase de su alma!

Debida a la mano de Miguel Ángel tan sólo había una representación de Cristo en la bóveda de la Capilla Sixtina, la del Hijo del Hombre en *El Juicio Final*. Humildemente se acercó el cardenal a la alta pared del altar, cuyo azul celeste actuaba sobre cualquier observador como una corriente de aire, como un torbellino que absorbía en su movimiento rotatorio a todo aquel que se aproximase al apocalipsis, haciéndolo girar por los aires, obligándolo a flotar y a desplomarse, imprimiéndole un miedo creciente, que tanto más pavoroso era cuanto más largo fuese el tiempo que uno estuviese soportando esa visión desde la lejanía. Y mientras se aproximaba el cardenal, con cada paso que daba, menor era la intranquilidad que le embargaba, al igual que las figuras de Miguel Ángel iban perdiendo su angustia apasionada en la medida en que se iban acercando al iracundo juez de los muertos. ¿Era acaso el Redentor resucitado ese titán musculoso, cuya diestra alzada podría haber derribado de un golpe a cualquier gigante como Goliat, era aquél el Cristo de las enseñanzas y predicaciones de la Iglesia? ¿Era ese héroe homérico la imagen y semejanza de aquel hombre que en el sermón de la Montaña supo encontrar las siguientes palabras de consuelo?: «Bienaventurados los pobres de espíritu, porque de ellos es el reino de los cielos. Bienaventurados los mansos, porque ellos poseerán la tierra. Bienaventurados los que lloran, porque ellos serán consolados. Bienaventurados los que tienen hambre y sed de justicia, porque ellos serán hartos. Bienaventurados los misericordiosos, porque ellos alcanzarán misericordia.»

Muchos siglos antes de Miguel Ángel y muchas generaciones después, Nuestro Señor Jesucristo había sido representado en la dulzura y la clemencia, con una figura excelsa, intemporal, de aspecto venerable, barbudo y santo. Pero ni siquiera la sedosa luz artificial podía otorgar a ese Cristo —el cardenal se detuvo ante el primer peldaño de la escalerilla que conducía al altar —la más lejana apariencia de un Dios misericordioso, sino todo lo contrario, pues aquel ser miraba con expresión iracunda desde las alturas, con gesto severo, al tiempo que rehuía los ojos de todo aquel que alzase la vista hacia él, presentándosele en toda su pujante majestuosidad, rebosante en poderosos músculos, desnudo y hermoso como una deidad griega. Tan sólo su bello aspecto exterior revelaba la divinidad, denotaba la presencia de un Júpiter Tonante, de un Hércules omnipotente, de un Apolo sutil y zalamero..., ¿de un Apolo? ¿No presentaba acaso ese Jesucristo un parecido sorprendente con el Apolo de Belvedere, con aquella divinidad de la antigüedad, esculpida en mármol, que otrora, fundida en bronce, había animado con su augusta presencia el ágora ateniense, y que después, por sendas aún desconocidas, encontró el camino para llegar a Roma, antes de que el papa Julio II mandase emplazar la estatua en el patio del pabellón de Belvedere? ¿Jesús convertido en Apolo? ¿Qué clase de travesura impía había puesto en escena Michelangelo Buonarroti?

El cardenal abandonó la capilla retrocediendo sobre sus propios pasos. Subió a toda prisa las escaleras, con tanta precipitación que hasta sintió vértigo y mareos. En realidad conocía aquel camino con los ojos cerrados, pero nunca se le había antojado tan largo, tan tortuoso y complicado, tan extraño y misterioso. En su cerebro retumbaba un clangor ensordecedor, como si dentro de él tocasen mil trompeteros y cada uno de ellos tratase de acallar a todos los demás. Y en contra de su voluntad, como si una voz desconocida se introdujese por la fuerza en su pecho, escuchó las palabras de la mística y esotérica revelación:

–Vi otro ángel poderoso que descendía del cielo envuelto en una nube; tenía sobre la cabeza el arco iris, y su rostro era como el sol, y sus pies, como columnas de fuego, y en su mano tenía un librito abierto. Y poniendo su pie derecho sobre el mar y el izquierdo sobre la tierra, gritó con poderosa voz como león que ruge. Cuando gritó, hablaron los siete truenos con sus propias voces. Cuando hubieron hablado los siete truenos, iba yo a escribir; pero oí una voz del cielo que me decía: ¡Sella las cosas que han hablado los siete truenos y no las escribas!

Y mientras escuchaba atentamente dentro de sí mismo, en la esperanza de que la voz continuase hablando, el cardenal llegó hasta la puerta negra del archivo. Estaba cerrada, y el prelado golpeó la madera de la hoja con sus dos codos, hasta desollárselos, ocasionándose gran dolor. Finalmente se detuvo agotado y aguzó el oído. Y allí resonaba de nuevo la voz del *Apocalipsis* de san Juan, clara e irrealmente inhumana. La voz dijo:

–Ve, toma el libro abierto de manos del ángel que está sobre el mar y sobre la tierra.

Y el ángel dijo entonces:

–Toma y cómelo, y amargará tu vientre, mas en tu boca será dulce como la miel.

Nada más escuchó el cardenal.

El capataz de una cuadrilla de mozos de la limpieza encontró al cardenal Jellinek por la madrugada, a eso de las cuatro y media, tumbado ante la puerta del Archivo Secreto Vaticano. Aún respiraba.

AL DÍA SIGUIENTE DE LA EPIFANÍA

Lo primero que distinguió el cardenal, tras una capa de niebla blanquecina, fue el amplio balanceo de un pájaro fantasmal que agitaba sobre él sus alas, en medio de un gran silencio. Poco a poco fueron disipándose de sus ojos las borrosas tinieblas, escuchó voces que se le acercaban y Jellinek pudo percibir claramente las insistentes palabras:

—¡Eminencia! ¿Me escucha usted? ¿Me está escuchando, eminencia?

—Sí —contestó el cardenal, y ahora distinguió perfectamente la cofia de una enfermera, el rígido lino almidonado alrededor de un rostro de sonrojada tez.

—¡Todo está en orden, eminencia! —exclamó la monja, adelantándose a sus preguntas—. Sufrió un desvanecimiento.

—¿Un desmayo?

—Lo encontraron sin sentido ante la puerta del archivo secreto, eminencia. Ahora se halla en el Fondo Assistenza Sanitaria. El catedrático Montana se ocupa personalmente de su bienestar. Todo está en orden.

El cardenal siguió con la mirada el tubo de goma que salía de debajo de un vendaje que tenía en un brazo y que llegaba hasta una botella de vidrio colocada en lo alto de un trípode de cromo reluciente. Un segundo cable partía del antebrazo y terminaba en un aparato blanco con una pantalla luminosa de color verde, en la que iban apareciendo líneas zigzagueantes con agudas crestas que marcaban, acompañadas de un suave pitido, el ritmo de los latidos de su corazón. Se fijó entonces en la religiosa, que exhibía continuamente una amplia y forzada sonrisa y no hacía más que asentir con la cabeza, y luego se puso el cardenal a escudriñar el cuarto con los ojos. Todo era de color blanco: las paredes, el techo del aposento, el escaso moblaje, hasta las lámparas de las paredes y el viejo teléfono, ya pasado de moda, que reposaba sobre la blanca mesilla de noche. Nunca había sentido el cardenal la falta de colores en un cuarto con tanta angustia como en esos instantes en los que comenzaba a recordar lo que realmente le había sucedido. Junto al teléfono se encontraba una bola de papel amarillento que alguien habría apañuscado.

Cuando la religiosa advirtió la mirada del cardenal, rozó cuidadosamente el papel con sus dedos, sin cogerlo, y se puso a explicar al paciente, con todo lujo de detalles, que aquel ovillo de papel lo tenía metido dentro de la boca cuando lo encontraron tirado en el suelo y que esa circunstancia había sido harto peligrosa, pues su eminencia podría haberse asfixiado. Le preguntó entonces si se trataba de algo importante.

El cardenal permaneció callado. Podía advertirse claramente que estaba haciendo esfuerzos por recordar; al fin echó mano al papel, sin mirarlo, y se puso a alisarlo entre sus manos, hasta que aparecieron las letras que él mismo había garabateado a toda prisa sobre su superficie.

—*Atramento ibi feci argumentum...* —dijo el cardenal con voz apagada, mientras la monja, que no había entendido sus palabras, bajaba la mirada con aire avergonzado y la clavaba en los pliegues de su hábito blanco al tiempo que mantenía una actitud de aparente indiferencia.

—*Atramento ibi feci argumentum...* —repitió Jellinek—, con pintura negra he aportado allí la prueba...

Su eminencia conocía esas palabras, aun cuando no sabía con exactitud a quién tendría que adjudicárselas; pero estaba completamente seguro de que representaban un indicio, un auténtico indicio de algo.

—¡No debe excitarse, eminencia!

La monja quiso quitarle a Jellinek el papel de la mano, pero éste lo hizo desaparecer rápidamente en su puño. Un murmullo de voces llegó desde el pasillo, se abrió entonces la blanca puerta y una extraña procesión entró al cuarto del enfermo: el catedrático Montana, seguido del cardenal secretario de Estado Giuliano Cascone, al que seguían dos médicos asistentes, que precedían al primer secretario del cardenal secretario de Estado, que iba seguido de un secretario auxiliar y de su reverencia William Stickler, el ayuda de cámara del papa, que cerraba el cortejo. La monja se puso de pie.

—¡Eminencia! —exclamó el cardenal secretario de Estado, tendiendo ambas manos a Jellinek.

Éste trató de incorporarse, pero Cascone empujó suavemente al paciente contra su almohada. A continuación se adelantó el catedrático, se apoderó de la mano del cardenal, le tomó el pulso en la muñeca y asintió satisfecho mientras preguntaba:

—¿Cómo se siente, eminencia?

—Quizás algo débil, *professore*, pero en modo alguno enfermo.

—Ha sido un colapso debido a un fallo en su circulación sanguínea, como tiene que saber, nada especial ni que implique peligro de muerte, pero deberá cuidarse, trabajar menos, pasear más.

—¿Cómo ocurrió aquello, eminencia? —preguntó Cascone—. Le encontraron postrado ante la puerta del archivo secreto, con la ayuda de Dios. La verdad es que no sabría decir dónde hay peores aires que en ese dichoso lugar. No es de extrañar que haya perdido el conocimiento.

—¿Puedo hablar con usted a solas, eminencia?

Y al decir esto, Jellinek miró con firmeza al cardenal secretario de Estado, por lo que los demás comenzaron a salir en fila india de la habitación del enfermo, despidiéndose a toda prisa, unos momentos que utilizó Stickler para comunicar su mensaje y decir que le transmitía la bendición papal. Jellinek hizo la señal de la cruz.

—La excitación —comenzó a explicar el cardenal Joseph Jellinek—, fue por la excitación. Mientras andaba buscando una explicación para la inscripción de Miguel Ángel, hice un descubrimiento...

—No debería tomarse ese asunto tan a pecho —dijo Cascone, interrumpiendo bruscamente al paciente—. Miguel Ángel murió hace cuatrocientos años. Fue un gran artista, pero nada tuvo de teólogo. ¡Qué secreto puede haber ocultado!

—Fue un hombre nacido en la época del Renacimiento —replico Jellinek—. Antes de aquellos tiempos todas las artes habían estado al servicio de la Iglesia, lo que vino después no es cosa que necesite explicarle. Y además... Miguel Ángel provenía de Florencia, y de Florencia nos llegó siempre el pecado.

—Fedrizzi tenía que haber raspado las letras en el mismo instante en que aparecieron las primeras. Ahora ya tenemos demasiados consabidores. Se encontrará, sin duda alguna, una explicación, y el Vaticano estará en boca de todos.

—Pero usted sabe al igual que yo, hermano en Cristo,

que el edificio de nuestra Iglesia no está construido exclusivamente de granito. La arena aflora por algunos lados...

–¿Conque usted cree seriamente –replicó indignado el cardenal secretario de Estado– que un pintor, muerto ya hace más de cuatrocientos años, al que las altas jerarquías eclesiásticas no trataron precisamente de un modo muy cortés, fuerza es reconocerlo, debido al descubrimiento de unas cuantas letras en unos cuantos frescos, podría poner en peligro los cimientos de la Santa Madre Iglesia?

Jellinek se incorporó antes de responder:

–En primer lugar, en el problema que nos ocupa no se trata de unos cuantos frescos sin importancia, hermano en Cristo, sino de los frescos de la Capilla Sixtina; en segundo lugar, si bien es verdad que Michelangelo Buonarroti falleció hace mucho tiempo, no por eso está muerto, pues Miguel Ángel sigue vivo, más vivo hoy en día que nunca en la memoria de los hombres, más de lo que estuvo en vida; y en tercer lugar, creo firmemente que en su odio contra el papado y contra nuestra Santa Madre Iglesia recurrió a todos los medios de que podía disponer un hombre como él. Y digo esto después de haber realizado profundos estudios.

–Me da la impresión de que se pasa las noches en el archivo secreto, eminencia. Y esto es algo que le sienta muy mal, como bien puede ver.

–Se trata de *su* encargo, hermano en Cristo. Fue usted quien me encomendó esta *causa*. Por lo demás, el asunto me interesa tanto, que sacrifico gustosamente por él un par de horas de sueño. ¿Por qué se ríe, cardenal secretario de Estado?

–Simplemente –contestó Cascone, moviendo con incredulidad la cabeza–, me resisto a creer que ocho prosaicas letras, que salieron a relucir, por desgracia, mientras se restauraban unos frescos, puedan inquietar de tal modo a la curia romana.

–Motivos más insignificantes hubo ya en el pasado, hermano en Cristo, y en circunstancias que se produjeron mucho más allá de los muros del Vaticano.

–Pero tratemos de imaginarnos por un momento lo siguiente: ¿qué nos podría pasar si Fedrizzi comenzase mañana mismo a tratar esas letras con una substancia disolvente y las hiciera desaparecer por las buenas?

—Pues se lo voy a decir. El asunto saldría publicado en todos los periódicos y nos acusarían de destruir obras de arte; más aún, no faltarían las conjeturas sobre el texto verdadero de la inscripción y la gente se preguntaría por el motivo que podía haber movido a la curia a eliminar esos signos, y surgirían por doquier falsos profetas, que levantarían falsos testimonios, y el perjuicio sería muchísimo mayor que el beneficio.

Durante su discurso, Jellinek abrió la mano y mostró el papel estrujado al tiempo que explicaba:

—Ya he estado atareado, buscando el modo de descubrir el significado de esas letras.

Cascone se acercó al enfermo, contempló por unos instantes el papel y preguntó:

—¿Y...?

—A, i, efe, a: *atramento ibi feci argumentum...* Este comienzo no parece precisamente muy halagüeño.

Cascone pareció francamente afectado. Hasta ese momento no había concebido gran importancia al asunto, pero ahora el cardenal secretario de Estado tenía que preguntarse muy seriamente si Miguel Ángel no habría escrito algún secreto eclesiástico en la bóveda de la Capilla Sixtina. El cardenal Giuliano Cascone se quedó pensativo y meditabundo y luego preguntó al fin:

—¿Y cómo piensa demostrar la veracidad de su interpretación?

—No puedo demostrarla de momento, y no puedo demostrarla porque todavía no conozco nada más que la mitad, pero tan sólo esta primera interpretación mía es una prueba de lo peligrosa que puede llegar a ser esa inscripción para la Iglesia.

—¿Qué queda por hacer entonces, eminencia?

—¿Me pregunta qué queda por hacer? De hermano a hermano: estamos condenados a utilizar los mismos medios de los que se sirvió el florentino. Y si Buonarroti entró en alianza con el diablo, por nuestra parte nos vemos obligados también a solicitar sus servicios.

Cascone se persignó.

EL DÍA DE SAN MARCELO

A eso del anochecer se detuvo el Fiat azul oscuro del cardenal Jellinek ante la fachada del palazzo Chigi. Ese edificio venido a menos, al que el banquero Agostini Chigi había dado su apellido, debido a que el de su constructor barroco había caído en el olvido, al igual que tantas cosas en esa ciudad, tenía detrás de sí una historia de lo más variada, cuyo remate temporal era el de una comunidad de herederos enemistados entre sí, que había dividido aquella casona destartalada en unidades de viviendas que se alquilaban a unos precios exorbitantes. Un chófer ataviado de cura abrió una de las portezuelas traseras del vehículo, por la que salió el cardenal, que se dirigió con paso resuelto a una pequeña entrada lateral vigilada por una cámara de televisión colocada sobre la puerta. Desde el estrecho cuartucho del portero, situado a uno de los lados del sombrío vestíbulo, el señor Annibale saludó al cardenal, haciéndole amistosas señas. Era ateo, tal como había confesado al cardenal hacía dos años, al dar la bienvenida al prelado cuando éste se mudó al edificio, para añadir después, con un guiño: ... gracias a Dios.

Sobre ese personaje el cardenal sabía además que aparte su colocación de portero, Annibale era agente de cambio, corredor de motocross y miembro del Partido Comunista de Italia.

Pero aún más asombroso que todo esto era la propia esposa del señor Annibale, doña Giovanna, una mujer ya cuarentona pero que hacía honor a su nombre por lo joven que se veía. Su lugar favorito de esparcimiento parecía ser muy particularmente el ámbito de la escalera; en todo caso, el cardenal siempre se mostraba sorprendido cuando al regresar a la casa *no* se topaba con Giovanna. Para subir hasta su apartamento hacía uso el cardenal del viejo ascensor ya pasado de moda, alrededor del cual caracoleaba la ancha escalera de la casa, con su barandilla de hierro repujado, enroscándose como la serpiente en el árbol del paraíso terrenal, y en cierta ocasión, mientras

Giovanna se encontraba fregando los escalones −al parecer los fregaba varias veces al día−, espió por las ventanillas de vidrio esmerilado del ascensor revestido de madera de caoba, por lo que pudo ver desde atrás las carnosas pantorrillas de la portera, las cuales, ¡oh, *miserere domine*!, quedaban al descubierto por unas medias demasiado cortas, las cuales iban sujetadas en sus extremos ribeteados de un color oscuro por unas ligas de lo más pecaminosas. Excitado y enardecido por aquel ofuscamiento sensual, el cardenal fue a confesarse al día siguiente con los religiosos de la orden de los Agonizantes, en las cercanías del Panteón, revelando al clérigo que lo atendió toda la vergüenza que había echado sobre sus espaldas una persona de tan alta condición y jerarquía, en la esperanza de que le impartiese la absolución tras imponerle la severa penitencia merecida. Pero el clérigo de la orden de los Agonizantes, que le tomó confesión en la iglesia de Santa María Magdalena, lo acogió con palabras benévolas y no titubeó en darle su absolución a cambio de dos padrenuestros, dos avemarías y dos glorias, amén del bien intencionado consejo de que se atase a la cintura el cordón de Santa Teresa del Niño Jesús, con el fin de alejar así de su persona todos los pensamientos impúdicos. Le aseguró, por lo demás, que no se trataba de que fuese pecaminoso en sí mismo el espectáculo que había contemplado, sino tan sólo el pensamiento placentero que esa visión podría haber ocasionado, por lo que si en realidad se había deleitado con el susodicho espectáculo, abrigando al mismo tiempo abyectas intenciones, ahí tenía abierto ante él el magnánimo y gran corazón de san Camilo de Lelis, que amparaba y asistía a todos los enfermos.

Fortalecida su alma con el discurso pastoral y habiéndose cerciorado una vez más de las reglas que prescribía para el caso la Encyclopaedia Catholica en su artículo sobre la «castidad», el cardenal entró al día siguiente en el ascensor, apretó resueltamente el botón del cuarto piso y cerró los ojos, con el fin de evitar a toda costa el caer en la tentación, cualquiera fuese su índole, mientras se encomendaba con fervor a santa Inés. Pero el ascensor sólo subió durante breves momentos, demasiado breves como para que pudiese haber alcanzado su meta en el cuarto

piso, y cuando se vio obligado a abrir los ojos, debido a la
fuerte sacudida que sufrió su cuerpo con el frenazo inesperado del ascensor, cuya puerta se abrió inmediatamente, el cardenal contempló ante sí a Giovanna, y pese a
que la mujer no se le presentó en modo alguno en actitud
pecaminosa, de lo que eran claras pruebas el oscuro cubo
de zinc, con su sucio calducho, que llevaba Giovanna en
la diestra, y la mugrienta bayeta que empuñaba en la
siniestra, y pese a que el prelado había fijado la mirada
de un modo involuntario en la persona que en esos
momentos entraba, no por eso dejó de atormentar al
cardenal el recuerdo de la excitante visión del día anterior. Atropelladamente y sin responder siquiera al cari-
ñoso saludo de la portera, el cardenal se precipitó fuera
del ascensor, pero por desgracia, como si el mismo Satanás estuviese implicado en ese asunto, Giovanna le cortó
el paso, oponiéndole el volumen bambaleante de sus
pechos, y mientras el cardenal retrocedía espantado,
como el mal ante los conjuros del exorcista, ella le
decía:

   –¡Segundo piso, eminencia!

   –¿Segundo piso? –balbució el cardenal, tan ofuscado
como el profeta Isaías ante la visión de Dios.

   Y al igual que Isaías, Jellinek apartó el rostro y se dio
media vuelta. Sin embargo, la proximidad de Giovanna,
que sentía a sus espaldas, así como el calor pecaminoso
que despedía su cuerpo, le causaron mareos y vértigos.
Los instantes que transcurrieron entre el cierre automáti-
co de la puerta y la sacudida repentina con la que el viejo
ascensor iniciaba su recorrido se le antojaron interminables, así que maldijo el momento en que había tenido la
idea de montar en el ascensor, pues se veía como la
víctima inocente de una impía seducción, sintiéndose
como Eva en el paraíso, cuando Satanás se le presentó
adoptando la figura de una serpiente, por lo que el cardenal, con el rostro contraído en una mueca de tenaz obsti-
nación, se aferró a la fría barra de latón que circundaba
por dentro al ascensor como asidero para las manos.
Siguiendo el juego de su afectada indiferencia, el cardenal miró hacia la escalera a través de uno de los cristales,
y al hacerlo le hirió como un rayo el rostro reflejado de
Giovanna, por lo que vio muy cerca de él los ojos oscuros

de la mujer, sus pómulos protuberantes y sus labios carnosos y abultados. Cuando Giovanna advirtió la mirada del prelado, se sacudió la cabeza con movimiento brusco, echándose a la espalda su abundante cabellera, y dirigió la vista hacia el techo, para quedarse mirando fijamente el globo blanquecino de la lámpara que pendía del centro. Y con el fin de salvar el silencio embarazoso que se estaba produciendo entre el segundo y el cuarto piso, sin cambiar por ello su postura, se puso a tararear:

–*Funicoli, funicola, funicoli, funicolaaa!*

Pero lo que no era más que el estribillo de una inocente cancioncilla napolitana, en boca de Giovanna, con su voz baja y empañada, se convertía en algo completamente distinto, en una tonada indecente y perversa. Al menos era así como lo sentía el cardenal Joseph Jellinek, tan sólo Dios sabía por qué, pero el caso es que no dejó de contemplar ni un momento los labios de Giovanna valiéndose del cristal en que se reflejaba el rostro de la mujer, por lo que le vinieron a la mente las palabras del clérigo de la orden de los Agonizantes de que no se trataba de que fuese pecaminoso en sí mismo el espectáculo contemplado, sino el hecho de regocijarse abrigando abyectas intenciones. Y lo cierto era que no cabía duda alguna de que se deleitaba con la contemplación de Giovanna, ya fuesen sus intenciones abyectas o sublimes.

–¡Cuarto piso, eminencia!

El cardenal, a quien de repente el trayecto le había parecido demasiado rápido en acabarse, salió precipitadamente del ascensor, procurando, en la medida de lo humanamente posible, dar un amplio rodeo en torno a la portera, mientras susurraba azorado:

–¡Gracias, señora Giovanna, muchas gracias!

Aquel encuentro se había producido hacía ya dos años y desde entonces todo lo que era la caja de la escalera se había convertido para el cardenal en el escenario de acontecimientos cotidianos, pues si se decidía por utilizar los anchos peldaños, podía estar seguro de encontrarse con la portera cuando se encaminaba hacia el cuarto piso, pero ocurría también, y como si en ello interviniesen los insoldables caminos de la divina providencia, que se topaba igualmente con Giovanna aun en el caso de que cogiese el ascensor o de que regresase al hogar a una hora desacostumbrada.

Esa tarde el cardenal eligió para subir a su casa el camino de la escalera. Atormentado por los apetitos carnales, al igual que san Pablo, miró hacia arriba con añoranza, es más, hasta se descubrió a sí mismo dando a propósito sonoras pisadas y retardando el paso, con el fin de dar tiempo a la portera para que se presentase, pero el caso es que llegó hasta la primera planta sin la gratificación del encuentro deseado, por lo que cardenal se vio mortificado por ese tipo de síntomas de abstinencia que es siempre la prueba evidente de una adicción. Siguiendo a pie juntillas los consejos de su confesor, había dado rienda suelta a sus ansias torturantes, en la medida en que ya no trataba de reprimir la visión de Giovanna, sino que se esforzaba por despreciar a esa mujer que tantos ciegos apetitos despertaba. Y de este modo, de acuerdo con las recomendaciones del clérigo de la orden de los Agonizantes, llegaría el día en que se encontraría con las fuerzas suficientes como para librar batalla victoriosa contra las pérfidas tentaciones del mal.

La historia eclesiástica nos enseña, sin embargo, que las visiones de los ascetas son mucho más terribles que las de los grandes pecadores, pues no se detuvieron ni ante san Jerónimo, padre y doctor de la Iglesia, ni ante el jesuita Alonso Rodríguez, teólogo y maestro de moral. Si este último, que compuso y predicó el *Ejercicio de perfección y virtudes cristianas*, sufrió durante toda su vida el martirio de verse acosado por mujeres desnudas, que se le aparecían por las noches en sus sueños, manteniendo sobre sus atormentados ojos la opulencia de sus pechos desnudos, el primero, aquel asceta y penitente barbudo, se topaba a cada momento con hermosas doncellas romanas que bailaban ante él, incluso en el desierto, y ni las esterillas más duras y mortificantes, ni la penosa posición de costado, lograban aplacar sus calamidades. Pero si incluso aquellos que vivieron en estado de santidad sucumbieron a las tentaciones de la carne, ¿cómo podría él, nada más que un cardenal, oponerse a ellas? Desilusionado, subió hasta la segunda, hasta la tercera y hasta la cuarta planta, y mientras las pantorrillas de Giovanna danzaban ante sus ojos, con las medias bajadas y mucho más desnudas de lo que las había visto jamás en la realidad, el cardenal buscó las llaves de la casa en el amplio bolsillo de su negra sotana.

El cardenal Joseph Jellinek vivía sólo, una franciscana se encargaba de llevarle los asuntos de la casa; por las tardes regresaba la monja al convento en que vivía, sobre el Aventino, por lo que el prelado estaba acostumbrado a encontrarse el piso vacío cada vez que regresaba a su hogar. Un lóbrego pasillo, de altas paredes tapizadas con papel de seda rojo, dividía la vivienda en dos partes; al lado izquierdo, una puerta de dos hojas conducía al salón, donde el negro mobiliario del *novecento italiano* hacía alarde de pompa; y al fondo, separada por una puerta corrediza de cristal, se encontraba la biblioteca. El dormitorio, el baño y la cocina se hallaban situados al otro lado del pasillo.

Con los sentidos alterados entró el cardenal en la biblioteca, cuyas dos paredes laterales estaban cubiertas de libros desde el suelo hasta el techo, mientras que la pared del fondo, revestida de madera, no exhibía más que un crucifijo, con un reclinatorio por delante, tapizado en púrpura. El cardenal se dejó caer de rodillas en el reclinatorio y hundió el rostro entre sus manos, pero el rosario que intentó rezar con voz susurrante no le salía correctamente de los labios, e incluso el apasionado *Ave Maria* se vio perturbado por la imagen libidinosa de Giovanna. Ciego de ira se levantó el cardenal de un salto, se puso a dar vueltas de un lado a otro como fiera acorralada, se encaminó luego con paso resuelto al tétrico dormitorio, cuyas ventanas estaban tapadas por gruesas cortinas, se dirigió a una cómoda destartalada, donde se dedicó a revolver como un loco uno de los cajones, hasta que dio con lo que buscaba y sacó al fin un ancho cinturón de cuero. Luego se desabrochó la sotana, se dejó pecho y espalda al descubierto, empuñó el cinto y comenzó a darse de latigazos en el lomo para expiar sus faltas en penitencia rigurosa como santo Domingo el Encorazado. Inició el castigo de un modo titubeante, pero luego, como si la flagelación le proporcionase placer, fue aumentando la intensidad de los azotes hasta hacer que el cinto restallase con sonora fuerza sobre la piel, y sabe Dios que esa noche se hubiese golpeado quizá hasta perder el conocimiento de no haber sonado el timbre, que le arrancó de su estado de trance. El cardenal se vistió de nuevo a toda prisa.

–¿Quién llama? –gritó el prelado desde el final del pasillo.

Distinguió entonces la voz de Giovanna, que le contestaba desde el otro lado de la puerta.

–*Domine nostrum!* –se le escapó al cardenal, que se persignó velozmente y a la ligera antes de abrir la puerta.

–¡Un padre le ha dejado esto! –exclamó Giovanna, entregando al cardenal un paquetito sucio, hecho con papel pardo de envolver y atado con una burda cuerda.

El cardenal contempló fijamente a Giovanna. Se había quedado como petrificado por el susto.

–¿Un... un... padre? –murmuró azorado.

–Sí, un padre, dominico o palotino o como quiera que se llamen, vestido de negro, en todo caso. Dijo que era para usted, eminencia. Eso es todo.

El cardenal se apoderó del paquetito y asintió con la cabeza en señal de agradecimiento, luego cerró la puerta a toda prisa, como si en ello le fuese la vida. Aún permaneció un rato de pie, escuchando cómo se alejaba Giovanna, cuyas pisadas retumbaban por la caja de la escalera, finalmente se dirigió al salón y se dejó caer en una de las butacas tapizadas con ornamento de flores. Aquella mujer era el pecado en persona, la serpiente en el paraíso, la tentación en el desierto. *Domine nostrum!* ¿Qué debería hacer? Acordándose de que el estudio es un bálsamo contra la pasión, el cardenal cogió el misal y lo hojeó con mano temblorosa hasta que se detuvo ante unos pasajes del evangelio según san Lucas, correspondiente al tercer domingo después de la Pascua de Pentecostés: «Se acercaban a Él todos los publicanos y pecadores para oírle, y los fariseos y escribas murmuraban, diciendo: "Éste acoge a los pecadores y come con ellos..." Propúsoles entonces esta parábola, diciendo: "¿Quién habrá entre vosotros que, teniendo cien ovejas y habiendo perdido una de ellas, no deje las noventa y nueve en el desierto y vaya en busca de la perdida hasta que la halle? Y una vez hallada, la pone alegre sobre sus hombros, y vuelto a casa, convoca a los amigos y vecinos, diciéndoles: "Alegraos conmigo, porque he hallado mi oveja perdida." Yo os digo que en el cielo será mayor la alegría por un pecador que haga penitencia que por noventa y nueve justos que no necesitan de penitencia.»

Las palabras del evangelista tranquilizaron al cardenal, actuando como un medicamento que aplacara la fiebre, y ante el temor de que la fiebre del pecado pudiese subirle de nuevo, se levantó de su asiento y se dirigió a la biblioteca, donde se arrodilló en el reclinatorio. Buscó consuelo en los salmos, sobre todo en uno de los entonados por el rey David que le era especialmente grato: «Ven, ¡oh, Dios!, a librarme; apresúrate, ¡oh, Yahvé!, a socorrerme.» El cardenal se puso a leer en voz baja y en tono suplicante:

—«Sean confundidos y avergonzados los que buscan mi vida, puestos en huida y cubiertos de ignominia los que se alegran de mi mal.

»Vuelvan avergonzados la espalda los que gritan: "¡Ea! ¡Ea!"

»Alégrense y regocíjense en ti cuantos te buscan, y sin cesar repitan: "Sea Dios engrandecido", los que aman tu salvación.

»Yo soy un pobre menesteroso. Apresúrate, ¡oh, Dios!, a prestarme auxilio; tú eres mi ayuda y mi libertad; ¡oh, Yahvé!, no tardes...»

Y mientras leía y meditaba de tal modo, se fijó en el paquete que, en su confusión, había dejado a un lado sin darse cuenta. Lo palpó con las manos, examinándolo al tacto, como si le amedrantase el misterio de lo que pudiese contener, y luego se puso a abrirlo con sumo cuidado. ¡Por la santísima Virgen María y todos los santos celestiales!, cierto era que la curiosidad era vicio muy ajeno a toda virtud cristiana, pero ahora ese vicio avasallaba sus piadosas oraciones, al igual que la visión de Giovanna dirigía sus pensamientos por el camino de la impudicia. Y de nuevo se le apareció Giovanna, presentándose con claridad ante sus ojos, y en el interior de la cabeza del prelado retumbaron los versos del Cantar de los Cantares del rey Salomón, jamás en su vida había leído algo más sensual: «¡Qué hermosa eres, amada mía, qué hermosa eres! Son palomas tus ojos a través de tu velo. Son tus cabellos rebañitos de cabras que ondu-

64

lantes van por los montes de Galaad... Cintillo de grana son tus labios... Es tu cuello cual la torre de David... Tus dos pechos son dos mellizos de gacela que triscan entre azucenas...»

El cardenal se quedó estupefacto al retirar el papel, el contenido del envoltorio lo dejaba tan ofuscado como a Pablo la luz del cielo ante las puertas de Damasco: unas gafas con montura de oro y dos zapatillas rojas con sendas cruces bordadas.

DOS DÍAS DESPUÉS

Tras haber invocado al Espíritu Santo para la celebración del concilio extraordinario, el cardenal Joseph Jellinek comprobó la presencia en la sede del Santo Oficio, piazza del Sant' Uffizio, número 11, segundo piso, de las siguientes personas: el eminentísimo y reverendísimo cardenal secretario de Estado Giuliano Cascone, prefecto al mismo tiempo del Consejo para los Asuntos Públicos de la Iglesia, el cardenal Mario López, vicesecretario de la Sagrada Congregación para la Doctrina de la Fe y arzobispo titular de Cesarea, el cardenal Giuseppe Bellini, prefecto de la Sagrada Congregación para los Sacramentos y el Culto Divino, con jurisdicción particular sobre la liturgia en los asuntos rituales y pastorales y arzobispo titular de Ela, y Frantisek Kolletzki, vicesecretario de la Sagrada Congregación para la Educación Católica, con jurisdicción sobre las escuelas superiores y las universidades y rector en unión personal del Collegium Teutonicum Santa Maria dell' Anima; los reverendísimos monseñores y padres Augustinus Feldmann, director del Archivo Vaticano y primer archivero secreto de su santidad, oratoriano del monasterio del monte Aventino, y Pio Grolewski, restaurador de los museos vaticanos y reverendo padre de la orden de predicadores; los asesores y peritos Bruno Fedrizzi, restaurador jefe de los frescos de la Capilla Sixtina, el catedrático Antonio Pavanetto, director general de la Secretaría general de monumentos, museos y galerías pontificias, y Riccardo Parenti, catedrático de historia del arte de la Universidad de Florencia y experto en la pintura al fresco de la época del Renacimiento tardío y comienzos del Barroco, con especial hincapié en las obras de Miguel Ángel, así como Adam Melcer, de la Compañía de Jesús, Ugo Pironio, religioso de la orden de hermanos de San Agustín, Pier Luigi Zalba, de la orden de los siervos de María, Felice Centino, párroco titular de Santa Anastasia, Desiderio Scaglia, párroco titular de San Carlo, y Laudivio Zacchia, párroco titular de San Pietro en Vincoli. Como fedatarios: los monseñores Antonio Barberino, notario, Eugenio Berlingero, secretario de actas, y Francesco Sales, escribano.

Extractos de las actas del Santo Oficio:

El eminentísimo y reverendísimo cardenal Joseph Jellinek exhortó a los presentes antes mencionados a que abordasen el tema de la discusión según la máxima erasmista de *ex paucis multa, ex minimis maxima* y que no subestimasen lo ocurrido, pues se debía tener en cuenta que tanto las artes como las ciencias, sin exclusión de la teología, desde hacía más de dos mil años, habían estado perjudicando a la Santa Madre Iglesia mucho más que todas las persecuciones emprendidas por los romanos contra los cristianos. No se trataba aquí principalmente de dar una interpretación a las enigmáticas inscripciones que habían aparecido en los frescos de la Capilla Sixtina, sino que la misión de ese augusto gremio debería consistir más bien en adelantarse a las especulaciones impías y ofrecer al mismo tiempo, por medio de la publicación del descubrimiento, una explicación que fuese irrebatible

Objeción del eminentísimo Frantisek Kolletzki: el presente concilio le recordaba un caso parecido, que no se remontaba muy atrás en el tiempo y que, provocado por una nimiedad similar, se convirtió en un problema poco más o menos insoluble para la Iglesia por la única y exclusiva razón de haber sido discutido en el seno del Santo Oficio.

Pregunta de Adam Melcer, de la Compañía de Jesús: ¿De qué caso estaba hablando el eminentísimo cardenal Kolletzki? Debería tener la amabilidad de expresarse de un modo comprensible para todos.

Respuesta del eminentísimo Kolletzki (no exenta de

ironía): Estaba dispuesto a aclarar, para la buena comprensión de aquellos adolescentes que aún no lo supieran, con la venia, desde luego, del eminentísimo y reverendísimo cardenal Joseph Jellinek, en su calidad de prefecto de la Sagrada Congregación para la Doctrina de la Fe (licencia concedida por el aludido, mediante un gesto de asentimiento con la cabeza), que en aquel concilio se discutió, de forma tan secreta como inútil, sobre el prepucio de Nuestro Señor Jesucristo, y aunque los congregados actuaron movidos por intenciones piadosas y en el deseo de preservar la castidad y las buenas costumbres cristianas, no hicieron más que convertir el caso en un problema insoluble.

Muestra de indignación por parte de Luigi Zalba, de la orden de los siervos de María.

El eminentísimo cardenal Kolletzki insistió en continuar su discurso: En aquel entonces había sido un jesuita quien había hecho rodar la piedra, al preguntar si era digno de veneración el santo prepucio que se guardaba como reliquia en un convento, pues a fin de cuentas había sido el evangelista san Lucas quien había dado a conocer al mundo que Jesucristo había sido circuncidado al octavo día de su nacimiento y que su prepucio había sido conservado en aceite de nardo. Pero la discusión en el seno del Santo Oficio tuvo consecuencias imprevisibles. No fue sólo el hecho de que empezasen a aparecer prepucios en muy distintos lugares, sino que también aquel excelso gremio se vio confrontado con preguntas como la de si Nuestro Señor Jesucristo, al resucitar y subir al cielo, no se habría llevado consigo sus partes impuras. Sus honorables eminencias se dedicaron a discutir aquel problema con tal ardor y virulencia, que hasta se vio obligada a tomar cartas en el asunto la que en aquel entonces se llamaba Comisión papal para la exégesis del derecho canónico, institución ésta que sólo pudo resolver a medias aquel problema, al decretar expresamente que concedía al sagrado prepucio el rango de reliquia, ya que, según el canon 1281, párrafo 2.°, sólo podrían considerarse como reliquias aquellas partes del cuerpo que hubiesen sufrido también el martirio. En aquel entonces el Santo Oficio tan sólo supo encontrar una única salida al dilema: condenar con la excomunión *speciali modo* cualquier tipo de discusión, bien fuese oral o escrita, sobre el santo prepucio.

Interrupción del eminentísimo cardenal Joseph Jellinek, golpeando con los nudillos sobre la mesa:

—¡No se salga del tema, señor cardenal!

El eminentísimo Kolletzki: Tan sólo había tratado de demostrar que la curia, con sus dicasterios, parecía estar predestinada a hacer de cada mosca un elefante y que, por lo tanto, a veces era preferible renunciar a la palabra y pronunciarse por el silencio. Las palabras tenían la capacidad de abrir heridas, mientras que el silencio, por el contrario, aceleraba toda curación.

El cardenal secretario de Estado y prefecto del Consejo para los Asuntos Públicos de la Iglesia, su eminentísimo Giuliano Cascone, intervino, fuera de sí:

—¡La misión de la curia no consiste en callar! ¡Nosotros debemos decidir aquí, sobre esta mesa, *quoquomodo possumus*!

Por lo que el eminentísimo cardenal Jellinek exclamó, intentando calmar los ánimos:

—¡Hermanos en Cristo, la humildad es la más idónea de todas las virtudes cristianas! Voy a explicar por qué me parece importante la presente causa, es más, por qué la considero peligrosa. Aquí, en este mismo lugar, en esta misma mesa, fue tratado hace trescientos cincuenta años un caso que, Dios se apiade de nosotros, pobres pecadores, ocasionó graves perjuicios a la Santa Madre Iglesia. Me refiero al *caso Galileo Galilei*, que cubrió de vergüenza al Santo Oficio. Deseo recordar que el caso Galileo surgió de una nimiedad aparente, y a saber: cuando se plantearon la pregunta de si la transformación del cielo concordaba o no con la Sagrada Escritura. Exhorto encarecidamente a los presentes a no cometer por segunda vez el mismo error.

Interrupción por parte de Ugo Pironio, de la orden de hermanos de San Agustín, quien gritó indignado:

—¡En el concilio de Trento ya se prohibió toda interpretación de las Sagradas Escrituras que fuese contraria a la de los padres de la Iglesia! Galileo fue condenado con razón.

A lo que contestó el cardenal Jellinek, de modo violento y con gran rudeza:

–En este caso no estamos hablando de derecho canónico. Estamos hablando de los perjuicios que ha causado el Santo Oficio con su conducta a la Santa Madre Iglesia y estamos hablando de cómo por la ineficacia de sus responsables una pijotería insignificante puede llegar a convertirse fácilmente en *causa causarum*.

Monseñor Ugo Pironio, irritado:

–Según los conocimientos científicos de entonces se sabía que el Sol se encontraba en el cielo y se movía alrededor de la Tierra y que la Tierra reposaba inmóvil en el centro del universo. Esto es algo que podía leer cualquier persona culta en los escritos de los padres de la Iglesia, en el Salterio, en el Cantar de los Cantares de Salomón o en el libro de Josué. ¿Tenía que haber permitido acaso Nuestra Santa Madre Iglesia que se pusiese en tela de juicio la veracidad de esos escritos? Yo os digo que no hubiese transcurrido mucho tiempo sin que se hubiese presentado un nuevo hereje afirmando que no había sido Dios Nuestro Señor quien expulsó a Adán y Eva del paraíso, sino que Adán y Eva habían expulsado del paraíso a Dios, al Sumo Hacedor, porque querían quedarse solos, y que esto era cosa que podía ser probada con métodos matemáticos y observaciones astronómicas.

Y monseñor Pironio hizo brevemente la señal de la cruz al concluir su intervención.

–Parece ser que olvidáis, hermano en Cristo, que no fue Galileo Galilei quien no tuvo razón, sino el Santo Oficio, y que no se equivocaron ni la astronomía ni la geometría, sino que erró la teología. ¿O es que para los hermanos de San Agustín el Sol sigue dando vueltas hoy en día alrededor de la Tierra? –Palabras del eminentísimo cardenal Joseph Jellinek, que despertaron gran alboroto. Continúa hablando este último–: Galileo concedía preponderancia absoluta a la teología sobre las demás ciencias, particularmente en lo que se refería a las sagradas enseñanzas de los milagros, a la revelación divina y a la vida eterna. Hasta llegó a llamar a la teología la reina de las ciencias, pero exigió también al mismo tiempo que no se rebajase al nivel de las ciencias inferiores, con sus especulaciones profanas e insignificantes, porque éstas en nada contribuían a la bienaventuranza y porque aquellos que las practicaban no deberían arrogarse la autoridad de decidir en aquellas disciplinas del saber sobre las que no estaban capacitados y sobre las que carecían de todo tipo de conocimientos.

En esos momentos monseñor Ugo Pironio lanzó con furia a los presentes una cita de la obra de san Agustín *Genesis ad litteram*; un predicador de cuaresma no hubiese sido más ardiente:

–*Hoc indubitanter tenendum est, ut quicquid sapientes huius mundi de natura rerum demonstrare potuerint, ostendamus nostris Libris non esse contrarium; quicquid autem illi in suis voluminibus contrarium Sacris Literis docent, sine ulla dubitatione creedamus id falsissimum esse, et, quoquomodo possumus, etiam ostendamus.*

El eminentísimo Mario López, vicesecretario de la Sagrada Congregación para la Doctrina de la Fe y arzobispo titular de Cesarea, respondió en estos términos al orador anterior:

–Monseñor Pironio, no es asunto de las Sagradas Escrituras dar una explicación a los fenómenos cósmicos, al igual que no es asunto de la ciencia explicar las sagradas enseñanzas de la Santa Madre Iglesia. Y éstas no son mis palabras, hermano en Cristo, sino las de Galileo Galilei.

–Las Sagradas Escrituras no pretenden doctrinar sobre la estructura interna de las cosas, ya que esto en nada contribuye a la salvación eterna. ¡Ya conocéis la frase de la encíclica *Providentissimus Deus* de su santidad el papa León XIII! –intervino el eminentísimo cardenal Joseph Jellinek.

El vicesecretario de la Sagrada Congregación para la Doctrina de la Fe prosiguió:

–¿Pretendéis acaso implantar de nuevo las costumbres medievales y afirmaréis que la geometría, la astonomía, la música y la medicina se encuentran tratadas con mayor profundidad en las Sagradas Escrituras que en las obras de Arquímedes, Boecio o Galeno? Lo único que afirmaba Galileo era que los sabios laicos de su época estaban capacitados para comprobar científicamente determinados fenómenos naturales, mientras que otros los enseñaban tan sólo de un modo hipotético. Con justa razón se negaba a discutir sobre la veracidad o falsedad de los primeros, puesto que ellos aportaban comprobaciones con ayuda de la ciencia y él mismo se dedicaba a la investigación junto con ellos, en busca de pruebas para desenmascarar a los últimos y descubrir sus errores. ¿Hubo acaso jamás sabio más honrado? A mí, en todo caso, los argumentos del profesor de la Universidad de Padua me parecen de una honradez sin tacha, sobre todo cuando decía que en el caso de que las pruebas de las ciencias naturales no pudieran ser subordinadas a las Sagradas Escrituras, sino que tuviesen que ser declaradas simplemente como no contradictorias a los Santos Libros, entonces, antes de condenar una explicación a un fenómeno natural habría que verificar primero si carece de comprobación científica, pero esto era algo que no correspondía hacer a aquellos que la tenían por verdadera, sino que era de la incumbencia de los que dudaban de ella.

–*Accessorium sequitur principale!* –gritó el cardenal Jellinek, golpeando repetidas veces con la palma de la mano sobre la mesa de la sede del Santo Oficio y exhortando a los presentes a ceñirse al tema. Había traído a colación el caso de Galileo con el fin de demostrar que la doctrina de la Santa Madre Iglesia se ve menos perjudicada por los ataques de sus enemigos declarados que por la negligencia y la torpeza de los que pertenecen a sus propias filas, y en relación con esto hizo alusión el eminentísimo a la disputa que sostuvieron durante muchos años dominicos y jesuitas en torno a la doctrina de la predestinación de san Agustín, la cual tanto perjudicó a una congregación como a la otra.

Pero esto provocó interrupciones y voces airadas, incomprensibles en su conjunto, por parte de las siguientes personas: Adam Melcer, de la Compañía de Jesús, Desiderio Scaglia, párroco titular de San Carlo, Felice Centino, párraco titular de Santa Anastasia, y el eminentísimo cardenal Giuseppe Bellini, prefecto de la Sagrada Congregación para los Sacramentos y el Culto Divino, con jurisdicción particular sobre la liturgia en las cuestiones rituales y pastorales.

El orador antes mencionado tuvo que realizar grandes esfuerzos para hacerse oír y para encauzar la discusión hacia el tema que se debatía realmente en el concilio, a saber: la interpretación de las inscripciones en los frescos de la Capilla Sixtina; finalmente concedió el uso de la palabra al restaurador jefe Bruno Fedrizzi.

El restaurador jefe Bruno Fedrizzi, después de referirse a ciertos aspectos de las técnicas de la pintura al fresco y de la metodología de los análisis químicos, expuso con todo lujo de detalles cómo se había realizado el descubrimiento de los ocho caracteres en los libros y rollos de pergamino del profeta Joel, de la sibila eritrea y de otras figuras, respetando en su exposición el orden cronológico en que habían sido encontrados, o sea: A – I F A – L U – B – A. Todas esas letras o siglas habían sido pintadas *al fresco seco*, junto con algunas correcciones sin importancia que Miguel Ángel había introducido tras haber terminado el cuerpo en sí de los frescos, tales como ciertos retoques en los contornos, en las proporciones o en las perspectivas.

El cardenal secretario de Estado Giuliano Cascone interrumpió el ponente para preguntar si podía darse por descartada la posibilidad de que esos caracteres en debate hubiesen sido añadidos en una época posterior y no se debiesen por tanto a la mano de Miguel Ángel.

Fedrizzi negó esa posibilidad y adujo como prueba el hecho de que los pigmentos inorgánicos de las letras descubiertas se encontraban también en las zonas sombreadas de los pasajes del Antiguo Testamento; quien dudase por tanto de la autenticidad de esos signos, tendría que dudar también de la paternidad de Miguel Ángel como creador de las pinturas en la bóveda de la Capilla Sixtina.

Si no se sabía de algunas otras siglas en las demás obras del florentino (pregunta del eminentísimo cardenal secretario de Estado).

Respuesta dada por Riccardo Parenti, catedrático de historia del arte de la Universidad de Florencia: Miguel Ángel, siguiendo el uso de su época, no firmó nunca sus obras, si se hacía caso omiso del hecho de que él mismo se retratara en algún personaje. Nadie ponía en duda que las facciones de Miguel Ángel eran las que aparecían en la figura del profeta Jeremías y en el rostro atormentado de san Bartolomé en *El Juicio Final*. De todos modos, aparte el hecho escueto de la simple presencia de esos signos, nada en concreto se sabía hasta la fecha sobre esa peculiaridad del florentino.

—Es decir, que el misterio que hemos descubierto ahora podría encajar perfectamente en la idiosincracia del artista florentino. —Interrupción del eminentísimo cardenal Joseph Jellinek.

Respuesta dada por Parenti:

—Por supuesto. Cuanto más que Miguel Ángel, aparte los frescos de la Capilla Sixtina, no creó ninguna obra pictórica relevante. Y como todo el mundo sabe, esos frescos de la Capilla Sixtina surgieron por imperativo económico y en un clima de odio contra el papa y la curia, mientras el artista se veía obligado a soportar toda suerte de vejaciones, por lo que no parece que pueda descartarse en modo alguno la posibilidad de que el florentino abrigase algún tipo de ideas de venganza, independientemente de la clase de que puedan haber sido. Ya tan sólo las escenas que eligió el artista para decorar la capilla particular del papa no pueden interpretarse más que como una provocación, por no decir un escándalo. Hemos de imaginarnos lo que ocurriría si un artista contemporáneo recibiese hoy en día el encargo de decorar la capilla privada de su santidad y se dedicase a pintar en ella una colección de damas y caballeros completamente desnudos, en actitudes francamente provocadoras y con figuras que se correspondiesen al ideal de belleza de nuestros tiempos, e imaginémonos también que en vez de símbolos cristianos plasmase en su obra escenas descaradas e incitantes sobre el mundo de la droga, sobre la francmasonería o sobre el pop-art. Les aseguro que el escándalo no sería menor.

Agitación entre los miembros del Santo Oficio.

—En su lucha contra el papa —prosiguió Parenti— fue el florentino el que salió victorioso, y fue por desquite por lo que Miguel Ángel repudió toda pintura que se basase en el Nuevo Testamento y hasta cualquier tipo de pintura eclesiástica; es más, resucitó mensajeros del mundo intelectual y del mundo sobrenatural, rindió honores a Dante, al neoplatonismo y al espíritu de la antigüedad, condenado por la Iglesia como pagano, y hasta la fecha no podemos decir con claridad por qué su santidad no protestó contra aquel tipo de representación artística.

Interrupción del cardenal Jellinek, prefecto de la Sagrada Congregación para la Doctrina de la Fe:

–¡Su santidad el papa Julio II no sólo protestó, sino que se enzarzó además en una agria disputa con aquel tozudo artista!

–¿Qué significa eso de tozudo? ¡Todos los artistas que merezcan ese calificativo son tozudos! – Interrupción del reverendo padre Augustinus Feldmann, director del Archivo Vaticano y primer archivero secreto de su santidad.

Pregunta del eminentísimo cardenal Jellinek:

–¿Cómo hemos de interpretar eso, hermano en Cristo?

Respuesta del interpelado:

–Pues de un modo muy sencillo. El arte, en la medida que merece tal apelativo, no es comprable. O por decirlo de otro modo: es de orates creer que el arte se puede comprar. Y de esto el mejor ejemplo es la *causa* que nos ocupa. Su santidad creyó en verdad que Miguel Ángel estaba cumpliendo su encargo, y tal es lo que parecía, de un modo superficial, pero en la realidad el artista se estaba vengando de su cliente altanero, y lo hizo de un modo tal, que su santidad ni siquiera llegó a darse cuenta. Seamos sinceros: esa configuración del gran teatro del mundo, que Miguel Ángel pintó en la bóveda de la Capilla Sixtina, puede ser interpretada de muchísimas formas, y a mí no me satisface en nada la idea común de que el artista, en su afán por ofrecer una representación simbólica, plasmó los tres estados existenciales del hombre como criatura creada por Dios, y a saber: las tres formas esenciales que se corresponden al cuerpo, al alma y al espíritu. Esto no me convence, no en ese simbolismo. La vida cotidiana, el recorrido del hombre por este mundo es algo que está repleto de símbolos, de símbolos que le recuerdan cosas, que le exhortan, que imperan y prohíben, que se entrecruzan y se combaten. No existe el símbolo absoluto, no hay ningún símbolo que tenga el mismo significado en todas las épocas y en todas las culturas. Hasta la misma cruz, un símbolo que pertenece aparentemente al cristianismo primitivo y que nos evoca la resurrección pascual y la fe católica, incluso esa cruz tiene un significado completamente distinto para otras culturas. Por otra parte, para todo, para cada cosa hay varios símbolos, con frecuencia hasta muchos. Lo que quiero decir con esto es lo siguiente: para expresar de un modo misterioso aquello que Miguel Ángel trataba por todos los medios de transmitir, para eso no necesitaba el artista, de ninguna manera, recurrir a las sacerdotisas paganas que se entregaban al arte de la profecía. Y os digo, por mucha apariencia divina que tengan aquellas sibilas, en todo eso no hay ni una mínima parte de ese Dios todopoderoso al que la Santa Madre Iglesia venera como al Ser Supremo, antes nos encontramos, diría yo, en las laderas del Olimpo.

El eminentísimo cardenal Jellinek:

—¡Padre, está hablando como un hereje!

El padre Augustinus:

—Tan sólo estoy expresando lo que a cualquier cristiano culto ha de saltarle a la vista, en la medida en que disfrute de ese don. Y tan sólo lo menciono para que en este concilio se aborde este nuevo hallazgo con la precaución necesaria que resulta de todas estas circunstancias mencionadas y para que no llegue el día en que nos encontremos tan desconcertados ante el problema como lo estuvo su santidad el papa Julio II.

—¿Y qué importancia le concede a la inscripción con la que nos ha sorprendido el señor Fedrizzi? —Pregunta del eminentísimo cardenal secretario de Estado Giuliano Cascone.

—No puedo —comenzó a decir, titubeando, el padre Augustinus Feldmann— ofrecer por el momento ninguna explicación plausible para esas ocho letras, y bien es cierto que no hay nadie más indicado que yo para esa tarea, pero estoy decidido a entregarme en cuerpo y alma al estudio de ese problema, pues es por esto, creo yo, que estamos aquí todos reunidos.

Murmullos de aprobación por parte de todos los presentes.

—Creo —prosiguió el padre Augustinus— que nos encontramos aquí ante un caso evidente de sincretismo, es decir, ante una fusión de ideas religiosas de origen diverso en un todo en el que se puede echar en falta la unidad y la coherencia internas.

Opinión del eminentísimo Mario López, vicesecretario de la Sagrada Congregación para la Doctrina de la Fe y arzobispo titular de Cesarea:

—Esa idea ya ha sido lo suficientemente discutida, no es nueva. Sincretistas fueron llamados en el siglo XVI aquellos filósofos que pretendían actuar de mediadores entre Platón y Aristóteles, lo cual, como bien sabemos, es simplemente imposible. Pero sus advertencias, hermano en Cristo, se refieren más bien a la problemática de la pintura que a la interpretación de la Sagrada Escritura. ¿Me equivoco?

El padre Augustinus:

—Así es, efectivamente, y tan sólo lo he mencionado por que hay buenos motivos para pensar que también en esos caracteres se oculta una especie pérfida de sincretismo.

—O sea, que si le he entendido bien, hermano en Cristo, para poder descifrar ese secreto tenemos que hacernos a la idea de que no solamente hemos de solicitar el consejo de los teólogos que defienden nuestros dogmas de fe, sino también de...

El reverendo padre Pio Grolewski, de la orden de predicadores y restaurador de los museos vaticanos, fue interrumpido, a gritos y de un modo violento, por el eminentísimo cardenal secretario de Estado Giuliano Cascone:

—No tengo por qué recordar aquí al concilio que estamos deliberando de *specialissimo modo*. Nuestra tarea consiste en impedir que la Iglesia y la curia se conviertan en el hazmerreír de todo el mundo. Y si debido a este hallazgo nos viésemos confrontados con un problema teológico, es nuestra misión, la misión de este concilio, solucionar el problema... ¡de *specialissimo modo*!

Silencio.

El eminentísimo cardenal secretario de Estado:

—Quiero expresarme de forma clara. Ni una sola palabra pronunciada en este concilio debe salir a la opinión pública, no antes, en todo caso, de que este concilio haya encontrado una explicación para este *caso*. Y al particular ha de rezar como principio supremo: el dogma está por encima del arte.

El reverendo padre Desiderio Scaglia, párroco titular de San Carlo, llamó a reflexionar a los presentes sobre el hecho de que los frescos de Miguel Ángel habían sido desde hace siglos un manantial de fe para millones de cristianos, al igual que las escenas del Antiguo Testamento, con la representación del Dios Creador, habían sido causa de conversión para muchas generaciones. De ahí que la *causa* en discusión fuese menos un problema teológico que un problema sobre el grado de publicidad que pudiese tener el asunto.

Adam Melcer, de la Compañía de Jesús, declaró a continuación que, tras una minuciosa comprobación de los hechos en la bóveda de la Capilla Sixtina, no había distinguido las mencionadas siglas, tan sólo intuido, en el mejor de los casos, por lo que se negaba rotundamente a discutir con tal seriedad sobre meras suposiciones.

El professore Pavanetto, director general de la Secretaría general de monumentos, museos y galerías pontificias, sin pronunciar palabra alguna, hizo deslizar sobre la mesa un fajo de fotografías, que Adam Melcer inspeccionó con curiosidad, observándolas a través de unas gafas que empuñaba a guisa de lupa.

—Todo esto no significa nada, absolutamente nada —repetía su reverencia, cada vez que terminaba el examen minucioso de una foto—, no significa nada. La fe cristiana exige de nosotros la creencia en aquello que no se basa en la comprobación necesaria y exhaustiva de lo creído por medio de la percepción y el pensamiento, ¿por qué no habría de exigir entonces también de nosotros la incredulidad ante aquello que es comprobado mediante la percepción y el pensamiento?

Ataque de ira por parte del eminentísimo Mario López, vicesecretario de la Sagrada Congregación para la Doctrina de la Fe y arzobispo titular de Cesarea, que gritó encolerizado:

—¡Charlatanería jesuítica! Vosotros, los hombres de la Compañía de Jesús, siempre os habéis dado buena maña para adaptaros a cualquier tipo de situación, y de tal modo, que siempre lográis encarar los problemas con el menor esfuerzo. *Et omnia ad maiorem Dei gloriam!*

Intervención del eminentísimo cardenal Jellinek, tratando de calmar los ánimos:

—¡Hermanos en Cristo, os pido moderación! ¡Moderación en el nombre de Nuestro Señor Jesucristo!

Adam Melcer al eminentísimo López: Debería pedir disculpas, no a él, que no era digno de tales honores, sino a la *Societas Jesu*, que no tenía por qué permitir ser ofendida por asiáticos arzobispos titulares. Y a continuación Melcer hizo además de abandonar la sala.

—¡Hermanos en Cristo! —gritó el eminentísimo cardenal Jellinek, llamando a la calma y a la cordura, y conminó *ex officio* a Adam Melcer para que volviese a ocupar su puesto.

Melcer preguntó entonces si Jellinek había hablado expresamente *ex officio*, ya que de lo contrario no podría hacer caso de su requerimiento, debido a la gravedad de la falta en que había incurrido el eminentísimo arzobispo titular, por lo que Melcer no tomó asiento hasta que no le fue ratificado expresamente que la intimación había sido hecha *ex officio*; de todos modos, fuera de sí y manipulando sus gafas con gran nerviosismo, anunció su decisión de apelar a la Penitenciaría apostólica para que el mismo cardenal gran penitenciario le presentase sus disculpas.

Después de calmar los ánimos de las partes en disputa, el cardenal Jellinek planteó la pregunta de si existía algún tipo de relación interna entre los caracteres encontrados y las representaciones de los profetas y sibilas, si la letra A, en relación con los profetas Joel y Jeremías, permitía sacar algún tipo de deducción, o si la letra B podía ser algún indicio grafológico que apuntase a la sibila persa, y si esto rezaba también para las siglas L U en relación con el profeta Ezequiel y para las siglas I F A con respecto a la sibila eritrea.

El reverendo padre Augustinus Feldmann, director del Archivo Vaticano, tomó la palabra y lo primero que hizo fue llamar la atención de los presentes sobre el significado de la palabra Joel, cuya traducción del hebreo significa algo así como «Jahvé es Dios». En su profecía describe los estragos del «día del Señor», con la efusión del Espíritu divino sobre Israel y el juicio a todos los pueblos gentiles, texto éste que es de una brevedad inusitada, en crasa contradicción con las interminables profecías de Ezequiel, que llenan un libro entero con sus lamentaciones fúnebres, sus suspiros y sus alaridos de dolor; en ese orden religioso y moral han sido suprimidos los atrevidos cánticos de amor. Pero incluso recurriendo a la ayuda de ciencias ocultas, como las que tratan de la mística de las letras y los números, no podría establecerse ningún tipo de nexo causal entre los caracteres encontrados y los profetas, y lo mismo podría decirse con respecto a las sibilas.

Objeción del catedrático Antonio Pavanetto: Si no sería conveniente otorgar una mayor importancia al hecho de que los profetas Joel y Ezequiel estuviesen marcados con esas letras, mientras que no se encontraba ninguna en Jeremías, Daniel e Isaías. Y esta pregunta afectaba también, como era lógico, a las sibilas, de las que precisamente la eritrea y la persa estaban marcadas, mientras que las sibilas de Delfos y de Cumas se quedaban en ese caso con las manos vacías.

Esta pregunta encontró una aprobación general, pero se quedó sin respuesta, por lo que siguió siendo un enigma.

El eminentísimo Frantisek Kolletzki, vicesecretario de la Sagrada Congregación para la Educación Católica, señaló que en las doctrinas místicas judías se recurría con frecuencia a la magia de las letras y de los números y que en la cábala las letras poseían valores numéricos determinados, que podían ser utilizados para efectuar cálculos adivinatorios.

—¡Hermano en Cristo! —exclamó el reverendo padre Desiderio Scaglia, párroco titular de San Carlo, interrumpiendo con vehemencia al orador—. ¿Cómo han podido llegar esos signos cabalísticos a la bóveda de la Capilla Sixtina? ¿Pretendéis afirmar acaso que Miguel Ángel fue un cabalista, un hereje? Opino que nos deberíamos inclinar por interpretaciones que nos son más familiares, como las fórmulas de bendición medievales, las cuales, y no es algo que necesite subrayar aquí, fueron condenadas por la Iglesia como supersticiones impías. En las letras iniciales de las distintas palabras se reproducían fórmulas de encantamiento. La más conocida de todas es la bendición de Zacarías en contra de la peste, cuyas letras iniciales aparecían en amuletos, escapularios, campanas y cruces de Zacarías, con un texto similar al del conjuro empleado en la bendición de san Benito. La fe cristiana me prohíbe repetir aquí esa serie de letras, pero en todo caso no guardan éstas ninguna relación con la serie de la que nos estamos ocupando en nuestra discusión.

Pregunta del cardenal Giuseppe Bellini, prefecto de la Sagrada Congregación para los Sacramentos y el Culto Divino: Si ya se habían realizado investigaciones sobre esos caracteres, comparándolos con los tipos de notación musical, ya que el método más antiguo de la escritura musical había sido el que utilizaba las letras del alfabeto para representar las notas, mientras que el sistema de notación con pentagrama no había sido utilizado hasta comienzos del presente milenio. San Odón, segundo abad de Cluny, no había utilizado más que letras para retener en el papel sus apasionados cantos gregorianos.

–Si le he entendido bien, señor cardenal –objeción del eminentísimo cardenal Jellinek–, abriga usted la sospecha de que detrás de las letras de Miguel Ángel se oculta una melodía, la que, por su parte, se corresponde a un texto con un mensaje determinado.

Señal de asentimiento por parte del aludido.

Gritos de protesta por parte de los religiosos Pier Luigi Zalba, de la orden de los siervos de María, Ugo Pironio, de la orden de los hermanos de san Agustín, y Felice Centino, párroco titular de Santa Anastasia. Este último dijo, muy agitado:

–Hermanos en Cristo, estamos siguiendo el mejor de los caminos para alejarnos completamente del terreno de los hechos. Estamos discutiendo en torno a fórmulas de encantamiento y textos de canciones desconocidas, en vez de buscar el conocimiento en las oraciones piadosas. Que Dios sea con nosotros.

Respuesta dada por el oratoriano Augustinus Feldmann:

–La fe cristiana, hermano en Cristo, se aparta diariamente del terreno de los hechos; es más, la fe es enemiga de los hechos, y lo aparentemente incomprensible sólo se convierte en comprensible bajo el símbolo de la fe. Ningún cristiano creyente dudará de la veracidad del *Apocalipsis* de san Juan, que siempre ha sido mensaje de consuelo para cada generación de cristianos, independientemente de cuál fuese la historia temporal, y sin embargo, el *Apocalipsis* plantea multitud de enigmas, que no han podido ser solucionados hasta el día de hoy. ¿Pretenderéis dudar acaso por eso, hermanos en Cristo, de la veracidad de la revelación divina de san Juan? ¿Pondréis en tela de juicio que el *Apocalipsis* de san Juan se corresponde en su esencia a aquella revelación divina que nos comunicó Nuestro Señor Jesucristo, ya a finales de su paso por este mundo, tan sólo porque las revelaciones de san Juan resultan a veces incomprensibles y porque han sido objeto de una interpretación pagana?

El eminentísimo cardenal Jellinek interrumpió al orador para exigirle que precisase sus ideas:

—¿Cómo queréis interpretar el *Apocalipsis* de san Juan, trece del once al dieciocho, si no es recurriendo a la magia numérica? Dice san Juan: «Vi otra bestia que subía de la tierra y tenía dos cuernos semejantes a los de un cordero, pero hablaba como un dragón.» Y concluye luego: «El que tenga inteligencia calcule el número de la bestia, porque es número de hombre. Su número es seiscientos sesenta y seis.» Tal es el texto de la Sagrada Escritura, que todos conocéis.

Nueva pregunta:

—¿Es que necesita ese texto una interpretación? —planteada probablemente por Felice Centino.

Respuesta del reverendo padre Augustinus Feldmann:

—Por supuesto que no. El hombre cristiano tiene la capacidad de creer por simple razón de fe; pero en el mandato doctrinal de Nuestro Señor Jesucristo está implícito también el mandato de la exégesis. ¿Quién es, por tanto, ese animal al que corresponde un número de hombre y cuyo número es seiscientos sesenta y seis? Ya a los cien años de la muerte de san Juan no podía darse respuesta a esa pregunta, y hasta el día de hoy desconoce la respuesta a esa pregunta la teología cristiana, a menos que...

—¿A menos qué? —gritaron al unísimo varios de los presentes.

—A menos que recurramos a la magia numérica de la gnosis greco-oriental.

Voces de protesta generalizadas. Entre ellas la del reverendo padre Felice Centino, párroco titular de Santa Anastasia, que dijo, persignándose:

−¡Dios se apiade de nosotros!

Intervención del eminentísimo cardenal Jellinek:

−¡Prosiga, hermano!

A continuación el padre Augustinus, ahora inseguro y mirando en torno suyo:

−De lo que voy a informar ahora es de algo que cada uno de vosotros puede corroborar en el Archivo Vaticano, pues tiene acceso a ello; os ruego que tengáis esto en cuenta. La secta del gnóstico Basílides, filósofo de la antigüedad tardía, perpetró sus desmanes alrededor del año ciento treinta después del nacimiento de Nuestro Señor Jesucristo, utilizaba la palabra mágica ABRAXAS, entre otras cosas, para reconocerse entre ellos, pero también como fórmula mágica. La palabra está compuesta al parecer por las letras iniciales de los nombres de las divinidades hebreas y, aparte que siete sea el número de sus letras, ofrece además algunas otras particularidades: según la numerología de esa secta, los números representados por las letras de esa fórmula mística dan, una vez sumados, la cifra de 365, por lo que *ABRAXAS*, en tanto que número de los días del año, simboliza la totalidad, el conjunto de todas las cosas, la divinidad misma, siendo A = 1, B = 2, R = 100, A = 1, X = 60, A = 1 y S = 200. También la palabra *meithras*, «mithra» o «mitra», pues el diptongo «ei» nos viene del griego, arroja, según esa numerología esotérica, la cifra de 365, y el nombre de Iesous, de nuevo con el diptongo griego, nos da la cifra de 888. Pero volvamos al *Apocalipsis* de san Juan y a su misteriosa cifra de 666: en las letras que antes he mencionado y en conformidad con el correspondiente sistema numérico, la suma de 666 la obtendríamos con la siguiente serie de letras: AKAIDOMETSEBGE. Palabra que no resulta menos absurda y enigmática que la inscripción de Miguel Ángel que hemos encontrado. Si tenemos en cuenta de que el *Apocalipsis* de san Juan fue redactado en idioma griego y si dividimos esas letras en abreviaciones, tendremos por tanto: A. KAI. DOMET. SEB. GE, que no es más que la abreviación correcta del título oficial del emperador Domiciano: Autokrator Kaiser Dometianos Sebastos Germanikos. San Juan escribió el *Apocalipsis* durante su destierro en la isla griega de Patmos, ocupada por los romanos, y no puede desecharse así como así la explicación de que con esa alusión numérica no pretendía otra cosa más que fustigar el culto al emperador, extendido en aquel entonces y en el que se divinizaba a un gobernante terrenal.

Después del discurso del reverendo padre Augustinus se produjo un largo silencio.

Luego tomó la palabra el cardenal secretario de Estado Giuliano Cascone:

–¿Y cree usted, hermano Augustinus, que la inscripción de Miguel Ángel podría ser de índole similar? ¿Piensa que el florentino utilizó la magia numérica de una secta pagana para comprometer al papa y a la Iglesia?

El interpelado respondió a su vez con otra pregunta:

–¿Tenéis una explicación mejor?

Esta pregunta quedó sin respuesta; finalmente tomó la palabra el prefecto del concilio, el eminentísimo cardenal Joseph Jellinek, declarando que la discusión había demostrado que el asunto no debería ser tomado a la ligera, por lo que encomendó *ex officio* al reverendo padre Augustinus Feldmann, director del Archivo Vaticano y primer archivero secreto de su santidad, para que éste preparase la debida documentación sobre ciencias ocultas y cultos esotéricos en la época de los siguientes papas: Julio II, León X, Adriano VI, Clemente VII, Paulo III, Julio III, Marcelo II, Paulo IV y Pío IV. Al professore Riccardo Parenti, catedrático de historia del arte de la Universidad de Florencia, se le pidió que investigase acerca de las causas del anticatolicismo en Miguel Ángel, así como sobre los posibles contactos con ideologías enemigas de la Iglesia y que estuviesen en boga en vida del artista. Fue designado el eminentísimo cardenal Frantisek Kolletzki, vicesecretario de la Sagrada Congregación para la Educación Católica y rector del Collegium Teutonicum, para que consultase *specialissimo modo* a un especialista en semiótica sobre la interpretación de las inscripciones. Como fecha para el siguiente concilio se fijó el lunes siguiente a la fiesta de la Candelaria.

Dan fe de esta acta:

Monseñor ANTONIO BARBERINO, notario
Monseñor EUGENIO BERLINGERO, secretario
Monseñor FRANCESCO SALES, escribano

ENTRE EL SEGUNDO Y EL TERCER DOMINGO DESPUÉS DE LA EPIFANÍA

Augustinus, el oratoriano, no podía recordar haber sido citado jamás por el cardenal secretario de Estado Giuliano Cascone, pese a que llevaba ya casi treinta años de servicio; era indudable que el archivero se encontraba en uno de los escalafones más bajos dentro de la jerarquía de la curia romana. Augustinus estaba habituado a recibir sus órdenes por escrito y a cumplir con precisión meticulosa todos los encargos que le fueran encomendados. La curia es un gran mecanismo de relojería y él, Augustinus, no era sino la más minúscula de sus ruedecillas. Tanto mayor fue por tanto la sorpresa del oratoriano cuando monseñor Raneri, primer secretario del eminentísimo cardenal secretario de Estado, le citó a su despacho y él se apresuró a hacer lo que se le pedía. Augustinus se encaminó hacia su destino atravesando el patio de la Piña, luego se detuvo ante el portal del patio de San Dámaso, dio allí su nombre, explicó el motivo de su visita y le dejaron pasar tras haber verificado sus palabras mediante una breve consulta telefónica.

El cardenal secretario de Estado se cuenta entre ese reducido número de cardenales que no sólo trabajan en el Vaticano, sino que también habitan en sus dependencias. En el primer piso retumbaba el sonoro cacareo de un fagot, cuyas notas penetraban ahora en el oído del visitante. Para mayor gloria de Dios, para su propia e íntima satisfacción y para el placer de la curia romana, el primer secretario del cardenal secretario de Estado Cascone soplaba aquel instrumento de madera, de lengüeta doble, en cada minuto libre. En la segunda planta del palacio el reverendo padre Augustinus atravesó una serie de antesalas dispuestas una a continuación de la otra, de las cuales una de ellas se quedó grabada en la memoria del visitante porque estaba adornada con un baldaquín rojo, bajo el que colgaba el escudo del cardenal, y también se fijó en otra debido a que su único mobiliario era una mesa pegada a la pared, sobre la que descansaba, debajo de un crucifijo, la birreta de tres picos del cardenal, y de este modo llegó el visitante a la *anticamera nobile*. También aquí imperaba la mayor austeridad en el mobiliario; en todo caso, la única mesa que había, con una docena de asientos de respaldo alto, parecía como perdida en el amplio aposento. El secretario, que había acompañado hasta allí al padre Augustinus, señaló al archivero una de las sillas y desapareció sin decir ni una palabra por una de las dos puertas que había en la pared del fondo. Las altas paredes de aquel salón estaban recubiertas de damasco rojo; los grandes ventanales, cubiertos por cortinas de brocado, tan sólo permitían el paso al recinto de una luz difusa.

Entre sonoros chirridos se abrió entonces una de las dos puertas y el cardenal secretario de Estado Cascone, seguido por su primer secretario y por un secretario auxiliar a quien Augustinus no conocía, entró en la antecámara con los brazos abiertos, como el mensajero portador de buenas noticias. Augustinus se puso de pie y se inclinó, haciendo una reverencia, mientras el cardenal secretario de Estado exclamaba en voz alta:

−¡Padre Augustinus, *laudetur Jesus Christus*!

Haciendo un breve movimiento con la mano el cardenal indicó a su visitante que tomara asiento y se dirigió luego al otro extremo de la mesa para ocupar allí una de las sillas. Lanzó una mirada de reojo a sus dos secretarios, que ya se disponían a situarse de pie detrás de él, y éstos se retiraron sin saludar.

Durante unos instantes estuvieron los dos hombres sentados frente a frente, sin intercambiar palabra alguna.

−Padre −comenzó a decir el cardenal secretario de Estado, como quien se dispone a un largo circunloquio−, le he hecho venir porque sé apreciar muy bien su circunspección y su inteligencia en todo lo que se refiere al manejo de documentos. Nosotros dos, padre, somos miembros de un cuerpo importante, el cuerpo de la curia. Y si a *mí* me toca desempeñar la fuerza del brazo, que actúa y configura, usted, padre, es la memoria que nada olvida, no olvida lo bueno, ni tampoco lo malo.

Augustinus mantuvo la mirada gacha, no sabiendo a ciencia cierta si tendría que responder o no al cardenal secretario de Estado; finalmente dijo:

–¡Para mayor gloria de Dios y de su Santa Madre Iglesia, eminencia! –Y tras una breve pausa añadió–: He servido a cinco papas, eminencia, para cuatro de ellos levanté y sellé el acta de defunción, he preparado y archivado una media docena de encíclicas y he clasificado un sinfín de *buste*. Creo poder decir que he dejado mis huellas, es cierto.

–Quiero decir –le interrumpió el cardenal, prosiguiendo su discurso– que eso es más que suficiente para una vida humana...

–¡No! –exclamó el archivero.

–¿Que no?

–Sé lo que va a decirme, eminencia. Va a decirme que ya he trabajado bastante y que ahora debería retirarme a mi casa profesa y dedicar los años que me quedan de vida a la mayor gloria de Dios. ¡Eminencia, no puedo hacer eso! Necesito mis *busti*, mis *tondi*, necesito el polvo del archivo como el aire para respirar. ¿Alguien ha podido reprocharme acaso nunca por mi descuido o por mi desorden? ¿Se perdió jamás algún documento?

La voz del archivero subió de tono y se volvió temblorosa.

–No, padre Augustinus. Precisamente porque ha cumplido su misión sin tacha alguna es por lo que parece conveniente retirarse antes de que vengan las primeras quejas, antes de que se deslicen los primeros errores, antes de que alguien pueda lamentarse de que el padre Augustinus es también ya viejo, como no podía ser de otro modo, y de que su memoria no es ya lo que era.

–Pero mi memoria funciona perfectamente, eminencia, mejor que en mis años mozos, retengo en mi mente todas las signaturas de todos los departamentos, y ese archivo tiene más departamentos que cualquier otro archivo de la cristiandad. ¡Señáleme cualquier manuscrito importante de la historia eclesiástica, cualquier código o cualquier bula, y yo le diré la referencia de memoria, y cualquiera de mis *scrittori* podrá presentarle el documento en breves instantes!

El cardenal secretario de Estado levantó las manos en alto.

–¡Padre! –exclamó–. Padre, le creo, hasta creo que de momento no hay nadie que esté mejor cualificado para ese puesto que usted; pero me parecería una gran falta de responsabilidad dejarle en su puesto hasta el final de sus días y no dar ninguna oportunidad a una persona más joven. He estado haciendo averiguaciones y me he fijado en un fraile benedictino muy capaz, el padre Pio Segoni, del monasterio de Montecassino, persona con estudios universitarios en filología antigua. Y la regla de san Benito de Nursia es la mejor preparación para un archivero.

—Conque es eso...

Profundamente afectado, el padre Augustinus volvió la mirada. Le parecía en ese instante que se le derrumbaba el edificio construido a lo largo de toda una vida y que sus ruinas se le venían encima.

—Conque es eso —repitió con un murmullo casi inaudible.

Se levantó entonces de su asiento el cardenal secretario de Estado, sin apartar de la mesa las palmas de sus manos, y dio por terminada la conversación con las siguientes palabras:

—La humildad, padre, es el medio más eficaz para llegar al cielo... *in nomine domine.*

Y como si en ello hubiese intervenido la mano de un fantasma, se abrió entonces la puerta por la que había entrado Cascone, y aparecieron por ella el primer secretario y el secretario auxiliar para salir al encuentro del cardenal secretario de Estado.

Cabizbajo y preocupado regresó el padre Augustinus por donde había venido. Tenía la mirada perdida y sus pensamientos giraban en torno a la palabra «humildad» y en torno a la pregunta de si Filippo Neri, el fundador de su congregación, hubiese calificado de humilde ese tipo de obediencia, si no habría enjuiciado más bien esa actitud como un producto de la autohumillación y de la mentalidad de esclavo, si él mismo no se hubiese rebelado contra esa arrogancia, esa desfachatez y ese cinismo. Durante toda su vida el padre Augustinus no se había sentido predestinado para asumir el papel de pastor, era él un hombre de horda, un ser que recibía órdenes, una persona acostumbrada a trabajar y para quien el poder era una palabra extraña. Pero jamás en su vida se había sentido el oratoriano tan impotente, y en su pecho se inflamó la ira, sentimiento éste que hasta entonces le había resultado tan ajeno como la doctrina islámica.

EN EL DÍA DE SAN PABLO ERMITAÑO

El cardenal Joseph Jellinek solía jugar al ajedrez una vez por semana. Jugar puede que no sea la palabra correcta para un acto de devoción que tenía un carácter abiertamente ritual, con sus ceremonias preliminares y ese hábito incorregible de la *pièce touchée*, que consistía en ir tocando todas las piezas, una tras otra, antes de efectuar la siguiente jugada. Es más, el cardenal pertenecía a esa categoría de personas que no sólo se limitan a jugar al ajedrez, sino que lo necesitan y que alimentan en secreto su pasión incluso cuando las circunstancias no les permiten entregarse de lleno a su afición, por lo que más de una vez había tenido que interrumpir la lectura de su piadoso breviario cuando se le ocurría una idea para un nuevo gambito, es decir, para ese lance del juego de ajedrez que consiste en sacrificar, al principio de la partida, algún peón o pieza con el fin de lograr una posición favorable con miras a un ataque futuro; y como quiera que entre los jugadores de ajedrez resulte habitual dar nombres pomposos a ese tipo de hallazgos, el cardenal los designaba con las referencias de los pasajes de las letras divinas que se encontraba leyendo cada vez que tenía tales ocurrencias. Como es natural, eran de sobra conocidos en el Vaticano el «gambito Romanos, 13», que se le había ocurrido en el primer domingo de adviento, o el «gambito Efesios, 3», idea que tuvo en la fiesta del Sagrado Corazón de Jesús, manías que eran toleradas con una sonrisita sardónica hasta en los círculos más altos de la Santa Sede, precisamente porque se desconocía el origen verdadero de las mismas.

El primer adversario del cardenal había sido el eminentísimo monseñor Ottani, quien solía abrir el juego de un modo completamente inofensivo, moviendo e2-e4 (a lo que Jellinek, de manera igualmente profana, respondía con e7-e5), pero que con el correr del tiempo y de las partidas jugadas, fue perfeccionando su táctica cada vez más, con lo que no fueron ya raras las ocasiones en las que le daba jaque mate, y tras la muerte de aquel cardenal secretario de Estado se puso de acuerdo con el obispo Phil Canisius, director general del Istituto per le Opere di Religione, cuyas obras, ante los ojos de los legos, tienen menos que ver con la religión que con el dinero. Pero esa alianza fue de muy breve duración, ya que Jellinek sentía un profundo desprecio por la costumbre de intercambiar figuras sin ninguna contemplación, cosa que al obispo parecía proporcionarle un placer inmenso, mientras que él, el eminentísimo cardenal Jellinek, prefería con mucho el juego de posiciones y los desarrollos de estrategias sorpresivas. Desde entonces jugaba con el ilustrísimo monseñor William Stickler, el ayuda de cámara de su santidad, todos los viernes, por regla general, ante una buena botella de Frascati, y hay que decir que Stickler era un adversario de sobresalientes dotes, no sólo porque jugaba con gran circunspección y de un modo envidiablemente elegante, sino porque se conocía casi todas las variantes por sus nombres y porque podía contar alguna anécdota sobre cada una de ellas. Eran momentos en los que el mundo se reducía al angosto ámbito iluminado por la antigua lámpara de pie que tenía Jellinek en su salón, a esos sesenta y cuatro cuadros sobre los que caían sus haces mortecinos, y tan sólo el ruido acompasado que producía el viejo reloj de péndula de estilo barroco recordaba en algo el momento presente.

En la Sala di Merce, una especie de cámara del tesoro perteneciente al Archivo Vaticano, en la que se guardaban los regalos valiosos que habían recibido los papas, se encontraba depositado un espléndido tablero de oro, esmaltado en púrpura, cuyas piezas, del tamaño de la palma de la mano, estaban hechas de oro y plata, regalo de un duque de la familia de los Orsini a su santidad. Ese juego de ajedrez se encontraba siempre dispuesto, con sus piezas perfectamente ordenadas para dar comienzo a una partida, entre relojes, cálices y cintas suntuosas, sin que hubiese sido utilizado ni una sola vez; pero desde que Stickler habló en cierta ocasión de aquel ajedrez maravilloso, y desde entonces habían transcurrido, a fin de cuentas, unos dos años, se había establecido entre él y Jellinek una partida de duración aparentemente infinita, sobre la cual guardaba silencio absoluto cada uno de ellos, sin que jamás se les ocurriese pronunciar ni una palabra sobre el tema, aun cuando tanto el uno como el otro podía o creía saber, por la reacción de su adversario, cómo se había producido la última jugada. Transcurrían a veces dos semanas, y hasta tres, antes de que hubiese algún cambio de posición en las piezas del tablero que se encontraba en la cámara del tesoro, y tal era el tiempo que tenía que esperar uno de los dos hasta que le tocase el turno, pero también esto era algo que pertenecía al acuerdo tácito que se había establecido entre ellos, el que el adversario tuviese que retirarse con las manos vacías si aún no se había producido la siguiente jugada. Es más, las diversas jugadas demostraban a las claras que se hallaban muy separadas unas de otras en el tiempo, por lo que éste era más que suficiente para la reflexión, resultando así un juego del más alto nivel imaginable, que aumentaba en refinamiento en la misma medida en que iba prolongándose el intervalo entre dos jugadas consecutivas. En cierta ocasión, cuando Jellinek se permitió el lujo de esperar tres semanas enteras antes de mover su torre desde a4 a e4, cosa que al principio pareció de una simpleza digna de compasión, pero que posteriormente demostró ser una jugada francamente brillante, el ilustrísimo monseñor Stickler no pudo menos de apuntar como quien no quiere la cosa, durante una de sus siguientes reuniones, que el ajedrez no era en realidad un juego para hombres de su edad, pues había que tener en cuenta que el campeonato mundial de ajedrez de más larga duración que había habido se había prolongado a lo largo de veintisiete años. Ninguna otra observación hizo Stickler al respecto.

Esa tarde, en el salón del apartamento del cardenal en el palazzo Chigi, Jellinek llenó los vasos, tal como solía hacer cada viernes, cuando se reunían, y movió el peón blanco desde e2 hasta e4. Stickler contestó trasladando el suyo desde e7 hasta e5 y apuntó al particular:

—Los peones son el alma del ajedrez.

El cardenal Joseph Jellinek asintió con la cabeza, mientras movía su alfil de rey hasta c4.

−¡Pero no para mí! −añadió el ilustrísimo monseñor, comentando la sentencia anterior−. Fue Philidor quien esto dijo, hace ya doscientos años, un genio del ajedrez y gran compositor por añadidura, que por cierto murió en Londres, pese a que era francés.

El cardenal parecía esforzarse a ojos vistas por no hacer el menor caso de las explicaciones de Stickler, pues en esa fase inicial del juego las tenía por burdas maniobras para distraer su atención y cuyo único objeto era el hacerle salir de sus casillas, lo que hubiese significado para el otro tener la partida ya medio ganada. Por supuesto que conocía a Philidor; ¡qué jugador de ajedrez, que por tal se reputase, no lo conocería!

Stickler empuñó entre tanto su alfil de rey, al que llamaba «obispo» con una cierta terquedad digna de mejor empeño, y lo colocó en c5, a raíz de lo cual el cardenal, ni corto ni perezoso, se apresuró a echar mano de su dama blanca y la deslizó hasta h5, amenazando de este modo al rey negro.

−¡Jaque al rey! −anunció el cardenal, mientras monseñor Stickler repetía varias veces:

−Las damas cuestan caro, las damas cuestan muy caro.

Ahora tendría que comprobarse el valor de la jugada de Jellinek, tan agresiva en apariencia. Sabía perfectamente el cardenal que esa jugada, en caso de que el adversario reaccionase como es debido, podía hasta ser un grave error, ya que Stickler podía infligirle el castigo de una dolorosa pérdida de tiempo, batiéndolo en retirada, pero esto era algo que presuponía una jugada inteligente y bien meditada; de todos modos, y en honor a la verdad, lo cierto es que Stickler paró el golpe con una maestría y una seguridad propias de un Philidor, moviendo su dama hasta e7.

«No −pensó el cardenal Jellinek, mientras tocaba con la punta de sus dedos el alfil de dama−, éste no parece ser su juego.» El ilustrísimo monseñor advirtió la incertidumbre en su adversario y se sonrió de placer. «¡Que me nombren −se dijo− un arma más poderosa que la sonrisa del adversario!» Pero en realidad no era su intención desconcertar al cardenal, por lo que comentó en seguida, como en tono de disculpa:

–Historia asombrosa es esa de los frescos de la Capilla Sixtina. ¡Asunto asombroso!

Pero con esto, y sin quererlo, Stickler dejó completamente azorado al cardenal.

Jellinek permaneció callado, contemplando su alfil con aire de perplejidad, por lo que Stickler, con el fin de romper el embarazoso silencio, insistió:

–Quiero serle sincero, señor cardenal, al principio no presté gran atención al asunto. Me negué simplemente a aceptar que ocho letras incomprensibles en un fresco pudiesen representar un problema para la Iglesia. Pero luego...

–¿Sí? –preguntó Jellinek con ansiosa expectación–. ¿Qué pasó luego?

Y el cardenal colocó finalmente su alfil en f3.

–Pues luego escuché las interpretaciones que daba el padre Augustinus al *Apocalipsis* de san Juan, con su explicación de la cifra seiscientos sesenta y seis, tras la que se oculta el título oficial del emperador Domiciano, y he de confesarle que esa noche no pude conciliar el sueño, pues las dichosas letras me perseguían.

–¡Juegan las negras! –apuntó el cardenal, procurando dar una impresión calculadamente fría, aunque la verdad es que tenía miedo. Temía la próxima jugada de su adversario, pues ya hacía rato que se había dado cuenta de que el otro se disponía al ataque, y temía también las preguntas del ilustrísimo monseñor, que hoy le desconcertaban tanto como sus jugadas.

Pues sí, no cabía duda, había metido la pata y ahora tenía que contemplar de brazos cruzados cómo Stickler movía su alfil de dama a c6 y pasaba así a la contraofensiva.

–A veces –comenzó a decir Jellinek, titubeando–, a veces dudo de que Sócrates tuviese razón cuando decía que no había más que un único bien para el hombre, la sabiduría, y nada más que un único mal, la ignorancia. No puede haber ninguna duda en el hecho de que la sabiduría ha causado ya muchos males en este mundo.

–¿Opina que sería mejor desconocer el significado de la inscripción en la bóveda de la Capilla Sixtina?

Jellinek permaneció callado y tocó su alfil con un

movimiento inquieto de la mano, pero se retractó al instante, balbuciendo la disculpa habitual:

–*J'adoube*..., me retracto. ¿Qué puede mover –prosiguió el cardenal, reanudando el hilo de su conversación– a un hombre de la categoría de Miguel Ángel a introducir un secreto en su obra? ¡No será, por cierto, la fe piadosa! Todos los secretos son obra del demonio. Y yo presiento que el demonio se oculta allá arriba, entre los profetas y las sibilas. El diablo no muestra nunca su rostro verdadero, se esconde siempre detrás de las máscaras más inusitadas, y las letras son la máscara más frecuente y más peligrosa de Satanás. Pues las letras son cosa muerta y tan sólo el espíritu las hace cobrar vida. Una sola y única letra puede representar una palabra, y una palabra puede dar testimonio de toda una filosofía; o sea, que una sola palabra es capaz de poner en pie una ideología.

Stickler levantó la cabeza. Las palabras del cardenal le inquietaban profundamente, por lo que el juego, que tan a favor suyo se desarrollaba, la pareció de repente algo completamente secundario.

–Usted habla –apuntó en tono precavido– como si supiese mucho más de lo que dice.

–¡Nada es lo que sé! –replicó Jellinek, acalorado–. Nada en absoluto. Tan sólo sé lo siguiente: Miguel Ángel fue un hombre mundialmente conocido, y las personas más poderosas y encumbradas de su tiempo tuvieron trato con él. Puede presuponerse entonces que también su saber era mucho más amplio que el de la mayoría de los demás hombres, por lo que pudo entrar en contacto con dimensiones nuevas de la conciencia, con conocimientos que le estaban prohibidos por la fe cristana. Tan sólo así y no de otro modo podemos explicarnos el porqué de la pintura heterodoxa del artista florentino.

Stickler parecía haber quedado petrificado, de repente palideció de un modo notable, y el cardenal se preguntó qué era lo que podía haber desencadenado ese comportamiento repentino en su adversario en el juego, si habían sido en verdad las alusiones lanzadas sobre Miguel Ángel o si era porque con su dama estaba amenazando la casilla e5 o si se debía quizá a que el otro, con esa mirada tan típica del perturbado, había descubierto una combinación capaz de aniquilarlo. Sin embargo, la mirada de Stickler se dirigía a algún punto situado a las espaldas de Jellinek, pero cuando el cardenal se dio la vuelta no pudo descubrir allí nada que hubiese podido excitar la atención de su contricante, pues nada vio más que las dos zapatillas rojas y unas sencillas gafas. No obstante, el ilustrísimo monseñor tenía todo el aspecto de un hombre al que habían propinado un fuerte golpe en el estómago o el de una persona a la que por un descubrimiento súbito y horrible se le había helado la sangre en las venas.

El cardenal contemplaba la escena con gran desconcierto, pero no podía imaginarse que la simple presencia de ese paquete misterioso pudiese haber provocado en su rival un trauma de tal magnitud. Durante unos instantes hasta llegó a reflexionar cómo podría explicar a Stickler el hecho de que allí se encontrasen esos objetos tan peculiares, pero la verdad le pareció demasiado increíble, por lo que desistió de hacerlo.

El ilustrísimo monseñor se puso de repente de pie y se quedó rígido. Se tambaleó y se llevó las manos al vientre como si tuviese náuseas. Sin mirar siquiera al cardenal, dijo balbuciente:

—¡Discúlpeme!

Y de un modo mecánico, como una marioneta, salió del aposento.

Aún escuchó Jellinek el ruido que hacía al cerrarse la puerta de su casa, luego permaneció atento y ofuscado, sin percibir más que el silencio.

EL CUARTO DOMINGO DESPUÉS DE LA EPIFANÍA

El cardenal secretario de Estado Giuliano Cascone se encontraba celebrando la misa del domingo en la basílica de San Pedro. El coro cantaba la *Missa Papae Marcelli* de Palestrina, su misa preferida. Cascone oficiaba *in fiocchi*, con todos los ornamentos sagrados, vistiendo los rojos hábitos pontificales y asistido por Phil Canisius como diácono, por el ilustrísimo monseñor Raneri como subdiácono y por dos frailes dominicos, que le servían de acólitos. Cuando llegó el Evangelio, Cascone leyó los pasajes de San Mateo, 8, 23 a 27, en los que Jesús aplaca la tormenta:

–Cuando hubo subido a la nave, le siguieron sus discípulos. Se produjo en el mar una agitación grande, tal que las olas cubrían la nave; pero Él entretanto dormía, y acercándose le despertaron, diciendo: «Señor, sálvanos, que perecemos.» Él les dijo: «¿Por qué teméis, hombres de poca fe?» Entonces se levantó, increpó a los vientos y al mar, y sobrevino una gran calma...

Durante la misa, Cascone no dejó de pensar ni un momento en las palabras del Evangelio. La nave de la Iglesia ya había sorteado más de una tormenta. ¿Presagiarían un nuevo temporal esos símbolos que de modo tan misterioso habían aparecido en la bóveda de la Capilla Sixtina? El cardenal secretario de Estado era un piloto con un gran sentido de su responsabilidad, por lo que odiaba las turbulencias.

Le resultaba muy difícil, prácticamente imposible, apartar su atención de aquellos misterios que habían aparecido en la bóveda de la Capilla Sixtina, y cuando después del último coral se dirigieron los oficiantes a la Capilla Orsini, la sacristía de la basílica de San Pedro, Canisius le dijo mientras caminaba a su lado:

–Hoy pareces muy distraído, hermano en Cristo.

Aunque si bien era verdad que Cascone y Canisius no eran necesariamente amigos, eran, de todos modos, hombres de la misma camada. Pese a sus orígenes distintos –vástago el uno de una noble familia romana, hijo el otro de un hacendado norteamericano–, se entendían muy bien entre ellos, pues ambos tenían en común esa lógica contundente y esa facilidad de palabra que sólo se encuentran entre los antiguos seminaristas de los colegios jesuitas. La estrecha unión que existía entre ellos era como una espina clavada en el corazón para muchos otros miembros de la curia romana, pues, a fin de cuentas, Cascone, el secretario de Estado, y Canisius, el banquero, eran la personificación del poder terrenal del Vaticano.

La Capilla Orsini, con sus idas y venidas de personajes engalanados con hábitos festivos, parecía en las mañanas domingueras una estación celestial. Dos canónigos les salieron al encuentro para ayudarlos a cambiarse de ropas. Cascone no llevaba más que la sobrepelliz y la muceta, con una capa magna por encima, de seda roja, la mitra roja, con las ínfulas y las borlas de oro, amén de los zapatos rojos con hebillas de oro, mientras que Canisius prefería ponerse un sencillo hábito negro. Después de mudarse, el cardenal secretario de Estado se llevó aparte a Canisius. La luz azulada y verdosa, producida por el paso de los rayos solares a través de los vidrios de color emplomados, con sus representaciones de santos, iluminaba sus rostros, dándoles un aspecto mortecino. Se pusieron a conversar en voz baja junto al nicho de una ventana.

—¡Estáis locos! —le espetó Canisius en tono siseante—. Todos os habéis vuelto locos. Por ocho ridículas letras. Parece como si alguien se hubiese puesto a hurgar con un bastón en un hormiguero. Jamás hubiese llegado a imaginar que pudiese ser tan fácil hacer salir de sus casillas a la curia romana... ¡por ocho simples letras ridículas!

Cascone elevó las manos al cielo, exclamando:

—¿Qué puedo hacer? Por el amor de Dios, ninguna culpa tengo de lo sucedido. Yo también hubiese preferido que los restauradores hubiesen borrado esos signos el mismo día en que los descubrieron; pero ahora han salido a relucir, están presentes. ¡Y ya no podemos echar tierra sobre ese asunto, Phil!

Canisius le gritó sin poder contenerse:

—¡Pues encontrad entonces una explicación para esa aparición maldita de Dios!

El cardenal secretario de Estado empujó un poco a Canisius hacia un lado, tapándolo con su cuerpo, para que nadie pudiese enterarse de lo que decía con tanta agitación.

—Pero, Phil —replicó Cascone—, hago todo cuanto está en mi poder para que nuestras investigaciones arrojen algún resultado. He encomendado a Jellinek, *ex officio*, la solución de ese problema, y él ha convocado un concilio compuesto por expertos excelentes, que están discutiendo el caso y que lo analizarán desde todos los puntos de vista posibles.

—¡Discutiendo! ¡No puedo ni oír esa palabra! ¿Qué

significa discutir? De tanto discutir, también se puede crear un problema de la nada. Se puede invocar un secreto, de tanto hablar sobre él, para luego convertirlo en problema y hacerlo objeto de profunda discusión. No creo en ese secreto de la Capilla Sixtina, no creo en un secreto que pueda resultar peligroso para la Santa Madre Iglesia.

–¡Dios te oiga, hermano! Pero el mundo está sediento de misterios. Los hombres ya no se conforman con tener comida y ropa, con un automóvil y cuatro semanas de vacaciones, los hombres están ávidos de secretos. No hay demanda de perfección religiosa, sino de lo místico y de lo misterioso en la religión. Ocho signos enigmáticos en los frescos de una bóveda pintada en tiempos pasados, eso es lo que excita a la gente. Y lo peor que nos podría suceder en esta situación es que se hiciese público ese descubrimiento antes de que tengamos una explicación del hecho.

–¡Por los clavos de Cristo, encontrad entonces una, pero encontradla antes de que sea demasiado tarde! Sabes muy bien que me opuse desde un principio a esas investigaciones, y sabes también el porqué. Pero ahora, cuando el demonio desliza su pestilencia por los corredores y cuando va dejando aquí y allá su montoncito maloliente, lo que al comienzo fue rechazo por mi parte se ha convertido ahora en ira y odio, y no paro de pensar en la forma en que podría atajar todo esto.

–*Non verbis, sed in rebus est!* –respondió Cascone, sonriendo algo azorado–. No sé si estuvo bien lo de despedir a Augustinus. Es una persona muy inteligente, y si alguien hay capacitado para dilucidar ese misterio, ese alguien es el padre Augustinus. Tendrías que haberle oído en el concilio, haberte dado cuenta de cómo argumentaba; aparte un saber infinito, tiene también el don de la asociación de ideas. Utilizó el *Apocalipsis* de san Juan para demostrar que es soluble todo enigma que se componga de letras o de números, comprobó que no tienes más que encontrar la clave. Pero esa clave se encuentra, por regla general, allí donde menos se espera. Augustinus recurrió al gnóstico Basílides y llegó a la conclusión de que detrás del animal mencionado por san Juan, al que corresponde la cifra seiscientos sesenta y seis, se oculta la figura del emperador Domiciano. ¿Quién sino Augustinus ha de poder dilucidar el misterio de los frescos de la Capilla Sixtina?

Canisius se iba poniendo nervioso a ojos vistas. Con gran firmeza replicó:

—La razón por la que te pedí que relevases de su cargo al oratoriano no es precisamente su incapacidad; antes me da miedo su olfato, temo que ese hombre, en el curso de sus pesquisas, excave demasiado hondo, poniendo así arriba lo que está abajo del todo y haciendo aflorar a la superficie cosas que es mejor que permanezcan ocultas..., ya sabes de lo que hablo.

Cascone enarcó las cejas con gesto de perplejidad. Contestó a su interlocutor, y mientras hablaba iba respondiendo con inclinaciones de cabeza a los muchos saludos silenciosos que les dirigían los que pasaban a su lado. Al fin sentenció:

—No es nada fácil dar caza al zorro cuando ya se ha matado al perro.

—¿Y qué hay del benedictino de Montecassino? —preguntó Canisius.

El cardenal secretario de Estado abrió desmesuradamente los ojos antes de responder:

—Un hombre de gran experiencia y de muchos estudios, es cierto, pero el padre Pio no ha estado en Roma desde hace más de cuarenta años y carece de amplitud de miras, de esa capacidad de abstracción que tiene un sabio como Augustinus, si es que entiendes lo que quiero decir.

—Pues sí —replicó Canisius—, Pio es una persona de mi agrado, un hombre que no representa peligro alguno. Augustinus es un desvergonzado y un indecente, pues no hay nada más impúdico que el saber por el saber mismo. Ese saber es más obsceno que todas las putas de Babilonia, y en su impudicia encarna todo el poder de este mundo; ya que, según se dice, saber es poder... ¡Un demonio habrá sido el que dijera esto!

Y Canisius hizo un gesto con los labios como si quisiera escupir.

—¡Chist! —exclamó Cascone, haciéndole señas para que se moderase—. Será difícil avanzar sin la ayuda del padre Augustinus; por otra parte, todos estaremos temblando mientras no se despeje esa incógnita, y mientras esa escritura misteriosa, aún sin descifrar, penda sobre nuestras cabezas como la espada de Damocles, el miedo se extenderá por nuestras filas.

–¿El miedo a qué? ¿Acaso a las ideas heterodoxas de Miguel Ángel? Hermano en Cristo, en el curso de su larga historia, la Santa Madre Iglesia ha capeado temporales mucho más violentos. ¡También sobrevivirá a esa escritura, también se librará de esa espada, no me cabe la menor duda!

El cardenal secretario de Estado permaneció callado largo rato antes de responder:

–Piensa en la escritura misteriosa de que nos habla el profeta David. Cuando el rey babilónico Baltasar ofendió a Dios durante una borrachera, se le aparecieron los dedos de una mano de hombre y escribieron en el revoco de la pared de su palacio las palabras arameas *mené, tekel, ufarsín*. Ya conoces las diversas interpretaciones que se dieron a aquel texto que sólo se componía de consonantes. Los unos dijeron: «Fueron contadas una mina, un siclo y dos medias minas.» Pero David, por el contrario, dio una interpretación muy distinta: «Ha contado Dios tu reino y le ha puesto fin; has sido pesado en la balanza y hallado falto de peso; ha sido roto tu reino y dado a los medos y persas.» Aquella misma noche fue muerto Baltasar, rey de los caldeos, y su reino fue dividido.

–¡Pero de eso hace dos mil quinientos años!

–¿Y qué importancia tiene?

Canisius reflexionó unos instantes antes de responder:

–¡Miguel Ángel fue pintor y no profeta!

–¡Escultor! –le interrumpió Cascone–. Escultor y no pintor. Miguel Ángel fue obligado a pintar por el papa Julio II. Es indudable que su santidad no entendía mucho de arte y pensó que quien era capaz de esculpir en mármol una figura como la *Piedad* que le había encargado el cardenal de San Dionigi, también podría embellecer la bóveda de la Capilla Sixtina

–¡Alabado sea Jesucristo! –murmuró Canisius mientras Cascone seguía hablando:

–No podemos presuponer, por lo tanto, que tras los signos de Miguel Ángel se ocultan quizá unos salmos piadosos. Si Miguel Ángel se hubiese querellado contra la fe cristiana en torno a una sola y única cuestión o si hubiese comparecido ante un tribunal de la Santa Inquisición, de acuerdo, todos sabemos que esa institución no fue precisamente de las más afortunadas, no tendríamos por qué temer ahora un acertijo de letras. Pero un hombre cuyo intelecto pudo penetrar de tal modo en la naturaleza de un ser, comprendiendo su evolución y sus faltas, un hombre que representa a Nuestro Señor Jesucristo como a un ángel de la venganza, un hombre así, has de creerme, hermano en Cristo, no actuará como un embaucador, sino que se elevará sobre los cuerpos que él mismo ha creado, enarbolando la espada como el vencedor después de la batalla.

—Tus ideas filosóficas, Giuliano, pueden ser el fruto de una sabia reflexión, pero tu fantasía está muy por encima de las dotes de mi imaginación. Pero lo que sí me puedo imaginar muy bien, en todo caso, es que en esa búsqueda por hallar la solución del problema saldrán a relucir ciertas cosas que nos darán quizá más dolores de cabeza que el problema original. No quiero decir nada más al respecto.

El cardenal secretario de Estado agitó su diestra con el índice levantado:

—La causa será tratada de *specialissimo modo*. ¡De *specialissimo modo*, entiendes!

—Precisamente por eso tengo mis reparos; de ese modo quedan las puertas abiertas de par en par para las conjeturas y las especulaciones. Nómbrame un secreto que permanezca secreto entre estos muros. Y cuanto más secreto sea un secreto, tanto más se hablará sobre él. Te digo que lo peor que podría hacerse sería cerrar la Capilla Sixtina.

—Nadie piensa en eso —replicó Cascone–, pero..., ¿qué pasará si el hallazgo se hace público antes de que podamos resolver el caso?

—He estado considerando el asunto. Reducid simplemente la iluminación y justificad esa medida por razones que obedecen a los trabajos de restauración, ya que los colores recién limpiados tendrían que acostumbrarse primero a la luz intensa, o cualquier otra disculpa por el estilo.

El cardenal secretario de Estado Giuliano Cascone hizo un gesto de aprobación, luego se encaminaron los dos por el largo corredor que conduce a la basílica de San Pedro. Sin disminuir el paso, dijo Cascone:

—No sé, pero a veces creo que esa aparición forma parte de un plan divino, urdido por Dios para prevenir nuestra soberbia. El mundo es malo y perverso y está plagado de mentiras, ¿por qué habría de ser distinto en este lugar?

Pasando por detrás del pilar de San Andrés, en la intersección de la nave del templo, entraron en la basílica de San Pedro. Una lista en ese lugar enumera todos los papas de la historia eclesiástica. Una clara luz primaveral penetraba a raudales por las ventanas. Desde la Capilla della Colonna llegaron los cánticos de un coral, expandiendo por el recinto devoción y piedad.

IGUALMENTE EN EL CUARTO DOMINGO DESPUÉS DE LA EPIFANÍA

En esos momentos entraba también el ilustrísimo monseñor William Stickler, ayuda de cámara del papa, en la Capilla Clementina, situada en la nave lateral izquierda de la basílica de San Pedro de Roma y bajo cuyo altar descansan los restos mortales de su santidad el papa san Gregorio Magno. Se encaminó por el corredor del primer arco de la nave lateral y se detuvo durante unos breves momentos ante la tumba de aquel Alejandro de Médicis que fue creado papa con el nombre de León XI. Clavó la mirada una y otra vez en una inscripción grabada en el rosetón de un pedestal: SIC FLORUI. Se refieren estas dos palabras a la brevedad del reinado de aquel papa, cuyo pontificado no duró más que veintiséis días, en el mes de abril del año de gracia de 1605. Y al mismo tiempo contemplaba de vez en cuando Stickler un confesonario, un viejo armatoste barroco, adornado de arabescos, en el que se fijaba como si de allí estuviese esperando una señal. A la distancia a la que se encontraba no podía distinguirse si dentro del confesonario había algún

sacerdote dispuesto a escuchar los pecados de algún penitente, pero alguien abrió de repente una rendija en la
ventana de dos hojas de la compuerta central y por entre
los cristales apareció, ondeando, un pañuelo blanco.
Stickler se dirigió inmediatamente al confesonario, con
paso presuroso, y se metió en él por la compuerta de la
derecha.

Al otro lado de la celosía de listoncillos diagonales
reconoció Stickler al prefecto de la Sagrada Congregación
para los Sacramentos y el Culto Divino, al eminentísimo
cardenal Giuseppe Bellini. Monseñor Stickler tenía toda
la apariencia de una persona hondamente agitada, y aun
se puso a tartamudear cuando dijo en tono de susurro:

—Eminencia, Jellinek tiene en su poder las zapatillas y
las gafas de Juan Pablo I. ¡Lo he visto con mis propios
ojos!

La intranquilidad se hizo notar ahora también al otro
lado de la celosía.

—¿Jellinek? —respondió el cardenal Bellini, susurrando
a su vez—. ¿Está seguro?

—¡Ya lo creo que estoy seguro! —prorrumpió Stickler
en voz alta, alarmando al cardenal, que cuchicheó en
seguida, tratando de aplacar al otro:

—¡Chitón!

El ayuda de cámara de su santidad, bajando de nuevo
el tono de voz a la altura del susurro, prosiguió:

—¡Eminencia! Muchas veces vi las zapatillas del santo
padre, al igual que sus gafas, por lo que me eran perfectamente conocidas, pero incluso en el caso de que no
pudiese distinguirlas, ¿creéis en verdad que pueden an-
dar por ahí tirados unos objetos que son exactamente
iguales a los que desaparecieron de un modo inexplicable
cuando se produjo la muerte repentina de su santidad?
No, y hasta sería capaz de poner mi mano en el fuego; se
trata realmente de las zapatillas y de las gafas del que fue
nuestro pastor universal, y ahora se encuentran sobre un
papel de envolver en el salón del apartamento que tiene
el cardenal Jellinek en el palazzo Chigi.

Bellini hizo la señal de la cruz y murmuró algunas
frases ininteligibles, de las que Stickler sólo llegó a entender las siguientes palabras:

—... Dios se apiade de nosotros...

Y a continuación le dijo, primero en voz alta y luego en tono de susurro, tras haber pronunciado unas pocas palabras:

—Hermano en Cristo, ¿sabéis lo que estáis afirmando con eso? Esto significaría que el cardenal Joseph Jellinek fue, si no uno de los instigadores, al menos uno de los cómplices de aquella confabulación que acabó con la vida de su santidad Juan Pablo I.

—No veo otra explicación posible —cuchicheó Stickler—, y soy perfectamente consciente, eminencia, de la trascendencia que tienen mis palabras.

—¡Dios mío!, Stickler, ¿cómo hicisteis ese descubrimiento? —preguntó Bellini, haciendo grandes esfuerzos por mantener su voz en el tono del susurro.

—Fácil explicación tiene, eminencia. El cardenal Jellinek y yo jugamos al ajedrez una vez por semana. Jellinek es un jugador extraordinario, llegó a medir sus fuerzas con Ottani, y sus gambitos se han hecho famosos. Nos reunimos la última vez el viernes por la tarde. Jellinek parecía estar muy aturdido. Nos sentamos a jugar en el salón, como es nuestra costumbre, y pese a que Jellinek abrió el juego mucho mejor que yo, lo pude acorralar y poner a la defensiva, ya después de unas pocas jugadas, y de repente, cuando estábamos sumidos en la partida, me fijé en la cómoda, y allí estaban las zapatillas y las gafas, colocadas sobre un papel de envolver de color pardo.

—¿Quiere decir con eso que sobre la cómoda había un paquete abierto y que Jellinek no se había tomado siquiera la molestia de esconderlo?

—No se la había tomado, no, eminencia, y eso fue precisamente lo que me produjo el segundo sobresalto, pues si ya el descubrimiento en sí de aquellos objetos me dejó petrificado, perdí el habla por completo al preguntarme por qué Jellinek dejaba así tirado en cualquier parte y a la vista de todos el *corpus delicti*, y más cuanto que mi visita no le pudo pillar en modo alguno de sorpresa.

—Conque la cosa tuvo que ser intencionada... —susurró Bellini.

A lo que Stickler respondió en voz muy baja:

—Sí, pues no puedo explicarme de otro modo lo sucedido.

Giuseppe Bellini se santiguó por segunda vez, pero en esta ocasión persignándose con gran lentitud y parsimonia, haciendo con la mano la señal de la cruz desde la frente al pecho y desde el hombro izquierdo al derecho, mientras murmuraba por lo bajo:

—*Ave Maria, gratia plena...*

Cuando el cardenal terminó su oración, William Stickler le susurró al oído palabras de disculpa y le pidió perdón por haberle propuesto que se reuniesen en un lugar tan extraño como aquél, pero es que le había parecido el más seguro de todos, pues en el Vaticano no había pared que no tuviese mil oídos y él ya no sabía en quién se podía confiar y en quién no, a lo que Bellini respondió que Stickler había hecho bien en actuar como había actuado y que ya vendría el Señor a castigar a los malos en el día del Juicio Final. Y juntando las palmas de sus manos, el cardenal musitó el siguiente pasaje del *Apocalipsis* de san Juan:

—Bienaventurados los que lavan sus túnicas para tener derecho al árbol de la vida y a entrar por las puertas que dan acceso a la ciudad. Fuera perros, hechiceros, fornicarios, homicidas, idólatras y todos los que aman y practican la mentira.

Stickler escuchó atentamente esas palabras, que le envolvieron en piadoso rezo, y al terminar y enmudecer Bellini, le susurró:

—Eminencia, me resisto a creerlo, mi cerebro se niega a aceptar que Juan Pablo I haya sido la víctima de una conjura; no puedo creerlo, no, no y no —repitió el buen hombre, golpeándose por tres veces en la frente con la palma de la mano—. ¿No le llamaban todos «el papa de la eterna sonrisa», no hablaba todo el mundo de su bondad, de su buen juicio y gran sentido común, no fue acaso una persona que amó a todos los hombres, que llegó a afirmar incluso que él no era más que un ser humano como cualquier otro?

—En eso precisamente radicó su error. Después de la muerte de Pablo VI, tras la desaparición de aquel representante de Cristo en la tierra que con tanta rapidez envejeció, de aquel hombre resignado e indeciso, la curia romana esperaba ver sentado en el solio pontificio a un príncipe de la Iglesia de carácter enérgico y capaz de tomar rápidas decisiones; en todo caso, fueron los responsables ciertos círculos de la curia, y no necesito dar nombres, fueron aquellos que querían tener en el trono de san Pedro a un auténtico caudillo de la Iglesia, a un sumo pontífice como lo fue Pío XII, a alguien que fustigase al marxismo, que negase todo tipo de apoyo a los terroristas de Iberoamérica y que supiese frenar, en general, las simpatías de la Iglesia por los problemas del tercer mundo. Y en lugar de eso, les dieron un papa que sonreía, que le daba la mano al alcalde comunista de Roma y que confesaba con toda franqueza que la Santa Madre Iglesia no se encontraba precisamente a la altura de los tiempos presentes.

–¡Pero Juan Pablo I no cayó llovido del cielo! ¡Los mismos cardenales lo eligieron!

–¡Chist! –siseó Bellini, indicando a Stickler que moderase el tono de su voz–. Precisamente *porque* lo eligieron es por lo que fue tan grande su amargura, precisamente *porque* lo prefirieron entre todos los demás cardenales papables es por lo que su odio se volvió tan imprevisible.

–¡Dios mío! ¡Pero no por eso tenían que matarlo!

El cardenal se quedó entonces callado y se enjugó el sudor de la frente con su blanco manípulo.

–¡Lo asesinaron! –prosiguió Stickler con su voz susurrante–. No creí desde un principio que Juan Pablo I hubiese perecido de muerte natural. Nunca lo creí. Aún recuerdo muy bien el ambiente caldeado que se respiraba en la Santa Sede, uno podía tener la impresión de que había una curia dentro de la curia.

–La curia, hermano en Cristo, tuvo siempre diversas agrupaciones, unas conservadoras, otras progresistas, elitistas algunas y también populistas.

–Sí, eso es cierto, eminencia. Juan Pablo I no fue el primer papa al que serví, y de ahí que yo precisamente pueda testificar que nunca hubo tanto secreteo y tanta intriga como en aquellos treinta y cuatro días de su pontificado. Daba entonces la impresión de que cada cual era enemigo del prójimo y la mayoría sólo se comunicaba ya por escrito con su santidad, lo que representaba para Juan Pablo I una carga adicional de trabajo de proporciones colosales.

—El santo padre se mató simplemente trabajando...

—Y ésa fue la versión oficial, eminencia, pero no había razón alguna para impedir que se le hiciese la autopsia a Juan Pablo I.

—¡Stickler —susurró el cardenal, ahora fuera de sí—, no necesito recordarle que jamás se le practicó la necroscopia a papa alguno!

—No, no necesitáis recordármelo —replicó William Stickler—, pero aún me sigo preguntando por qué no se permitió la autopsia, cuando, por lo demás, el trato que se dio a los restos mortales de su santidad no se diferenció absolutamente en nada del que se estila en la inhumación normal de cualquier cadáver. No fue ciertamente un espectáculo edificante el presenciar cómo los sepultureros sujetaron con cuerdas los tobillos y el pecho de Juan Pablo I y tiraron después con todas sus fuerzas para enderezar el cuerpo agarrotado de su santidad, con tal brutalidad y violencia, que hasta pude oír cómo se quebraban sus huesos. Lo vi con mis propios ojos, eminencia, Dios se apiade de mí.

—El catedrático Montana dictaminó con precisión la causa de la muerte: trombosis coronaria.

—¡Eminencia! ¿Qué otra cosa podía diagnosticar Montana que no fuese el paro cardíaco si se encontró al entrar ante una cama en la que estaba sentado un muerto de piernas cruzadas, con una carpeta sostenida por su mano izquierda, mientras que su diestra colgaba fláccidamente? Montana no hizo más que repetir aquella escena angustiosa que aún tenía grabada en mi memoria de cuando murió Paulo VI en Castelgandolfo: se sacó del bolsillo un martillo de plata, le quitó a Juan Pablo las gafas, que tenía torcidas, las plegó, las colocó sobre la mesa, golpeó por tres veces consecutivas en la frente al papa muerto, le preguntó tres veces si estaba muerto y como quiera que no recibió respuesta tampoco a la tercera vez, declaró entonces que su santidad el papa Juan Pablo I había muerto según el ritual prescrito por la Santa Madre Iglesia Católica Apostólica y Romana.

—*Requiescat in pace. Amen.*

—Y sin embargo, aquella larga serie de sucesos extraños no comenzó hasta que entró en el dormitorio el cardenal secretario de Estado. Eran las cinco y media de la madrugada, y cuando se presentó me llamó inmediatamente la atención el hecho de que estuviese recién afeitado; daba la impresión de hallarse muy sereno, y al ver algunos documentos esparcidos por el suelo, que se habían caído de la carpeta que sujetaba su santidad, declaró solemnemente que según la versión oficial *yo* habría encontrado al santo padre por la mañana temprano, muerto en su cama, y que él no había estado leyendo documentos, sino un libro sobre la *Imitación de Cristo*. Por supuesto que no dejé de preguntarme sobre el porqué de esa tergiversación de los hechos. ¿A cuento de qué no podía haber muerto Juan Pablo I mientras se dedicaba al estudio de unos documentos? ¿Por qué no tendría que ser la monja la que descubriera su cadáver? La hermana Vincenza era la encargada de ir todas las mañanas a colocar el café de Juan Pablo I delante de la puerta de su dormitorio. ¿A qué venían todas esas mentiras?

–¿Y qué hay de las sandalias de su santidad y de sus gafas?

–No lo sé, eminencia, desaparecieron de repente en medio de todo aquel caos y aquella excitación, al igual que los documentos que se hallaban esparcidos por el suelo. Al principio no concedí ninguna importancia al asunto, pues pensé que el cardenal secretario de Estado se habría llevado esos objetos. Tan sólo mucho más tarde, a eso del mediodía, cuando ya se habían llevado el cadáver de su santidad y yo me puse a indagar acerca del paradero de esos objetos, tan sólo entonces quedó al descubierto la infamia de aquel hecho. Alguien había robado al papa muerto.

–¿Y qué hay de Jellinek? Quiero decir, ¿cuándo entró Jellinek en el cuarto del difunto?

–¿Jellinek? ¡Pero si no puso allí sus pies! Por lo que pude saber, el cardenal ni siquiera se encontraba en Roma el día en que murió su santidad.

–Eso coincide con mis averiguaciones, Stickler. Por lo que puedo recordar, cierto es que Jellinek estuvo presente, durante la vacante de la silla apostólica, en la primera reunión que celebró en la sala de Bolonia el Sacro Colegio Cardenalicio, pero aquello no ocurrió sino hasta el día siguiente. Es decir, que el cardenal Jellinek no puede ser tomado en cuenta, de ninguna manera, como el posible autor material del hecho..., incluso en el caso de que no se haya equivocado usted con su hallazgo. Y por cierto, Stickler, es mejor que calle sobre el asunto, pues si el caso fuera debatido ante el tribunal de la Sagrada Rota romana, sería usted, monseñor, sin duda alguna, el principal sospechoso.

En ese instante se levantó de un salto de su asiento el ayuda de cámara de su santidad. Quería salir del confesonario a toda costa, pero Bellini le suplicó que se quedara. Stickler le había entendido mal, pues no debía imaginarse, ¡por Cristo y la Santa Virgen María!, que dudaba de él, pero en el caso de que se celebrase un juicio secreto, él sería, inevitablemente, el testigo principal, pues a fin de cuentas había sido él el último en ver al santo padre con vida, y *él* había sido también la persona que descubrió el cadáver.

—¡Pero si no fui yo la persona que descubrió el cadáver, eminencia, eso no es más que un rumor que propaló el cardenal secretario de Estado!

Y al decir estas palabras, el ilustrísimo monseñor Stickler ya no pudo contenerse y alzó la voz.

Entre susurros, trató Bellini de tranquilizar a Stickler, asegurándole que no tenía ninguna importancia lo que él, el cardenal Bellini, creyese o dejase de creer, sino el resultado al que llegase en su instrucción sumaria el tribunal de la Sagrada Rota romana, cuyos miembros no escatimarían las preguntas mortificantes. Y tendría que darse cuenta de una vez por todas de que él, el ayuda de cámara del papa, era la persona que mayores oportunidades había tenido de echar un veneno mortífero en uno de los frasquitos de medicina que el papa, como bien sabían todos cuantos le rodeaban, utilizaba en gran cantidad.

Tras esas palabras se produjo un largo y embarazoso silencio. El cardenal Bellini callaba porque estaba ocupado en revisar a posteriori sus ideas y porque reflexionaba sobre las cosas que había dicho al ayuda de cámara del papa. William Stickler callaba porque estaba ocupado en evocar las palabras del cardenal y porque al hacerlo tuvo por vez primera la sospecha de que Bellini quizá no perteneciese a esa agrupación en la que hasta entonces le había incluido. Por la manera en la que acababa de hablar, el cardenal podría ser también uno de los partidarios de Cascone; ¿o sería posible que hasta estuviese confabulado con Jellinek?

–Eminencia –comenzó a decir Stickler, susurrando cada palabra–, ¿cómo he de comportarme entonces?

–¿Qué le dijo a Jellinek? ¿Le dio a entender que había advertido la presencia de esos objetos?

–No. Le hice creer que había sufrido un ataque repentino de náuseas y me marché.

–¿Así que Jellinek no sabe si usted descubrió lo que había sobre la cómoda?

–Presuponiendo que todo aquello no fuese cosa intencionada..., no.

–*In nomine domine*, dejemos ese asunto de momento tal como está.

El ilustrísimo monseñor Stickler, ayuda de cámara del papa, escribió ese mismo día una carta de disculpa a su eminencia el cardenal Joseph Jellinek, informándole de que no se había sentido bien y de que se alegraba al pensar en la próxima partida.

FIESTA DE LA CANDELARIA

Por la tarde de ese día el cardenal Joseph Jellinek se decidió a subir por la escalera del palacio Chigi. La garita del portero Annibale se encontraba vacía, cosa que no era en modo alguno infrecuente, y el cardenal sintió una expectación voluptuosa que le hundió aún más en su depravación. Ideas pecaminosas martirizaban su cerebro, por lo que empezó a subir a paso de carga, arrastrando sonoramente los pies, en un intento por anunciar su llegada de forma bien audible en todo el ámbito de la caja de la escalera que caracoleaba enroscada al ascensor. Por fin, en el tercer rellano, le salió la mujer al encuentro, cuando ésta bajaba por los escalones, rellena y metida en carnes, haciendo descansar todo el peso de su cuerpo ora en una pierna, ora en la otra, de modo que sus caderas se iban bamboleando a ritmo acompasado.

–*Buona sera, eminenza!* –le saludó cariñosamente desde unos cuantos peldaños más arriba, mientras el cardenal contemplaba el barato y ligero tejido de la bata negra que llevaba abotonada por delante, por lo que se sintió como Moisés en la cima del monte Nebo, cuando Yahvé le mostró la tierra de Promisión, pero enseñándosela únicamente, al tiempo que le anunciaba que jamás entraría en ella.

—¡*Buona sera, signora* Giovanna! —contestó agradecido Jellinek, con exquisita cortesía, esforzándose por dar a su voz un timbre particularmente melodioso, intento que terminó en un fracaso estrepitoso, por lo que el cardenal carraspeó para ocultar su azoramiento.

—¿Resfriado? —preguntó la portera en tono solícito y preocupado—. La primavera se hace esperar este año, eminencia.

Y mientras esto decía, la mujer permaneció plantada en el escalón siguiente al que estaba Jellinek, de modo que éste hubiese podido temer ya cosas peores de no haber logrado dar un amplio rodeo en torno a aquel impedimento que se elevaba sobre él, lujurioso y mortificante, y cuando al fin acertó a realizar aquel movimiento que fue coronado por el éxito, replicó entre roncas tosecillas:

—¡Nada tiene de extraño, señora Giovanna, con un tiempo como éste, caluroso a veces y a veces frío!

Y sin conceder a Giovanna ni una sola mirada más, aunque es lo que realmente le hubiese gustado hacer en aquella situación, el cardenal siguió subiendo por la escalera a marcha forzada.

Aliviado y desilusionado al mismo tiempo ante el martirio que representaba aquella mujer, el cardenal Jellinek cerró la puerta a sus espaldas al entrar al apartamento. Advirtió inmediatamente que alguien se encontraba en su casa. En el salón había luz.

—¿Hermana? —llamó Jellinek, pero no obtuvo respuesta.

También hubiese sido algo inusitado encontrar todavía a esas horas a la monja franciscana. En contra de todo lo que era habitual, la puerta del salón se encontraba abierta de par en par, y al entrar, el cardenal Jellinek retrocedió espantado. En uno de los sillones estaba apoltronado un clérigo vestido de negro.

¿Quién es usted? ¿Qué quiere? ¿Cómo ha logrado entrar aquí? Tales eran las preguntas que deseaba plantear Jellinek, pero lo cierto es que permaneció mudo y no logró articular ni una palabra.

El hombre de la sotana negra, del que el cardenal ahora ya no estaba seguro de si se trataba realmente de un clérigo o de si era el demonio en persona, le miró y le dijo sin más preámbulos:

–¿Ha recibido mi paquete, eminencia?

–¿Conque venía de usted ese regalo misterioso?

–No fue un regalo precisamente... ¡fue una advertencia!

El cardenal no le entendió.

–¿Una advertencia?... Pero ¿quién es usted? ¿Qué quiere? ¿Cómo logró entrar aquí?

El extraño hizo un gesto de irritación.

–¿Así que no le era familiar el contenido del paquete? Vamos a ver, Juan Pablo I...

–¡Ave María purísima! –pudo exclamar Jellinek antes de quedarse rígido.

En el momento en que el extraño mencionó a Juan Pablo I se dio cuenta inmediatamente Jellinek de lo que contenía aquel paquete misterioso, y el cardenal sintió cómo la sangre se le agolpaba en las venas, martilleándole las sienes. ¡Las gafas y las zapatillas del papa que duró treinta y cuatro días! Sí, ahora lo recordaba, nunca había concedido la más mínima importancia a ese asunto, pero cuando pasó aquello, en el mes de septiembre, corrió el tumor de que alguien había robado al santo padre muerto. De sus pertenencias faltaban diversos objetos sin importancia. Una de las sospechas fue que había sido asesinado por alguien que quería apoderarse de aquellas cosas. De todo aquello se acordó el cardenal en esos momentos, hasta que el forastero, con gesto duro e inexpresivo, prosiguió:

–¿Conque ahora lo entiende?

–¿Y cómo voy a entender eso?

El miedo, un miedo inexplicable, ridículo y mezquino, se apoderó de repente de Jellinek y temió la venganza de aquel hombre extraño, como Elías el odio de Jezabel.

–No –dijo con voz sorda el cardenal–, no entiendo nada. Dígame lo que pretende de mí y quién lo envía.

El extraño hizo una mueca asquerosa, esa mueca repulsiva que dirige la persona enterada de algo a la persona que lo desconoce.

—Hace demasiadas preguntas, señor cardenal. Preguntar fue el primer pecado.

—¡Diga de una vez lo que quiere! —repitió el cardenal en tono enérgico, mientras advertía que le temblaban las manos.

—¿Yo? —preguntó con sarcasmo el hombre de la sotana negra—. Nada. Vengo por encargo de instancias superiores, y en esos círculos se abriga el deseo de que usted ponga fin a las investigaciones sobre el significado de las inscripciones que han aparecido en la Capilla Sixtina. —¿Entendido?

El cardenal Jellinek permaneció callado. Estaba preparado para recibir muchas respuestas, pero ésa le quitó el habla, y aún pasó un buen rato antes de que pudiera reponerse y contestar:

—¡Señor mío! —exclamó acalorado—, en la bóveda de la Capilla Sixtina han salido a relucir ocho letras enigmáticas, que no pueden ser eliminadas con buenas palabras, ni tampoco por medio del silencio, y que han de tener alguna significación, y yo he sido encargado *ex officio* para encontrar una explicación a las mismas, una aclaración que proteja de mayores daños a la institución de la Iglesia católica, y para ello, en mi calidad de presidente del Santo Oficio, he convocado un concilio, que proseguirá sus trabajos hasta que se encuentre una solución. Y cualesquiera sean los motivos que animan su deseo, puede usted estar seguro de que la mayor tontería que podríamos hacer sería borrar esas letras o taparlas con pintura, pues en ese caso abriríamos las puertas de par en par a todo tipo de especulaciones.

—Eso puede parecer extraordinariamente sensato —replicó el desconocido—. Pero usted se equivoca en una cosa: que deba poner fin a esas investigaciones no es un deseo, ¡es una orden!

—Me ha sido encomendado *ex officio*...

—Y aun cuando nuestro Señor Jesucristo en persona le hubiese dado tal encargo, tiene que interrumpir esas averiguaciones. Invéntese rápidamente cualquier tipo de explicación, contrate a cualquier experto y publique sus «investigaciones», pero termine de una vez con los trabajos del concilio.

–¿Y si me negase?

–No sé yo qué es lo que mayor servicio puede prestar a la curia, si un cardenal vivo o uno muerto. Por eso se le ha enviado ese paquete, para que advierta lo seria que es esta situación. En mi opinión, y tal como ya se ha visto, si no plantea grandes dificultades el eliminar limpiamente a un papa sin dejar rastro alguno, puede estar seguro, monseñor Jellinek, de que un cardenal desaparece de la escena con mayor facilidad todavía. Su muerte ni siquiera sería motivo de grandes titulares en los periódicos, tan sólo veríamos un breve comunicado en los diarios, también una honrosa necrología en el *Osservatore Romano*: «El cardenal Jellinek murió a consecuencia de un accidente mortal», o en el peor de los casos: «Se suicida el cardenal Jellinek», y nada más.

–¡Cállese!

–¿Callarme? La curia a la que usted pertenece, eminencia, ha cometido más errores por callar que por hablar. Lamentaría hondamente que no llegásemos a un acuerdo; pero estoy seguro de que no será tan estúpido, señor cardenal... La verdad es que empiezo a repetirme.

Jellinek se acercó al desconocido. El cardenal se encontraba en ese estado de ánimo en el que la ira se convierte en valor.

–¡Escúcheme, santurrón de los demonios! –gritó, cogiendo al desconocido por los hombros–. Se irá inmediatamente de mi casa, pues de lo contrario...

–¿De lo contrario? –preguntó el clérigo en tono desafiante.

Entonces advirtió el cardenal la ridiculez de sus amenazas, por lo que se separó, resignado, del forastero, en cuyo rostro se dibujaba de nuevo una sonrisita sardónica.

–¡Pues bien! –dijo el desconocido, sacudiéndose el polvo en las partes de su hábito de las que el cardenal se había aferrado–. Esto tampoco es asunto mío. Tan sólo actúo de mensajero en este caso, por lo que mi misión está cumplida. *Laudetur Jesus Christus.*

El saludo sonaba por demás extraño, la burla y el escarnio se perfilaban en las palabras del clérigo.

–¡No se moleste! –le dijo como despedida–. Supe

entrar solo aquí y también sabré salir por mi cuenta.

Esto fue lo que sucedió el día de la fiesta de la Candelaria y el cardenal no pudo averiguar de ningún modo quién había sido el macabro desconocido y cómo habían llegado a su poder aquellos utensilios papales. Pero la demanda de aquel extraño pareció a Jellinek, desde todo punto de vista, irrealizable; es más, debido a que el asunto parecía volverse cada vez más turbio, enigmático e inextricable, el cardenal Joseph Jellinek decidió investigar aquel secreto con todos los medios que estaban a su alcance. Y debido a que se le llegaba hasta amenazar personalmente, su decisión no hizo más que fortalecerse, aunque si bien de un modo inescrutable; pues, en su calidad de portador de la púrpura cardenalicia, ¿no estaba acaso obligado a defender con su propia vida los dogmas de la Iglesia... *ad majorem Dei gloriam*?

En lo que respectaba al enigmático encuentro con aquel desconocido, el cardenal decidió de momento guardar silencio, en primer lugar, porque el asunto tendría que resultarle muchos menos creíble a cualquiera, y en segundo lugar, porque el mismo Jellinek se puso a reflexionar, ya al día siguiente, en torno a la cuestión de si no se le habría presentado el diablo en persona.

EL LUNES SIGUIENTE A LA FIESTA
DE LA CANDELARIA

Los miembros del concilio antes mencionados, a los que se sumó el catedrático de semiótica del Ateneo de Letrán, Gabriel Manning, se reunieron el lunes siguiente a la fiesta de la Candelaria para celebrar su segunda asamblea bajo la dirección del eminentísimo cardenal Joseph Jellinek, el cual, tras haber invocado al Espíritu Santo, lanzó a la sala la pregunta de si alguno de los presentes conocía ya el significado de la inscripción por la cual se habían reunido todos en aquel lugar. Los congregados dieron una respuesta negativa y acto seguido anunció Jellinek que se pasaría en primer lugar a llamar a consulta al profesor Manning, dado que éste era el especialista más competente que existía en la actualidad en el campo de la ciencia que tiene por objeto el estudio de los signos; Manning ya había sido confrontado, *ex officio*, con el problema y pasaría a ofrecer en seguida una breve conferencia introductoria sobre las probabilidades del desciframiento y las distintas posibilidades que arrojaba el texto de la inscripción.

Manning advirtió a los presentes del peligro de abrigar esperanzas prematuras y creer que el misterio podría ser descifrado en poco tiempo; todos los indicios que se revelaban en esos caracteres enigmáticos apuntaban claramente la existencia de una solución que debería ser buscada fuera de los muros que había mandado construir el papa Sixto IV. Un claro indicio de ello sería ya el número ocho, cifra que está presente en la serie de letras A I F A L U B A, ya que el simbolismo cristiano otorga su preferencia al número siete. Una comprobación de esa teoría podía verse, en su opinión, en la configuración temática de los tronos del techo, donde Miguel Ángel partió por la mitad la cifra cristiana del doce para dar preferencia a dos agrupaciones de sibilas y profetas. La temática pintoresca de la creación del mundo permite inducir además una especie de universalismo, expresado en una creencia posracionalista en la capacidad simbólica del mundo entero. Esto significaría que todo cuanto el hombre contempla e intuye puede traducirse en cifras, en símbolos, en signos, en modelos y en alegorías y que se encuentra, por tanto, integrado dentro de una concatenación misteriosa, para la cual no hace falta más que poseer la clave. Los astrólogos, los pitagóricos, lo gnósticos y los cabalistas habían vivido su gran época de esplendor precisamente durante la composición de los frescos de la Capilla Sixtina, y numerosas personas, sobre todo las pertenecientes a las capas cultas, habían sucumbido al embrujo de las concepciones mágicas y místicas imperantes en aquellos tiempos. Y es así que podía comprobarse la existencia de una auténtica alquimia lingüística, en la que los magos y los místicos del alfabeto se ocupaban de estudiar las sonoridades de las palabras y de las letras, sus sonidos y sus significados.

Los griegos de la antigüedad designaban por medio de letras las notas musicales, adjudicando a las veinticuatro notas básicas, o sea, a las veinticuatro notas de una flauta, las veinticuatro letras del alfabeto, y tanto Pitágoras como sus coetáneos quedaron ebrios de entusiasmo al descubrir que la altura de una nota depende de la longitud de una cuerda y que la relación entre ambas magnitudes obedece a leyes naturales, es decir, que aquello que resulta perceptible para el oído puede ser transformado por el ojo en fenómeno visible. Los sonidos no serían, por tanto, más que números materializados. Manning planteó entonces la siguiente pregunta: ¿por qué no habrían de representar las letras, en ese recinto tan preñado de música, una determinada melodía, la de una canción, por ejemplo, cuyo texto albergaría quizás en su seno la solución a ese misterio? Tal sería, pues, la teoría de *una* explicación posible, que tendría además el encanto de ser bastante sencilla.

Pero el asunto se tornaría mucho más complicado si esa inscripción exigiese una interpretación basada en letras que fuesen símbolos de nombres, pues la correlación letra-nombre era mucho más antigua que toda la sabiduría griega. Ya Eusebio de Cesarea, historiador de la Iglesia, había demostrado en su *Preparatio evangelica* que los griegos habían tomado de los hebreos sus denominaciones para las letras, y como prueba de ello señaló el catedrático que cualquier escolar hebreo conocía la significación de los nombres de las letras, mientras que ni siquiera el mismo Platón poseía tales facultades. En tiempos posteriores hubo que esperar hasta la aparición de los padres de la Iglesia para que fuesen reanudadas esas investigaciones, y éstos ofrecieron interpretaciones harto edificantes sobre las relaciones acróstico-alfabéticas en los salmos y en las lamentaciones del profeta Jeremías.

Cuando el cardenal secretario de Estado Giuliano Cascone pidió al catedrático que evidenciase su exposición, ilustrándola por medio de algún ejemplo, para que los presentes pudiesen hacerse una idea más clara del asunto, el profesor Manning accedió inmediatamente a su ruego: la A, por ejemplo, esa letra con la que se inicia el alfabeto, representa, en todos los idiomas del mundo, el sonido que exige del que lo emite la mayor ampliación posible de la cavidad estomática, por lo que a esa vocal correspondía el honor de haber servido de instrumento a Dios para hacer que la boca del hombre se abriese al lenguaje; la I, la segunda letra que aparecía en la misteriosa inscripción, simbolizaba la carencia absoluta de diferencias, expresaba por tanto la igualdad, la verdad y la justicia, ya que ese simple palote podía ser trazado con la misma rapidez y con idéntica perfección por niños, jóvenes y ancianos. La F, sin embargo, expresaba precisamente todo lo contrario, porque no representaba más que la mitad de una balanza, objeto al que ya Pitágoras había otorgado el valor de símbolo absoluto de la justicia, recomendando a sus discípulos que no lo transgredieran. En base a estas experiencias sería ya posible intentar una vaga explicación de la primera parte de la inscripción, es decir, del cincuenta por ciento de la misma, pero de todos modos habría que tener en cuenta que las propiedades de cada uno de esos vocablos podían manifestarse en las distintas clases de palabras, o sea: en sustantivos, adjetivos y verbos. Manning cogió a continuación un cuaderno de notas y escribió las primeras cuatro letras una debajo de la otra, en columna, y al lado fue poniendo su interpretación correspondiente:

A   Dios dice
I   la verdad,
F   pero la mentira
A   aflora por la boca...

A raíz de esto todos los frailes presentes acosaron con sus preguntas al catedrático, instándole a que aclarase el simbolismo de las demás letras y revelase su significación: pero Manning opuso el argumento de que si bien había resultado tan fácil la explicación de la primera parte, tanto más complicada resultaba la de la segunda, ya que no se adecuaba con tal sencillez a la estructura de ese modelo teórico. La L simbolizaba el logos, es decir: la razón. La U y la B, por el contrario, eran confusas y ambiguas: la U, idéntica a la V en la escritura latina, era un sonido aéreo y aullante, equivalía también al número cinco y simbolizaba un triángulo isósceles con su ángulo más agudo apuntando hacia abajo, por lo que era la representación del triángulo que formaban las partes pudendas femeninas (y al decir esto se persignó el reverendo padre Desiderio Scaglia, párroco titular de San Carlo), en oposición a la forma romboidal de las masculinas. El significado de la letra B variaba mucho en las distintas lenguas; en el latín, idioma en el cual, sin lugar a dudas, había sido concebida la inscripción, esa letra era portadora de una amenaza. En resumidas cuentas, que en base a los conocimientos que acababa de exponer, no se podía llegar a una interpretación convincente de los caracteres que habían aparecido en la Capilla Sixtina, lo que era al mismo tiempo una prueba evidente de la irrelevancia del sistema teórico utilizado.

Ante la insistencia de los presentes, que le preguntaron al unísono qué otro tipo de explicación posible podría ofrecer, el catedrático Gabriel Manning se puso a hablar sobre los significados de las distintas clases de letras, sobre las diferencias entre las vocales y las consonantes y sobre la proporción entre las mismas, lo que era algo que destacaba con claridad particular en la presente inscripción, ya que las vocales estaban en mayoría. Los pitagóricos y los gramáticos habían advertido en la disparidad entre vocales y consonantes un símbolo de la diferencia entre *hyle* y *psyche*, entre cuerpo y alma. En los misterios, las siete vocales se correspondían con las letras griegas, las que habían dado origen, sin duda alguna, al alfabeto latino, y simbolizaban al mismo tiempo a los siete seres dotados de voz, a saber: 1.º, los ángeles; 2.º, la voz interior; 3.º, la voz corporal de los hombres; 4.º, las aves; 5.º los mamíferos; 6.º, los reptiles; 7.º, las fieras salvajes. Por el contrario, las quince consonantes, que tantas eran las conocidas por el alfabeto griego, designaban objetos mudos: 1.º, el cielo ultraceleste; 2.º, el firmamento; 3.º, el interior de la tierra; 4.º, la superficie de la tierra; 5.º, las aguas; 6.º, el aire; 7.º, las tinieblas; 8.º, la luz; 9.º, las plantas; 10.º, los árboles que producen fruto de simiente; 11.º, las estrellas; 12.º, el sol; 13.º, la luna; 14.º, los peces que habitan las aguas, y 15.º, las profundidades marinas. Desde luego que uno podría reírse de esa interpretación, apuntó Manning, si se la sometía a una verificación en conformidad con las ciencias de la naturaleza, pero su existencia probaba, en todo caso, que ya en tiempos remotos había habido ciencias ocultas que se ocupaban de los misterios de las letras.

Manning denegó, sin embargo, la aplicabilidad de esa interpretación y adujo como prueba de su hipótesis la ausencia de la letra Y en la misteriosa inscripción. Ya Pitágoras había descubierto en la Y la clave y el símbolo de todos los secretos ocultos en las letras, de ahí su afirmación de que los tres brazos de ese signo tenían la interpretación siguiente: el tronco simbolizaba las vocales y en las ramas se repartían las consonantes sonoras y las mudas, o sea, que la Y era la letra del conocimiento. En el caso de que se buscase una solución que siguiese las pautas de ese esquema, podría tenerse la certeza de que tarde o temprano aparecería la Y, como letra clave de toda la inscripción.

El cardenal secretario de Estado Giuliano Cascone dio muestras cada vez más alarmantes de intranquilidad por esa enumeración casi ilimitada de soluciones posibles y exigió a Manning que prescindiese de los sistemas probables. ¿Por cuáles soluciones posibles se inclinaba el catedrático personalmente?

El poco tiempo que había tenido a su disposición, replicó el profesor, no le había permitido hasta ahora realizar una investigación más profunda de la materia; de todos modos, por propia experiencia se veía movido a concentrar su interés sobre todo en dos posibilidades: en una de ellas advertía indicios que apuntaban a un caso de guematria, una subdivisión muy importante de la ciencia mística de las letras, que ya había sido utilizada en numerosos textos griegos, orientales, judíos y árabes, entre otros en el *Apocalipsis* de san Juan.

El cardenal Jellinek interrumpió al catedrático para explicarle que sobre esa teoría ya había informado al concilio el reverendo padre Augustinus Feldmann. ¿Por qué posible solución se inclinaba el profesor Manning, además?

Por otra parte, prosiguió el catedrático Gabriel Manning, la peculiaridad del modo en que estaban dispuestas aquellas letras apuntaba la posibilidad de un notaricón, procedimiento que ya había sido empleado con frecuencia por la Iglesia primitiva, pero también podía suponer la utilización de una ciencia oculta, cuyo nombre se resistía a mencionar. Como ejemplo adujo Manning la palabra griega ICHTYS, cuya traducción significa «pez», figura que solían dibujar en la arena los primitivos cristianos, como señal por la que se reconocía su adhesión a una fe. Pronto se olvidó el sentido original del símbolo del pez y tan sólo quedó el signo, que tuvo que ser descifrado en tiempos posteriores. Tras las letras de la palabra ICHTYS ocultaba la fórmula: *Jesus Christos Theou Yios Soter*, que significaba algo así como «Jesucristo, Hijo de Dios y Redentor del Mundo», y el escolástico Albertus Magnus, en su *Compendium theologicae veritatis*, había introducido un notaricón en el nombre de Jesús, recurriendo al procedimiento de dividir la palabra, cuyo sentido original desconocía, en grupos de letras, que adquirían así un significado cuando se las relacionaba con las letras iniciales de otras palabras. En *Jesús* descubrió Albertus Magnus la siguiente combinación: *Jucunditas maerentium, Eternitas viventium, Sanitas languentium, Ubertas egentium, Satietas esurientium.* Y con esto quedaba claramente de manifiesto que incluso los sabios y los filósofos —es más, precisamente éstos— se habían ocupado de la mística oculta en las letras y que el anagrama que había dejado el artista florentino en la Capilla Sixtina contaba con una larga tradición y podía apoyarse en grandes figuras del pasado.

¿Qué ciencia oculta se resistía a mencionar el catedrático Manning?, quiso saber el cardenal Jellinek,

El así aludido replicó que sobre todo la cábala judía había utilizado las letras con fines simbólicos y místicos, y que debido a la disposición y a la distribución de los frescos en la Capilla Sixtina, pero también teniendo en cuenta el carácter inusitado de la inscripción, no podía excluirse la posibilidad de que Miguel Ángel hubiese pretendido aludir a esa ciencia oculta judía.

Se produjo entonces una gran agitación en la sala del Santo Oficio; cardenales, monseñores y catedráticos se pusieron a hablar a gritos, en medio de una gran confusión, y el eminentísimo cardenal Mario López, vicesecretario de la Sagrada Congregación para la Doctrina de la Fe y arzobispo titular de Cesarea, vociferó una y otra vez que el demonio en persona había colocado un piojo en el manto de la Santa Madre Iglesia, ¡un piojo en el manto de la Santa Madre *Iglesia, horribile dictu*!

Al reproche del eminentísimo cardenal Bellini de que todo aquello no era más que charlatanería, mentira y patrañas, replicó Manning que recordaba a los presentes que su misión consistía de momento en analizar el texto de la inscripción en lo que se refería a su contenido y no a su verdad intrínseca, tal había sido al menos lo que le habían encomendado. El cardenal Jellinek le dio la razón, pero Bellini se mantuvo en sus trece y llamó a todos los semióticos enemigos de la fe, incapaces de llegar a un término medio, partidarios siempre del «todo o nada», y ofreció después algunos ejemplos, con los que trató de demostrar que Shakespeare y Bacon habían sido una y la misma persona y que Goethe había sido un cabalista.

Gabriel Manning se adhirió a la opinión del cardenal, pero repitió sus palabras de antes y recordó a los congregados que en la situación presente no se trataba de discutir sobre el significado en sí de la inscripción, sino sobre la posibilidad de una solución, y que mientras no pudiese ser comprobada la existencia de la misma, de nada valdría emitir juicios sobre su mensaje hipotético. Reconocía, ciertamente, que la interpretación mística de las letras presuponía la existencia de numerosos factores imponderables, y aún más, sabía que la isosefia, una seudociencia que establecía relaciones entre los valores numéricos iguales de distintas palabras, solía ser utilizada por los adversarios de los cabalistas para refutarles las pruebas. La base de la isosefia consistía en numerar del uno al veinticuatro las letras del alfabeto griego, desde alfa hasta omega, con lo que se obtuvo un punto de partida para descifrar numerosos enigmas mundiales, y de hecho se alcanzó con este método resultados espectaculares, por lo que grandes hombres abrazaron esa doctrina. Se decía de Napoleón que ya en sus años mozos se había visto confrontado con la relación «Bonaparte = 82 = Borbón» y que por eso se había sentido destinado a convertirse en el dominador de Francia. No habían faltado, por supuesto, los adversarios judíos de la isosefia, los que habían utilizado esa dudosa ciencia para demostrar que el libro del *Génesis* tiene el mismo valor numérico que «mentira y engaño» y que el Dios todopoderoso de la

Biblia coincide, desde un punto de vista isoséfico, con las «demás divinidades». Pero todas estas cosas no eran en realidad su tema y de momento se trataba más bien de llegar a una solución científica de la misteriosa inscripción, a una solución que encerrase en sí misma la prueba de su propia veracidad.

En esos momentos el eminentísimo cardenal Joseph Jellinek se sacó un papel del bolsillo de su sotana, por lo que todas las miradas se dirigieron hacia el presidente del concilio. Anunció el cardenal que él también había estado ocupado en descifrar la inscripción, pero que no había tenido antes el valor de comunicar sus intentos por dar con una solución. Tan sólo ahora, cuando le habían hecho ver claramente el carácter multifacético, y posiblemente también ridículo, que podía tener una interpretación, se atrevía a presentar su versión, que daría a conocer con la venia del concilio. Jellinek escribió con un lápiz las ocho problemáticas letras, una debajo de otra, y a continuación, fue escribiendo al lado, con nerviosos trazos, ocho palabras:

A *atramento*
I *ibi*
F *feci*
A *argumentum*
L *locem*
U *ultionis*
B *bibliothecam*
A *aptavi*

Jellinek levantó entonces el papel en alto, para que todos lo pudiesen ver, y leyó lentamente y recalcando cada sílaba:

–*Atramento ibi feci argumentum, locem ultionis bibliothecam aptavi...*, «con pintura he aportado allí mi prueba y he elegido la biblioteca como lugar de mi venganza».

Se produjo entonces un largo y embarazoso silencio. Los cardenales, los monseñores y todos los presentes se quedaron mirando fijamente el papel que sostenía el cardenal en su mano temblorosa.

¿La biblioteca como lugar de la venganza? ¿Cómo

había que entender eso? ¿Qué ocultaba la Biblioteca Vaticana? Y entonces todos los presentes, uno tras otro, se pusieron a buscar con la mirada al archivero, al reverendo padre Augustinus; pero en su puesto se sentaba ahora su sucesor, el padre Pio, que al ver cómo todos los ojos se dirigían hacia su persona, se encogió de hombros con un gesto de impotencia, mostró las vacías palmas de sus manos y miró de un lado a otro con aire de perplejidad, tan desconcertado como el discípulo Cleofás ante la presencia del Señor. Pero no hubo el menor indicio de que a los presentes se les abriesen los ojos y de que el camino de Emaús se convirtiese en vía hacia el conocimiento.

El cardenal secretario de Estado Giuliano Cascone, visiblemente azorado, contrajo los labios en una sonrisa forzada y preguntó en tono tranquilizador qué opinión merecía al catedrático Manning esa interpretación.

Ninguna, replicó el semiótico sin mayores preámbulos y justificó su respuesta aduciendo la falta de pruebas de esa solución, que si bien parecía a primera vista de una sencillez seductora, estaba exenta, sin embargo, de toda lógica. ¿Por qué tenía que significar la primera letra del alfabeto unas veces *atramentum,* otras *argumentum* y otras incluso *aptare*? Y si esto fuese realmente así, ¿dónde estaba el indicio demostrativo de esa interpretación? No, tan fácil no se lo había puesto a sí mismo Miguel Ángel. Con certeza que no. ¡No era propio de Miguel Ángel!

El cardenal secretario de Estado Giuliano Cascone pareció ser el primero en recobrar el aplomo y preguntó enfadado y desilusionado al mismo tiempo por qué Manning no aceptaba como válida la solución del eminentísimo cardenal Jellinek, cuando él había sido totalmente incapaz de hallar una explicación. El catedrático permaneció callado y Cascone se dirigió entonces al eminentísimo cardenal Jellinek, preguntándole si podía ofrecer alguna explicación, de forma o de fondo, para el resultado de sus investigaciones.

Ni por la forma, ni por el fondo, repuso Jellinek, podría fundamentar con pruebas la solución a la que había llegado, pues no había hecho otra cosa más que dar rienda suelta a su fantasía, tal como habría hecho probablemente Miguel Ángel en aquellos tiempos, cuando puso manos a la obra. Miguel Ángel no había sido ningún semiótico, ni ningún científico, por cierto, Miguel Ángel había creado movido por un impulso interior, transformando sus sentimientos en materia, y él se permitía dudar de que el artista hubiese estado reflexionando durante mucho tiempo sobre las letras que tendría que utilizar y las razones en las que se basaría para ello. Y con respecto al texto en sí, el cardenal declaró que no quería manifestar públicamente su opinión y pidió al cardenal secretario de Estado una conversación a puerta cerrada, *specialissimo modo*, cuando terminase el concilio.

Entonces se pusieron de pie el reverendo padre Pio, de la orden de predicadores, fray Desiderio, párroco titular de San Carlo, Pier Luigi Zalba, de la orden de los siervos de María, y brillaron amenazantes los redondos y lisos cristales de las gafas de Adam Melcer, de la Compañía de Jesús, que tomó la palabra, dio un fuerte puñetazo sobre la mesa y dijo a grandes voces, irritado como Nabucodonosor II ante el horno, que ese concilio se convertiría en una burda farsa si algunos sabían más que otros y si se escamoteaba a la mayoría el conocimiento de hechos esenciales, por lo que él, Adam Melcer, presentaba de inmediato su dimisión, medida ésta que fue secundada por los demás religiosos.

Apenas había terminado de hablar el jesuita, cuando ya otros daban rienda suelta a su indignación, renunciando a seguir colaborando con el concilio, entre los que se contaba también el eminentísimo cardenal Giuseppe Bellini, prefecto de la Sagrada Congregación para los Sacramentos y el Culto Divino, y en breve reinó el mayor alboroto en la sala del Santo Oficio y ni siquiera el eminentísimo cardenal Jellinek, gritando con los brazos extendidos, logró apaciguar los ánimos y aplacar el desconcierto generalizado.

Todo miembro de aquella santa asamblea –prometió Jellinek, tratando a duras penas de hacerse oír por los presentes– sería informado detalladamente sobre todos los pormenores más ocultos, pero deberían de tener en cuenta que algunas cosas estaban supeditadas a la situación particular del Archivo Secreto Vaticano, por lo que resultaban inaccesibles hasta para los círculos más altos de la curia, *specialissimo modo*. El discurso de Jellinek logró sacar de sus casillas a Adam Melcer. El jesuita criticó con violencia al cardenal y pidió a los presentes que reflexionaran sobre el hecho de si el concilio no estaría manteniendo más que un simple combate aparente contra un adversario desconocido, si no habrían descifrado ya desde hace tiempo el misterio enigmático de los frescos y se lo estarían ocultando a la asamblea por razones desconocidas para la mayoría. ¿Cómo, si no, podía entenderse la alusión del eminentísimo cardenal Jellinek, en su calidad de custodio de secretos del más alto rango, cuando insinuaba haber encontrado una solución, cuyos orígenes estaban en el archivo secreto, pero que ésta no era accesible a ningún mortal común y corriente? En su opinión, repitió Melcer, ya era conocido desde hacía tiempo el texto verdadero de la inscripción, el cual tendría unas consecuencias tan aniquiladoras para la Iglesia, que habían convocado ese concilio solamente para hallar una solución sustitutiva que no abrigase ningún peligro. Todo esto no era más que algo propio de fariseos, al igual que las preguntas que dirigieron a san Juan sacerdotes y levitas en la otra orilla del Jordán.

Entonces se levantó de un salto el cardenal Jellinek, prohibió a Melcer el uso de la palabra, apuntándolo con su índice, y dijo que su intervención había sido indigna de un cristiano e irreflexiva por añadidura, ya que en el caso de que su sospecha fuese cierta lo mejor que podía haber hecho era callarse. Aun cuando su proceder había sido vergonzoso y ameritaba ser tratado como *causa* por un alto tribunal eclesiástico, renunciaba, no obstante, a imponerle un castigo, ya que comprendía que los ánimos estaban exaltados a más no poder y tenía la certeza de que el otro se arrepentiría de sus palabras al día siguiente. En cuanto a la acusación, contestaba con un rotundo no, pues él, Jellinek, sabía tanto como los demás y lo único que había pretendido al dar a conocer su interpretación había sido apuntar hacia una solución posible, sin que por eso dejase de respetar el juicio del catedrático.

Manning, de todos modos, calificó de infame, monstruoso y ajeno a toda virtud cristiana el hecho de que le hubiesen encomendado investigar un asunto que ya había sido dilucidado hacía tiempo y que tan sólo necesitaba de un encubrimiento para que no resultase contrario a los intereses de la curia y exigió por lo tanto que se le permitiese el acceso al archivo secreto, ya que de lo contrario no tendría más remedio que renunciar a su mandato. Puesto de este modo entre la espada y la pared, también el eminentísimo cardenal Jellinek manifestó su deseo de dimitir, pero le interrumpió el cardenal secretario de Estado, exclamando:

—*Non est possibile, ex officio!*

Y Giuliano Cascone exhortó entonces a todos los presentes, conminándolos a que respetasen la paz de aquel recinto.

De este modo se disolvió el concilio, de forma prematura y con rapidez inesperada, sin haber dado ni un solo paso adelante que los acercase a la solución. Por el contrario, a la confusión generalizada se había sumado ahora la desconfianza entre los asistentes. Cada cual desconfiaba del otro: los frailes, de los cardenales; los cardenales, de los catedráticos; los catedráticos, de los cardenales; el cardenal Bellini, del cardenal Jellinek; el cardenal Jellinek, del cardenal secretario de Estado; el cardenal secretario de Estado, del cardenal Jellinek; el cardenal Jellinek, de monseñor Stickler; monseñor Stickler, del cardenal Jellinek; Adam Melcer, del cardenal Jellinek... y tal como se ponían las cosas, todo se presentaba como si el cardenal Joseph Jellinek no tuviese más que enemigos en la Santa Sede, y parecía también como si la ira del Altísimo se hubiese abatido sobre el Vaticano, al igual que cayó otrora sobre las ciudades de Sodoma y Gomorra.

En el oratorio sobre el Aventino se produjo ese mismo día un encuentro inesperado entre el padre Pio Segoni y el abad del convento. El abad negaba conocer al fraile benedictino del monasterio de Montecassino, pero el padre Pio insistió en que habían estudiado juntos en el mismo seminario y se puso a alzar cada vez más la voz, hasta que el abad, que mantenía sus brazos ocultos en las mangas de su hábito, tuvo que pedirle que se mesurara.

El padre Pio, con los ojos encendidos de rabia, hablaba de ciertos documentos de antaño:

–Tienen que encontrarse en este convento; lo sé a ciencia cierta, pues si se los hubiesen llevado a cualquier parte, ese hecho no hubiese permanecido en secreto. ¡Dígame dónde están escondidos!

El abad trató de apaciguar al exaltado padre:

–Hermano en Cristo, los documentos de los que habla tan sólo existen en su fantasía. Si los hubiera, lo sabría, pues a fin de cuentas hace más de media vida que estoy aquí.

–Ciertamente, padre abad –replicó Pio Segoni, con una sonrisita sardónica dibujada en las comisuras de la boca–. Ha sabido superar el asunto sin recibir daño alguno, y esto se lo debe a su gran capacidad de callar.

–Mucho más fácil es callar, hermano, que comedirse en el hablar.

–Sí, lo sé, pues diciendo siempre lo que sabía, no he hecho más que perjudicarme en todo momento. He estado expiando durante toda mi vida por algo de lo que no tengo la menor culpa. Y eso duele. Me han estado enviando de una abadía a otra, de un priorato a otro. ¡Dios mío!, me siento como los leprosos de la Biblia.

–Usted vive según las reglas de la Ordo Sancti Benedicti, hermano, y en ellas se establece que uno debe llevar a cabo su obra en cualquier parte. Y ahora, váyase.

De este modo terminó la conversación entre los dos religiosos y ambos se separaron animados por la ira, sin atender las palabras del apóstol san Pablo, cuando dijo: «Que no se ponga el sol sobre vuestra ira.»

EN LA QUINCUAGÉSIMA, PROBABLEMENTE

Pocos días después –pudo haber sido en la dominica de la quincuagésima, pero esto es algo que ya no puede precisarse con tal exactitud y que resulta también irrelevante para la continuación de nuestra historia–, pocos días después, por lo tanto, Joseph Jellinek entraba a altas horas de la noche en el Archivo Secreto Vaticano, cosa que no era nada fuera de lo común en la vida tan ocupada que llevaba el cardenal, al igual que no era tampoco extraño escuchar los maullidos del fagot de monseñor Raneri por los pasillos del palacio pontificio. Jellinek había llegado al convencimiento de que solamente él podría contribuir realmente al desciframiento de los misteriosos caracteres gracias a sus investigaciones en el archivo secreto, pues tanto Bellini como López tenían prohibida la entrada a esos departamento secretos, y en cuanto a Cascone, le daba la impresión de que estaba mucho más interesado en ocultar el asunto que en esclarecerlo. Y de este modo se dirigió como de costumbre al archivo por la puerta trasera, que le abrió, al oír la señal acordada, uno de los *scrittori*, un hombre joven que se distinguía por poseer un pudor congénito –o quizá deberíamos decir mejor «veneración»– ante los libros y cuyo nombre le era tan desconocido al cardenal como los nombres de los demás ayudantes. Jellinek, por su parte, no sentía ningún pudor ante los libros; los libros eran para él una provocación, le excitaban como las carnes sensuales de Giovanna, solía acariciarlos, manosearlos y desnudarlos, despojándolos de sus tapas, los libros eran su gran pasión.

En ese laberinto cretense, compuesto de paredes atestadas de libros y negros armarios repletos de manuscritos, nunca podía saberse si alguien rondaba por ahí en esos precisos momentos o si uno era el amo absoluto que gobernaba sobre doctrinas y herejías, ejerciendo el sumo poder sobre el verbo que, tal como afirmaba la Biblia, se encontraba al principio de todas las cosas; y aquel que como Jellinek conocía los caminos del verbo como el padrenuestro, tenía que sentir en esos aposentos algo de ese poder divino de las palabras, algo de esa violencia tremenda e infinita de las letras, las cuales, más poderosas que las guerras y los guerreros, tenían la facultad de edificar mundos, pero también de destruirlos. Redención y condena eterna, muerte y vida, cielo e infierno; en parte alguna estaban tan juntos los antípodas como en ese lugar. Jellinek lo sabía, y como quiera que tenía libre acceso a los secretos más recónditos, era mucho más consciente que cualquiera de esa excitante situación, de ahí que le atemorizasen los signos del florentino también mucho más que a cualquier otro miembro de la curia romana. Los temía porque él conocía muchísimos más escritos que cualquier otro y porque, pese a toda su sabiduría, tenía la certeza absoluta de que no estaba enterado más que de una ínfima parte y no se le ocultaba que toda una vida entera no hubiese sido bastante para penetrar en todos los misterios del Archivo Secreto Vaticano.

Jellinek cogió la linterna de las manos del *scrittore* y se dirigió hacia la *riserva*. El reverendo padre Augustinus no le hubiese dejado subir solo por la estrecha escalera de caracol hasta el último piso de la torre, sino que lo hubiese acompañado hasta aquella puerta que a él mismo le estaba vedada. Pero el padre Pio, con el consentimiento de Jellinek, había eliminado esa costumbre; desde entonces el cardenal guardaba en el bolsillo de su sotana la gran llave de doble paletón. ¡Ay, cómo odiaba aquel olor abrasivo de los insecticidas, que le impedía deleitarse con el aroma embriagador de los libros! Al llegar a la puerta negra, introdujo la llave en la cerradura.

En el momento de abrir la puerta le pareció que se extinguía el débil reflejo de una luz, pero Jellinek: rechazó en seguida ese presentimiento. No podía ser. Y así cerró la puerta a sus espaldas y abriéndose camino con la linterna se dirigió a la caja de caudales en la que se guardaban los documentos secretos del florentino.

«¿Por qué –se preguntó Jellinek, mientras separaba los documentos, poniendo a un lado los que ya conocía y reservándose los que aún tenía que leer–, por qué la grandeza sólo estará destinada a los artistas infelices?» La rabia contenida, las penalidades y las preocupaciones, los disgustos y las aflicciones, eso era lo que rezumaba en todas sus cartas, casi parecía que Miguel Ángel había nacido para sufrir, para vivir en la infelicidad, para conocer por todas partes el *taedium vitae*, para verse rodeado por doquier de estafadores, intrigantes y enemigos, y es más, hasta por asesinos se vio a veces Miguel Ángel perseguido y acorralado, por lo que tuvo que sufrir miedos apocalípticos; y cuando no le atormentaban los demás, él mismo se torturaba, dedicándose a cavilar sobre el ser metafísico y a reflexionar sobre añoranzas imaginarias, quedando así encadenado a una melancolía eterna. ¿Formaba todo aquello el cenagoso campo de cultivo sobre el que florecía su arte? ¿Había que ser esclavo para poder saborear los dulzores de la libertad? ¿Ciego, para apreciar la visión? ¿Sordo, para poder oír?

Expediente de procedencia desconocida sobre Miguel Ángel, cuando éste tenía ochenta y un años de edad y había sido nombrado entretanto arquitecto de la basílica de San Pedro: «El anciano chochea y da muestras de infantilismo, así que ya ha llegado la hora de despedir de su cargo al florentino, pues es más que dudoso que esté capacitado para dar forma concreta a lo que ha plasmado sobre el papel. El maestro se queja de haber recibido unas remesas de cal estropeada, lo cual, en el caso que no se deba a su fantasía desbordante, habrá que atribuírselo a Nanni Bigio, un joven arquitecto que abriga desde hace mucho tiempo la esperanza de ocupar el cargo que tiene el florentino. Sea como fuere, estas disputas sólo podrán redundar en perjuicio de las obras, por lo que sería aconsejable despedir a Miguel Ángel para que Bigio pudiese ocupar su puesto.»

Y entremedias, algún que otro soneto, de propio puño y letra del maestro florentino y que jamás llegó a su destinatario, versos plagados de alusiones, claras algunas e incomprensibles otras, pero en cualquiera de aquellos escritos podía encontrarse el indicio que condujera a la prueba decisiva. Jellinek leyó atropelladamente:

Qué triste en esta vida retirada
aprender ya al final de mi camino
que mi muerte empezó en la alborada
y el sufrir fue siempre mi destino.

Contemplo con angustia el pergamino
en que escribió mi alma alborozada
aquellas esperanzas, sólo vino
cuya embriaguez es muerte dilatada.

¡Salve, oh mundo!, vivan tus promesas,
de las que ni una cumplirás jamás,
son tus encantos rescoldos de pavesas.

Ahora lo sé, próximo a sellar mi suerte:
sólo puede ser feliz en esa vida
quien al nacer suspira por la muerte.

No, en verdad que no podían ser calificados de cristianos esos pensamientos, antes dignos de un Sófocles, para quien el no haber nacido era superior a toda filosofía. ¿Qué esperanzas no cumplidas habían sumido a Miguel Ángel en una muerte dilatada?

Epístola de un tal Carlo, sicario de la Santa Inquisición: «Miguel Ángel se hace sospechoso, porque a altas horas de la noche, y también sin ocultar siquiera esos desafueros a plena luz del día, realiza visitas a casas de los suburbios de la ciudad, en las que habitan herejes y cabalistas y que son rehuidas por todo cristiano que se precie de serlo. *Confutatis maledictis, flammis acribus addictis.*»

¿Miguel Ángel un cabalista, un simpatizante de las ciencias ocultas judías? Por muy absurdo que todo esto pareciera, muchos indicios había de que pudiese ser cierto. ¿Por qué había quemado el florentino, poco antes de su muerte, todas las notas y todos sus bocetos? ¿Por qué? En una esquela de su médico de cabecera se corroboraba esto. ¿Qué había dentro de aquellas cajas de madera selladas que abrieron después de la muerte del florentino sus amigos Daniele da Voltera y Tommaso Cavalieri? ¿Contenía realmente el arcón nada más que ocho mil escudos, tal como afirmaron Voltera y Cavalieri? ¿O encontraron acaso esos dos amigos un documento fatal, que guardaron después en algún lugar secreto? ¿Por qué no quería Miguel Ángel que lo enterrasen en Roma, donde había pasado los últimos treinta años de su vida y donde había alcanzado los mayores éxitos como artista?

Copia de una carta de su médico de cabecera, Gherardo Fidelissimi, oriundo de Pistoia, al duque de Florencia:

«Esta noche pasó a mejor vida el insigne maestro Michelangelo Buonarroti, considerado, y con razón, como uno de los milagros que ha deparado a los hombres la naturaleza, y como quiera que estuve atendiéndolo en sus últimas horas, junto con otros médicos que lo asistieron en su enfermedad postrera, pude enterarme del deseo del moribundo de que su cuerpo fuese trasladado a Florencia. Además, como ninguno de sus allegados estuvo presente y murió sin dejar testamento, me tomo la libertad de comunicaros esta noticia, vuestra excelencia, a vos, que tanto supisteis apreciar las virtudes poco comunes del maestro, con el fin de que se cumpla la última voluntad del difunto y su bella ciudad natal se cubra de gloria al recibir en su seno los restos mortales del hombre más grande que jamás haya existido en el mundo.

»Roma, 13 de febrero de 1564.

»Gherardo, doctor en medicina por la gracia y la liberalidad de vuestra excelencia.»

Domine Deus! ¿Por qué se guardaban en el archivo secreto del Vaticano todas esas cartas, esas copias y esos expedientes? ¿Y por qué habían sido interceptadas aquellas cartas y se habían levantado expedientes? Si acaso había para esto una explicación, ésta sólo podría ser la siguiente: Miguel Ángel, ese artista ultramundano que glorificó con su arte a la Santa Madre Iglesia, contribuyendo a aumentar su prestigio como ningún otro lo había hecho, era sospechoso de herejía, y al parecer, después de su muerte, esa sospecha había sido confirmada de algún modo, pues tan sólo la sospecha no era razón suficiente para que se guardase todo ese material en el archivo secreto.

Sumido en sombríos pensamientos, el cardenal Jellinek se puso a examinar un documento tras otro a la luz de su linterna, y mientras esto hacía se le resbaló entre las manos un pergamino, que cayó al suelo. El cardenal se agachó para recoger la carta y alumbró entonces sin querer con el haz de la linterna que sostenía en su mano izquierda la tabla inferior de una estantería, justamente por la parte que se encontraba vacía, por lo que pudo mirar al otro lado del estante. *Deus Sabaoth!* ¡No podía ser, no era posible! En la otra parte de la estantería descubrió Jellinek un par de zapatos y creyó por un instante que se equivocaba, al menos abrigó la esperanza durante algunos momentos de que no fuese más que una falsa apreciación, debida a la atmósfera sobrecogedora del archivo secreto, y así alimentó esta esperanza hasta que los zapatos desaparecieron de repente y advirtió que pertenecían a alguien que se alejaba caminando de puntillas. El cardenal Jellinek se quedó petrificado, como si se hubiese convertido en una estatua de sal, al igual que la mujer de Lot, cuando el Señor hizo llover azufre y fuego sobre Sodoma y Gomorra.

—¡Alto! —gritó Jellinek, profundamente agitado—. ¿Quién anda ahí?

El cardenal dirigió hacia la oscuridad la luz de su linterna. Dio después la vuelta a la estantería y se acercó al sitio donde había visto aquella aparición; alumbró entonces las hileras de estantes abarrotados de volúmenes, pero el ancho haz de luz de su linterna era demasiado débil como para alcanzar los últimos rincones, así que se puso a avanzar con sigilo, poniendo mucho cuidado en ir colocando un pie delante del otro para no hacer el menor ruido.

—¿Quién anda ahí? —exclamó, antes para infundirse valor que con la esperanza de recibir una respuesta—. ¿Quién anda ahí? ¿Hay alguien por ahí?

Jellinek sintió miedo, un sentimiento que le era desconocido por lo común, pero que ahora se despertaba en él debido a lo inusitado, desconocido y misterioso de esa situación. Con un movimiento brusco dio vuelta el cardenal a la linterna y alumbró el lugar por donde había venido. El haz luminoso se puso a ejecutar una inquieta zarabanda, haciendo que los distintos volúmenes arrojasen largas sombras en las paredes y en el techo, cuyas superficies parecían cobrar vida en aquel juego de luces y tinieblas. Algunas de las sombras adoptaban caprichosas formas, pareciéndose a garras gigantescas, cual monstruos que intentasen apoderarse de él. Bien fuese por la incidencia de ese fenómeno en su cerebro, bien por el aire asfixiante que se respiraba en ese recinto desprovisto de ventanas, el caso es que de repente empezó a escuchar voces, gritos confusos e inarticulados al principio, pero que luego resonaron con nítido tono:

—¿Qué ves, Jeremías?

Y como la cosa más natural del mundo, respondió el cardenal Jellinek:

—Veo una vara de almendro.

A lo que respondió la voz:

—Bien ves, Jeremías, pues yo velaré sobre mis palabras para cumplirlas.

Y de nuevo retumbó aquella extraña voz:

—¿Qué ves, Jeremías?

A lo que el cardenal, al que ya le daba vueltas la cabeza, respondió:

—Veo una olla hirviendo y de cara al septentrión.

Y dijo entonces la voz:

—Del septentrión se desencadenará el mal sobre todos los moradores de la tierra, pues he aquí que voy a convocar a todos los reinos del septentrión para que vengan y extiendan cada uno su trono a la entrada de las puertas de Jerusalén, y sobre todos sus muros, y sobre todas las ciudades de Judá. Y pronunciaré contra ellos mis sentencias por todas sus maldades, pues me abandonaron para incensar a dioses extraños y adorar la obra de sus manos. Tú, pues, ciñe tus lomos, yérguete y diles todo cuanto yo te mandaré. No tiembles ante ellos, no sea que yo te haga temblar ante ellos. Y he aquí que te pongo desde hoy como ciudad fortificada, como férrea columna y muro de bronce, frente a la tierra toda, para los reyes de Judá y sus príncipes, los sacerdotes y el pueblo del país. Y te combatirán, pero no podrán contigo, porque yo estaré contigo para salvarte.

Mientras escuchaba con profunda atención esas incisivas palabras, que zumbaban en sus oídos, saliendo de las tinieblas para embriagar todo su ser, el cardenal creyó percibir un resplandor en uno de los rincones más apartados del aposento, una lucecilla flameante que lanzaba sus rayos hacia el techo, y Jellinek repitió su angustiosa llamada en un tono de voz que cada vez se volvía más entrecortado:

—¿Quién anda ahí? ¿Hay alguien?

No acababa de hacer el cardenal esta pregunta, cuando, despavorido, lanzó un grito de terror, pues le pareció que aquel que compartía con él la oscura soledad del recinto le había agarrado de repente de una manga.

Jellinek enfocó su linterna a un costado y advirtió inmediatamente cuál había sido la causa: había tropezado con el borde de un infolio que sobresalía de la estantería. Y cuando la luz de su linterna iluminó el lomo del libro, se destacaron ante sus ojos, en medio de la oscuridad y reluciendo como un aviso de ultratumba, unas letras estampadas en oro, que rezaban:

LIBER HIEREMIAS.

¡El libro de Jeremías!

El cardenal se santiguó. Al fondo seguía, inmóvil, el extraño fulgor. Jellinek pensó por unos momentos si no sería mejor salir corriendo de allí tranquilamente y dejar en paz aquel misterio, pues nada iba a cambiar él tratando de dilucidarlo, pero luego se le ocurrió que quizá en la persona que encarnaba aquella aparición inexplicable podría encontrarse la solución de todas las desgracias y que probablemente el otro pensase de igual modo. Así que siguió deslizándose sigilosamente y se acercó a la lucecilla, dejando por en medio una estantería repleta de viejos legajos. Y mientras se agachaba cuidadosamente para iluminar con su linterna el suelo, espiando así por detrás de la estantería, sin descubrir más que una linterna sobre el piso, con el haz de luz dirigido hacia el techo, escuchó al fondo, a sus espaldas, un ruido seco: la puerta del archivo secreto se cerró, golpeando con violencia contra el marco, e inmediatamente después oyó el cardenal Jellinek cómo alguien echaba la llave a la cerradura. El cardenal recogió la linterna, se dirigió a la puerta y la encontró cerrada. Ahora sabía que el archivo secreto era mucho menos secreto de lo que había creído.

Jellinek abrió la puerta, tosió para hacer sentir su presencia y al momento se presentó corriendo el *scrittore* que le había franqueado la entrada.

−¿Ha visto a alguien por aquí? −preguntó el cardenal, esforzándose por dar a sus palabras un tono de indiferencia.

−¿Cuándo? −preguntó a su vez el *scrittore*.

−En este mismo instante.

El *scrittore* sacudió la cabeza, haciendo un gesto de negación antes de contestar:

−El último se fue hace dos horas. Un monje del Collegium Teutonicum. Ha dejado su nombre en el libro de registro.

−¿Y en el archivo secreto?

−¡Eminencia! −exclamó el *scrittore* escandalizado, como si tan sólo la idea lo sumiera en el pecado.

−¿No escuchó el ruido que hacía la puerta del archivo secreto?

135

–¡Por supuesto, eminencia, ya sabía que se trataba de usted!

–Bien, bien –replicó el cardenal Jellinek, mientras colocaba las dos linternas en su sitio–. ¡Ah!, por cierto, ¿cuántas linternas hay para el archivo secreto?

–Dos –repuso el *scrittore*–, una para cada una de las personas que tienen acceso al archivo secreto: una para su santidad y otra para usted, eminencia.

–Bien, bien –repitió Jellinek–. ¿Y cuándo fue la última vez que vio por aquí a su santidad o al cardenal secretario de Estado?

–¡Oh!, de eso hace ya mucho tiempo, eminencia. ¡No lo recuerdo!

Y al decir esto se agachó y recogió del suelo un rollo de pergamino.

–¡Ha perdido algo, eminencia! –dijo el *scrittore*.

–¿Yo? –contestó Jellinek, contemplando con fijeza el pergamino, del que sabía perfectamente que a él no se le había extraviado, pero el cardenal recuperó inmediatamente su aplomo y añadió–: Démelo, se lo agradezco.

El *scrittore* se inclinó respetuosamente, hizo una reverencia y se alejó. Jellinek se sentó a una de las mesas que había contra las paredes, y después de haberse cerciorado de que nadie lo observaba, extendió ante sí el rollo de pergamino, un documento que llevaba la firma de su santidad el papa Adriano VI. El intruso desconocido tuvo que haberlo perdido en su huida.

El cardenal Jellinek leyó con avidez aquel texto redactado en latín: «Yo, el papa Adriano VI, representante de Cristo en la tierra por la gracia de Dios, contemplo con congoja y preocupación la enfermedad galopante que se va apoderando del cuerpo de la Iglesia, y que afecta tanto sus miembros como su cabeza. Se hace uso indebido de las cosas sagradas, en provecho propio, mientras que los mandamientos de la Santa Madre Iglesia no parecen servir nada más que para pisotearlos. Hasta los mismos cardenales y otros altos prelados de la curia romana se han apartado del buen camino, es más, ante los ojos de los miembros de las jerarquías inferiores del clero se presentan como el vivo ejemplo del pecado, en vez de serlo de la devoción. Por éstas y otras razones, que ya les han sido comunicadas a los interesados mediante mensaje personal, así como con el fin de poner de una vez por todas los puntos sobre las íes, he llegado a la conclusión de que tendría que llevarse a cabo una reforma de la curia...» Y aquí se interrumpía el escrito.

El texto parecía ser el borrador de una bula que el papa Adriano VI no llegó a promulgar nunca, el proyecto de una constitución pontificia que tuvo un final casual o violento. Su santidad Adriano VI, el último papa no italiano que habría en cuatro siglos y medio, murió en septiembre de 1523, después de haber ocupado tan sólo durante algunos pocos meses el solio pontificio, y de él se dice que fue envenenado por su médico de cabecera. Jellinek se puso a reflexionar sobre la relación que podría haber entre ese pergamino y el intruso misterioso del archivo secreto. ¿Existía acaso una relación o se estaba tramando algo de lo que él no tenía la menor idea? Finalmente se metió el pergamino en el bolsillo interior de su sotana y se levantó de la mesa.

El cardenal dio un rodeo y se dirigió a la Sala di Merce para ver si monseñor Stickler había efectuado ya su siguiente jugada. Ese paseo le pareció la ocasión más propicia para reflexionar sobre lo ocurrido, pues no dejaba de atormentarse a preguntas. ¿Qué estaba pasando realmente allí? ¿Quién trataba de ocultar algo y el qué? ¿Quién intentaba descifrar algo y de qué se trataba?

La partida que se desarrollaba en el lujoso tablero de ajedrez de la Sala di Merce se había convertido, sin que el cardenal se lo propusiera, en una partida española. Jellinek había abierto el juego colocando su peón de rey en la casilla e4, monseñor Stickler había respondido con e7-e5, a lo que Jellinek había contestado con caballo de rey de g1 a f3, que Stickler correspondió igualmente con caballo b8-c6. A raíz de eso el cardenal había trasladado su alfil de rey de f1 a b5 y Stickler estuvo titubeando durante mucho tiempo, lo cual no era de extrañar, ya que al ilustrísimo monseñor Stickler le parecía poco recomendable dar una respuesta simétrica, es decir, colocando su alfil de rey en b4, ya que al no encontrarse el alfil adversario en c3, Jellinek podía adelantar su peón a c3, poniendo así en huida su alfil. Eso era algo que había que meditar muy bien. Después de apenas dos semanas había respondido por fin Stickler, colocando su peón en a6, y luego los dos habían acelerado el curso del juego, con lo que la partida se encontraba en su duodécima jugada, en la que Jellinek había trasladado su alfil blanco de f3 a g5. Ese avance tuvo que haber pillado desprevenido a Stickler, pues monseñor titubeaba desde hacía días.

Por la noche Jellinek no pudo conciliar el sueño ni dormir como es debido. En contra de lo que tenía por costumbre, se fue muy tarde a la cama, pero aquel misterioso visitante del archivo secreto no le dejó un momento de reposo. ¿Quién, además de aquel intruso, se interesaba también por el texto del documento? ¿De qué madeja se podría tirar con el hilo del pergamino del papa Adriano VI? Miles de veces analizaría el cardenal en su duermevela miles de teorías, centenares de nombres de prelados de la curia pasaron por su mente y mil veces repitió todo aquello sin llegar a una clara respuesta. A eso de la medianoche se levantó de la cama y se echó por encima una bata de color escarlata; con las manos metidas en los bolsillos se puso a dar vueltas por el dormitorio de un lado para otro. Abajo, en la calle, frente a su ventana, había una gasolinera que cerraba a las doce de la noche. El empleado, silbando alegremente, montó en su bicicleta y se alejó. En la cabina telefónica que había sobre aquella misma acera estaba hablando por teléfono un hombre cuyo rostro denotaba la mayor seriedad, finalmente se echó a reír durante breves momentos, salió de la cabina y cruzando la calle se dirigió con paso firme hacia la puerta de entrada del palazzo Chigi. Jellinek abrió la ventana, se asomó y vio, en el resplandor de la calle claramente iluminada, cómo el hombre desaparecía dentro del edificio. No era la primera vez que el cardenal observaba cosas como aquélla, pues ya había presenciado con cierta frecuencia la entrada al edificio de hombres que antes habían estado hablando por teléfono en la cabina de la acera de enfrente. A continuación se dirigió hasta la puerta de su apartamento y se puso a escuchar para averiguar lo que sucedía en la caja de la escalera. Oyó ruido de pisadas, que se detuvieron en la planta baja, ante la casa del portero.

El cardenal cerró los ojos durante unos instantes y trató de imaginarse lo que ocurriría si santo Tomás de Aquino, Spinoza, san Agustín, san Ambrosio, san Jerónimo, san Anastasio o san Basilio, todos aquellos, en fin, que se habían distinguido por la fe profunda en la doctrina cristiana y por la santidad de sus vidas, hubiesen dejado como legado póstumo una secreta escritura, redactada bajo el influjo de la demencia senil de los últimos momentos de sus vidas y en la que hubiesen expuesto funestas doctrinas de fe, acompañadas de pruebas teológicas de relevante significancia, y que ahora pudiesen ser de fatales consecuencias para la Santa Madre Iglesia; pero no había acabado de desarrollar hasta el fin esta idea, cuando empezó a darse furiosos golpes en el pecho, horrorizado por esos pensamientos que bien merecían la condenación eterna, y susurró atropelladamente:

–*Libera me, Domine, de morte aeterna in die illa tremenda, quando coeli movendi sunt et terra.*

Todavía seguía rezando cuando escuchó risas en la caja de la escalera. ¡Giovanna!

MIÉRCOLES DE CENIZA

El miércoles de ceniza sucedió lo que desde hacía tiempo parecía inevitable: el periódico comunista *Unità* informaba en su primera página sobre el hallazgo misterioso en los frescos de la Capilla Sixtina.

«En su despacho del Istituto per le Opere di Religione, amueblado con tanta sobriedad como lujo exquisito, Phil Canisius empuñó el periódico, golpeó con él contra la mesa y gritó, presa de la mayor excitación:

–¿Cómo ha podido pasar esto? ¡No tenía que haber ocurrido! ¡He aquí un caso para la Rota!

«En el Vaticano –podía leerse en el periódico– se había dado la voz de alarma desde que los restauradores habían descubierto en el techo de la Capilla Sixtina una inscripción misteriosa de Miguel Ángel. Se trataba de abreviaturas enigmáticas, que ya estaban siendo analizadas e interpretadas por expertos y que ocasionarían serias dificultades a la Iglesia, ya que Miguel Ángel no había sido precisamente un amigo de los papas.»

–¡Esto ha sido una indiscreción intencionada! –vociferó Canisius, indignado, repitiendo–: ¡He aquí un caso para la Rota!

El cardenal secretario de Estado Giuliano Cascone, que se había presentado acompañado como siempre de su primer secretario el ilustrísimo monseñor Raneri, trató de quitar importancia al asunto:

–¡Todavía no se ha probado nada! Aún no sabemos quién es la oveja negra en el rebaño.

–¡Juro por Dios y por la vida de mi anciana madre –exclamó el catedrático Gabriel Manning– que nada tengo que ver con eso!

El director general de monumentos, museos y galerías pontificias, el catedrático Antonio Pavanetto, juró igualmente por lo más sagrado que nada había sabido de esa publicación. El catedrático Riccardo Parenti, al que se llamó a toda prisa a declarar, juró y perjuró, asegurando que antes se arrancaría la lengua que revelar ni una sola palabra sobre el asunto antes de que se hubiese descifrado el texto de la inscripción.

–Voy a hablarle con toda franqueza –le dijo Canisius–, me da igual el tipo de calumnias que haya podido lanzar Miguel Ángel contra la Iglesia y la curia, descubrir esto es asunto suyo, pero lo que a mí me perjudica, al igual que perjudica al IOR y nos perjudica a todos es la intranquilidad y que alguien esté husmeando en documentos secretos. Mantener el secreto absoluto representa el capital de nuestro banco.

El Istituto per le Opere di Religione, conocido por sus siglas IOR, situado a los pies de los aposentos privados del papa, tiene la forma de una letra D latina mayúscula, pero, tal como se dice en los círculos de la Santa Sede, esa forma surgió de un modo completamente casual y nada tiene que ver, en todo caso, con la abreviación de *Diabolo*, con la D de *Demonio*. El IOR es el banco del Vaticano y se encuentra en constante transformación desde que fue fundado bajo el pontificado del papa León XIII. Fue creado para recoger en él el dinero destinado a los proyectos eclesiásticos, el papa Pío XII le otorgó el rango de centro administrador de valores inmovilizados, y hoy en día el IOR trabaja como una empresa de lo más rentable, que arroja inmensos beneficios y que con respecto a las demás entidades bancarias del mundo disfruta además de la ventaja de verse libre de impuestos, y según los tratados de Letrán incluso está autorizado para fundar «corporaciones eclesiásticas» en cualquier lugar de la tierra. El artículo once protege expresamente a las autoridades vaticanas de todo tipo de intromisión por parte del gobierno italiano, lo que tiene como consecuencia que el IOR goce de un gran prestigio entre todas las personas acaudaladas. En cierta ocasión, Phil Canisius, doctor en derecho canónico y director general del instituto, explicaba toda esa situación con las siguientes palabras:

–Uno no tiene más que entrar al Vaticano con un maletín lleno de dinero para que queden sin validez alguna todas las leyes italianas sobre el tráfico de divisas.

Canisius, fuera de sí y cegado por la ira, golpeaba una y otra vez con el periódico sobre la mesa, produciendo gran ruido, como si quisiera arrancar aquella noticia del diario a base de porrazos, al tiempo que repetía una y otra vez:

–El caso tiene que ser llevado ante el tribunal de la Rota. ¡Insisto en ello!

Y el cardenal secretario de Estado Giuliano Cascone respondía siempre, con igual indignación, que era necesario hacerles rendir cuentas a los culpables y castigarlos con las penas más duras del *Codex iuris canonici*, ya que habían infligido daños de un valor incalculable a la curia y a la Santa Madre Iglesia, y mientras esto decía, el ilustrísimo monseñor Raneri asentía con la cabeza entre grandes aspavientos. En todo caso, afirmaba con énfasis el professore Pavanetto, ahora corría gran prisa dilucidar el misterio, no importa cómo se hiciese.

–¿Qué sentido he de dar a sus palabras? –preguntó el catedrático Manning sin ocultar su desconfianza–. ¿Qué significa eso de *no importa cómo se hiciese*?

–Quiero decir que no nos podemos permitir el lujo de seguir así, dando golpes de ciego y esperando pacientemente a que la ciencia nos sirva en bandeja una solución. Todos sabemos muy bien cuánto daño ocasionaron aquellas discusiones sobre la autenticidad del sudario de Turín, hasta que la Iglesia impuso su autoridad y adoptó una postura clara ante el asunto.

—La madre de las ciencias —replicó Manning con cierta displicencia— es la verdad y no la velocidad. Puede ser que ese artículo nos resulte un tanto molesto, pero en lo que respecta a mis investigaciones, en lo único que se puede decir que las afecta es en el hecho de que ahora, más que nunca y teniendo en cuenta sobre todo el interés público, parece ser que nos encontramos realmente en el momento indicado para llevar a cabo todos esos estudios con una mayor precisión y esmero.

—Mister —le espetó Canisius, que solía decir a veces «mister», costumbre que habría que achacarla a sus orígenes norteamericanos—, la curia le ha girado ya una suma respetable por sus investigaciones. Y hasta creo que esa cantidad podría duplicarse, si es que de ese modo se acelerasen sus trabajos o si pudiese ofrecernos en los próximos días cualquier tipo de explicación plausible, para que la vida pueda seguir de nuevo su curso habitual dentro de los muros de la Ciudad del Vaticano.

En esos momentos Parenti empezó a emitir risitas mal disimuladas, como si estuviese divirtiéndose solo, por lo que los demás se quedaron contemplando fijamente al catedrático

—¿Quieren saber de qué me estoy riendo? —preguntó el professore—. Hay que reconocer que esta situación no carece de cierta comicidad. Pienso que, tal como se presentan las cosas, parece ser que Miguel Ángel ya ha logrado en estos momentos sumir a la curia en la mayor confusión, antes de que haya sido posible descifrar ni uno solo de los caracteres de la inscripción. ¡Resulta inimaginable pensar en lo que ocurrirá cuando las letras empiecen a hablar por sí solas!

—Quiero precisar mis palabras —intervino de nuevo Phil Canisius—. En el caso de que usted, profesor Manning, no sea capaz de descifrar el misterio de la inscripción en el transcurso de una semana, la curia se verá obligada a solicitar el asesoramiento de otros especialistas.

—¿He de interpretar lo que ha dicho como una amenaza? —replicó Manning, que de un salto se levantó de su silla y se puso a agitar nerviosamente su índice acusador a la altura del rostro de Canisius–. ¡Pues no conseguirá amedrentarme, eminencia! ¡Cuando de la ciencia se trata, no soy sobornable, ni mucho menos me dejo coaccionar!

El cardenal secretario de Estado trató de apaciguar al exaltado catedrático:

–No fue ésa la intención de mis palabras, nada nos es más ajeno que querer presionarle, profesor, pero debe entender que esta situación extraordinaria nos obliga a actuar con rapidez, si es que deseamos evitar daños mayores a la Iglesia.

Parenti soltó la carcajada, y en su risa se advertían la mofa y el sarcasmo:

–Han transcurrido ya cuatrocientos ochenta años desde que Miguel Ángel escribió algo en la bóveda, algo de lo que no sabemos si es hereje o piadoso; durante cuatrocientos ochenta años estuvo eso escrito allá arriba, y es de presuponer que durante la mitad de ese tiempo fue perfectamente reconocible para todo aquel que tuviese ojos para ver, y ahora hay que descifrar la inscripción en el plazo de una semana. De haber sabido que me encontraría apremiado por el tiempo de ese modo tan inusitado, jamás hubiese aceptado hacerme cargo de esa investigación.

–¡Pero entiéndalo! –le imploró el catedrático Pavanetto–. La situación es precaria para la Iglesia.

Y al decir estas palabras fue ratificado por el ilustrísimo monseñor Raneri, que demostró su aprobación moviendo violentamente la cabeza en señal de asentimiento.

Se levantó entonces Cascone de su asiento, dio unos pasos hacia Manning y se detuvo muy cerca de él; le habló en voz muy baja, casi susurrante:

–Querido profesor, usted subestima la maldad en el hombre. El mundo es malo.

Manning, Parenti y Pavanetto enmudecieron de repente, visiblemente azorados. El sonido del teléfono vino a interrumpir el embarazoso silencio.

–¿Diga? –se informó Canisius, y pasando el teléfono a Cascone, añadió–: ¡Es para usted, eminencia!

–¡Diga! –contestó éste de mala gana, pero en breves instantes cambió la expresión de su rostro, que se contrajo en una mueca de terror. El cardenal secretario de Estado se aferró al auricular; le temblaba la mano–. ¡Voy en seguida! –dijo en voz baja mientras colgaba el teléfono.

Canisius y los demás se quedaron mirando a Cascone. Éste no hacía más que sacudir la cabeza. Había palidecido.

–¿Malas noticias? –indagó Canisius.

Cascone se llevó ambas manos a la boca y se apretó los labios. Al rato comenzó a hablar atropelladamente:

–El padre Pio se ha ahorcado en el Archivo Vaticano.

Y a continuación añadió con voz ronca:

–*Domine Jesu Christe, Rex gloriae, libera animas omnium fidelium defunctorum de poenis inferni et de profundo lacu.*

Y se hizo por tres veces la señal de la cruz. Los demás siguieron su ejemplo y luego respondieron a coro:

–*Libera eas de ore leonis, ne absorbeat eas tartarus, ne cadant in obscurum; sed signifer sanctus Michael, repraesentet eas in lucem sanctam, quam olim Abrahe promisisti, et semini eius.*

El padre Pio Segoni colgaba del travesaño de una ventana situada en un lugar apartado del archivo. Allí había sujetado, en la ventana entreabierta, el ancho cinturón de la orden de los benedictinos, atándolo por un extremo y haciendo un nudo corredizo por el otro, formando un lazo por el que había introducido el cuello. Y de este modo había consumado aquello que a los presentes parecía absurdo e inexplicable.

El cardenal Jellinek y Giuseppe Bellini se encontraban ya en el lugar del hecho cuando se presentó Cascone. Jellinek se subió a una silla y se dispuso a cortar con una navaja el cinturón del ahorcado, pero Cascone le detuvo y le señaló el rostro del benedictino, con los ojos fuera de las órbitas y la lengua enrollada dentro de la boca abierta, diciéndole:

–Está viendo por sí mismo, eminencia, que ya no hay nada que podamos hacer. Deje eso para los demás... ¡Un médico! ¡El profesor Montana! ¿Dónde está el profesor Montana?

El *scrittore* que había descubierto el cadáver le respondió que ya se había dado aviso al profesor Montana y que éste tendría que llegar de un momento a otro. Jellinek juntó las palmas de sus manos y prosiguió sus rezos, susurrando:

–*Lux aeterna luceat ei, lux aeterna luceat ei*...

Al fin llegó Montana en compañía de dos frailes vestidos de blanco. Montana tomó el pulso al ahorcado, meneó la cabeza de un lado a otro e hizo señas a los dos frailes vestidos de blanco para que bajasen al muerto. Éstos depositaron al padre Pio en el suelo. La rígida mirada del cadáver tenía una expresión salvaje. Los presentes juntaron las palmas de las manos. Montana le cerró la boca y los ojos al muerto y examinó las marcas del estrangulamiento, de un color rojo oscuro. Y a continuación, en un tono de indiferencia, dijo:

–*Exitus. Mortuus est.*

–¿Cómo ha podido ocurrir? –preguntó el cardenal Bellini–. Si era un hombre tan capaz...

Jellinek hizo un gesto de asentimiento. Cascone se dirigió al *scrittore* y le preguntó:

–¿Tiene alguna explicación, hermano en Cristo? Quiero decir, ¿le dio la impresión de que el padre Pio sufría alguna depresión?

El *scrittore* le contestó que no, pero hizo la salvedad de que nadie era capaz de ver en el interior del prójimo. El padre Pio había estado pasando prácticamente los días y las noches entre las estanterías del archivo..., que Dios tuviese compasión de su pobre alma. Ninguno de los archiveros o de los secretarios había sospechado nada al principio, cuando el padre Pio no se había presentado aquella mañana. Por regla general llegaba al archivo a primeras horas de la madrugada y no se le veía aparecer sino hacia el mediodía, en alguno de los departamentos de la biblioteca. Cierto era que a veces daba la impresión de encontrarse como ausente, siempre llevaba consigo algunos apuntes y signaturas, que luego desaparecían en alguna gaveta o en alguno de sus bolsillos; no obstante, jamás habló el padre Pio de la índole de sus investigaciones, al igual que no solía hablar de sus asuntos, pues había sido una persona muy reservada. Tanto los archiveros como los secretarios habían pensado que el padre

Pio andaba investigando algo relacionado con el encargo secreto...

—¿Qué es eso de *encargo secreto*? —inquirió Cascone.

El *scrittore* contestó que era algo que tenía que ver con Miguel Ángel y con la inscripción que había aparecido en los frescos de la Capilla Sixtina.

—¿Y quién le dio ese encargo? —insistió Cascone.

—¡Yo le encomendé esa misión! —respondió el cardenal Joseph Jellinek.

—¿Hubo algún resultado concreto? —quiso saber el cardenal secretario de Estado.

El *scrittore* le dio una respuesta negativa, añadiendo que era algo de lo más extraño el que precisamente sobre Miguel Ángel apenas hubiese documentos en el archivo, hasta el punto de que casi podría pensarse que sobre el artista pesaba el anatema de la excomunión, aun cuando, incluso en este caso, tendría que haber una mayor documentación, por regla general.

—Quizá yo pudiese explicar eso —intervino Jellinek, por lo que Cascone miró al cardenal con aire inquisitorial, en espera de una respuesta—. Podría explicarlo, efectivamente, pero el *Codex Iuris canonici* me lo prohíbe; creo que entiende lo que pretendo decir.

—No entiendo absolutamente nada —vociferó el cardenal secretario de Estado—. ¡Nada entiendo de todo esto, por lo que exijo, *ex officio*, una aclaración!

—Sabe perfectamente dónde termina su poder *ex officio*, eminencia —replicó Jellinek.

Cascone se quedó un rato reflexionando, pareció entender lo que se le decía y se dio por satisfecho. Finalmente, dirigiéndose al *scrittore*, le expuso:

—Dijo que las signaturas halladas por el padre Pio habían desaparecido en ciertas gavetas y en algunos bolsillos. ¿Podría explicarnos eso con más detalle?

—Por regla general —respondió el *scrittore*—, el padre Pio guardaba sus hallazgos en su escritorio, pero también llevaba siempre consigo algunos papelitos con apuntes, que se metía en los bolsillos de la sotana.

Cascone hizo una seña a uno de los frailes vestidos de blanco para que registrase y vaciase los bolsillos del muerto y al otro le dijo que fuese a inspeccionar lo que había en las gavetas del escritorio. En el bolsillo derecho apareció un pañuelo blanco. En el izquierdo había un trozo de papel, en el que se podía leer, en letra menuda y nerviosa: *Nicc. III anno 3 Lib. p. aff. 471.*

–¿Le dice eso algo? –preguntó Cascone.

El *scrittore* se quedó reflexionando antes de contestar:

–Me parece que se trata de una signatura del *Schedario Garampi*, lo que significaría que se trata de algunos documentos de la época del papa Nicolás III.

–¡Tráigame esos documentos lo más rápidamente posible! –ordenó el cardenal secretario de Estado, presa de la mayor excitación.

–Con tal rapidez no va a ser posible –replicó el *scrittore.*

–¿Y por qué no, *scrittore*?

–El *Schedario Garampi* ya no se encuentra archivado en su forma original, es decir, que desde entonces le fue asignada una nueva signatura, o quizá hayan sido varias, por lo que tiene ahora una clasificación distinta, así que va a resultar muy difícil dar con los documentos correspondientes sin conocer sus relaciones históricas o sus contenidos. Pero...

–¿Pero?

–Me parece que esa signatura nos será de poco provecho, de todos modos, al menos en el asunto que aquí nos ocupa; el papa Nicolás III falleció en el año de mil doscientos ochenta, por lo que no ha de estar relacionado con el asunto de Miguel Ángel. En todo caso, la única persona que podría ser de alguna ayuda en esta situación sería el padre Augustinus.

–El padre Augustinus está jubilado, y esto es algo que no podrá cambiarse.

–Eminencia –intervino con firmeza el cardenal Joseph Jellinek, dirigiéndose al cardenal secretario de Estado–, si bien por un lado nos está apremiando para que se llegue lo más rápidamente posible a una solución de ese problema, por el otro, no obstante, envía al retiro a la única persona que nos puede ayudar a acercarnos al menos a esa solución. No sé realmente cómo he de interpretar su actitud. Necesitamos al padre Augustinus.

–¡Todo hombre es sustituible! –replicó Cascone–. Y también el padre Augustinus.

–Eso está fuera de toda duda, señor cardenal secretario de Estado. El único problema que aquí se nos presenta es si la curia, en la situación concreta por la que estamos pasando, puede permitirse el lujo de prescindir de un colaborador como el padre Augustinus. Y es que el Archivo Vaticano no necesita solamente a una persona que domine las técnicas de la clasificación, sino que necesita sobre todo a una persona que almacene también en su cabeza todo lo que aquí se encuentra guardado.

Y al decir esto, bajó la mirada, contempló el cadáver del padre Pio y añadió:

—Montecassino no es el Vaticano.

Y de este modo se enzarzaron los cardenales en una acalorada disputa ante el cadáver del benedictino, en el curso de la cual amenazó Jellinek con retardar las investigaciones del concilio, ya que no le era posible dimitir de su cargo de presidente debido al mandato que había recibido *ex officio*. Aquel altercado terminó finalmente con la promesa de Cascone de que haría volver al padre Augustinus.

EL JUEVES DESPUÉS

El artículo publicado en el periódico *Unità* no quedó sin consecuencias. En la oficina de prensa del Vaticano se presentó una multitud de periodistas.

—¡AIFALUBA! ¿Qué significa AIFALUBA?

—¿Qué siglas se ocultan detrás de ese código?

—¿Quién descubrió la inscripción? ¿Desde cuándo se conoce?

—¿Es acaso una falsificación? ¿Será borrada?

—¿Por qué ha esperado hasta ahora el Vaticano para dar a conocer ese hallazgo?

—¿Qué especialistas se ocupan del asunto?

—¿Fue Miguel Ángel un hereje? Y en caso afirmativo, ¿qué consecuencias prevé la curia?

—¿Hay algún caso similar en la historia del arte?

El cardenal secretario de Estado Giuliano Cascone se encontraba ocupado esa mañana imponiendo el voto de silencio a todos los miembros del concilio. En su condición de prefecto del Consejo para los Asuntos Públicos de la Iglesia tan sólo a él correspondía hacer cualquier tipo de declaraciones. Y esto tendría lugar en los próximos días. Ante las presiones de los catedráticos, que exhortaron a Cascone a publicar todo cuanto se conocía hasta la fecha, ya que, de lo contrario, era de temer que empezasen a circular los rumores más insólitos y peregrinos, y ante las insistentes advertencias del cardenal Jellinek, el cardenal secretario de Estado se dejó convencer finalmente de la necesidad de dar a conocer cuanto antes la postura oficial de la curia romana.

Durante la rueda de prensa, Cascone leyó una declaración, y a las preguntas que le hicieron, o bien contestó con un escueto «¡Sin comentarios!» o con la promesa de que la secretaría de Estado haría públicos los resultados de las investigaciones en el mismo momento en que los hubiera.

El cardenal Joseph Jellinek aprovechó aquel jueves siguiente a la conmovedora liturgia del miércoles de ceniza para poner orden en sus pensamientos. Llevaba ya siete semanas en las que no hacía otra cosa más que dar golpes de ciego y ahora se veía más alejado que nunca de una solución. El cardenal se había dado cuenta sobre todo de que aquel misterio ocultaba en su seno otros misterios nuevos; en todo caso tenía ahora la certeza de que detrás de la inscripción de los frescos de la Capilla Sixtina no se escondía únicamente la simple maldición de un hombre atormentado, sino que allí estaba al acecho una empresa diabólica, cuya finalidad era ocasionar grandes daños a la Iglesia y a la curia, sin que pudiese precisar de qué modo. Muchísimas veces se había quedado contemplando Jellinek en la Capilla Sixtina al profeta Jeremías, que sumido en la más honda desesperación contemplaba fijamente el suelo, donde se borraban todas las huellas, y por enésima vez leía el cardenal sus profecías de la época de los reinados de Joaquim y Sedecías y sus amenazas contra egipcios, filisteos, moabitas, amonitas y edomitas, y contra Elam y Babel. Con una raya vertical había señalado al margen el capítulo 26, versículos 1 al 3, donde se dice: «Al principio del reinado de Joaquim, hijo de Josías, rey de Judá, llegó a Jeremías esta palabra de Yahvé: Así dice Yahvé: Ve a ponerte en el atrio de la casa de Yahvé y habla a las gentes de todas las ciudades de Judá, que vienen a prosternarse en la casa de Yahvé, todas las palabras que yo te he ordenado decirles, sin omitir nada. Tal vez te escuchen y se conviertan cada uno de su mal camino, y me arrepienta yo del mal que por sus malas obras había determinado hacerles.»

Pero tampoco la constante repetición de esos versículos había ayudado en nada a Jellinek ni le había hecho avanzar hacia una solución, porque todo cuanto había presenciado hasta ahora superaba en mucho su capacidad de entendimiento y porque sus suposiciones, en ésta u otra dirección, siempre le sumían en un mar de pensamientos terribles y pecaminosos. Y por sobre todas las cosas, el cardenal Jellinek ya no tenía ni la menor idea de en quién podía confiar en la curia o ante quién tendría que mostrarse reservado. En esos días de incertidumbre dudaba por primera vez el cardenal de los ideales cristianos, dudaba del amor al prójimo, de la fe y de la misericordia, a la vez que comprendía que ya tan sólo la duda en sí representaba un pecado para el cristiano auténtico, por lo que ahora, más allá de toda especulación teológica, contemplaba el caso con ojos muy distintos: Jellinek dudaba de sí mismo y de su cargo, al igual que desconfiaba de los demás miembros de la curia que se encontraban implicados en el misterio de los frescos de la Capilla Sixtina. De tal modo había perturbado su mente el suicidio del fraile benedictino. Las líneas de su breviario se desvanecían como las ondas concéntricas que causa en la superficie una piedra arrojada al agua, y los rezos que se imponía como penitencia se desvanecían de igual modo ante la idea de que el padre Pío quizá había resuelto el enigma y no había sido capaz de soportar la verdad. Ni siquiera la intimidad de la liturgia había podido iluminar su alma y conducir su razón por el sendero justo.

De momento se encontraba enfrascado en la tarea de ordenar todo cuanto había sucedido desde aquel extraño hallazgo de la inscripción, colocando los distintos elementos en fila, conforme a las reglas que se aplican en el juego de ajedrez, en el que ciertas figuras pueden ejecutar determinados movimientos que les están prohibidos a otras, con excepción de una sola, a la que todo está permitido, con lo que el cardenal cobró conciencia de la sabiduría que encierran las reglas de ese juego antiquísimo y se percató de que la curia no era otra cosa que un gigantesco tablero de ajedrez en el que las piezas se movían de acuerdo a reglas bien determinadas, en realidad: nada más que un reflejo de la vida misma. Y al profundizar en esta idea se dio cuenta de repente de que la mayor de las figuras ni representaba el mayor poder ni encarnaba tampoco el mayor peligro, ya que tan sólo el conjunto de todas las demás piezas significaba poder o implicaba peligro.

Como prefecto de la Sagrada Congregación para la Doctrina de la Fe, institución que se ocupaba de las nuevas doctrinas religiosas y de las desviaciones en el dogma, el cardenal Jellinek sabía perfectamente que la Iglesia católica presentaba muchos puntos débiles por donde podía ser atacada, pero lo que le atemorizaba ahora era el desconocimiento del adversario, lo impredecible, lo desconocido.

Jellinek se sentía terriblemente mal y tenía agudos dolores en el estómago, por lo que se dejó caer en el rojo sofá de su salón y entornó los párpados. ¿Cómo era posible que una inscripción con una antigüedad de cuatrocientos ochenta años sumiese a toda la curia romana en la mayor inquietud? ¿Cómo se explicaba que personas del más alto rango perdiesen de repente toda compostura? ¿A qué se debía que la desconfianza se hubiese apoderado de todos? ¿A qué ese miedo de los que no sabían ante los que sabían?

Y de súbito vio con claridad ante sus ojos los sucesos de aquel día en que divisó por primera vez en su vida el saber. La sabiduría había sido siempre para Jellinek los libros, las colecciones de libros, las bibliotecas y los archivos. Sí, ahora evocaba con toda nitidez aquel día, no habría cumplido aún los nueve años, en que entró por vez primera a una biblioteca. Los padres habían enviado a su hijo mayor, desde la pequeña localidad provinciana en que vivían, a la gran ciudad, a casa de gente extraña; bien es verdad que se trataba del tío y de la tía, pero para él eran extraños y seguirían siéndolo en los años venideros.

Joseph venía del campo, de una pequeña aldehuela

que contaba con una docena de casas. De ellas, la más pequeña y la más insignificante pertenecía a los Jellinek, que tenían que trabajar muy duro para ganarse la existencia, realizando labores de las que tampoco se salvaban los hijos, cuatro en total, y mucho menos Joseph, el mayor de ellos. Y sin embargo sería falso asegurar que su niñez había sido desdichada, pues gozó de una existencia feliz, tanto como puede ser la de un niño que carece de deseos porque no conoce las necesidades. El curso de las estaciones determinó siempre el ritmo de su vida, en la que los domingos eran fiestas señaladas. La familia Jellinek, engalanada con sus mejores ropas, iba todos los domingos a oír misa en una aldea cercana y luego entraban también a una posada, donde el padre se hacía servir una cerveza y tanto la madre como los hijos podían compartir dos limonadas. Debido a esto, todos los domingos eran algo muy particular. El párroco, el órgano y la posada influían sobre Joseph, produciéndole un sentimiento de euforia que no tenía parangón alguno, y su madre, tal como recordaba, le había contado mucho después, cuando ya había vestido los hábitos de cura, que en cierta ocasión, apenas tendría la edad de ir a la escuela, le había preguntado con expresión muy seria que por qué todos los días no podían ser domingo.

La lejana ciudad, que tan sólo conocía por algunas escasas visitas en compañía de su madre, había significado siempre para el niño lo desconocido, lo inseguro, lo tentador y seductor. Para llegar hasta allí había que caminar primero durante una media hora hasta la pequeña estación de ferrocarril, de una sola vía, que los niños de la aldea tan sólo utilizaban para colocar monedas de a céntimo en los raíles con el fin de que las ruedas del tren las aplanasen. En cierta ocasión había hecho la prueba con una moneda de cinco céntimos, por lo que debido al mayor volumen de la misma había logrado obtener un disco visiblemente más grande que el de sus amigos; pero esto le valió también una buena azotaina cuando la hazaña llegó a oídos del padre, ya que, como le dijo su progenitor, había que tener respeto por el dinero, pues era muy difícil ganarlo y no había sido creado para que cualquiera se dedicase a chafarlo por gusto.

Joseph se enfrentó con gran desconfianza a la vida en

la ciudad; sentía como algo contrario a la naturaleza aquella aglomeración indiscriminada de edificios, comercios, automóviles y personas. Y sin embargo, en lo que se refería a la constitución global de su cuerpo, era más bien una persona de ciudad que de campo. No era fuerte, de mejillas rosadas y aspecto rústico, como se podía haber esperado de un mozo de pueblo, no, Joseph era de miembros finos, casi enjuto, de tez pálida, macilenta, y había salido a su madre, a la que se parecía mucho. Quizá fuese éste el motivo de esa especial atracción que existía entre la madre y el hijo mayor. La madre había nacido en la ciudad.

Hasta el inicio de su época escolar, Joseph Jellinek no se diferenciaba en nada de los demás chicos de la aldea, pero esta situación cambió en cuanto empezó a ir a la escuela. La escuela se encontraba en la aldea vecina, y para aquel entonces no había ningún autobús que fuera a recoger a los niños, es más, incluso en el caso de que hubiese habido uno, ello no hubiese reportado ninguna ventaja, ya que el angosto camino de tierra no hubiese permitido el paso de un vehículo de ese tipo. Pero no fue esto lo realmente notable en la época escolar de Joseph, sino el hecho de que Joseph Jellinek dio muestras inmediatamente de poseer unas dotes excepcionales. La escuela tenía únicamente dos aulas, una para los cuatro primeros cursos y otra para los cursos quinto a octavo, y el niño escuchaba con predilección las clases que se impartían a los cursos superiores, era el mejor de todos sus compañeros y pronto pasó al segundo curso. Cuando terminó el tercer curso la maestra mandó llamar a los padres para que viniesen a la escuela, donde mantuvo una larga conversación con ellos, y en las noches siguientes oyó Joseph a sus padres hablando durante largas horas. Y a los pocos días le dijo la madre que habían decidido enviarlo al instituto para que pudiese convertirse en un hombre de provecho; podría vivir en casa de una prima que estaba casada con un catedrático universitario.

El catedrático, especialista en filología grecolatina, lucía barba canosa y puntiaguda, llevaba unas gafas con montura de níquel y era el amo y señor de un hogar enclavado en una gran ciudad, que disponía de una ama de llaves algo entrada en carnes y de una criada pizpireta. La dueña de la casa, la prima de la madre, era elegante, pálida, fría y lo primero que hizo fue explicarle las normas por las que se regía la casa, entre las que se contaban costumbres de las que hasta ahora ni siquiera había oído hablar, como las de las horas fijas para las comidas. Bien es verdad que Joseph dispuso de techo y cobijo, en la forma de un cuartito propio, pero echó en falta la atmósfera acogedora y el cariño de su familia. Aquella casona de amplias habitaciones, aquellas personas educadas y desconocidas, las impresiones nuevas, todo aquello le excitaba; pero uno de los aposentos fue el que más le fascinó, en él llegó a sentirse pronto como en su propia casa y nadie le impedía la entrada. Ese aposento era la biblioteca, con libros de lomos pardos, rojos y dorados, que iban desde el suelo hasta lo alto del techo estucado, un lugar en el que podía dar rienda suelta a sus pensamientos, en el que podía emprender grandes viajes hacia lo desconocido y donde podía soñar. Sobre todo por las noches, después de la cena, el joven Jellinek, para gran alegría del catedrático, por cierto, se iba a la biblioteca, donde había percibido por vez primera, y también aprendido a amar, ese olor tan particular, ese aroma inconfundible, con cierto perfume a moho, de los papeles viejos y de los cueros curtidos, esa fragancia especial del saber inagotable, que aprisionado en esas páginas no había más que leer para alcanzarlo.

Había sido también en esa biblioteca donde había buscado refugio, cierto día a finales de la guerra, cuando le llegó la noticia de la muerte de su madre. En aquel entonces halló su único consuelo en el libro de los libros, en aquellas letras divinas editadas en grandes infolios, encuadernados en cuero y con estampaciones en oro, que con tanta alegría cogía siempre entre sus manos, cuando releyó una vez más la sobria declaración del apóstol san Pablo en su primera carta a los corintios: «Os doy a conocer, hermanos, el Evangelio que os he predicado, que habéis recibido, en el que os mantenéis firmes, y por el cual sois salvos si lo retenéis tal como yo os lo anuncié, a no ser que hayáis creído en vano. Pues a la verdad os he transmitido, en primer lugar, lo que yo mismo he recibido: que Cristo murió por nuestros pecados, según las

Escrituras; que fue sepultado, que resucitó al tercer día, según las Escrituras...»

Quizá fuese en aquel momento cuando decidió hacerse cura.

Muchos miles de libros había estudiado el cardenal desde entonces, la mayoría de ellos por placer, y una pequeña parte, en el cumplimiento de su deber. Y, sin embargo, todo su saber no era suficiente, no alcanzaba a resolver un enigma, que resultaba tan intrincado, tan hábilmente confundido dentro de la historia, que ante ese misterio, tanto él como los demás cerebros inteligentes del Vaticano se veían obligados a capitular.

LA VÍSPERA DEL PRIMER DOMINGO
DE CUARESMA

Para poder entender mejor el curso de los acontecimientos, hemos de abandonar Roma y tendremos que trasladarnos a uno de esos monasterios en los que el silencio es un deber supremo. Entre los frailes de aquel monasterio vivía un hombre sabio y piadoso, a quien todos llamaban el hermano Benno; se distinguía el religioso por uno de esos rostros regordetes y con gafas de los que resulta muy difícil imaginar que hayan sido alguna vez jóvenes. Su nombre completo era el de doctor Hans Hausmann, pero nadie lo había pronunciado jamás en aquel monasterio rural; los cofrades ni siquiera lo conocían. El hermano Benno pertenecía a esa especie de seres que son designados en los conventos como de «vocación tardía», porque a su vida espiritual precedían la formación y el ejercicio de una profesión dentro de una existencia mundana. El hermano Benno había cursado en una universidad los estudios de historia del arte y luego había dedicado su vida al Renacimiento italiano, hasta las postrimerías de la última guerra mundial, cuando, de repente y de forma inesperada, abrazó la vida retirada de un monasterio, de ese monasterio del que estamos hablando aquí. Desde aquel entonces el antiguo erudito, que fuera alegre y vivaracho, estaba considerado como una persona retraída, encerrada en sí misma y a veces extravagante, rehuía el contacto con los demás frailes, ya parco de por sí, y se distinguía sobre todo por su silencio. Si se le ocurría hablar, cosa que sucedía en muy raras ocasiones, esto era motivo para que los demás habitantes del monasterio escuchasen con avidez sus palabras y se pasasen después largo tiempo reflexionando sobre las mismas.

Mientras que los demás frailes aprovechaban sus salidas al jardín del monasterio, que en los domingos se prolongaban hasta una hora completa, para hablar con cierta frecuencia sobre su vida anterior, su juventud y niñez, y especialmente sobre sus padres, con los que la mayoría de ellos mantenían unos vínculos muy profundos, el hermano Benno se mantenía visiblemente apartado. Tan sólo un aspecto de su vida había llegado a ser del dominio público entre los muros del monasterio, y era que el padre de Benno, un acaudalado traficante en carbón y dueño de una agencia de transportes, se había matado por su gran afición a la bebida cuando Benno tenía diez años de edad, lo que la familia tomó más como misericordia divina que como carga del destino, sobre todo la madre, que era una mujer guapa y orgullosa. Benno había adorado esa altivez despótica de la madre como algo sobrenatural, amó con pasión la arrogancia altanera de sus negras cejas enarcadas y de las arruguillas verticales que se le formaban a ambos lados de su pequeña boca; es más, la sumisión ante la hermosa madre se convirtió para él en una necesidad y un placer al mismo tiempo. También había sido la madre la persona que impulsó a Benno para que abrazase alguna de las carreras de humanidades, por las que la mujer sentía mayor predilección que por los carbones para el uso doméstico y las toneladas de mercancías, y esto fue algo que Benno agradeció a su progenitora durante toda su vida con una veneración rayana en el servilismo.

El joven Hausmann terminó sus estudios en Florencia y Roma, hablaba fluidamente el italiano, lo que no resultó particularmente difícil a un estudiante que dominaba el latín a la perfección, y escribió su tesis doctoral sobre Miguel Ángel. Una cierta independencia económica, que ya le aseguraba su familia, y una pequeña beca alemana, que le era enviada a la Biblioteca Hertziana en Roma, le permitieron iniciar su vida profesional libre de preocupaciones, y en verdad que Benno podría haber llegado a ser un destacado historiador del arte, pero la vida es, la mayoría de las veces, mucho más fuerte que los sueños.

Sobre los cambios que le hicieron vestir los hábitos de fraile es algo de lo que hablaremos más adelante, de momento revelaremos únicamente lo siguiente: que no sucedió por esa pasión irrefrenable por la vida religiosa que suele ser propia de la persona que se decide a renunciar a los placeres de este mundo.

En aquel día del que estamos hablando sucedió que uno de los frailes, durante la cena y después de haber rezado el *benedicite*, se puso a leer un periódico, cosa que se repetía todas las semanas, tan sólo en un día determinado, y que era para los frailes como si les abriesen por breves momentos una ventana al mundo exterior. En ese día, pues, junto a las habituales noticias sobre política y deportes, se leyó también en voz alta un artículo que hablaba del hallazgo efectuado en los frescos de Miguel Ángel. Al escuchar esas palabras, el hermano Benno se quedó como petrificado y dejó caer la cuchara con la que había estado comiendo la sopa, por lo que el cubierto chocó tintineando contra el suelo de piedra del adusto refectorio, mientras los cofrades lo contemplaban con muestras de desaprobación. El hermano Benno balbució como disculpa algunas palabras ininteligibles, se apresuró a recoger su cuchara y se quedó escuchando atentamente al que leía, olvidándose de la comida. Su compañero de mesa, un fraile alto y enjuto, calvo y con el cuero cabelludo de un color rojo escarlata, advirtió que el hermano Benno no volvió a llevarse ni un solo trozo de comida a la boca durante esa noche, pero no pudo imaginarse que hubiese la más mínima relación entre el artículo del periódico y el ascetismo de su cofrade.

Pero cuando también al día siguiente el hermano Benno se negó a tocar los alimentos y se quedó sentado a la mesa en actitud apática, con la mirada perdida en el vacío y las manos ocultas en las anchas mangas de su hábito negro, el otro se armó de fuerzas y osó interpelarle:

—¿Qué te ocurre, hermano, para que no pruebes ni un bocado? Parece como si algún sufrimiento estuviese escrito en tu rostro. ¿No quieres confiar en mí y revelarme tus penas?

Sin mirar al que le interrogaba, el hermano Benno denegó con la cabeza y contestó, mintiendo a sabiendas:

—No me encuentro muy bien. Ya lo sabes, hermano, será el estómago o la bilis. En un par de días me sentiré mejor, no tienes por qué preocuparte.

Y a continuación permaneció callado durante todo el tiempo que duró la comida y se negó a probar cualquier alimento.

Por regla general suelen ser la tentación o el pecado los motivos que obligan a los monjes a guardar silencio o a ayunar durante días seguidos, así que el compañero de mesa del hermano Benno vio también ahí la razón del silencio pertinaz de su cofrade, por lo que al día siguiente y en los días que se sucedieron lo dejó tranquilo, pues, a fin de cuentas, ¿qué otra cosa podía acibarar más la lengua que el pecado?

El hermano Benno, finalizada la comida, se levantaba en silencio de la mesa y dando muestras claras de encontrarse profundamente excitado, subía precipitadamente las escaleras que conducían a su celda, situada al final de un largo y oscuro pasillo, donde se hallaba su refugio para las noches y para las calladas horas que entregaba a la oración. Tres metros de ancho por cuatro de largo, tales eran las dimensiones de aquel aposento en el que tan sólo la ventana que daba al exterior podía ser calificada de elemento agradable a la vista; un viejo armatoste de madera, que hacía las veces de cama, una caja rústica, que no merecía el nombre de armario, y una cómoda, sobre cuya fría losa de piedra había una palangana de porcelana que servía para el aseo y el cuidado del cuerpo integraban todo el mobiliario, amén del reclinatorio que se encontraba pegado a la pared, bajo la ventana. Montones de libros, esparcidos, apilados y seleccionados por todo el suelo, revelaban la presencia del estudioso.

Al igual que había estado haciendo durante todos los días anteriores, esa noche el hermano Benno sacó del cajón superior de su cómoda un recorte de periódico en el que se daba aquella alarmante noticia sobre el hallazgo realizado en los frescos de la Capilla Sixtina. El fraile había mendigado y suplicado para obtener aquel periódico, del que había recortado la noticia, y ahora la leía por enésima vez; leyó y releyó cada una de las palabras, luego volvió a introducir en el cajón el recorte del periódico, se dejó caer de rodillas en su reclinatorio y juntó las palmas de las manos como si fuese presa de la más honda desesperación.

EL LUNES SIGUIENTE AL PRIMER DOMINGO DE CUARESMA

Érase un hombre que sabía más que todos los demás, pero que pertenecía a aquellos a los que el conocimiento ha impuesto el voto de silencio. Sabía más aquel hombre de lo que puede saber un cristiano del más alto rango, porque se había pasado media vida en la fuente misma del saber. Pero por sobre todas las cosas sabía callar. Sabía callar sobre temas a lo que cualquier otro hubiese podido dedicar toda su vida, bien fuese con intenciones piadosas o mezquinas. Ese hombre era el padre Augustinus.

Augustinus era un ser extraño, una persona que no acababa de encajar del todo en el negro hábito de su orden. Sus cabellos grises, recortados casi hasta la raíz, que se erizaban sobre su cabeza con rebeldía vertical, y su rostro surcado de profundas arrugas, le otorgaban un aspecto anguloso. Uno podía imaginarse muy bien que cuando ese religioso se empecinase en resolver un asunto, se aferraría a él con todas sus fuerzas y no volvería a soltarlo hasta dar con la solución. Podía intuirse que ese clérigo discreto y trabajador era capaz de poner manos a la obra con la energía de un buey una vez que le había sido encomendada una misión. Y más de una vez le habían encontrado los escribientes por la mañana temprano durmiendo sobre el desnudo suelo y utilizando como almohada un par de legajos malolientes, porque la vuelta al monasterio se le antojaba empresa harto fatigosa o porque ya no merecía la pena ponerse de camino en la alborada, pues sumido en sus estudios había juntado el día con la noche. Y es que en lo que a su trabajo respecta,

Augustinus Feldmann no lo consideraba como tal, sino más bien como el cumplimiento de un deber para la mayor gloria de Dios, como la ejecución de una obligación que le había sido impuesta por la gracia divina. En el cumplimiento de su deber era de inmensa ayuda para el oratoriano su memoria fenomenal, facultad ésta que no había tenido desde un principio, sino que la había estado ejercitando a lo largo de treinta años de actividades y que le permitía encontrar con certeza absoluta cualquier legajo que hubiese pasado antes por sus manos. Al contrario de lo que suele ocurrirles a los directores de orquesta ancianos, a los que el oído les falla con el tiempo, el padre Augustinus se distinguía a sus años por una visión perfecta, por lo que ni siquiera para leer necesitaba ponerse gafas.

Se sintió altamente complacido cuando se enteró de que lo necesitaban con más urgencia que nunca, después de la trágica muerte de su sucesor, así que el padre Augustinus se apresuró a atender en seguida el llamamiento del cardenal secretario de Estado y fue a verlo al día siguiente. Pero el hombre que se presentó esa mañana en su viejo puesto de trabajo era ya otra persona. No había podido superar el hecho de que le diesen la jubilación antes de tiempo y sabía perfectamente que después de utilizarlo se volverían a desprender de él como ya habían hecho en una ocasión. De un modo frío y despiadado había pasado por alto Cascone sus ruegos, cuando le dijo que no podría vivir sin sus legajos, y en aquella ocasión se había pegado un susto mortal, pues hasta se había hecho seriamente la pregunta de si detrás del cardenal secretario de Estado no se ocultaría el diablo en persona. En todo caso, el padre Augustinus no había podido advertir en Cascone el más mínimo indicio que delatase la presencia de virtudes cristianas.

Naturalmente que el padre intuía, o más bien hasta creía saber con toda certeza, por qué Cascone le había expulsado de su cargo con tal precipitación. Quien se ha pasado treinta años bebiendo en la fuente del saber, tenía que saberlo todo. Había cosas en aquellas estanterías que eran reales, y que no lo eran, sin embargo; que existían, por tanto, pero que no eran tomadas en cuenta. Eran cosas que estaban sujetas a una prohibición, con un largo plazo de espera antes de que pudiesen ser descubiertas, con el fin de asegurar que nadie tuviese conocimiento de ellas durante toda la vida de la persona afectada, por ejemplo, y tan sólo había un cristiano que estaba al tanto de todos los legajos de esa índole: el padre Augustinus. Giuliano Cascone, que tan sólo sabía de la existencia de una mínima parte de ese tipo de documentos, tenía miedo de que en el curso de las pesquisas en torno a la inscripción secreta pudiesen darse a conocer ciertos hechos que no serían del agrado de la curia y de la Iglesia.

La venganza no es ciertamente el ornato de un alma noble, pero ¿no había dicho el Señor a Moisés: «Mía es la venganza, quiero desquitarme»?

El cardenal Joseph Jellinek mandó llamar al oratoriano ese mismo día para que compareciese ante él en la sede del Santo Oficio, donde el cardenal le recibió detrás de un gigantesco escritorio desnudo y apoltronado en una butaca como un rey en su trono. Augustinus no sentía una particular simpatía por Jellinek, pero al menos no lo odiaba como a Cascone.

–Le he mandado llamar, hermano en Cristo –comenzó a decir el cardenal con grandes circunloquios–, porque quiero expresarle ante todo mi alegría por su regreso inesperado. No cabe la menor duda de que usted es la persona más capaz de cuantas han dirigido ese archivo y tampoco puede caber la menor duda de que es usted la persona más indicada para ayudarnos a encontrar una solución a ese problema. Para decírselo con toda franqueza, no hemos avanzado ni un solo paso desde que usted se fue.

Al padre Augustinus le agradó la sinceridad del cardenal. Le hubiese gustado decirle: ¿por qué se me quitó de mi puesto de la noche a la mañana, por qué se me arrebataron mis legajos, sin los que no puede seguir viviendo un hombre como yo, como todo el mundo sabe? Pero el padre Augustinus permaneció callado.

–Usted es una persona muy inteligente –prosiguió el cardenal, comenzando de nuevo su discurso introductorio–, hablemos por una vez de un modo completamente extraoficial, de hombre a hombre. ¿Dónde piensa usted, padre, que podría encontrarse una solución? Quiero decir, ¿sospecha usted algo en concreto?

El padre Augustinus replicó:

—Ya expuse en el concilio todas mis suposiciones. No sospecho nada en concreto. Es muy probable que la verdad se encuentre en algún rincón apartado del archivo secreto; pero yo no tengo acceso a él.

Las palabras del oratoriano sonaban como las de una persona que había sido herida en su amor propio.

—Por otra parte... —prosiguió.

—¿Por otra parte?

—Los secretos verdaderos no están ocultos en el archivo secreto, los secretos auténticos son accesibles para cada cual, pero nadie sabe dónde se encuentran, y ésta es, según creo, la razón de ese clima de intranquilidad y confusión que impera en el Vaticano desde que se descubrió la inscripción en los frescos de la Capilla Sixtina. Voy a serle sincero: en la curia hay demasiados grupos de intereses de muy distinta índole, demasiadas alianzas, aunque no creo decirle nada nuevo, señor cardenal, pero pienso que los unos tienen miedo a los descubrimientos que puedan hacer los otros.

Sin pronunciar ni un palabra, el cardenal Jellinek sacó de un cajón un viejo pergamino y se lo pasó al padre Augustinus por encima del escritorio.

—Eso fue lo que encontré una noche en el archivo, tirado en el suelo, alguien tuvo que haberlo perdido. ¿Tiene idea de quién puede haber estado interesado en ese documento?

Augustinus echó una ojeada al papel y contestó:

—Conozco el documento.

—¿Podría tener algo que ver con el suicidio del padre Pío?

—No puedo imaginármelo. Pero hay algo muy particular en relación con este pergamino. ¡Se cuenta entre ese grupo de documentos que siempre están danzando de un lado a otro en el archivo!

—¡Hermano en Cristo!, ¿cómo he de interpretar sus palabras?

—Pues de un modo muy simple; hay una serie de documentos que yo clasifiqué en determinadas carpetas y que luego desaparecieron de esas carpetas para surgir de nuevo en otros lugares. Todos los escribientes juraron por lo más sagrado que nada tenían que ver con el asunto. En todo caso, ese documento se cuenta entre los que van cambiando de lugar de un modo misterioso. Ya conoce el caos imperante en el archivo, con sus múltiples sistemas de clasificación y sus variadísimas signaturas. Garampi lo incluyó en su época en la carpeta que correspondía al papa Nicolás III; pero en ese lugar no hay realmente gran cosa, ya que el papa Nicolás III no gobernó más que unos pocos meses, por lo que no dejó ningún documento más que ése. De ahí que yo lo incluyese en un legajo especial, donde encajaba mucho mejor y no tendría que sentirse tan solo. Establecí de este modo una rúbrica propia para los documentos relacionados con aquellos papas que tuvieron un final inesperado y que tan sólo ocuparon el solio pontificio durante algunos pocos meses, o semanas o a veces incluso días. Desde la elección de Celestino IV, en el primer cónclave de mil doscientos cuarenta y uno, habrá habido más de una docena de pontífices a los que el destino deparó un final similar.

—¡Extraña clasificación, hermano en Cristo!

—Puede que la encuentre extraña, eminencia, pero para mí se convirtió en una necesidad después de la muerte inesperada de Juan Pablo I, pues de todos los papas que gobernaron durante breve tiempo se sospecha que fueron asesinados.

—De ello sólo hay pruebas en los más raros casos, padre Augustinus.

—Precisamente por eso es por lo que me puse a reunir muchos indicios. Celestino IV murió a los dieciséis días de su elección; Juan Pablo I gobernó tan sólo treinta y tres días. Me resisto a creer que ahí entrara en juego la divina providencia.

—¡Pruebas, padre, pruebas!

—No soy criminalista, eminencia, soy coleccionista de documentos.

El cardenal Jellinek hizo un gesto despectivo con la mano, pero el padre Augustinus no se dejó intimidar y prosiguió:

—Hasta el día de hoy no ha sido esclarecido lo que ocurrió con los documentos que monseñor Stickler entregó a su santidad en la noche anterior a su misteriosa muerte; aún no sabemos su paradero. Y hasta el día de hoy sigue siendo un misterio la desaparición de las zapatillas rojas y de las gafas de su santidad.

Jellinek se quedó mirando fijamente al oratoriano. Sintió un sudor frío que le corría por el cuello. Y como si el ángel exterminador le hubiese echado las manos a la garganta, el cardenal tuvo que realizar grandes esfuerzos para poder respirar.

—Así que —tartamudeó Jellinek—, así que no sólo se echan de menos documentos...

—No, también sus zapatillas y sus gafas... y sabe Dios qué puede significar esto.

—Sabe Dios qué puede significar esto —repitió el cardenal, absorto en sus pensamientos.

—No creo haberle dicho nada nuevo, eminencia... —aventuró el oratoriano en tono vacilante—. Todos esos hechos son de sobra conocidos.

—Sí —asintió Jellinek—, todo es conocido, pero resulta tan extraño...

El cardenal Jellinek, se sentía morir. El estómago se le revolvía. Trató de respirar hondo, pero no pudo. Una garra invisible se aferraba a su pecho. El solo hecho de que le hubiesen enviado a él, a Jellinek, aquellas zapatillas y las gafas, ¿no significaba realmente que Juan Pablo I había sido asesinado? Pero si esto había sido así, ¿quién había sido el asesino y qué motivos tuvo? ¿Y qué razón había para que lo amenazaran con correr la misma suerte?

—En aquel entonces yo no era todavía miembro de la curia —dijo Jellinek, como si tratase de justificarse—. ¿Pero a santo de qué desaparecieron las zapatillas de su santidad?

El cardenal no las tenía todas consigo. ¿Sabría quizá el padre Augustinus mucho más de lo que él mismo confesaba? ¿No estaría poniéndolo a prueba? ¿Qué escondería aquel sabelotodo?

Y mientras se hacía estas preguntas, el otro respondió:

—La desaparición de los documentos debería ser un asunto ya esclarecido, eminencia. Si monseñor Stickler fue el que los entregó al papa es porque conocía también el texto de los mismos. No es una situación muy lisonjera para la curia, señor cardenal. Juan Pablo I era un dechado de virtudes, entre las que se destacaba la honradez; posteriormente dijeron muchos de él que era un dechado de ingenuidad. Era un hombre piadoso, casi un santo, y lo único que persiguió en su vida fue alcanzar la devoción y la santidad. Para él no existían más que el bien y el mal... y en medio no había nada. Por tanto es cierto que se trataba realmente de un hombre ingenuo, ya que ignoraba cuanto existe entre esos dos extremos y que es precisamente aquello que representa la vida. Olvidaba que las mayores atrocidades de la historia no han sido cometidas por los malos, sino por personas aparentemente buenas, que actuaron en nombre de santas ideologías. El papa tenía pensado realizar una gran reforma dentro de la curia. Si Juan Pablo I hubiese ejecutado sus planes, algunos de los que hoy en día son miembros de la curia no estarían ya en posesión de sus cargos y de sus dignidades. Su amigo William Stickler podría darle nombres, eminencia. En todo caso, lo que sí sigue siendo un enigma es la desaparición de las zapatillas y de las gafas de su santidad, pues no hay para ello una explicación plausible, al menos en lo que a esto respecta.

–¿Y si esos objetos apareciesen en alguna parte?

–Vendrían, sin duda alguna, de aquellos..., quisiera expresarme con todo cuidado..., para los que no fue inoportuna la muerte inesperada de su santidad.

El cardenal Jellinek entendió de repente la extraña conducta de su adversario en el juego de ajedrez, de monseñor William Stickler. Sin darse cuenta de lo que hacía, ¿no había dejado aquel misterioso paquete tirado en cualquier parte de su casa? Stickler lo había descubierto y se habría quedado horrorizado al tener que ver en él a uno de los conjuradores que atentaron contra la vida de su santidad. ¿Cómo tendría que comportarse ahora?

–¿Y no ve otra posibilidad? –preguntó Jellinek.

El padre Augustinus denegó con la cabeza antes de responder:

–¿De qué otro modo explicaría la aparición de esos objetos? ¿O es que se le ocurre otra cosa al respecto?

–No, no –replicó el cardenal–, claro que tiene usted razón. Pero, a fin de cuentas, ese caso no es más que una hipótesis.

La intranquilidad que se había apoderado del hermano Benno en aquel monasterio del silencio desde que tuvo conocimiento del hallazgo en la Capilla Sixtina no fue disminuyendo, sino que, por el contrario, el hermano Benno empezó a comportarse de un modo muy extraño y también muy llamativo para sus cofrades. Sin exponer el motivo verdadero, pidió al abad del monasterio que le permitiese echar un vistazo en el cajón en el que se guardaban bajo llave sus documentos personales, sin los que ni siquiera un monje puede vivir en esta sociedad, junto a otras cosas de humilde valor personal. Para esta clase de objetos había en el despacho del abad un gran armario con numerosos cajones cerrados con llave. El abad no pudo recordar que el hermano Benno le hubiese pedido jamás permiso para revisar sus documentos, pero atendió la solicitud del otro sin hacerle ni una pregunta, y después se sumió aparentemente en el estudio de unas actas mientras que su visitante revolvía con mano inquieta el cajón en que guardaba sus papeles.

Naturalmente que tampoco al abad se le había pasado por alto entretanto la extraña conducta del cofrade, pero no le dio gran importancia, pues conocía el pasado del hermano Benno y sabía que en sus años mozos se había ocupado de la figura de Miguel Ángel; no tenía por tanto nada de asombroso el hecho de que ahora se interesase especialmente por aquel hallazgo. Al principio estuvo a punto de preguntar a Benno si su búsqueda tenía algo que ver con la misteriosa inscripción, pero luego sintió reparos ante el peligro de que podría ponerlo en un apuro, por lo que se abstuvo de toda intromisión, en la conciencia de que la llave del cajón la tenía él.

LA NOCHE SIGUIENTE Y EL DÍA SIGUIENTE

La noche siguiente fue la más larga de todas las noches de su vida, pues Jellinek no pudo conciliar el sueño, pese a que un cansancio profundo paralizaba sus miembros. El cardenal sentía miedo, miedo a lo desconocido, a algo que se alzaba amenazante ante él como si quisiera devorarlo. Se levantó de la cama, miró por enésima vez a través de la ventana, se fijó en la cabina telefónica de la acera de enfrente y advirtió la presencia de un hombre que realizó una breve llamada telefónica y luego desapareció por la puerta de su edificio, pero con sus pensamientos Jellinek se encontraba con Jeremías, con los profetas y las sibilas, que iban surgiendo de los abismos ocultos de la tierra y a los que veía medio en sueños, medio en vigilia. En sus oídos retumbaban las aguas del diluvio universal, que se precipitaban desde las más altas cumbres de las montañas, lamiendo sus laderas, mientras que él, Jellinek, pequeño como un niño, se abrazaba a los muslos desnudos de la madre, sintiendo un miedo mortal y estremeciéndose al mismo tiempo de placer. Con avidez seguía con la mirada la creación de la mujer a partir de la costilla de Adán, contemplaba a la Eva seductora, de formas redondeadas y que mantenía una actitud humilde ante el Creador, como si fuese la bondad personificada. Desde un seguro escondite espió a Eva, desnuda y alzando la mano para coger la manzana que le entregaba la serpiente, tras haberla arrancado del árbol de la sabiduría, y gritó entonces: «¡Giovanna! ¡Giovanna!», porque no se le ocurría más que ese nombre y el otro parecía haberse borrado completamente de su memoria.

Incapaz de bajar la mirada y apartarla de las fechorías y las palabras pecaminosas de los profetas, prestó atención a los sonidos de la noche y escuchó cómo pronunciaba Joel una A cantarina y cómo después se puso a leer obscenidades de las Sagradas Escrituras, gritando que el pueblo debería dedicarse a beber, a emborracharse, a destruir en su embriaguez las cepas y los campos y que allí donde se pudriese la simiente y se secase el aceite, debería dedicarse a robar a los demás precisamente lo que más necesitasen. Y el anciano Ezequiel, arrogante y vanidoso como un pavo real, arrojaba sus escritos al viento y, mostrando sus partes sexuales desnudas, se ofrecía a todos los hombres que pasaban a su lado, incitándolos al comercio carnal, para después colmar de regalos a sus amantes, a los que abandonaba apenas había satisfecho sus apetitos para ir corriendo detrás de las monjas libidinosas de Egipto, a las que acariciaba los pechos. Isaías, el más excelso y noble de los profetas, por cuyas venas corría sangre real, no se comportaba de acuerdo a su condición, sino que se dedicaba a danzar de un lado a otro con las hijas de Sión y contemplaba embobado sus miradas lascivas, las cintas que ceñían sus frentes, sus brazaletes y sus ajorcas, y después se lanzó a practicar el amor con siete de ellas, y de tal modo, que era un auténtico placer seguir con la mirada las evoluciones de sus actos.

—¡A mí los talladores de ídolos! —gritaba como un loco—. ¡A mí, a mí, haced vuestras propias divinidades, fabricad tantos dioses como os venga en gana y cubridlos de incienso y arrojad por la borda los viejos mandamientos y pisotead lo que quede de la vieja doctrina!

Y a continuación se untó de ungüento desde los pies a la cabeza y tendió la mano a la sibila de Delfos, para sacarla a bailar, y se puso a brincar con ella sobre el suelo, mientras la sibila entornaba alborozada sus ojos almendrados y echaba la cabeza hacia atrás, sumida en la embriaguez del éxtasis, sacudiendo con tal fuerza su cabellera, que la cinta que le ceñía la frente se le cayó al suelo, donde se transformó inmediatamente en una víbora. Pero aquella serpiente no amenazó con su lengua siseante a los que se unían en frenético abrazo, sino que lo amenazó a él, al cardenal, por lo que éste, en medio de espantosas convulsiones, trató de pisotear a la bestia, revolviéndose en su cama.

Y de repente vio a un anciano de aspecto indescriptible, pero con las facciones de Jeremías, que se irguió en el capitel de una columna altísima, que llegaba hasta el cielo, y el anciano extendió los brazos como si quisiera echarse a volar, y cuando aquel ser levantó una pierna, para que el viento penetrase en su túnica y la abombase, dejando completamente lisos todos los pliegues, Jellinek, sumido en la desesperación, le gritó con todas sus fuerzas que no lo hiciera, que corría el peligro de precipitarse al abismo como una piedra. Pero fue demasiado tarde. Jeremías se dejó caer de cabeza en las profundidades infinitas, mientras el viento sacudía con violencia sus vestiduras. La caída del profeta pareció extenderse en el tiempo, como si su duración no tuviese fin, y en algún momento de su caída sus rostros se juntaron, como los de los peces en un acuario, acercándose cada vez más el rostro del profeta volador y el del dormido cardenal soñador, y Jellinek gritó:

—¿Hacia dónde vuelas, anciano Jeremías?

A lo que respondió Jeremías:

—¡Hacia el pasado!

Preguntó entonces Jellinek:

—¿Qué buscas en el pasado, Jeremías?

Y Jeremías respondió:

—¡El conocimiento, hermano, el conocimiento!

Volvió a preguntar Jellinek:

—¿Por qué dudas, Jeremías?

Y Jeremías esta vez no le respondió. Pero luego, desde las profundidades, cuando el otro ya era invisible, escuchó Jellinek los gitos del profeta:

—¡El principio y el final son una y la misma cosa! ¡Tienes que entenderlo!

El cardenal se despertó entonces sobresaltado.

El sueño excitó al cardenal en muchos aspectos. Las sensuales figuras de los bailarines en éxtasis pasaban una y otra vez ante sus ojos, así que le resultaba muy difícil apartar de su conciencia la visión de esas contorsiones obscenas ejecutadas por profetas y sibilas. Por la mañana bajó las escaleras de su casa, arrastrando los pies por los escalones para que se pudiese notar bien su presencia, pero no por eso se encontró con Giovanna. Ese día no pudo concentrarse en su trabajo, le fue imposible ponerse a analizar las doctrinas heréticas que sustentaban los curas sudamericanos, en las que por doquier se advertía el influjo de los demonios comunistas y tras las cuales no se ocultaba más que el mal; en vez de eso trató de purificar su alma, poniéndose a rezar con fervor en un rincón de su austero despacho, pero tampoco esto le salió bien, por lo que el cardenal se dirigió a la Capilla Sixtina con el ánimo de contemplar una vez más aquellas imágenes de sus sueños que parecían tener la propiedad de crear adicción.

El cardenal Jellinek se plantó bajo el mismo centro de

la bóveda, teniendo en lo alto la escena de la creación de la mujer, echó la cabeza hacia atrás, tal como había hecho incontables veces, y recreó la mirada en aquellos cuadros, paseando la vista con el placer del mirón, hasta que a los pocos instantes comenzó a moverse ese mundo de colores libidinosos, aturdiéndolo de tal modo, que sintió vértigo y mareos. Desde muy lejos percibió entonces la voz de Jeremías tal como la había oído en sus sueños:

–¡El principio y el final son una y la misma cosa! ¡Tienes que entenderlo!

Jeremías, el más sabio de todos los profetas, Jeremías, el profeta cuya cabeza tenía los rasgos de Miguel Ángel, ese Jeremías tenía que ser la clave de los misteriosos caracteres. ¿No tendrían algo que ver con la inscripción las palabras del profeta que había escuchado en su sueño? Y de ser así, ¿cuál era su significado?

El cardenal entornó los párpados y buscó con la mirada las letras del florentino. ¿No sería acaso el final el comienzo de la inscripción? Partiendo de la figura de Jeremías, pasó Jellinek debajo de la sibila persa, luego debajo del profeta Ezequiel y de la sibila eritrea, se situó bajo el profeta Joel y leyó atropelladamente:

–A..., B..., UL..., AFI..., A.

Esa serie de letras le decía tan poco como cuando las leía en sentido contrario, pero quizá ahora permitiese una nueva interpretación muy distinta.

Así que el cardenal fue a comunicar su descubrimiento al padre Augustinus, el cual se dio un puñetazo en la cabeza y se maldijo por haber sido tan tonto, ya que Jeremías, el hijo de un sacerdote de Anatot, tenía que haber escrito únicamente en hebreo, y por lo tanto de derecha a izquierda y jamás de izquierda a derecha, con lo que el resultado era completamente distinto. El archivero escribió inmediatamente las letras en un papel.

–Fíjese bien, eminencia. ¡La palabra tiene ahora un sentido!

–ABULAFIA –leyó Jellinek en voz alta.

Abulafia. ¡Claro! Abú-l-'Afiya. Abulafia era el nombre de un cabalista execrado por la Iglesia, de un simpatizante de esa doctrina secreta judía que había surgido a mediados del siglo XII en la Provenza occidental, de donde pasó a España, para extenderse posteriormente hasta la misma Italia, ocasionando por doquier grandes daños a la Iglesia.

−¡Un demonio, ese florentino! −exclamó el cardenal Jellinek−. Pues bien, ahora tenemos un nombre pero ¿qué puede decirnos tan sólo un nombre? No creo que Miguel Ángel haya escrito ese nombre en la bóveda sin ninguna intención.

−Yo tampoco lo creo −opinó Augustinus−. Pienso que detrás de eso se esconde algo más, hasta muchísimo más. Pues tan sólo el hecho de conocer ese nombre revela un saber enorme por parte del florentino. ¡Muéstreme alguna enciclopedia profana en la que se mencione ese nombre! No lo encontrará en ninguna parte. Así que si Miguel Ángel conocía ese nombre, tenía que saber mucho más, en ese caso no conocía únicamente el nombre, sino también las doctrinas de Abulafia, quizá hasta conocía su sabiduría oculta.

El cardenal juntó entonces las manos y se puso a rezar:

−*Pater noster, qui es in coelis...*

−Amén −dijo el padre Augustinus.

Y el cardenal Joseph Jellinek convocó a concilio para el día siguiente, con el fin de esclarecer el caso.

En el monasterio del silencio intentaba ese mismo día el hermano Benno escribir una carta, pero ni siquiera le salían bien las palabras de introducción. Benno escribió:

«Vuestra beatísima santidad: Éste es el intento vacilante dentro de esta vida mía, miserable y realmente inservible, que me ha impuesto Dios Nuestro Señor de hacer algo importante, y de ahí que tenga la osadía de escribirle, en la esperanza de que estos renglones lleguen a su conocimiento.»

El hermano Benno leyó y releyó lo escrito una y otra vez, luego hizo añicos el papel y comenzó de nuevo:

«Amadísimo santo padre: Desde hace algunos días me atormenta la preocupación por el hallazgo de esa inscripción en la Capilla Sixtina, y he de confesar que me he tenido que armar de valor para sobreponerme a mí mismo y escribir este encabezamiento, por no hablar ya del contenido de mi carta.»

El hermano Benno se detuvo en seco; leyó y releyó ese comienzo y tampoco lo encontró apropiado, así que lo hizo trizas y se puso a reflexionar. Finalmente se levantó, atravesó el oscuro pasillo jalonado por las puertas de las celdas de los monjes, bajó por la escalera de piedra que conducía a la habitación del abad y llamó a la puerta, golpeando con timidez.

–*Laudetur Jesus Christus!*

El abad recibió amistosamente al hermano Benno, diciéndole:

–Te estaba esperando desde hace días, hermano. Tengo la impresión de que algo te mortifica.

Le acercó entonces una silla y le animó:

–¡Desahógate, puedes confiar en mí!

El hermano Benno tomó asiento y comenzó a hablar, no sin cierto titubeo:

–Padre abad, el descubrimiento de esa inscripción en la Capilla Sixtina me martiriza realmente mucho más de lo que pueda imaginarse. He estudiado a fondo la vida y la obra de Miguel Ángel, y ese acontecimiento me estremece hasta en lo más íntimo de mi ser.

–¿Tienes alguna sospecha acerca del posible significado de esa inscripción, hermano?

–¿Sospecha? –repitió el hermano Benno, quedándose callado.

–¡Algún motivo tiene que haber para tu extraño comportamiento!

–El motivo –dijo el hermano Benno, permaneciendo mudo un buen rato antes de proseguir–, el motivo es que sé muchas cosas sobre Miguel Ángel, quizá muchísimo más de lo que saben aquellos a los que se le ha encomendado la misión de descifrar el misterio, quiero decir con esto que quizá pudiese ayudar a desentrañar el secreto de esa inscripción.

–¡Pero, hermano!, ¿cómo piensas hacerlo?

–¡Padre abad, tengo que viajar a Roma, por favor, no me digáis que no!

EL DÍA DEL APÓSTOL SAN MATÍAS

El concilio extraordinario en la sede del Santo Oficio comenzó como siempre siguiendo el rígido ritual de invocar primero al Espíritu Santo y proceder luego a pasar lista a los presentes por parte del presidente, en nuestro caso el cardenal Joseph Jellinek, que exhortó *ex officio* a los allí reunidos para que discutiesen el asunto bajo el más estricto voto de silencio, ya que, como parecía, los peores temores se habían hecho realidad: los caracteres del florentino, escritos al modo hebreo, de derecha a izquierda, revelaban el nombre de Abulafia.

La sola mención de ese nombre provocó entre los presentes reacciones muy diversas. Los especialistas, como Gabriel Manning, catedrático de semiótica en el Ateneo de Letrán, Mario López, vicesecretario de la Sagrada Congregación para la Doctrina de la Fe, Frantisek Kolletzki, vicesecretario de la Sagrada Congregación para la Educación Católica y rector del Collegium Teutonicum, Adam Melcer, de la Compañía de Jesús, y el catedrático Riccardo Parenti, especialista en Miguel Ángel por la Universidad de Florencia, reaccionaron emitiendo un grito apagado, con lo que querían dar a entender que eran perfectamente conscientes de la gran transcendencia de ese descubrimiento, mientras que los demás se quedaron mirando fijamente al cardenal Jellinek a la espera de aclaraciones ulteriores.

Manning se sintió francamente avergonzado de no haber sido él quien descubriese el nombre por el simple procedimiento de leer los caracteres a la inversa, y los presentes se pusieron a escribir sobre papeles las letras, invirtiendo esta vez el orden de las mismas. El profesor Gabriel Manning declaró que esa interpretación era correcta, sin lugar a dudas, pero que en su seno encerraba, de todos modos, la prueba de aquello que él mismo había dicho en el concilio anterior: que Jeremías había leído y escrito únicamente de derecha a izquierda, por lo que si repetía su modo de escribir y leer, se tendría que encontrar una palabra que tuviese un significado. Y esto, al mismo tiempo, no era más que un ejemplo académico del desciframiento semiótico.

–¿Lo que significa? –preguntó el cardenal secretario de Estado Giuliano Cascone en tono provocador.

–¡Poco a poco, vamos por partes, eminencia! –replicó el cardenal Joseph Jellinek–. De momento lo único que sabemos es que Miguel Ángel quiso hacer una alusión a la cábala... y nada más.

–¿Y por eso nos acaloramos? ¿Por eso convoca usted este concilio? ¿Por eso hay que intranquilizar a toda la curia? –le espetó Cascone, mostrándose indignado–. La cábala es una de las muchas herejías que no han logrado socavar los cimientos de la Iglesia. Y si Miguel Ángel fue un discípulo de esa doctrina esotérica, pues bien, no digo que esto sea precisamente de algún provecho para la Iglesia, pero no nos vamos a morir porque lo sepamos.

–¡Se precipita en sus conclusiones, señor cardenal secretario de Estado! –se apresuró a decir Gabriel Manning, levantando su índice acusador–. Si un Miguel Ángel escribe ese nombre en la bóveda de la Capilla Sixtina, podemos estar seguros de que pretendía lograr algo más que dar a conocer simplemente el nombre de una persona por pura malicia. ¡Téngalo en cuenta!

–Pero, ¡qué me dice, profesor! –replicó Cascone en tono despectivo–. Propongo que publiquemos una declaración oficial, en la que podríamos señalar que Miguel Ángel fue al parecer un cabalista y que dejó escrito en el techo el nombre de un cabalista muy poco conocido, con la intención de vengarse de los papas. Esto levantará algún alboroto, pero pronto se aplacarán los ánimos y podremos dar carpetazo al asunto.

–¡Alto ahí! –exclamó el cardenal Joseph Jellinek–. Ése sería el camino más seguro para abrir las puertas de par en par a las especulaciones y a los escándalos; pues nuestros críticos no se conformarán seguramente con el nombre y seguirán investigando por cuenta propia y encontrarán mil y una explicaciones a ese nombre, y esta discusión no terminará jamás.

Tomó entonces la palabra el profesor Parenti y dijo que en primer lugar no se había demostrado en modo alguno que Michelangelo Buonarroti hubiese sido un cabalista, aun cuando los especialistas en Miguel Ángel habían manifestado ya en varias ocasiones una sospecha similar, y que en segundo lugar, ese hallazgo representaba un hecho verdaderamente sensacional en los trabajos de investigación, por lo que mantendría ocupada a la ciencia durante largos años, sino décadas. Y dirigiéndose luego al restaurador jefe Bruno Fedrizzi, quiso saber Parenti si no cabría esperar que surgiesen en otras partes otros nuevos signos, los cuales podrían estar seguramente relacionados con el nombre de Abulafia.

Fedrizzi dio una respuesta negativa. Después del descubrimiento de los ya conocidos caracteres, se había procedido a un examen especial, con lámparas de cuarzo, de todas las superficies pintadas en las que se podía esperar un fenómeno similar, y ese examen había dado resultados negativos. Podía descartarse con seguridad absoluta la posibilidad de que apareciesen nuevos caracteres.

—Pues mayor razón entonces —opinó el arzobispo Mario López— para que nos dediquemos a seguir la pista que nos señala ese nombre. ¿Qué podría explicarnos al respecto, padre Augustinus?

Al responder a esa pregunta, el padre Augustinus se retorció como la serpiente en el árbol de la sabiduría. Debido a la brevedad del tiempo de que disponían, no resultaba posible dar una información exhaustiva sobre el nombre de Abulafia, cuanto más que, para su gran sorpresa, no existía ninguna *Busta Abulafia*, tal como había supuesto al principio, ya que el nombre aparecía, sin embargo, en los anales del Vaticano.

El cardenal secretario de Estado Giuliano Cascone le interrumpió con brusquedad:

—¿No quiere precisar sus palabras, por favor, padre Augustinus?

—Bueno, sí —contestó el oratoriano a la defensiva—, Abraham Abulafia fue sin duda alguna un hombre sabio, aunque algo ofuscado. Nació en el año mil doscientos cuarenta en Zaragoza, aprendió de su padre la Biblia, también algo del Misnah y del Talmud, y se fue luego al Oriente para ocuparse de temas filosóficos y místicos, especialmente de doctrinas cabalísticas y teosóficas, y puede ser que descubriese algunas cosas de las que está prohibido escribir. Sobre estos asuntos compuso veintiséis obras teóricas sobre la cábala y veintidós libros proféticos, y al particular dijo en cierto lugar que le gustaría transcribir muchas cosas, pero que no debía, aun cuando tampoco podía dejar de hacerlo del todo, por lo que optaba por escribir lo que tenía que escribir, y detenerse, y volver de nuevo a ello con alusiones en otras partes de su obra..., y es que tal era el procedimiento que seguía.

Interrupción del cardenal secretario de Estado Giuliano Cascone:

—¿Cómo designaría a Abulafia, padre, como filósofo o como profeta?

—Habría que llamarle las dos cosas. Cuando Abulafia contaba treinta y un años de edad, recibió el legado del espíritu profético, tal como él mismo decía, tuvo visiones de demonios, que le ofuscaron y confundieron, y al parecer se pasó quince años deambulando como un ciego, siempre con Satanás caminando a su derecha...; tal es, al menos, lo que afirmaba. Sólo después de ese período comenzó Abulafia a componer escritos proféticos, y al particular usó toda suerte de seudónimos, siempre con el mismo valor numérico que correspondía a su nombre de Abraham. Y así se hizo llamar Zacarías o Rasiel. Pero sus libros proféticos se han perdido prácticamente todos.

El cardenal Joseph Jellinek, visiblemente turbado, carraspeó antes de hablar:

—*Ad rem*, padre Augustinus. Usted ha dejado caer que Abulafia entró en contacto con las esferas del Vaticano. ¿Cuándo sucedió y en qué tipo de circunstancias?

—Aquello fue, en la medida en que puedo acordarme, por el año mil doscientos ochenta.

Exclamación de asombro por parte del cardenal Jellinek:

—¿En el papado de Nicolás III?

—Así es. Y aquello fue, en muchos aspectos, un encuentro francamente notable, bueno, en realidad no se llegó a un encuentro de verdad entre los dos, y ahí empiezan ya las peculiaridades. Tengo que decir ante todo que los cabalistas habían difundido en aquellos tiempos la doctrina de que cuando llegase el final de las eras, el Mesías, atendiendo al mandato divino, se presentaría ante el papa y exigiría la libertad para su pueblo, y sólo entonces se sabría con certeza que el Mesías había venido realmente al mundo. Abulafia vivía para aquel entonces en Capua y gozaba de un gran prestigio. Cuando el papa Nicolás III se enteró de que Abulafia quería venir a Roma para darle una noticia, impartió la orden de apresar al hereje a las puertas de la ciudad, de matarlo y de quemar luego su cadáver ante las murallas de Roma. Abulafia tuvo conocimiento de la orden papal, pero no le otorgó la más mínima importancia, así que entró en la ciudad por una de sus puertas y allí recibió la noticia de que el papa Nicolás III había muerto la noche anterior. Abulafia fue retenido durante veintiocho días en el claustro de los franciscanos, pero luego le dejaron marchar, y entonces se perdieron sus huellas. Hasta hoy en día sigue siendo un misterio la clase de noticia que Abulafia quería transmitir al papa.

–Si le he entendido bien –intervino el cardenal secretario de Estado–, en lo que respecta al papa Nicolás III, que usted ha mencionado, se trata del mismo nombre que se encontró escrito en uno de los papeles que llevaba en sus bolsillos el difunto padre Pio, que en paz descanse.

–Pues sí, la signatura *Nicc. III* significa «papa Nicolás III». Pero el legajo en el que se consignaba precisamente esa signatura ha desaparecido.

En esos momentos, Adam Melcer, de la Compañía de Jesús, que hasta entonces había permanecido callado, alzó su poderosa voz:

–Ésta es una historia harto misteriosa, que concuerda a la perfección con todo lo que ha ocurrido hasta la fecha en relación con el hallazgo de esos caracteres. No necesito señalar aquí, espero, el hecho de que la muerte de ese papa es un asunto no esclarecido todavía.

A estas palabras respondió Cascone con gran acaloramiento:

–¿Pretende decir que hay indicios de que la muerte del papa Nicolás III fuera violenta?

Melcer se encogió de hombros y no contestó.

El cardenal secretario de Estado se vio entonces en la necesidad de intervenir:

–Hermano en Cristo, nos encontramos aquí reunidos para analizar hechos concretos, no para exponer suposiciones. Si tiene alguna prueba de la muerte violenta de su santidad el papa Nicolás III, haga el favor de ponerla aquí sobre el tapete, pero si tan sólo son suposiciones suyas, ¡haga el favor de callarse!

El jesuita gritó entonces, presa de la mayor excitación:

—¿Es que acaso hemos retrocedido de nuevo tanto que hay que reprimir los pensamientos? ¡Si esto es así, eminencia, ruego que se me dispense de la comparecencia!

El cardenal Joseph Jellinek se las vio y las deseó para aplacar los agitados ánimos y exhortó encarecidamente a los presentes a que volviesen al tema de la discusión.

—Compruebo —afirmó al fin, a modo de recapitulación— que existe alguna relación misteriosa entre el cabalista Abraham Abulafia, su santidad el papa Nicolás III, el pintor Michelangelo Buonarroti y el padre Pio de la orden de los benedictinos. Los dos primeros vivieron en el siglo XIII, Miguel Ángel en el siglo XVI, y el padre Pio en el siglo XX. ¿Advierte aquí alguno de los presentes algún nexo causal que nos pudiese ser de alguna ayuda para poder dar con una solución a este enigma?

Pero con esa pregunta, el cardenal lo único que cosechó fue el silencio.

Teniendo en cuenta la impresión causada por los nuevos descubrimientos y para que cada cual pudiese recapitular y reflexionar sobre los hechos, el concilio postergó sus sesiones para el viernes de la segunda semana de cuaresma.

EL SEGUNDO DOMINGO DE CUARESMA

En el expreso de Roma. Hacía muchos, muchos años que el hermano Benno no había viajado, y en su recuerdo tenía el viajar por algo extremadamente fatigoso. Y ahora se encontraba sentado en un compartimiento de lujo y no se cansaba de admirar el paisaje montañoso que volaba ante sus ojos. Iba solo. De vez en cuando trataba de leer algo en su breviario, pero siempre lo dejaba a un lado tras unos cuantos párrafos. De niño solía escuchar atentamente en el tren el rítmico traqueteo de las ruedas y se entretenía formando palabras que concordasen con esas cadencias monótonas. Pero ahora apenas era perceptible aquel ritmo acompasado de entonces, y los golpes y las sacudidas habían desaparecido para dar paso a un suave efecto de empuje continuo. De un modo inconsciente se puso a buscar el hermano Benno las palabras que se adecuaran a ese nuevo ritmo placentero, y de repente escuchó una frase, que se repetía como un martilleo dentro de su cabeza:

–Lucas miente, Lucas miente, Lucas miente.

Y por muchos esfuerzos que hizo por apartar esas palabras de su conciencia y suplantarlas por otras, esa breve sentencia volvía una y otra vez como un tormento que no quisiera terminar.

Mientras que el tren iba avanzando hacia el sur, serpenteando como un gusano, ora a lo largo de empinadas laderas, ora siguiendo la corriente de algún río de aguas cantarinas, se puso a pensar en Miguel Ángel, en ese ser solitario y retraído que había logrado crear lo más grande que ha producido el arte humano y que jamás había desperdiciado ni una sola palabra al respecto, sino que, por el contrario, tendía a encubrirse y a jugar al escondite con sus semejantes, por lo que hasta nuestros días muchos aspectos de esa persona siguen siendo un misterio. Miguel Ángel, que decía de sí mismo, en tono jocoso, que había mamado el amor por las piedras junto con la leche materna, porque Francesca, su madre, que tendría diecinueve años cuando le dio a luz, entregó a su hijo recién nacido a una robusta nodriza para que se lo criase, a una campesina que era esposa de un picapedrero. Miguel Ángel, ese hijo del Renacimiento que jamás se subordinó al Renacimiento, sino que se creó su propio universo ultramundano, todo un cosmos de éxtasis creador, formado por elementos de la antigüedad, del neoplatonismo y de la fantasía desbordante de un Dante.

Fue un ser que careció de amor, a quien la vida golpeó con crueldad, sobre todo después de la muerte prematura de su joven madre, y a quien su padre, Lodovico di Buonarroti, un corregidor provinciano que no conocía el sosiego, sólo envió a la escuela de mala gana, y a disgusto le hizo aprender un oficio. Esto último fue con los hermanos Domenico y David Ghirlandajo, maestros eminentísimos de la ciudad de Florencia. De carácter taciturno y huraño, jamás logró superar la falta de cariño que supuso para él la muerte de la madre, por lo que las mujeres se le antojaron siempre diosas y santas. Monástico como un fraile –al igual que él mismo, el hermano Benno–, así vivió Miguel Ángel durante toda su vida, no por un imperativo moral, por supuesto, sino más bien por devoción vocacional, impulsado por un sentimiento de amor sublimado, en el que su figura ideal era la Beatriz de Dante, y así fue creando prototipos juveniles y maternales como los de la *Piedad*, matronas y sibilas de una delicadeza inusitada. El pasado, su propio pasado y el de sus antepasados, revestía para él una gran importancia, es más, hasta daba muestras de un orgullo aristocrático, y puede decirse que en la mayoría de sus representaciones masculinas se advierten claramente las visiones paternas.

Miguel Ángel tenía catorce años de edad cuando cambió el lápiz y el pincel por el cincel y el martillo, para gran regocijo de Lorenzo de Médicis, el poderoso gobernante de Florencia que acogió al joven bajo su protección. En algún momento de aquellos años de mocedad sucedió lo imprevisible, algo que marcaría para siempre su vida: en el curso de una disputa, su compañero Torrigiani le dio un puñetazo en el rostro y le destrozó el cartílago nasal, dejándole una perenne seña viviente. Desde aquel día su rostro quedó deformado. Aparte el dolor corporal, ¡cuál no sería el sufrimiento que ese suceso habría de ocasionar en un adorador de la belleza como era Michelangelo Buonarroti!

Tales cosas iba pensando el hermano Benno mientras el expreso avanzaba velozmente hacia el sur, y pensó también en aquel joven de diecinueve años que iría a escuchar con avidez en la catedral de Florencia los sermones del fraile dominico Savonarola, que fustigaba con sus palabras el lujo de los encumbrados señores y la arrogancia de los prelados de la Iglesia, cuya altanería era ya un pecado mortal que desafiaba los mandamientos de la fe cristiana. Un auténtico zafio cuando se encaramaba en el púlpito, aquel Savonarola no tenía pelos en la lengua a la hora de condenar la corrupción en el Estado y en la Iglesia y de atacar la teología imperante, que las autoridades eclesiásticas habían reducido a la categoría de un objeto carente de sentido. Bajo de estatura, enjuto en carnes y con el rostro de un asceta, se dirigía a sus oyentes, que lo seguían por millares, arrojándoles al rostro visiones apocalípticas, en las que se acumulaban los horrores y que resultaban tanto más dignas de crédito por cuanto eran pronunciadas en un país aterrorizado por la guerra y en el que proliferaban las conjuras contra los gobernantes. Predicaba la ira de Dios y el hundimiento de Florencia:

–*Ecce ego abducam aquas super terram.*

El joven Miguel Ángel tuvo que haber escuchado aquellas sentencias en medio del mayor espanto, y las imágenes de la ira de Dios y de las aguas que se abatían sobre la tierra aparecieron años después en la bóveda de la Capilla Sixtina con la misma fuerza persuasiva con la que las profetizó aquel prior dominico.

En lo esencial, Miguel Ángel siguió siendo toda su vida un autodidacto, aprendió de cuanto le rodeaba, admiró las esculturas de la antigüedad en los jardines de los Médicis y se recreó con las obras de Donatello y Ghiberti, de quien dijo que con su arte había abierto de par en par las puertas del paraíso; de Ghirlandajo, el maestro, se fue separando cada vez más. Perdidas están sus primeras obras como escultor, pero mundialmente famosa se hizo su *Piedad*, la escultura de una joven madona que sostiene en su regazo el cadáver de Jesús, un encargo del cardenal de San Dionigi, con la belleza de una divinidad griega, tallado en mármol de Carrara y cincelado con una filigrana tan delicada, que parece salida de las manos de un orfebre. Cuando le echaron en cara la radiante belleza juvenil de aquella virgen –de la misma edad hay que imaginarse a la madre de Miguel Ángel a la hora de su muerte–, respondió el artista que una mujer casta no envejece, pues conserva por más tiempo su lozanía que aquella que no lo es, cuánto más bella y lozana tendría que ser entonces una virgen que no tuvo jamás el más mínimo pensamiento pecaminoso. De ahí que no debería ser motivo de asombro el hecho de que hubiese representado a la Santísima Virgen, madre de Jesucristo, mucho más joven que a su propio hijo, aun cuando en la realidad fuese precisamente al revés, si es que se tenía en cuenta el envejecimiento normal de las personas. Aquel artista de veintidós años se sentía orgulloso de su obra y grabó allí su firma para la posteridad, por primera y única vez en su vida.

Un artista es el reflejo de su época y de su entorno, y Miguel Ángel encontró a su regreso a Florencia una situación completamente distinta: los partidarios de Savonarola habían ido aumentando día tras día, las procesiones de los penitentes se sucedían por la ciudad, y cada vez era mayor el número de personas que se sumaban a ellas. La peste y el hambre se cobraban incontables víctimas, y en medio de aquel caos se alzaba la ronca voz de Savonarola, exigiendo penitencia y austeridad en las costumbres. Savonarola se veía a sí mismo como un instrumento de Dios, y así se autodenominaba, pero ante los ojos de la mayoría de sus seguidores aquel dominico era un auténtico profeta.

Por tres veces le tuvo que llamar la atención el papa desde Roma, advirtiéndole que debía dejar de pronunciar aquellas palabras tan duras contra la Iglesia y el papa desde el bastión de su púlpito, hasta que finalmente Alejandro Borgia dictó contra él la excomunión; pero esto no hizo más que incitar al predicador a utilizar un lenguaje aún más severo. Para él la bula papal no era razón para callar, sino todo lo contrario, ahora se lanzó a condenar la corrupción de las costumbres en la corte pontificia, y todo esto invocando los dictados de su propia conciencia. Fray Girolamo acusó al papa de simonía, de dedicarse a la venta de los cargos espirituales, hasta que al fin, a instancias de sus enemigos, fue apresado, torturado y obligado a prestar una confesión de la que se retractó, en cuanto logró escapar al tormento. Pero con ello no pudo evitar el proceso que le siguió la Santa Inquisición. El papa deseaba tenerlo en Roma, pero luego envió un delegado a Florencia, encargado de pronunciar la sentencia de muerte. El día de la Ascensión del año de gracia de 1498, Savonarola fue quemado vivo en la plaza que se extendía ante la sede del gobierno.

Miguel Ángel no se encontraba entre los mirones que se apelotonaban a los pies de la hoguera; en aquellos días estaba viviendo en Roma. Pero aun cuando no presenciase con sus propios ojos aquel terrible espectáculo, el sensible artista tuvo que haber quedado muy impresionado al pensar en la maldad humana, que no retrocede ni ante los más piadosos de los piadosos. Pero eran precisamente los más piadosos de los piadosos los que daban a Miguel Ángel trabajo y comida. Y así surgió la escisión en su alma.

Miguel Ángel trabajaba más de escultor que de pintor. Tres medallones con retratos de vírgenes son el escaso resultado pictórico de aquellos años. No sabemos si le atemorizaba la supremacía de Leonardo, de Perugio y de Rafael, pero nada tuvo de extraño el hecho de que el papa Julio II llamase repetidas veces a Miguel Ángel para que fuese a Roma y pusiese a su servicio sus artes de escultor. El papa Julio II era más guerrero que pastor de almas, más político que sacerdote, más violento que dulce y también algo que no concuerda en modo alguno con la imagen de ese hombre: amaba el arte tanto como la espada y admiraba las obras de los grandes artistas, y uno de ellos hizo que el papa Julio se fijase en el joven florentino. Sin saber exactamente el porqué, mandó enviar cien escudos a Miguel Ángel en calidad de gastos para el viaje, con el objeto de poder conocerlo, y mucho después se le ocurrió la idea de la tumba, de erigirse un monumento en la tribuna de la iglesia de San Pedro. Pero la colaboración entre el papa y Miguel Ángel se convirtió en un auténtico calvario, pues la indiferencia del sumo pastor y la tozudez del artista se equilibraban, como si ambas pesasen lo mismo puestas en los platillos de una balanza, hasta que las diferencias llegaron a su punto culminante cuando Miguel Ángel proclamó a los cuatro vientos que si seguía por más tiempo en Roma, tendría que erigir al final su propia tumba y no la del anciano papa, por lo que se alejó de la ciudad santa con el alma carcomida por la ira.

El artista se había visto obligado a contraer deudas para pagar los bloques de mármol y los jornales de los obreros, lo que hizo que Condovici, uno de sus discípulos, hablase años más tarde de «la tragedia de la tumba», y el mismo Miguel Ángel comentaba aquel caso de la siguiente manera:

—Si de niño hubiese aprendido a fabricar cerillas de

fósforo en vez de dedicarme al arte, no me encontraría ahora sumido en tal desesperación.

El papa, por su parte, se desató también en improperios, dijo que no le eran desconocidos los malos modales de que hacía gala la gente de esa calaña, pero que en cuanto sus asuntos le permitiesen regresar a Roma, aquel deslenguado tendría que pagárselas muy caras, así que el florentino tuvo motivos suficientes para temer que el papa pudiese desencadenar una nueva guerra por culpa de su escultor fugitivo. Miguel Ángel estuvo pensando entonces con toda seriedad en la posibilidad de huir a Constantinopla para ir a terminar allí sus días bajo la protección del sultán. Trabajo en aquella ciudad había más que suficiente, pues, entre otras cosas, el sultán tenía el proyecto de construir un puente sobre el Cuerno de Oro para unir los barrios de Gálata y Perama. Finalmente se llegó a un compromiso para encontrarse a mitad de camino, por lo que el papa y Miguel Ángel se reunieron en Bolonia, ciudad que Julio II acababa de conquistar con un ejército compuesto por quinientos caballeros. Su santidad le dio allí el encargo de esculpir una estatua en bronce de cuatro metros de alto, que no pudo ser acabada sino hasta la segunda fundición y de la que lo único que sabemos es que fue destruida tres años después por la familia gobernante, por los Bentivogli, cuando éstos volvieron del exilio. Los restos de aquella estatua fueron utilizados para forjar el tubo de un cañón.

A su regreso a Roma, el florentino prosiguió sus trabajos en el monumento mortuorio, pero el papa Julio II trató de apartar al artista de esa tarea. De las cuarenta esculturas que contaba el proyecto original, Miguel Ángel logró terminar a duras penas el *Moisés*; los bloques de mármol que Miguel Ángel había almacenado detrás de la basílica de San Pedro, donde él mismo vivía, fueron robados, y un buen día el santo padre sorprendió al desesperado escultor con el encargo de pintar el techo de la Capilla Sixtina, una obra mandada construir por su tío, el papa Sixto IV, hombre depravado entre los depravados, y que él mismo había inaugurado solemnemente hacía unos veinticinco años. Miguel Ángel no quiso aceptar ese encargo, pero al final no tuvo más remedio que dar su brazo a torcer.

Ya sobre el proyecto definitivo, se enzarzaron los dos de nuevo en agria disputa, y dice mucho sobre la inflexibilidad y la dureza de Miguel Ángel el hecho de que el papa tuviese que rendirse al fin, extenuado por la discusión, y permitiese al florentino que hiciese y deshiciese según su buen criterio, siempre y cuando se dedicase al menos a pintar. Miguel Ángel se decidió por la historia de la creación y de los orígenes de la humanidad..., pero ¡de qué modo tan extraño y caprichoso!

Tales eran las cosas que pensaba el hermano Benno durante su viaje, mientras el tren repetía con insistencia el ritmo acompasado de las ruedas:

–Lucas miente, Lucas miente...

EL LUNES SIGUIENTE AL SEGUNDO DOMINGO DE CUARESMA

En el día arriba mencionado, el cardenal Joseph Jellinek, tras largas y hondas reflexiones, fue a visitar al ilustrísimo monseñor William Stickler, ayuda de cámara de su santidad, y le informó acerca de lo ocurrido con aquel paquete de tan siniestro contenido, que le había dejado un desconocido, probablemente la misma persona que poco después se había introducido en su casa para amenazarle e impedir que prosiguiesen las averiguaciones en torno al asunto de la inscripción en la Capilla Sixtina.

El ilustrísimo monseñor escuchó en silencio el relato de Jellinek, luego cogió el teléfono, sin dirigirle la palabra, marcó un número y dijo:

–Eminencia, en el caso de Jellinek se ha presentado una nueva circunstancia de lo más notable. Tendría que oír por sí mismo su versión del incidente.

Poco después se presentó el cardenal Giuseppe Bellini y Jellinek repitió su relación de los hechos, explicando cómo habían llegado a su poder las zapatillas y las gafas, sin que él hubiese tenido nada que ver en el asunto.

–¿Y por qué esta confesión tardía? –inquirió Bellini.

–La confesión sólo es posible cuando se hace en la

conciencia de la propia culpabilidad. La posesión de esos objetos, aun cuando fuese harto misteriosa, no despertó en mí ningún sentimiento de culpa, señor cardenal. Como prueba sirva el ejemplo de que ni siquiera oculté el paquete cuando monseñor Stickler vino a jugar conmigo al ajedrez. Si hubiese tenido la más mínima idea sobre el significado de aquel paquete, bien me hubiese ocupado de guardarlo, pero no se me hubiese ocurrido dejarlo tranquilamente por ahí tirado. No se olvide de una cosa: yo no pertenecía a la curia en la época en que murió el papa Juan Pablo I.

El cardenal Giuseppe Bellini le preguntó entonces a bocajarro:

–¿De qué parte está usted, eminentísimo cardenal Jellinek?

–¿De qué parte? ¿Cómo he de tomar sus palabras?

–Ya habrá tenido tiempo de advertir, señor cardenal, que la curia no forma una unidad homogénea y que no todos son amigos de todos. Esto es algo completamente natural, sobre todo tratándose de personas de distintas nacionalidades y de orígenes tan diversos. No tiene por qué responderme ahora. Tan sólo quisiera preguntarle una cosa: ¿puedo tenerle por amigo?

Jellinek hizo un gesto de asentimiento, y a continuación prosiguió el cardenal Bellini:

–Su santidad el papa Juan Pablo I fue víctima de una conjura, de esto no me cabe la menor duda, y la desaparición de algunos objetos no es más que un indicio, créame.

–Estoy al corriente de las murmuraciones –respondió Jellinek–, pero he de confesarle que hasta ahora había mantenido una actitud de escepticismo al respecto. La muerte repentina de una papa siempre da lugar a demasiadas especulaciones.

–¿Y ese extraño paquete?

–Eso es lo que me obliga realmente a revisar mis propias opiniones, pues detrás de ese hecho se oculta, sin lugar a dudas, una intención manifiesta. Partamos del hecho de que Juan Pablo I fuese verdaderamente asesinado; en ese caso tendría que entender como una amenaza el envío de ese paquete, y como lo que pretendía ser una amenaza no pareció surtir ningún efecto, me enviaron a un mensajero para que me transmitiese de palabra la advertencia. –Y dirigiéndose a Stickler, preguntó Jellinek–: ¿Qué clase de documentos eran los que desaparecieron, monseñor?

Bellini interrumpió en esos momentos a Jellinek:

–El ayuda de cámara de su santidad está sometido al voto de silencio. Pero no es ningún secreto que en uno de esos documentos se consignaban los nombres de algunos de los miembros de la curia.

–Entiendo –respondió Jellinek.

Bellini se quedó reflexionando y dijo al fin:

–Usted es un hombre valiente, eminentísimo cardenal Jellinek. No sé realmente cómo hubiese reaccionado yo en su lugar. Creo que yo hubiese sido antes un Pedro que un Pablo, y por Dios que no es ninguna vergüenza ser un Pedro.

Y así siguieron discutiendo. No, lo cierto es que Jellinek, incluso después de esa conversación, no podía estar seguro de si debería confiar en Bellini, como tampoco tenía claro en modo alguno cuál era el partido o el grupo de intereses de la curia al que pertenecía Bellini, ni quiénes eran sus adversarios, ni quiénes sus amigos, por lo que tomó la decisión de seguir manteniendo una actitud de desconfianza ante todos en general y ante cada cual en particular.

El hermano Benno, al llegar a Roma, pasó la noche en una de las pensiones baratas de la Via Aurelia. Al día siguiente se presentó en el Oratorio sobre el Aventino.

El abad Odilo recibió al fraile forastero con la hospitalidad que caracteriza a los conventos desde hace siglos y ofreció al hermano Benno una celda para pernoctar durante su estadía en Roma, ofrecimiento que éste aceptó agradecido «tan sólo por un par de días», como indicó.

El forastero explicó a su anfitrión que conocía el Oratorio por uno de sus viajes anteriores a Roma, pero que eso había ocurrido hacía ya mucho tiempo, durante la guerra, cuando se dedicó a realizar ciertos estudios en la biblioteca del Oratorio.

–¿Cuándo fue eso exactamente, hermano en Cristo?

–Al final de la guerra, cuando los alemanes se encontraban ya en Roma.

El abad se estremeció de terror.

–Fue un final sin pena ni gloria –prosiguió el hermano Benno–, no quiero recordarlo, en las últimas semanas me llegó la convocatoria; el arte y mis investigaciones...

–Y ahora ha vuelto a reanudar sus investigaciones.

–Sí –respondió el hermano Benno–, con la edad regresa uno con frecuencia a cosas que no logró terminar en los años mozos.

–¡Cuánta verdad! –replicó el abad–. Supongo, hermano en Cristo, que deseará utilizar la biblioteca del Oratorio.

–Así es, padre abad.

–Me temo que la biblioteca ha cambiado bastante desde aquella época.

–No me molestará eso. Sabré orientarme, con toda seguridad.

La seguridad que revelaba al hablar el fraile forastero despertó la desconfianza en el abad Odilo. Una biblioteca se transforma completamente en el curso de algunas décadas. ¿Cómo pretendía saber el forastero cuál era la organización actual de la biblioteca? ¿Cómo podía afirmar con tal autosuficiencia que sabría orientarse? Mientras los dos subían en silencio por la escalera que conducía a la biblioteca, el abad comenzó a abrigar dudas sobre si había hecho bien en recibir con tanta hospitalidad al fraile forastero.

Al llegar arriba el abad encomendó a los bibliotecarios que atendiesen los deseos del religioso, y el hermano Benno, tras saludar a cada uno de ellos con un apretón de manos, se dispuso a sumirse en el trabajo.

Por la noche, después de las oraciones que se pronuncian antes de acostarse, el abad Odilo se dirigió a un lugar apartado del Oratorio, donde en los sótanos de una torre se encontraban almacenados un sinfín de documentos antiquísimos. Pero no eran los documentos lo que realmente interesaba al abad, sino un montón de toscas cajas de madera. Después de contarlas y comprobar que todas estaban cerradas, salió del sótano sin tocar nada.

EL MARTES SIGUIENTE AL SEGUNDO
DOMINGO DE CUARESMA

El martes siguiente al segundo domingo de cuaresma, bien entrada la mañana, siete caballeros vestidos discretamente de gris se reunían en el hotel Excelsior, uno de los establecimientos más distinguidos de toda Roma y cuya entrada aún se encuentra custodiada hoy en día por criados uniformados a la antigua usanza. Entre felpas y espejos se dirigieron a uno de los muchos salones que se encuentran a la disposición de los participantes en conferencias y otros encuentros similares. No había ningún cartel en la puerta que indicase la índole de esa reunión, pero precisamente esa medida de encubrimiento permitía deducir que tendría que tratarse de una asamblea extraordinariamente importante.

Los discretos caballeros eran los directores y subdirectores del Banco de Italia, del Continental Illinois National Bank and Trust Company de Chicago, del Chase Manhattan de Nueva York, del Crédit Suisse de Ginebra, del Hambros Bank de Londres y de la Banca Unione de Roma. Phil Canisius, del Istituto per le Opere di Religione, que había renunciado intencionadamente a colocarse el cuello blanco del sacerdote y que se había puesto también un traje gris al igual que los demás, miraba con cierto azoramiento a los allí reunidos. Los caballeros exigían una explicación, y lo que a continuación sigue lo hemos transcrito de acuerdo a los informes que pudimos obtener mucho después.

—La única explicación que puedo darles hoy —dijo Canisius— es la siguiente: ¡de momento resulta completamente inexplicable el significado del nombre Abulafia!

—¡No me diga! —exclamó Jim Blackfoot, subdirector del Chase Manhattan, resoplando indignado—. ¿Qué nos puede importar su estrafalaria inscripción? Lo que nos interesa es saber lo que piensa hacer para impedir nuevas discusiones y nuevos tapujos en el Vaticano.

Y Urs Brodmann, del Crédit Suisse, objetó:

—La casa que represento no se sentiría precisamente

complacida si se viese envuelta de algún modo en uno de esos escándalos que llenan las primeras páginas de los periódicos.

–¡Pero, señores míos! –exclamó Canisius, tratando de aplacar los ánimos–. Eso no ocurrirá en modo alguno. De momento todo ese asunto sigue estando en manos de los eruditos. Ellos son los que están buscando el significado del nombre Abulafia que Miguel Ángel escribió en la bóveda de la Capilla Sixtina. Y nada más.

–¡Yo diría que eso es más que suficiente! –replicó Antonio Adelmann, de la Banca Unione, uno de los banqueros más prestigiosos de Roma y cuya palabra era de gran peso entre sus colegas–. No hay nada que sea más sensible que el mercado del dinero y del papel. En todo caso, ya hemos podido registrar las primeras llamadas de consulta. Así que, haga algo, Canisius. ¡Y hágalo con la mayor rapidez y discreción posibles!

Phil Canisius manifestó su estupefacción. Aun cuando, en principio, era de la misma opinión que los otros banqueros, trató de tranquilizarlos y opinó que si el hallazgo de una inscripción cualquiera era suficiente para hacer tambalear el mercado del dinero, habría que cercenarle toda posibilidad a la investigación científica.

–Lo repito una vez más –replicó Blackfoot–, aquí no se trata de la inscripción, provenga de la mano de Miguel Ángel o de Rafael o de Leonardo da Vinci o de quienquiera que sea, aquí de lo que se trata, única y exclusivamente, es de la confianza en nuestras relaciones bancarias. Nuestros negocios comunes no carecen de cierta picaresca, esto es algo que no tengo por qué recordarle, eminentísimo Canisius, y hasta ahora el IOR había tenido la fama de un centro del silencio y la discreción. Me temo que esa situación podría cambiar si el mundo entero se lanza a descifrar el misterio de esa inscripción.

Douglas Tenner, del Hambros Bank, intervino en ayuda de Blackfoot:

–Recuerde únicamente la muerte repentina del último papa y los rumores que circularon al particular sobre su presunto asesinato. Tres años pasaron hasta que se recuperó el mercado. No, Canisius, el negocio de todos nosotros radica en la confianza depositada en la solidez del Vaticano, y ese espectáculo extraño y bochornoso no contribuye precisamente a difundir esa idea de firmeza y solidez. Supongo que entiende lo que quiero decir.

–¿Pero qué es lo que estamos discutiendo aquí tan ampliamente? –preguntó muy acalorado Neil Proudman, subdirector del Continental Illinois y amigo de Canisius desde hacía muchos años–. El IOR es la primera institución bancaria del mundo cuando se trata de blanquear dinero, y todos los que aquí estamos reunidos atesoramos con placer el dinero negro que ustedes convierten en blanco, pero todos sabemos también que eso es un negocio ilegal y que en el caso de que se llegase a saber no redundaría en provecho de nuestra reputación, por decirlo claro. Estoy autorizado a comunicarle lo siguiente: si no se tranquiliza la situación en el Vaticano dentro de un plazo razonable, es decir, breve, nuestro grupo bancario se vería obligado, desgraciadamente, a suspender los negocios con ustedes.

Tan lejos no pensaban llegar los demás, pero al final todos anunciaron la posibilidad de planteamientos similares.

Mientras los directores bancarios celebraban asamblea en el hotel Excelsior, el cardenal Joseph Jellinek se encontraba en el Archivo Secreto Vaticano, buscando alguna pista que le condujese a la figura de Abraham Abulafia. Detrás de aquel nombre, y de eso estaba seguro, se ocultaba mucho más que la simple alusión a un cabalista y a un hereje; pero sus investigaciones se asemejaban cada vez más al hecho de buscar una aguja en un pajar. Con ardiente avidez iba devorando Jellinek legajo tras legajo, leyendo incontables documentos y descifrando manuscritos con los ojos inyectados en sangre, mientras aquel aroma exótico del pasado le anestesiaba como un poderoso veneno. Y aun cuando siglos enteros le separaban de aquellos documentos y de aquellas actas, las personas con las que se tropezaba en los pergaminos se le antojaban presente realidad.

Ante todo se iba acercando cada vez más a ese Miguel Ángel al que el cardenal hablaba a veces en voz alta, dando respuesta a las preguntas que aquel había formulado de un modo retórico en sus cartas. También se iba habituando poco a poco al tono brusco del florentino, a sus maldiciones y a sus sartas de improperios contra el papa y la Iglesia, exabruptos que al principio le obligaban a estremecerse. La búsqueda de la clave que le conduciría a Abulafia se iba convirtiendo cada vez más en una aventura fascinante, en un viaje a un país desconocido, en el que encontraba lugares nuevos y hacía nuevas amistades. Hacia algunos de esos lugares se dirigía Jellinek con el corazón en un puño, deseoso de llegar, pero luego perdía el rumbo y se alegraba de descubrir otros senderos. Y ante algunas de las personas con las que se topaba daba un amplio rodeo para evitarlas, mientras que con otras se detenía a charlar durante mucho tiempo. Era evidente que la misión que se había impuesto embriagaba de placer al cardenal, y ningún poder del mundo, ni siquiera la sospecha de realizar un descubrimiento de consecuencias funestas, nada hubiese sido capaz de refrenar la actividad febril que se había apoderado de él; pues de algo era plenamente consciente, de que únicamente él, que tenía libre acceso a la *riserva*, podría resolver el misterio en el que estaba envuelto Abulafia.

Muchas horas más tarde, sería a eso de la medianoche, el cardenal Jellinek entró en la Sala di Merce y realizó la decimoquinta jugada. Movió su dama de c5 a d4. Jellinek se quedó ansioso por saber qué ocurriría luego.

EL MIÉRCOLES DE LA SEGUNDA SEMANA DE CUARESMA

Para el día siguiente el cardenal Jellinek había convocado a una reunión privada al catedrático Riccardo Parenti, al restaurador jefe Bruno Fredizzi y al director general de los monumentos, museos y galerías pontificias, catedrático Antonio Pavanetto, con la intención de interpretar los cuadros de los frescos para ver si de ese modo era posible dar con alguna pista que permitiese abordar aquel misterio.

–Generaciones de historiadores del arte –dijo Parenti, haciendo un gesto despectivo– se han roto la cabeza tratanto de encontrar una explicación a esas pinturas, y cada cual ha llegado a un resultado distinto, sin que por eso fuese capaz de aducir alguna prueba que sustentase su explicación particular.

Los cuatro alzaron la mirada hacia el techo, y sin apartar la suya de la bóveda, apuntó Jellinek:

–En tal caso usted también tendrá su propia interpretación para todo el conjunto de los frescos.

–Por supuesto –replicó Parenti–, pero al igual que las de los demás, también la mía es únicamente subjetiva.

El cardenal le preguntó entonces de improviso:

–¿Fue Miguel Ángel un hombre creyente, profesor? –Y se apresuró a añadir–: Puede que la pregunta le sorprenda, formulada sobre todo en este lugar.

Parenti se quedó contemplando un buen rato a Jellinek antes de contestar:

–Señor cardenal, la pregunta me sorprende mucho menos de lo que va a sorprenderle a usted mi respuesta, pues afirmo rotundamente: no, Miguel Ángel fue un mal cristiano si nos atenemos a los cánones de la Santa Madre Iglesia. Y no porque odiase a los papas. Por encima de ese odio, hay algo más, algo que, al parecer, cambió su vida y su modo de pensar, o que al menos hizo que su existencia se dirigiera hacia otros derroteros.

–Se dice –intervino el catedrático Antonio Pavanetto, acudiendo en ayuda de su colega– que fue un simpatizante del neoplatonismo y que en sus años mozos hasta mantuvo contactos con Ficino.

–¿Ficino? –preguntó Fedrizzi, asombrado–. ¿Quién era Ficino?

Marsilio Ficino, le explicó Parenti, había sido un humanista y un filósofo, un erudito que había practicado la enseñanza en una de las academias platónicas fundadas por los Médicis y que hacía remontar hasta Platón todas las ideas filosóficas, atribuyéndoselas, de ahí que se hablase de neoplatonismo.

–¿Un hereje, por lo tanto?

Parenti se encogió de hombros antes de replicar:

–Ficino fue sacerdote, le acusaron de herejía, pero lo absolvieron. Afirmaba que el alma humana provenía de Dios y tendía a la reunificación con su origen primigenio.

Para muchos prelados de la Iglesia esto era entonces herejía.

—Pero un hombre que conoce con tal exactitud las palabras de la Biblia no puede ser un hereje —argumentó Pavanetto.

—¡Eso es un sofisma engañoso! —exclamó Parenti—. La historia nos ofrece muchos ejemplos de que precisamente los peores enemigos de la Iglesia fueron hombres que conocían a fondo la Biblia. No necesito dar aquí ningún nombre.

—Olvidemos por un momento la inscripción hallada —intervino Jellinek, dirigiéndose al catedrático Parenti—. ¿Cómo explicaría usted a un profano en la materia los cuadros de Miguel Ángel que estamos viendo en lo alto de esta bóveda?

—Pues bien —respondió Parenti—, trataré de echar a un lado mi opinión personal para atenerme primero a las interpretaciones más generalizadas. Por cartas que nos han sido conservadas de la correspondencia entre el artista y el papa, sabemos que Miguel Ángel no se sometió a los deseos de Julio II y que éste se vio obligado finalmente a dar libertad absoluta a Miguel Ángel en sus proyectos. Hay algunos expertos, a los que se debe tomar muy en serio, que tienen sus dudas sobre si el mismo Michelangelo Buonarroti fue realmente el autor de esa concepción iconográfica, y estos especialistas se preguntan si no habría que atribuir a un desconocido el proyecto teológico que se oculta en esos frescos.

Jellinek adoptó un aire de gravedad al preguntar en tono serio:

—¿Y quién sería el presunto candidato?

—Hasta el día de hoy no hay nadie que pueda dar respuesta a esa pregunta, señor cardenal.

—¿Y cómo tendríamos que imaginarnos un proyecto teológico de ese tipo, profesor?

—Le daré un ejemplo. Un investigador británico sustentó la opinión de que en el ordenamiento de los profetas y las sibilas se ocultarían los doce dogmas de fe del credo apostólico, ya que ciertas sentencias coinciden con las doctrinas de los apóstoles o con sus vidas o con sus imágenes. Para Zacarías tendríamos así: *Credo in Deum Patrem omnipotentem creatorem coeli et terrae...*; para

Joel: *et in Jesum Christum, Filium eius unicum, Dominum nostrum...*; para Isaías: *qui conceptus est de Spiritu Sancto, natus ex Maria Virgine...*; para Ezequiel: *passus sub Pontio Pilato, crucifixus, mortus et sepultus descendit ad inferos...*; para Daniel: *tertia die resurrexit a mortuis...*; para Jeremías: *ascendit ad coelos, sedet ad dexteram Dei Patris omnipotentis...*; para Jonás: *inde venturus est iudicare vivos et mortuos...*; para la sibila de Delfos: *credo in Spiritum Sanctum...*; para la sibila eritrea: *sanctam Ecclesiam catholicam, sanctorum communionem...*; para la sibila de Cumas: *remissionem peccatorum...*; para la sibila persa: *carnis resurrectionem...*, y para la sibila libia: *et vitam aeternam.*

–¡Una interpretación temeraria! –sentenció Jellinek, mientras los demás permanecían taciturnos y callados–. Y sobre todo una de esas interpretaciones con las que se puede demostrar todo y no probar nada.

A lo que Parenti replicó:

–Así es realmente. Si se analiza el texto y las figuras, se descubren concordancias asombrosas.

–¿Por ejemplo? –preguntó Fedrizzi.

–En lo que respecta a Daniel, que está ahí de pie, como representación de la resurrección de los muertos, se dice textualmente en el capítulo doce: «Y tú camina a tu fin y descansarás, y al fin de los días te levantarás para recibir la heredad.» Y en cuanto a Isaías, que simboliza el nacimiento de Cristo, se puede leer en el capítulo nueve: «Porque nos ha nacido un niño, nos ha sido dado un hijo, que tiene sobre los hombros la soberanía...» Y Jonás, que es la encarnación del Juicio Final, habla en el capítulo tercero del juicio divino sobre Nínive, al pregonar: «De aquí a cuarenta días, Nínive será destruida.» Y también en los profetas restantes uno puede constatar concordancias parecidas; pero lo que pone en tela de juicio la validez de esa interpretación es la forma en que Miguel Ángel representó a las sibilas. Puede ser que a la pitia de Delfos se le pueda adjudicar todavía la omnisciencia del Espíritu Santo, pero para las demás habría que hacer gala de una cierta acrobacia intelectual, que preferiría negar a Miguel Ángel.

Intervino entonces Pavanetto, preguntándole en tono despectivo:

—¿Así que no le reconocería esa inteligencia a Miguel Ángel?

—No la facultad —replicó Parenti—, pero sí el deseo.

—¿Pero acaso no empleó Miguel Ángel en repetidas ocasiones esas artes propias de un ser huraño inclinado a los tapujos? —preguntó Jellinek.

A lo que Parenti respondió:

—Eso es muy cierto. Miguel Ángel fue todo lo contrario de un hombre sensato y objetivo; vivió en su propio mundo, en un mundo muy difícil de entender, y no cabe la menor duda de que el artista procedió con la Biblia, o mejor dicho: con el Antiguo Testamento, de un modo altamente despótico y con aparente arbitrariedad. Concedió una importancia tremenda a ciertos aspectos de las Sagradas Escrituras, mientras que otros los ignoró por completo y hasta los desechó, como el de la construcción de la torre de Babel, por ejemplo, un motivo escénico que fue muy apreciado por otros artistas.

—¡Y el asesinato perpetrado por Caín! —apuntó Pavanetto.

—Lo echamos en falta, igualmente, pese a que reviste una importancia inmensa para entender a Caín y a su estirpe.

—Creo —dijo Jellinek— que tendríamos que saber diferenciar entre la concepción que tendría Miguel Ángel de la Biblia y la que tiene un teólogo, pues solamente así nos podríamos aproximar al contenido de los frescos. Sí, cuanto más me adentro en la contemplación de esas escenas en la bóveda, tanto más me convenzo de que Miguel Ángel puso manos a su obra con una ingenuidad intencionada. ¿Qué le parece este razonamiento, profesor?

—Quisiera por un momento poder formular el problema del siguiente modo —comentó el aludido—: la interpretación que hace Miguel Ángel del Antiguo Testamento, en lo que respecta al *Génesis* y a la historia sagrada, fue una exégesis que surgió del espíritu y no de la letra. Contemplemos una vez más las escenas del primer libro del Pentateuco —insistió Parenti, señalando la parte anterior del techo—, sabemos que Dios, antes de descansar al séptimo día, creó ocho obras del *Génesis*. Pero para Miguel Ángel son nueve, ya que para él la creación de

Adán y Eva, de lo que en la Biblia se dice únicamente: «y los creó macho y hembra», representa dos acontecimientos separados, y esto sin que le obligase a ello una necesidad pictórica. A fin de cuentas, pintó en sólo cinco frescos los siete días de la creación. Observemos el primero, donde Dios separa la luz de las tinieblas, y ya aquí comienzan las adivinanzas.

–¡Espero –le espetó el cardenal Jellinek, interrumpiéndole– que nos dará también una explicación de por qué el Sumo Hacedor tiene pechos femeninos!

–Le ruego que me disculpe, señor cardenal, pero no puedo, y hasta la fecha no hay ninguna explicación convincente para eso. Más clara, por el contrario, es la segunda representación, la de la creación del sol, de la luna y de la tierra, aun cuando no deje de ser controvertida. Dios se acerca impetuoso, bramando como una tormenta, con los brazos completamente extendidos, en lo que parece que Miguel Ángel se está refiriendo a Isaías, cuando éste recalca el *bracchium domini*, el brazo del señor, con su violencia omnipotente. Mientras que el Padre Eterno roza con su diestra el círculo solar, el florentino parece dedicarse a realizar travesuras con la creación de la tierra y de las plantas, pues hace volar a Dios, al que sólo se reconoce por el trasero, alrededor del sol. Aunque lo más probable es que con esa representación gráfica tan atrevida, Miguel Ángel no pretendiese más que recordar los pasajes de la Biblia en los que Moisés pide a Dios que le muestre su gloria y el Señor sólo le permite verle las espaldas.

–*Videbis posteriora mea!* –murmuró Jellinek, y como algo que se sobreentiende añadió la referencia al texto bíblico–: *Éxodo*, 33,23.

Parenti hizo un gesto de aprobación y prosiguió:

–En lo que no se ponen de acuerdo los eruditos es en lo que respecta a los niños que asoman sus cabecitas entre los pliegues de la túnica del señor. Unos afirman que se trata de anunciaciones previas a los advenimientos de Jesús y de san Juan, mientras otros piensan que son ángeles que ensalzan sus obras, tal como se anuncia en los Salmos... En el tercer fresco, el Padre Eterno se cierne sobre las aguas, en compañía de ángeles celestiales. Es, evidentemente, el más explícito y claro. En el cuarto se muestra la creación de Adán, la más famosa de todas las escenas, sin lugar a dudas, donde Dios en un gesto expendedor de vida, roza el índice adormilado del hombre que yace sobre la tierra. Bajo el brazo de Dios, la mujer asoma ya la cabeza. Pero existe otra teoría y que es hasta más probable, y es que esa joven figura femenina es la personificación de la filosofía, de la que Salomón estaba enamorado.

Jellinek citó entonces de memoria los pasajes correspondientes de las Sagradas Escrituras:

—Se manifiesta su excelsa nobleza por su convivencia con Dios, y el Señor de todas las cosas la ama. Porque está en los secretos de la ciencia de Dios y es la que discierne sus obras. Si la riqueza es un bien codiciable en la vida, ¿qué cosa más rica que la sabiduría, que toda la obra?

—¡Bravo, bravísimo! —exclamó Pavanetto, aplaudiendo entusiasmado—. ¡Me parece que se conoce de memoria el Antiguo Testamento, señor cardenal!

Jellinek hizo un gesto despectivo con la mano.

—Como pueden ver —insistió Riccardo Parenti, reanudando su discurso—, algunas de las representaciones pictóricas de Miguel Ángel permiten ofrecer una interpretación por demás simple y evidente en sí misma, pero, de igual modo, también son susceptibles de una exégesis enigmática, y esto es precisamente lo que nos dificultará el trabajo a la hora de encontrar una explicación para el nombre de ABULAFIA... Y por cierto, en el quinto fresco, el de la creación de Eva, se corrobora la teoría de que es la personificación femenina de la sabiduría la que asoma su cabeza bajo el brazo del Padre Eterno, saliendo de su manto, y no la mujer de Adán, pues esa Eva que encontramos después es completamente distinta: con redondeces típicamente femeninas y cabellos largos, mientras que el ser del fresco anterior ostenta una figura delicada y lleva el pelo corto. Y lo que llama particularmente la atención en esa composición pictórica es lo siguiente: en contra de lo que se afirma en las Sagradas Escrituras, el Supremo Hacedor no toca a esa mujer, y el paraíso, al que todos los artistas representan con una vegetación florida y exuberante, con árboles cargados de frutos y animado por una gran multitud de animales, aquí nos salta a la vista como un paisaje desértico, y hasta el mismo árbol en el que se recuesta el dormido Adán, que yace sobre la tierra, incluso ese árbol no es más que un triste tocón serrado por la mitad, y uno ha de preguntarse si acaso Miguel Ángel no pretendería describir de ese modo su propio e inhóspito paraíso terrenal. Y en la escena siguiente, la del pecado, el mundo es, en todo caso, un lugar yermo y vacío. La serpiente enroscada en el árbol de la sabiduría, en realidad un reptil con torso femenino, está colocada en el centro de la escena, y en contra de la versión que de los hechos nos da la Biblia, son Adán y Eva los que alzan sus brazos para apoderarse de los frutos prohibidos, y en las alturas aparece el arcángel, ataviado con rojas vestiduras y blandiendo una espada, con la que arroja del paraíso a esos dos seres humanos. Y si ahora comparamos las dos figuras de Adán, la que encontramos en la creación del hombre y la que aparece en la expulsión del paraíso, podremos apreciar claramente la gran maestría en el arte de Miguel Ángel: allí un Adán radiante de felicidad y creado a imagen y semejanza de Dios, y aquí un ser humanizado, abatido y derrotado.

–¿Hay alguna explicación para el hecho de que Miguel Ángel desterrase de su obra a figuras como Caín y Abel? –inquirió Jellinek.

–No –concretó Parenti–, resulta evidente que también en ese caso se ponen de manifiesto las simpatías o las antipatías por ciertos personajes. Advirtamos cómo Noé, por el contrario, se encuentra representado hasta tres veces consecutivas: en la escena del sacrificio, en la del diluvio universal y durante su embriaguez. Y lo que es realmente algo muy curioso, Miguel Ángel hasta trastoca la cronología en esas escenas, pues nótese que el sacrificio está colocado *antes* del diluvio universal. Ese sacrificio es una de las representaciones pictóricas con mayor lujo de detalles en todo el conjunto de los frescos de la bóveda, es también la que hace gala de la mayor fidelidad al texto. Se basa en el siguiente pasaje del *Génesis*: «Alzó Noé un altar a Yahvé, y tomando de todos los animales puros y de todas las aves puras, ofreció sobre el altar un holocausto.» Ahí vemos a Noé con la diestra alzada hacia el cielo, mientras su mujer le dirige la palabra, y en un primer plano, a la derecha, un mocito que acaba de extraerle el corazón al carnero sacrificado, y luego otro jovencito, que está acarreando leña, y un tercero, que aviva el fuego. No cabe la menor duda de que esa acción tuvo lugar *después* del diluvio universal, pero para Miguel Ángel es en ese momento cuando empieza el diluvio.

Con la mirada clavada en el techo, apuntó Fedrizzi:

—No sé el porqué, pero ése es el fresco que más me impresiona de todos.

—Es, ciertamente, el más conmovedor —comentó Parenti—, porque en él se muestra toda una serie de destinos humanos.

—De un modo muy caprichoso, por cierto — añadió el cardenal Jellinek.

—¿Caprichoso, en qué medida? —preguntó irritado Parenti.

—Pues bien —replicó Jellinek—, en esos frescos se muestra la salvación de Noé en el diluvio universal, pero tan sólo como parte del fondo, como una nimiedad sin importancia, por decirlo así. El tema principal del cuadro es la destrucción de la humanidad, que nos recuerda el pasaje siguiente de las Sagradas Escrituras: «El fin de toda carne ha llegado a mi presencia, pues está llena la tierra de violencia a causa de los hombres, y voy a exterminarlos de la tierra.»

—¿Y el noveno fresco, profesor —preguntó Fedrizzi, dirigiéndose a Parenti—, qué sentido se oculta tras la representación de la embriaguez de Noé?

—Ahí nos topamos de nuevo —contestó el catedrático— con uno de los grandes misterios de Miguel Ángel. El artista se basa al respecto en un pasaje muy breve del capítulo noveno del *Génesis*, donde se dice que Noé plantó una viña y luego bebió de su vino, y se embriagó, y quedó desnudo en medio de su tienda. Miguel Ángel recurre a esa escena y muestra a Noé a la izquierda, trabajando en sus viñedos. Y luego lo vemos en un primer plano, con la jarra y la escudilla de vino a su lado, ya completamente borracho, y a un extremo, a la derecha, encontramos a Cam, el padre de Canán, mostrando la desnudez de su padre, mientras que sus hijos Sem y Jafet cubren al padre, apartando de él sus miradas. Miguel Ángel vería probablemente en esa escena la imagen primaria del error, de la culpa y de la confusión del hombre.

Hondamente afectados por estas palabras, los cuatro hombres agacharon la cabeza.

–¿Considera usted posible –preguntó el cardenal Jellinek, dirigiéndose a Parenti– que en los cuadros de Miguel Ángel sobre el Antiguo Testamento se oculte la clave que nos permita descifrar esa misteriosa inscripción?

El catedrático se quedó un largo rato pensativo, sin responder a lo que se le preguntaba, hasta que finalmente, levantando la mirada hacia la bóveda, exclamó:

–¿Qué significa si lo considero posible? ¡Todo es posible tratándose de Miguel Ángel! Pero teniendo en cuenta la ley de las probabilidades y dejándome guiar por un impulso interior, yo, no obstante, buscaría antes la solución en los profetas y en las sibilas, y no solamente por el hecho de que cinco de esas figuras sean las que llevan ese extraño nombre de ABULAFIA, sino también porque esa sucesión de sibilas y profetas, que se repiten doce veces en la bóveda, es tan dominante, que...

–Ya sé lo que quiere decir –le interrumpió Pavanetto–, los profetas y las sibilas se le presentan al observador como algo de una mayor relevancia que esas escenas del Antiguo Testamento que aparentemente sólo están ahí desperdigadas.

Los demás dieron la razón a Pavanetto.

–Concentren ahora su atención en la elección de los profetas –prosiguió Pavanetto–. Miguel Ángel nos enfrenta a las figuras de Isaías, Jeremías, Ezequiel, Zacarías, Jonás, Joel y Daniel, pero no otorga, sin embargo, la más mínima importancia a otros de mayor significación, como a Moisés, Josué, Samuel, Natán y Elías. Esto le deja a uno desconcertado, y no hay más remedio que preguntarse por las causas de esa selección. ¿Es de naturaleza puramente arbitraria o se oculta detrás de esa elección una causa concreta?

–¡La profecía mesiánica! –exclamó de repente Jellinek–. Todos ellos habían anunciado la llegada del Mesías, lo que no ocurre con los otros profetas.

Parenti le interrumpió, sonriendo maliciosamente:

–¿Y Jonás? ¿Es también eso válido para Jonás?

–No –confesó Jellinek.

–Pues entonces su teoría es falsa. ¿Cómo piensa justificar la presencia de Jonás? Creo que la única explicación posible para esa selección tan especial radica en que Miguel Ángel otorgó su preferencia a los escritos proféticos frente a las palabras proféticas, es decir, que eligió a aquellos profetas que habían legado a la posteridad obras proféticas compuestas por ellos mismos o que están bien presentes en esos libros.

–¿Y las sibilas?

–Las sibilas son, sin duda alguna, figuras no bíblicas, por lo que su presencia en esos frescos es uno de los mayores enigmas que arroja la bóveda de la Capilla Sixtina. Miguel Ángel jamás habló sobre el particular. Podría decirse que son profetas femeninos, con la salvedad de que mientras esas mujeres se encuentran inmersas en el espíritu terrenal, los profetas se inspiran en el espíritu cósmico. Ahí se remueve evidentemente la formación neoplatónica de Miguel Ángel. Pero en su conjunto, tanto los profetas como las sibilas no son, sin embargo, más que espíritus proféticos infantiles colocados en un segundo plano. ¡Nos podrá citar seguramente el pasaje correspondiente en las epístolas de san Pablo, señor cardenal!

Jellinek hizo un gesto de asentimiento y se puso a recitar de memoria algunos párrafos de la primera carta a los corintios:

–En cuanto a los profetas, que hablen dos o tres, y los otros juzguen. Y si, hablando uno, otro que está sentado tuviere una revelación, cállese el primero, porque uno a uno podéis profetizar todos, a fin de que todos aprendan y todos sean exhortados. El espíritu de los profetas está sometido a los profetas...

–Sí, eso fue lo que escribió el apóstol san Pablo. Y si ahora pasamos revista a las doce figuras de profetas y sibilas, advertiremos que tan sólo Jonás, Jeremías, Daniel y Ezequiel han necesitado del artificio de la escritura para que puedan ser reconocidos. Si Miguel Ángel no los hubiese marcado con letreritos en los que se indican sus nombres, difícilmente podríamos identificarlos. A Jonás, sin embargo, lo reconocemos por la ballena y la higuera del infierno; a Jeremías, por su luto y su desesperación, que se reflejan en las palabras mismas del profeta: «Nunca me senté entre los que se divertían para gozarme con ellos. Por tu mano me sentía solitario, pues me habías llenado de tu ira. ¿Por qué ha de ser perpetuo mi dolor, y mi herida, desahuciada, rehúsa ser curada?» Daniel se reconoce fácilmente por sus dos libros. Está copiando, como él mismo decía, algunos pasajes del libro de Jeremías. Ezequiel lleva en la cabeza una especie de turbante, sobre el que se dice en las Sagradas Escrituras: «... no os cubriréis la barba ni comeréis el pan del duelo; llevaréis en vuestra cabeza los turbantes y calzaréis vuestros pies...» En cuanto a los demás, el artista se tomó grandes libertades en su porte y aspecto.

A continuación, apuntando a la parte superior de la cornisa que encuadran las escenas bíblicas, sobre las cabezas de profetas y sibilas, el catedrático pasó a hablar de esos adolescentes desnudos, los llamados *ignudi*, que tanto escandalizan a muchos de los visitantes de la capilla. Los *ignudi* son ángeles, explicó Parenti, ángeles tal como los describe el Antiguo Testamento: masculinos, sin alas, fuertes y hermosos. Era evidente que su desnudez sensual la había tomado Miguel Ángel de una parte del *Génesis* en la que se habla de dos ángeles que pasan la noche en la casa de Lot, cuando los hombres de Sodoma se desviven por poseer a esos dos hermosos jovencitos. Su representación pictórica por parejas procedía, no obstante, de una parte distinta de la Biblia, pues Miguel Ángel se inspiraría en la descripción que se ofrece del arca de la alianza en el *Éxodo*. En cuanto a los broqueles, de los cuales uno de ellos estaba condenado ya a la destrucción, Parenti indicó que su significado ya no representaba ningún misterio y que lo más probable era que se tratase de una representación alegórica de los diez mandamientos.

Y finalmente señaló el profesor Parenti los triángulos esféricos por encima de las ventanas y las lunetas, donde se representaba sin lugar a dudas, en opinión del catedrático, el árbol genealógico del pueblo elegido, empezando por Abraham, Isaac y Jacob hasta llegar a José, unas cuarenta personas en total, sentadas en una y otra parte de las ventanas y que daban fe de los antepasados de Cristo. Y tal sería, en rasgos muy generales, lo que podría decirse sobre la esencia de los frescos en la bóveda de la Capilla Sixtina.

Callaron entonces los que escuchaban al catedrático, pues cada uno de ellos estaba reflexionando.

—¿Qué está pensando, eminencia? —preguntó Pavanetto.

—Estoy dándole vueltas a una cosa —repuso Jellinek—, no sé si Miguel Ángel, en lo que respecta al Antiguo Testamento, pues no hay duda de que es únicamente esa parte de las Sagradas Escrituras la que a él le preocupaba, no sé si Miguel Ángel falsifica conscientemente el Antiguo Testamento o si no hizo más que darle una interpretación muy personal o si en verdad perseguía con su representación pictórica algunos otros fines.

—Después de todo lo que acabamos de escuchar —intervino Pavanetto—, a mí me asalta una pregunta completamente distinta: ¿era realmente Miguel Ángel un conocedor tan importante de la Biblia o fue a clases de repaso con algún teólogo?

—Nada al particular no es conocido —replicó Parenti.

—Esa primera impresión es engañosa —afirmó Jellinek, interrumpiéndolos—, pues si dejamos de lado el *Génesis*, que cualquier niño aprende a conocer en la escuela, Miguel Ángel tan sólo tuvo presente a los profetas Isaías, Jeremías y Ezequiel y manejaba también los *Salmos*, mientras que de los libros históricos no conoce más que algunos pocos detalles de las crónicas de los Macabeos. Así que, visto en su conjunto, eso no representa nada más que una mínima parte del Antiguo Testamento.

—A mí me parece —dijo Parenti— que puede advertirse claramente en las diferencias estilísticas de esos frescos que Miguel Ángel comenzó a estudiar a fondo la Biblia precisamente cuando se encontraba trabajando en las pinturas de la bóveda, y no antes. Y hay que saber al respecto que el artista se puso a pintar en sentido contrario a la cronología, o sea, que comenzó con la embriaguez de Noé y siguió adelante a partir de ahí. Ya tan sólo el modo en que representó al Padre Eterno permite sacar esta conclusión. Observe por un momento a ese Dios que pinta primero Miguel Ángel en la escena de la creación de Eva y compárelo con el Dios que aparece en la creación de Adán o en los cuadros siguientes; se dará cuenta entonces de que hay un modo nuevo, distinto, de representar al Ser Supremo. Lo mismo puede decirse también sobre los profetas y la sibilas, figuras éstas que no son en verdad menos bellas porque hayan sido pintadas las primeras, pero en las que podemos apreciar que aquellas que surgieron después presentan una mayor profusión de detalles bíblicos, como si Miguel Ángel se hubiese ido enterando de esos pormenores a medida que avanzaba en la lectura de la Biblia.

–¿Y esa enigmática inscripción? –preguntó Jellinek en tono de ansiedad.

Fue Fedrizzi, el restaurador, quien le contestó:

–La inscripción ha tenido que haber sido concebida desde un principio, ya tan sólo por razones de forma, debido a la distribución de las letras por toda la superficie en sentido longitudinal. Aparte esto, y tal como ya expuse en otra ocasión, podemos estar seguros de que la inscripción no es un añadido posterior, pues las pinturas utilizadas para dibujar esas letras tienen la misma composición química que las de las demás pinturas empleadas en los frescos.

Jellinek, visiblemente afectado por estas palabras, clavó la mirada en el suelo y comentó:

–Así que Miguel Ángel tuvo desde un principio la idea de confiar un secreto a la bóveda de la Capilla Sixtina. Quiero decir..., esa inscripción no fue el producto de una ira repentina o de un antojo ocasional.

–No –confirmó Fedrizzi–, mis análisis demuestran precisamente lo contrario.

SEGUIMOS EN EL MIÉRCOLES DE LA SEGUNDA SEMANA DE CUARESMA

Muchos de los descubrimientos realizados por la humanidad no hemos de agradecérselos al cerebro humano, sino a la simple y pura casualidad, y no otra cosa sucedió también en este caso, por el que se empezaron a interesar las más variadas personas y por los motivos más distintos. Quiso el azar que el padre Augustinus informara al abad de su monasterio sobre el Aventino acerca de lo mucho que se habían acalorado los ánimos a raíz del descubrimiento de esa inscripción en la bóveda de la Capilla Sixtina, que había provocado ya una gran confusión en el seno de la curia, sin que el florentino hubiese tenido que levantarse de su tumba para hacer de las suyas.

—No sé, francamente —concluyó el padre Augustinus—, qué clase de embrujo ejerce Miguel Ángel sobre la posteridad, pero desde que descubrieron esa inscripción parecen haber cobrado vida los espíritus del pasado.

El abad, un hombre anciano, calvo y de pequeña estatura, que atendía al nombre de Odilo, escuchó con atención las palabras de su cofrade y dijo:

—Mi voto, hermano, me impone el deber de la sinceridad, pero también me ha impuesto la custodia de este monasterio, y ahora estoy dudando sobre a cuál de los votos he de dar mi preferencia. Si digo la verdad y te cuento todo lo que yo sé, esa verdad resultará terrible, pero si callo a conciencia, estaré sirviendo a este monasterio, quizá también a la Iglesia. Es una pesada carga la que llevo sobre mis hombros. ¿Qué debo hacer, hermano Augustinus?

El padre Augustinus no entendió las palabras de su abad y dijo que, en su opinión, cada cual tenía que consultar con su propia conciencia aquello sobre lo que estaba dispuesto a hablar o sobre lo que prefería callar.

—Escúchame bien, hermano —le interrumpió el abad—, en los sótanos de este monasterio se encuentran almacenados ciertos documentos que son una mancha para el alma inmaculada de esta orden, es más, también para la Iglesia. Me temo que puedan ser aireados en las turbulencias de estas investigaciones, por lo que me gustaría, hermano, decirte la verdad. ¡Ven conmigo!

Augustinus bajó en compañía del abad por la angosta escalera de piedra de la torre. La fresca corriente de aire que les azotó el rostro representó al principio un auténtico placer en medio del calor de la primavera, pero cuanto más descendían en las profundidades de la torre, tanto más húmeda y agobiante se volvía la enrarecida atmósfera. Al llegar ante una puerta de hierro, de arco ojival, el abad se sacó una llave del bolsillo y abrió la cerradura. La puerta chirrió con agudo lamento, como chirría cualquier puerta que haya permanecido cerrada desde hace mucho tiempo. Tanteó con la mano izquierda la pared, buscando el interruptor, y accionó el circuito de la iluminación eléctrica, que consistía en bombillas sin lámparas. Se expandió así un difuso resplandor por una sala que parecía infinitamente grande, con estantes de madera en las paredes repletos de cajas y cofrecillos, que estaban llenos de libros y documentos y que se integraban dentro de un conjunto que sólo podía ser calificado de horrible caos infernal.

–¿No habías estado nunca aquí, hermano? –preguntó el abad, tomando la delantera y abriéndose paso a lo largo de una estantería que se había desplomado al suelo.

–No –contestó Augustinus–, ni siquiera sabía de la existencia de esta bóveda. ¿Qué se guarda aquí?

El abad se detuvo, cogió un mamotreto, sopló sobre la portada, hasta que quitó la gruesa capa de polvo que la cubría, y abrió la tapa.

–¡Mira aquí! –ordenó y se puso inmediatamente a leer–: «En el día de la fiesta de la Candelaria del año de gracia de mil seiscientos sesenta y seis se registran en la Confoederatio Oratorii S. Philippi Neri ochenta y nueve sacerdotes y doscientos cuarenta seglares sin votos, que siguen los mandamientos del Evangelio y que dedican sus vidas a la ciencia y a las obras piadosas de la conducción de almas. Hay que mantener a trescientas veintinueve almas en un año con los siguientes medios, los cuales, adquiridos hasta ahora por economía propia, limosnas de personas caritativas y ocho casos de herencia...»

–¡Pero si ésa es la contabilidad del monasterio! –exclamó el padre Augustinus.

–Exactamente –replicó el abad–, desde la fundación del Oratorio en el año de 1575 por Filippo Neri hasta finales de la última guerra. Desde entonces hay despachos nuevos para la contabilidad.

El abad Odilo se acercó a un montón de toscas cajas de madera. Las tapas estaban cerradas con clavos. Odilo se sacó una navaja del bolsillo y al poco rato había logrado abrir la primera tapa, haciendo palanca con el instrumento.

–Lo que vas a ver ahora –dijo el abad, mientras se esforzaba por levantar la segunda tapa– no se cuenta precisamente entre las glorias de nuestra orden y mucho menos entre las de la Iglesia católica.

–¡Ave María Purísima! –exclamó el padre Augustinus, sin poder contenerse.

Lingotes de oro, joyas y piedras preciosas se amontonaban en desorden como si fuesen baratijas, por lo que el padre Augustinus preguntó discretamente:

–¿Es auténtico todo eso?

–Bien puede decirse, hermano –replicó el abad, mientras se encontraba trajinando con la segunda de las cajas–. Las cajas que ves aquí están llenas de esas cosas.

–¡Pero si eso vale millones!

–Infinidad de millones, hermano, tantos millones, que resulta completamente imposible vender todo eso sin llamar la atención.

Odilo había logrado abrir entretanto la segunda caja, pero el padre Augustinus, que estaba esperando nuevos tesoros, exclamó desilusionado:

–¡Carnés de identidad, pasaportes y documentos!

Odilo le plantó ante los ojos al padre Augustinus un pasaporte de color pardo, sin hacerle el más mínimo comentario, y de repente advirtió Augustinus la esvástica estampada en la cubierta. También los demás documentos llevaban el sello de la esvástica.

–¿Qué significa esto? –preguntó Augustinus, revolviendo con sus manos los documentos, de los que habría algunos centenares.

–¿Nunca has oído hablar de la ruta de los conventos, hermano?

–¡No! ¿De qué se trata?

–¿Entonces tampoco te es conocida la organización secreta llamada ODESSA?

–¿ODESSA? Pues no, nunca había oído hablar de ella.

–Al finalizar la segunda guerra mundial hubo por toda Europa un continuo ir y venir. Muchos de los que habían tenido que exiliarse por culpa de los nazis regresaron a su patria, y por el contrario, muchos militantes del partido nacionalsocialista trataron por todos los medios de huir al extranjero. Pero las fronteras europeas se encontraban cerradas a cal y canto y por doquier se desataba la persecución a los antiguos nazis. En aquel entonces surgió ODESSA... ODESSA son las siglas de la llamada Organisation der ehemaligen SS-Angehörigen, es decir, de la «Organización de los antiguos miembros de las SS». Esos antiguos nazis, cuando se dieron cuenta de que el Tercer Reich tenía perdida la batalla, acumularon dinero y tesoros artísticos, que trasladaron en buena parte a otros países en los que pensaban asentarse. Mucho oro fluyó en aquel entonces a las cajas del Vaticano. No pretendo afirmar en modo alguno que se supiese desde un principio de dónde procedía aquel dinero y cuáles eran los fines a los que estaba destinado, pero cuando la curia descubrió todo aquel tinglado, ya era demasiado tarde, así que tanto el Vaticano como la ODESSA abrigaban el interés común de mantener aquel asunto en secreto. El truco que se habían inventado los antiguos nazis era francamente genial, pero no hubiese sido posible sin el consentimiento de la curia. En primer lugar, todas aquellas gentes, dondequiera que se encontrasen en aquellos momentos, bien fuese en Alemania, Austria, Francia o Italia, empezaron a entrar en los monasterios. Pero en los monasterios no pasaban más que un par de días, y después se marchaban, llevándose por regla general una carta de recomendación firmada por el abad, para meterse de nuevo en algún otro convento, en el que pasaban tan sólo unos pocos días, para ir en busca de otro. Y de este modo iban desapareciendo poco a poco todos los rastros. Y al final todas aquellas personas terminaban...

—¡Permítame comunicarle una sospecha! —le interrumpió el padre Augustinus—. Al final todas aquellas personas terminaban en este Oratorio, disfrazadas con los hábitos de nuestra orden.

—Así ocurrió, exactamente.

—¡Dios mío! ¿Y qué sucedió al fin con toda aquella gente?

—La Santa Sede les extendió documentos falsos, legitimó sus hábitos, les dio nombres nuevos y les adjudicó nuevas direcciones de origen, y no hay más remedio que confesar, viendo todo aquello con mirada retrospectiva, que el procedimiento de asignación del lugar de residencia no carecía de cierta ironía, ya que las direcciones fueron precisamente las de las sedes episcopales en Viena, Munich o Milán. Uno se alegraba de que aquellos falsos frailes quisieran partir para el extranjero, en su mayoría a Sudamérica, porque así se libraba uno de ellos. Toda aquella operación fue dirigida por un tal monseñor Tondini, al que asistía su jovencísimo secretario Pio Segoni. Tondini era a la sazón el director de la Oficina de Emigración Vaticana, que luego se llamó también Comisión Católica Internacional de Emigración. Segoni actuaba de mediador entre los naufragados *monjes* y las autoridades de la Santa Sede y se cobraba a cambio el servicio con dinero y objetos de valor.

−¿Pio Segoni, eso es lo que ha dicho, ha dicho usted realmente Pio Segoni?

El abad hizo un gesto afirmativo y prosiguió:

−Por eso mismo te he hecho bajar hasta aquí. Ninguna persona creería que este Oratorio fue la meta final de la llamada ruta de los monasterios y que aquí operaba un hombre que recibía oro y dinero de los nazis, encubriendo sus acciones bajo el manto de la caridad cristiana y el debido amor al prójimo. Bien es verdad que el padre Pio no se enriqueció personalmente, al menos tal es lo que creo, pero sus actos no redundaron precisamente en beneficio de una mayor gloria de Dios.

El polvo y el aire enrarecido empezaban a afectar los pulmones de los dos hombres. El padre Augustinus trató de respirar con breves resuellos.

−Me pregunto −dijo al fin Augustinus, esforzándose por abrir la boca lo menos posible−, me pregunto, y es la única duda que tengo, ¿por qué me ha enseñado todo esto?

−Ciertamente −replicó el abad− yo soy quizá la única persona que sabe de la existencia de esos pasaportes y de esos tesoros en esta bóveda, pues este secreto me fue revelado por mi predecesor, bajo el voto del silencio. Soy un hombre muy viejo, Augustinus, y así como tuve que echar sobre mis espaldas esa carga, así mismo tendrás tú ahora que cargar con ella. Sé que sabes callar, hermano en Cristo, y sé que era las persona más allegada a los documentos de esa época desdichada. Todos ellos se conservan en el Archivo Vaticano, y tenía necesariamente que temer que llegases por ti mismo a descubrir ese secreto, durante el curso de las investigaciones en torno a la inscripción de la Capilla Sixtina, o que otros llegasen a descubrirlo. Y ahora que conoces el secreto, ahora tendrás que vivir a solas con tu saber.

EL VIERNES DE LA SEGUNDA SEMANA
DE CUARESMA

Durante el concilio que se celebró el viernes de la segunda semana de cuaresma los allí reunidos abordaron principalmente el problema del carácter pseudoepigráfico de las principales obras cabalísticas y sus puntos de contacto con la Iglesia católica, sin que les fuese dado llegar a ningún resultado concreto, que hubiese parecido apropiado para esclarecer el significado del nombre de Abulafia en la bóveda de la Capilla Sixtina. En el transcurso de las discusiones, el padre Augustinus presentó un documento de la época del pontificado de su santidad el papa Nicolás III, en el que se decía que durante la permanencia de Abraham Abulafia en el claustro de los franciscanos se le había confiscado una escritura de índole secreta, un libelo en contra de la fe y los dogmas cristianos. Pero el padre Augustinus añadió que la búsqueda de ese libelo había resultado infructuosa y que lo más probable era que lo hubiesen quemado.

Esa noticia provocó gran excitación y acaloramiento entre los miembros del concilio, los cuales discutieron durante horas enteras, haciendo hipótesis sobre cuál podía haber sido el contenido de aquel escrito del místico judío, y Mario López, vicesecretario de la Sagrada Congregación para la Doctrina de la Fe, exhortó a los presentes a reflexionar sobre el hecho de que si en verdad Miguel Ángel se había basado en aquel pasquín para lanzar su mensaje cifrado, esto sería prueba de que aquel documento tendría que haber estado circulando todavía en el siglo XVI y que a partir de aquellas fechas no tenía que haber habido motivo alguno para destruirlo, ya que, en todo caso, el nombre de Abulafia no volvía a aparecer en los anales del Vaticano. Después de lo cual se tomó la decisión de aplazar el siguiente concilio hasta una fecha todavía no determinada, a la espera de que se estuviese en posición de nuevos resultados.

Por la noche se reunieron Jellinek y monseñor Stickler en la casa del cardenal para jugar al ajedrez, después de haberse pasado mucho tiempo sin hacerlo, pero tanto el uno como el otro no parecían poder concentrarse de verdad en el asunto para el que se habían juntado. La partida transcurría maquinalmente, jugada tras jugada, sin las sutilezas de costumbre y sin la elegancia que les era habitual, lo que se debía a que sus pensamientos rondaban en torno a algo muy distinto.

–*Gardez!* –apuntó lacónicamente Stickler, más bien como de pasada, tras haber amenazado con una de sus torres a la dama de las blancas, y eso precisamente después de la novena jugada, obligando así al cardenal a emprender la huida.

–Creo –sentenció al fin Jellinek– que estamos con nuestros pensamientos dándole vueltas al mismo asunto.

–Sí –respondió Stickler–, eso es lo que parece.

–Usted... –empezó a decir Jellinek, titubeando un poco–, ¿simpatiza usted con Bellini, monseñor?

–¿Qué significa simpatizar? Estoy de su parte, si es esto lo que me pregunta, y esto tiene sus razones.

El cardenal alzó la cabeza, sorprendido.

–¿Sabe usted? –prosiguió Stickler–, el Vaticano es una configuración estatal en pequeño, con un gobierno y con partidos que se combaten entre sí y que forman alianzas entre ellos, y en ese mare mágnum hay poderosos y menos poderosos, gente accesible y gente hosca, personas simpáticas y personas antipáticas, pero por sobre todas las cosas hay hombres peligrosos y otros que son inofensivos. He servido a tres papas y sé muy bien lo que me digo. De la religiosidad devota a la locura criminal no hay más que un paso, muy corto, por cierto, y uno tiende a olvidar que la curia está compuesta de hombres y no de santos.

–¿Qué tiene que ver Bellini con ese asunto? –preguntó el cardenal Jellinek a bocajarro.

Monseñor Stickler permaneció un buen rato callado y al fin contestó:

–Confío en usted, señor cardenal, tengo que confiar en usted aunque sólo sea por el hecho de que, al parecer, tenemos los mismos enemigos. Bellini se encuentra a la cabeza de un grupo de personas que están convencidas de que Juan Pablo I no murió de muerte natural y que mantienen hasta el día de hoy las averiguaciones sobre ese caso, pese a las órdenes recibidas por las instancias supremas, concretamente por la secretaría cardenalicia de Estado. El paquete con los objetos personales del papa se lo enviaron, evidentemente, con la intención de ejercer sobre su persona una amenaza contundente, con el fin de que usted diese por terminadas sus investigaciones, pero también podemos considerar eso como una prueba más de que no todo el monte fue orégano en lo que respecta a la muerte del último papa.

–¿Conoce acaso los nombres de los que participaron en esa conjura? ¿Qué interés pueden haber tenido esos hombres en la eliminación del papa?

Monseñor William Stickler tumbó su rey sobre el tablero, indicando así que daba la partida por terminada, y a continuación, mirando al cardenal a los ojos, le dijo:

–He de pedirle que mantenga silencio sobre esto, eminencia, pero, ya que nos encontramos los dos navegando en la misma barca, voy a decirle lo que sé.

–¿Cascone? –preguntó Jellinek.

Monseñor Stickler asintió con la cabeza.

–Ha de saber –dijo– que el documento que desapareció de un modo tan misterioso tras la muerte de Juan Pablo I contenía instrucciones muy precisas sobre una reestructuración de la curia. Diversos cargos deberían ser ocupados por gente nueva, y otros serían disueltos. Encabezando esa lista de cambios había tres nombres: el cardenal secretario de Estado Giuliano Cascone, el director general del Istituto per le Opere di Religione, Phil Canisius, y Frantisek Kolletzki, vicesecretario de la Sagrada Congregación para la Educación Católica. Quisiera expresarlo de este modo: si Juan Pablo I no hubiese encontrado la muerte aquella noche del mismo día en que redactó el documento, esos tres caballeros no estarían hoy en día ocupando los cargos que ocupan.

—¿Pero se puede destituir tan fácilmente a un cardenal secretario de Estado?

—No hay ley ni ordenanza alguna que lo prohíban, aun cuando eso no haya ocurrido desde tiempos inmemoriales.

—He de confesar que siempre tuve a Cascone y a Canisius por personas rivales entre sí.

—Y lo son. En cierto sentido, ambos son rivales, amén de muy diferentes y cada cual un extraño para el otro. Cascone es una persona educada, hombre de una gran cultura, acostumbrado a ensalzar con orgullo la casta a la que pertenece; Canisius, por el contrario, es un campesino de nacimiento, y un campesino patán es lo que sigue siendo. Nació en una localidad de las inmediaciones de Chicago y siempre quiso llegar a ser algo, pero lo único que alcanzó fue ser obispo en la curia, e incluso la dignidad episcopal es ya para él una lisonja. El IOR era una institución bastante insignificante cuando se encargó de ella, pero Canisius, gracias a un cierto talento para los negocios, la convirtió en una empresa financiera de gran renombre, siempre con la intención de desempeñar un papel destacado en el mundo de los grandes negocios. Posee un instinto natural para el dinero, vendería a los norteamericanos la tiara del sumo pontífice si se lo permitieran, sus transacciones han hecho de él uno de los hombres más poderosos de la curia, y todo, naturalmente, para gran disgusto del cardenal secretario de Estado, que es, a fin de cuentas, la encarnación del poder terrenal del Vaticano. Creo que los dos se odian en lo más íntimo de su ser, pero el interés que tienen en común es el de guardar ese secreto. ¿Me comprende ahora?

—Le entiendo. Y por lo que me ha dicho, Bellini es enemigo de Cascone, Kolletzki y Canisius. ¿No es así?

—No de un modo declarado, eminencia. Bellini no fue más que la primera persona en la curia que abrigó dudas sobre la muerte natural de Juan Pablo I y que las expuso también abiertamente. De ahí que Cascone, Kolletzki y Canisius hagan todo lo posible por evitar el trato con el cardenal Bellini. Y, sobre todo, me rehúyen a mí. Sospechan que conozco el texto del documento desaparecido y que sé que los cargos de esos hombres tenían que corresponder a otras personas. Estoy convencido de que para los tres fue una gran tragedia el que su santidad me eligiese de nuevo como ayuda de cámara.

–¿Conoce su santidad esa historia?

–Ahí tengo la obligación de callar, eminencia, incluso ante usted.

–No tiene por qué responderme, monseñor, pero puedo imaginármelo.

EL LUNES SIGUIENTE AL TERCER DOMINGO DE CUARESMA

El lunes siguiente al tercer domingo de cuaresma el cardenal Jellinek descubrió algo por demás extraño en el Archivo Secreto Vaticano.

Por razones para él mismo inescrutables, no se había atrevido a volver más a esa parte del archivo donde se había tropezado, haría ya de esto más de tres semanas, con aquel misterioso visitante furtivo, pese a que desde entonces le asaltaba y le mortificaba el vago presentimiento de que había pasado por alto alguna cosa en aquel lugar, alguna pieza de un mosaico, que no llegaba a encajar del todo en el conjunto, pero que podría resultar al fin la piedra de toque en la solución de su rompecabezas. Lo cierto era que la última conversación que había mantenido con monseñor Stickler le había infundido valor en cierto modo, y ahora se decía a sí mismo que aquellos pies que había visto en la biblioteca tenían que haber sido realmente los pies de algún visitante indeseado y no los de un fantasma, al igual que el tétrico mensajero que le hizo llegar el paquete con las gafas y las zapatillas rojas no había sido un ser sobrenatural, sino un agente terrenal al que alguien habría contratado. Y también las alucinaciones que había tenido en la biblioteca le parecían ahora, al mirar hacia atrás, más bien las consecuencias de una gran tensión nerviosa que los actos de una instancia superior.

Y de este modo, titubeando entre una explicación

racional y el temor irracional, se dirigió con paso silencioso pero firme al infierno de la biblioteca.

Lo primero que le llamó la atención fue el antiquísimo volumen encuadernado en cuero, porque sobresalía un palmo de la estantería, como si alguien lo hubiese vuelto a poner en su sitio con gran precipitación. Pero cuando lo cogió en sus manos pudo leer, esta vez a la luz del día, en letras estampadas y cuyo oro estaba en parte desprendido y en parte oscurecido por el tiempo, el mismo título que se le había presentado aquella noche durante su extraña visión: LIBER HIEREMIAS.

Ponía a Dios por testigo de que no había razón alguna en este mundo para guardar en el archivo secreto ese libro del profeta. Jellinek se sabía que el comienzo casi de memoria: «Palabra de Jeremías, hijo de Helcías, del linaje de los sacerdotes que habitaban en Anatot, tierra de Benjamín, a quien llegó la palabra de Yahvé en los días de Josías, hijo de Amón, rey de Judá, en el año decimotercero de su reinado, y después en tiempo de Joaquim, hijo de Josías, rey de Judá, hasta la deportación de Jerusalén en el mes quinto.» Pero, para su gran asombro, el texto de ese libro era distinto. En la página de la portada, bajo el título de *El libro de Jeremías*, se encontraba impreso un segundo título que rezaba: *El libro del signo*, sin mención del autor. En el libro, la primera página del texto se encontraba desgastada, borrosa, y la parte de arriba faltaba por completo, pero lo que allí estaba escrito no se diferenciaba mucho de las propias palabras de Jeremías, pese a que el significado era muy distinto. El cardenal pudo leer:

«Y dije: ¡Heme aquí! Y Yahvé me mostró entonces la senda justa, y me despertó de mi abotagamiento, y me inspiró a escribir algo nuevo. Nada igual me había ocurrido nunca en este mundo, y fortalecí mi voluntad y osé elevarme por encima de mis facultades. Me llamaron hereje e incrédulo porque había decidido servir a Dios con la verdad y no como aquellos que tropiezan y dan tumbos por las tinieblas. Sumidos como están en el abismo, mucho se hubiesen alegrado, ellos y los de su condición, si hubiesen podido envolverme en sus vanidades y en sus maquinaciones oscuras. Pero Dios impidió que cambiase el camino verdadero por el falso.»

Extrañas palabras proféticas, pero no las palabras del profeta Jeremías, que escribió sobre el mismo tema:

«Llegóme la palabra de Yahvé, que decía: Antes que te formara en el vientre te conocí, antes de que tú salieses del seno materno te consagré y te designé para profeta de los pueblos.»

Pero si todo esto ya se le antojaba bastante incoherente, el siguiente hallazgo perturbó aún más al cardenal: entre las amarillentas páginas desgastadas y borrosas del libro había una carta cuya firma rezaba: *Pio Segoni, OSB*. Aún tuvo que pasar un buen rato antes de que el cardenal Jellinek se diese cuenta de la gran importancia que tenía el simple hecho de que ese escrito se encontrase en aquel lugar. Se quedó petrificado ante la magnitud de ese hecho, aun cuando todavía no había leído la carta. ¡El padre Pio! ¡Claro! Él tuvo que haber sido el desconocido al que sorprendió en el archivo secreto en la domínica de la septuagésima. Tuvo que abrirse paso con la llave de repuesto que él mismo guardaba, en su condición de director del Archivo Vaticano. El cardenal no podía creerlo.

Jellinek leyó la carta:

«Quienquiera que descubra esta pista en este mismo lugar ha de saber que se encuentra tras la pista del secreto. Pero ha de saber también, si es fiel a los dogmas de la Santa Madre Iglesia, que aún está a tiempo de echarse atrás y de suspender toda pesquisa antes de que se le haga demasiado tarde. A mí, Pio Segoni, Dios Nuestro Señor me ha impuesto la carga insoportable de vivir con ese saber. No puedo. Que el Altísimo me perdone. Pio Segoni, OSB.»

Jellinek volvió a meter la carta en el libro, lo cerró y corrió hacia la puerta, aferrándose a su hallazgo con ambas manos.

–¡Augustinus! –gritó–. ¡Venga aquí inmediatamente!

El padre Augustinus se acercó corriendo desde alguna parte del archivo. Sin pronunciar palabra alguna, el cardenal colocó sobre un atril, ante los ojos de Augustinus, el tomo encuadernado en cuero, lo abrió y entregó la carta al archivero. Éste la leyó y exclamó luego con voz ronca:

–¡Santísima Madre de Dios!

–Encontré la carta dentro de este libro –dijo Jellinek–. ¿Qué tiene que ver el padre Pio con la inscripción de la Capilla Sixtina?

–¿Y qué se le ha perdido al libro de Jeremías en el archivo secreto? –replicó Augustinus, echando una ojeada al título.

–El libro de Jeremías no es el libro de Jeremías, ese libro extraño sólo lleva ese título en la cubierta. ¡Hojéelo, por favor!

Augustinus hizo lo que el cardenal le pedía.

–¿*El libro del signo?* –preguntó el padre, contemplando a Jellinek.

–¿Le dice algo?

–Ciertamente, eminencia. *El libro del signo* es obra de Abufalia. Se llama en hebreo *Sefer ha-'oth* y fue publicado en el año mil doscientos ochenta y ocho. Tuvo que ser compuesto después de aquel extraño encuentro con el papa Nicolás III.

–El difunto padre Pio llevaba en un bolsillo un papelito con la signatura del papa Nicolás III. La vi con mis propios ojos.

–Pues con eso la situación no se nos pone precisamente más cristalina.

El padre Augustinus acarició el libro con la diestra, luego cogió algunas páginas entre el pulgar y el índice de su mano izquierda e hizo que se deslizasen entre sus dedos. Se quedó un rato pensativo y comentó:

–En el caso de que se trate realmente de ese libro, todo este asunto se me antoja doblemente enigmático. Habrá probablemente varias copias de ese *Libro del signo*, y este que aquí tenemos no es, en mi opinión, más que una copia. Pero esto, por supuesto, es algo que solamente podría esclarecerse si pudiésemos comparar y analizar con todo detalle las distintas ediciones, e incluso de este modo no sé si avanzaríamos gran cosa, para serle sincero.

–¡Pero algún sentido tiene que haber en el hecho de que el padre Pio viese precisamente en ese libro la clave de acceso al misterio de la inscripción en la Capilla Sixtina!

–Pero ¿cuál? –preguntó Augustinus–. ¿Dónde podría encontrarse la solución?

El cardenal se tapó el rostro con las manos y exclamó:

–¡Ese Miguel Ángel era un demonio! ¡Un auténtico demonio!

–Eminencia –comenzó a decir Augustinus en tono vacilante–, por lo que parece, hemos llegado a un punto en el curso de nuestras pesquisas en el que podemos seguir adelante, pero en el que también estamos a tiempo de renunciar a nuevas averiguaciones. Quizá deberíamos seguir el consejo del difunto padre Pio y abandonar todo este asunto, quizá deberíamos dejar las cosas como están en este punto y declarar públicamente que el florentino, al dejar una clara alusión a la figura de Abraham Abulafia, un cabalista, pretendía denigrar a la Iglesia, pues deseaba vengarse de todas las injusticias que le habían infligido los papas.

El cardenal Jellinek interrumpió en esos momentos al padre Augustinus:

–Ése, hermano en Cristo, sería el camino errado; pues de algo puede estar seguro: si suspendemos nuestras averiguaciones, otros se encargarán de proseguir esa tarea y se lanzarán a la búsqueda del verdadero secreto, y llegará el momento, tenga la certeza, en que la verdad saldrá a relucir.

El padre Augustinus asintió con la cabeza. Se preguntó para sus adentros si no debería hablar al cardenal de las revelaciones que le había hecho el abad sobre lo que se guardaba en los sótanos del Oratorio. ¿No habría en eso, quizá, algún nexo causal? No obstante, rechazó esa idea en el mismo momento de tenerla, pues le parecía algo realmente absurdo el que hubiese alguna relación entre Miguel Ángel y los nazis.

–¿Pone en duda mis palabras, padre? –preguntó Jellinek.

–¡Oh no!, por supuesto que no –replicó Augustinus–, pero me asalta el miedo cuando pienso en el futuro.

EN ALGÚN DÍA DE LA SEMANA
ENTRE EL TERCER DOMINGO DE CUARESMA
Y LAETARE

El mundo parecía haber quedado detenido en la biblioteca del Oratorio; apenas había allí algo que se hubiese transformado con el tiempo, y el hermano Benno estaba completamente seguro de que tampoco en el futuro nada cambiaría. El hermano Benno desplegaba una actividad febril, buscaba signaturas en el fichero, consultaba libros y tomaba apuntes; finalmente se dirigió con aire decidido a una de las estanterías y se detuvo en seco, contemplándola con perplejidad.

—¡Hermano en Cristo! —gritó a uno de los bibliotecarios, haciéndole señas para que se acercara—. Aquí, en esta parte advierto que algo ha cambiado. Parece ser que alguien ha emplazado aquí una sección nueva.

—No, que yo sepa —replicó el aludido—; en todo caso no puedo recordar que se haya cambiado algo en esta biblioteca, y ya llevo más de diez años en este lugar.

—Hermano —dijo Benno, sonriéndose—, aquí he trabajado hace cuarenta años, y en esta parte estaban en aquel entonces los volúmenes relativos a la obra de Miguel Ángel. Había documentos muy interesantes.

—¿Libros sobre Miguel Ángel?

Y al hacer esta pregunta, el religioso llamó a otro de los bibliotecarios, y éste llamó a un tercero, y al final se reunieron los tres frailes ante la estantería, contemplando con desconcierto las tablas en las que no había más que sermonarios del siglo XVIII. Uno de los bibliotecarios sacó un libro, lo abrió por la página de la portada y leyó el interminable título: *Theologia Moralis Universa ad mentem praecipuorum Theologorum et Canonistarum per Casus Practicos exposita a Reverendissimo ac Amplissimo D. Leonardo Jansen, Ordinis Praemonstratensis.* Pues no, dijo, jamás había visto en esos estantes ninguna documentación sobre Miguel Ángel.

Durante la cena en el refectorio se encontraba sentado el huésped a la diestra del abad, tal como se estila en los conventos, y Odilo le preguntó si avanzaba en su trabajo y si ya había encontrado lo que buscaba.

Respondió el hermano Benno que había logrado orientarse perfectamente, pero que, pese a que conservaba aún con toda claridad en la memoria la distribución de la biblioteca del monasterio, precisamente lo que andaba buscando no se encontraba ya en su lugar, y más aún, al parecer lo que le interesaba se habría extraviado.

Las palabras del huésped parecieron despertar la curiosidad en el abad. Haciendo una ligera reverencia, dijo que era para él un honor poder prestar algún servicio al investigador, pero que también le interesaría saber, de todas formas, qué era lo que estaba buscando en realidad.

El hermano Benno contestó que en la época de su primera estadía en Roma había realizado algunos estudios en torno a algunos problemas secundarios que se presentaban en los frescos de la bóveda de la Capilla Sixtina y que en ese monasterio se conservaban documentos muy importantes sobre los años en los que Miguel Ángel estuvo trabajando en aquellas pinturas.

El abad hizo un gesto de asombro y manifestó su admiración por el hecho de que esa documentación pudiese estar guardada precisamente en ese Oratorio sobre el Aventino.

El hermano Benno le comunicó entonces que la explicación del caso era simple y evidente: Ascanio Condivi, discípulo y amigo de confianza de Miguel Ángel, quiso ocultar una gran cantidad de documentos y cartas de su maestro para que no fuesen a parar a manos ajenas, y como quiera que mantenía lazos de amistad con el abad que estaba en aquel entonces al frente del Oratorio, vio justamente en ese monasterio el lugar más seguro para guardar aquellos escritos.

El abad permaneció callado, parecía estar meditando; al cabo del rato dijo que guardaba un vago recuerdo de que en cierta ocasión, haría de esto ya muchos años, un sacerdote le preguntó por los volúmenes de Miguel Ángel.

El hermano Benno apartó de sí su plato y se quedó contemplando al abad. Daba la impresión de estar hondamente agitado y acosó a su anfitrión con preguntas, instándolo a que tratase de recordar quién había sido ese sacerdote y de qué lugar provenía.

Aquello había ocurrido hacía ya mucho tiempo, insistió el abad Odilo, ya en vida del penúltimo papa, o quizá no, quizá habría sido durante el último pontificado, pero tendría que comprender que en aquel entonces no había concedido al asunto ninguna importancia, aun cuando, si mal no recordaba, ahora caía en que el sacerdote le había dicho que la documentación era requerida por el Vaticano, puesto que la necesitaban, pero no conservaba nada más en su memoria.

Y mientras dos cofrades retiraban los platos de la mesa, el abad Odilo preguntó tímidamente al hermano Benno si no deseaba regresar a su monasterio, ya que no había logrado encontrar lo que buscaba, pero el hermano Benno rogó al superior que le permitiese hacer uso de la hospitalidad del Oratorio durante algunos días más.

El abad le dio su permiso, pero el hermano Benno se dio perfecta cuenta de que su presencia no le era grata y que al otro le hubiese gustado desembarazarse de él cuanto antes.

EL DÍA SIGUIENTE A LAETARE Y A LA MAÑANA SIGUIENTE

El cardenal Jellinek leía la carta por enésima vez:

Eminencia, los escándalos relacionados con el hallazgo en la Capilla Sixtina me mueven a comunicarle que quizá pudiese indicarle alguna pista sobre el particular. Haga el favor de llamarme por teléfono.

ANTONIO ADELMAN, director general

¿Qué querría el banquero de él? ¿En qué podría consistir a esas alturas su contribución a la solución del problema? Y sin embargo, dada la situación en que se encontraba, el cardenal tenía que agarrarse aunque fuese a un clavo ardiendo. Le asaltaba la impresión de estar dando vueltas como un asno alrededor de una noria. A veces creía estar de pie ante una espesa cortina de niebla, ya muy cerca de una meta que no alcanzaba a ver. Quizá se empecinase en no dar con la solución, pues sentía que estaba siguiéndole la pista, pero que no avanzaba ni un solo paso. ¿Y ese libro que había encontrado en el archivo? Todo ese asunto era en verdad fascinante, pero, ¿qué tenía todo eso que ver con Miguel Ángel?

Jellinek llamó a su secretario y le ordenó que le trajese el automóvil; quería viajar a los montes Albanos. Quizá no hiciese más que perder el tiempo. Pero la esperanza se nutre de la paciencia. Volvió entonces el secretario y dijo al cardenal que no debería abandonar la sede del Santo Oficio por la puerta principal, ya que una jauría de periodistas tenía bloqueada la entrada. A raíz de eso, el cardenal hizo que le llevasen el Fiat azul hasta la puerta trasera, precaución que resultó inútil, como advertiría cuando ya era demasiado tarde: cuando el cardenal salió a la calle, se vio rodeado inmediatamente por dos docenas de reporteros, que lo acosaron a preguntas, gritando desaforadamente y acercándole al rostro un montón de micrófonos.

–¿Por qué el Vaticano no da ninguna declaración sobre el hallazgo?

–¿Cuándo se podrán tomar fotografías de la inscripción?

–¿Se oculta algún código secreto detrás de esa inscripción?

–¿Qué movió a Miguel Ángel a poner ahí ese escrito?

–¿Fue Miguel Ángel un adversario de la Iglesia?

–¿Qué está ocurriendo con los frescos?

–¿Continúan los trabajos de restauración?

El cardenal trató de abrirse paso entre aquella horda enardecida, replicó que nada tenía que declarar al respecto, que no podía hacer ningún comentario, que para todas esas preguntas era competente la oficina de prensa del Vaticano. No sin grandes esfuerzos logró el secretario hacer entrar a Jellinek en el automóvil, cerrarle la portezuela y salir disparado con el coche. Y desde su asiento todavía pudo escuchar Jellinek los gritos de los que iban corriendo detrás del vehículo:

–¡Lo descubriremos todo!

–¡Nada nos podrá ocultar, eminencia!

–¡Ni siquiera de *specialissimo modo*!

Se habían citado para la tarde en la ciudad de Nemi. Esa localidad pintoresca se encuentra enclavada en los montes Albanos, dominando el lago del mismo nombre, y el local que habían elegido como centro de reunión se llamaba El Espejo de Diana. En uno de los tranquilos saloncitos de la primera planta, en donde se conservaban en un armario con puertas de cristal los álbumes de los visitantes, bellamente encuadernados en cuero –hasta el mismo Johann Wolfgang von *Goethe* había estampado allí su firma para la posteridad–, se reunieron por primera vez en sus vidas el cardenal y el banquero. Sólo se conocían de nombre.

Antonio Adelman, director general de la Banca Unione de Roma, era un hombre de unos sesenta años, de cabello prematuramente encanecido, con un rostro de finas fracciones y una mirada despierta que denotaba inteligencia.

–Se habrá asombrado, con toda seguridad –comenzó a decir el banquero inmediatamente–, de que le haya solicitado este encuentro, eminencia, pero desde que oí hablar del problema que a usted le ocupa, no hago más que reflexionar sobre el asunto y no dejo de preguntarme si, con lo que sé, no podría darle quizá la pieza de un mosaico que le sirviera para dilucidar el enigma.

Un camarero, que llevaba puesto un largo delantal blanco, les sirvió vino de Nemi en altas garrafas.

–Se encuentra con un oyente atento –replicó Jellinek–, pese a que..., o mejor dicho: precisamente porque ya le había estado dando vueltas al tipo de indicación que podría esperar justamente de su parte. ¡Soy todo oídos!

–Eminencia –comenzó a decir el banquero con grandes circunloquios–, por si no lo había sabido hasta ahora, he de decirle que soy judío y que la historia que tengo que contarle se refiere única y exclusivamente a ese hecho.

–¿Y qué tiene eso que ver con Miguel Ángel, señor mío?

–Pues sí, es una historia larga y confusa. Tendré que remontarme muy atrás.

Los dos hombres alzaron sus copas para brindar y bebieron cada uno a la salud del otro.

–Sabrá, eminencia, que después de la caída de Mussolini y de la firma del tratado de alto el fuego con los Aliados, los alemanes ocuparon Roma en septiembre de mil novecientos cuarenta y tres. Al mismo tiempo desembarcaban los norteamericanos al sur del país, en las cercanías de Salerno, y en Roma cundía el pánico sobre lo que podría pasar, sobre todo entre los ocho mil judíos que vivían en la ciudad. Era yo en aquel entonces un hombre joven y estaba de aprendiz en el banco de mi padre. Mis padres temieron que los judíos romanos pudiesen correr la misma suerte de sus correligionarios de Praga, por lo que mi padre se dijo que si lográbamos sobrevivir a los primeros tres días, tendríamos alguna posibilidad de salvarnos. Por la noche de aquel diez de septiembre... jamás olvidaré aquella fecha... abandonamos en sigilo nuestra casa, mi padre, mi madre y yo, y nos dirigimos al garaje de un amigo de mi padre, que no era judío, y allí nos escondimos en una vieja furgoneta que se utilizaba para el reparto de mercancías. Por las noches escuchábamos con ansiedad cualquier paso, cualquier sonido, siempre con el miedo a ser descubiertos. A los tres días me aventuré a salir por primera vez de nuestro escondite, impulsado por el hambre, y me enteré de que los nazis estaban dispuestos a dejar en paz a los judíos a cambio de una tonelada de oro.

—He oído hablar de eso —apuntó Jellinek—. Al parecer no lograron reunir nada más que la mitad y trataron de pedir prestada al papa la otra mitad.

—No fue nada fácil juntar tanto oro, pues la mayoría de los judíos ricos ya habían huido. Uno de nuestros correligionarios se dirigió a un amigo suyo, que era abad del Oratorio sobre el Aventino, y le pidió que obtuviese del Vaticano el oro que faltaba. El papa dio su consentimiento para que se nos entregase el oro en calidad de préstamo. El veintiocho de septiembre nos dirigimos en varios automóviles privados a la central de la Gestapo en la Via Tasso y entregamos el oro. Después de haber cumplido con aquella exigencia, los judíos romanos bajaron la guardia, creyéndose a salvo. Pero fue un error. Hubo allanamientos de moradas, los nazis robaron los tesoros de nuestra sinagoga, y al hacerlo cayó también en sus manos el único fichero que había con las direcciones de los integrantes de la comunidad judía. Pocos días después, sería a eso de las dos de la madrugada, escuché fuertes golpes en la puerta de la casa. Nuestro vecino nos dijo en voz baja: «¡Vienen los alemanes en camiones!» Huimos de nuevo al garaje que ya nos había servido una vez de escondite. Dos días permanecimos allí, y al tercer día abandonó mi padre el refugio, pues quería sacar un par de cosas importantes de nuestra casa. Mi padre no regresó jamás. Luego me enteré de que al día siguiente había partido de la estación de Tiburtina un tren con mil judíos en dirección a Alemania.

El cardenal Jellinek guardó silencio, visiblemente afectado por lo que había oído.

—Roma —prosiguió Adelman— es una ciudad enorme, con una gran confusión de callejuelas, plagada de ocultos rincones, así que la mayoría de los miembros de nuestra comunidad pudo ocultarse por doquier en iglesias y conventos, algunos hasta encontraron refugio en el Vaticano. Yo mismo sobreviví, junto con mi madre, en el Oratorio sobre el Aventino. Eminencia, ahora se preguntará, naturalmente: ¿pero qué tiene todo esto que ver con la misteriosa inscripción en la bóveda de la Capilla Sixtina? Sin embargo, esta historia no carece de cierta ironía: precisamente en aquel Oratorio, que durante el dominio nazi nos ofreció refugio a nosotros, los judíos, precisamente allí, una vez que todo aquel infierno había pasado, encontraron también asilo los antiguos miembros de las SS. Pero de esto me vine a enterar mucho después. La organización de los antiguos miembros de las SS, de la ODESSA, utilizó el Oratorio sobre el Aventino como cabeza de puente para la emigración de sus afiliados.

—¡Eso no lo creo! —exclamó el cardenal Jellinek—. No puedo creerlo, francamente.

—Ya sé que el asunto parece descabellado, señor cardenal, pero fue así como ocurrieron las cosas. La operación se llevó a cabo con el consentimiento de las más altas instancias, hasta le era conocida al Vaticano.

—¿Pero sabe realmente lo que está diciendo? —preguntó Jellinek, acalorado—. ¿Pretende afirmar en serio que la Iglesia católica, con conocimiento del papa, ayudó a los criminales nazis a huir al extranjero?

—No de *motu proprio*, eminencia, no por voluntad libre y espontánea... y con esto abordo el tema: cundió en aquel entonces el rumor de que los nazis tenían entre manos algo muy importante contra la Iglesia, algo de consecuencias tan devastadoras que a la Iglesia no le quedaba más solución que doblegarse ante las exigencias de ODESSA. Y en relación con esa murmuración se barajaba también el nombre de Miguel Ángel. Se trataba, al parecer, tal era al menos lo que se escuchaba, de un asunto que estaba relacionado con Miguel Ángel.

El cardenal se quedó mirando fijamente la copa de vino que tenía ante sí sobre la mesa. Parecía estar petrificado. Durante algunos momentos callaron los dos, luego empezó a hablar Jellinek, y sus palabras no eran más que un murmullo balbuceante y a duras penas inteligibles:

–Si le he entendido bien..., eso significaría..., pero es que no me lo puedo ni imaginar..., ¡Dios mío!, en el caso de que tenga usted razón, eso significaría que los nazis utilizaron a Miguel Ángel. ¡Por los clavos de Cristo, si Miguel Ángel hace ya cuatrocientos años que murió! ¿Cómo puede haber servido Miguel Ángel de causa para una coacción? ¿Qué daños podría haber causado a la Iglesia?

–Eso es precisamente lo que puede significar –replicó Adelman, prosiguiendo su discurso–. Tiene que entender una cosa, eminencia, en aquel entonces, cuando oí hablar del caso, todo aquel asunto había sucedido hacía ya veinte años, y por muy asombrosa que me pareciera aquella historia, la verdad es que no volví a preocuparme de ella. Yo había querido terminar de una vez por todas con el pasado, le había puesto punto final. Tampoco deseaba que se me recordara aquella época funesta; pero ahora, cuando me he enterado de lo de esa inscripción de Miguel Ángel, me volvió a la memoria una historia que me contó muchos años después el anciano abad del Oratorio, y pensé que quizá podría serle de alguna ayuda. Y esto ha de entenderlo como algo que no es completamente desinteresado por mi parte. Soy banquero y hago negocios con la banca vaticana, no hay nada que desee más que una solución rápida a ese problema; los negocios bancarios requieren serenidad, ya que las épocas de inquietud son siempre malas para el comercio financiero... y espero que entienda lo que quiero decir.

–Lo entiendo –contestó Jellinek, sumido en sus propios pensamientos–, las épocas de inquietud no son buenas para el comercio.

Después de esa conversación, el cardenal Jellinek ya no era capaz de pensar con claridad. Los dos hombres se despidieron. El cardenal se dejó caer en el asiento de atrás de su Fiat de color azul oscuro.

—¡A casa! —dijo al conductor, con el que no estaba dispuesto a intercambiar ni una sola palabra más.

Estaba oscureciendo, y la ciudad eterna, que se alzaba ante él al fondo de la ancha explanada, comenzaba a brillar con sus miles de luces. Jellinek miró a través del parabrisas hacia la lejanía. Pensaba en la advertencia del padre Pio de suspender las pesquisas a tiempo, pero inmediatamente se sintió enfurecido por su propia cobardía y apretó los puños hasta hacerse daño en las manos. Tenía que dilucidar ese misterio. Quería dilucidarlo.

En esos mismos momentos se encontraba sentado el padre Augustinus, con los codos apoyados en una de las mesas del Archivo Vaticano e inclinado sobre el extraño libro de Jeremías, en el que se ocultaba *El libro del signo* de Abulafia. Observó la signatura y sacudió la cabeza, meditabundo. La signatura era de fecha harto más reciente que el libro, el cual no tendría que haber entrado en el archivo hasta finalizada la segunda guerra mundial. ¿Pero a cuento de qué había ido a para al archivo? Augustinus leyó con esfuerzo la letra diminuta de la traducción al latín:

«El más insignificante de todos, yo, el desconocido, he profundizado en mi corazón, buscando los caminos de la expansión intelectual, y he descubierto así tres tipos de conocimiento progresivo: el público, el filosófico y el cabalístico. El camino público, el conocido de todos, es el que siguen los ascetas, que utilizan todo tipo posible de artimañas para expulsar de sus almas las imágenes del mundo que nos es familiar. Cuando una imagen proveniente del mundo espiritual incide en sus almas, aumentan de tal modo sus facultades imaginativas, que son capaces de profetizar, y se sumen entonces en un estado de trance.

»El tipo de conocimiento filosófico se basa en la adquisición de conocimientos provenientes de las ciencias, los que son incluidos por analogía en las ciencias naturales y finalmente en la teología, con el fin de delimitar un centro cognoscitivo. De ese modo llega el estudioso al conocimiento de que determinadas cosas están imbuidas de profecía, y cree entonces que son la consecuencia de la ampliación y la profundización de la razón humana. Pero en realidad son las letras las que, imbuidas del pensamiento y de su fantasía, influyen sobre él, determinando sus movimientos. Pero si me planteo la trascendental pregunta de por qué pronunciamos letras, y las movemos, y tratamos de lograr ciertos efectos con ellas, la respuesta radica entonces en el tercer camino, que consiste en provocar la espiritualización, y quisiera informar aquí de las cosas que he descubierto en ese campo.»

El padre Augustinus leía con avidez. Sus ojos seguían, página tras página, las líneas impresas en caja diminuta, que tan difíciles eran de descifrar, y mientras leía se iba olvidando completamente del motivo por el cual se hallaba investigando.

«Pongo a Dios por testigo –escribía Abulafia– de que antes tuve que fortalecer mi alma en el ejercicio de la fe judía y en los conocimientos que adquirí con el estudio de la Torá y del Talmud. Pero aquello que me enseñaron mis maestros por la senda de la filosofía no me bastó, hasta que me encontré con un hombre favorecido por la gracia de Dios, con una persona que venía de las filas de los sabios, con un cabalista que poseía el saber antiquísimo del pasado, que es excelso y terrible al mismo tiempo, según las creencias que tenga cada cual. Me enseñó los métodos de las permutaciones y las combinaciones de las letras, así como la doctrina mística de la numerología, y me ordenó no apartarme de esas enseñanzas y profundizar en ellas. Y en cierta ocasión me mostró libros compuestos íntegramente por combinaciones incomprensibles de letras y por números mágicos, obras que sólo podía entender el iniciado y que jamás serán comprendidas por el mortal común, porque tampoco han sido escritas para él. Poco después se arrepintió de lo que había hecho, lamentó haber empleado ese medio de persuasión para hacerme conocer los estados superiores del éxtasis, se llamó loco y tonto y trató de alejarse de mí; no obstante, atraído por sus mil y un secretos, lo perseguí de día y de noche y comprobé que en mí se producían fenómenos raros y asombrosos. Como un perro dormí en el umbral de su puerta, hasta que se apiadó de mí y mantuvo conmigo una conversación profunda, en el curso de la cual me enteré de que eran necesarias tres pruebas antes de que el iluminado pudiese comunicarme todo su saber. Las pruebas —me dijo en tono amenazante— exigían un silencio absoluto, pues eran como someterse a la prueba del fuego, y sobre las mismas quiero callar. Pero no pienso callar sobre aquellas cosas que afectan al papa y a su Iglesia, y me he propuesto sacar a relucir cuanto sé y proclamar que Lucas, el evangelista, miente; si con intenciones mezquinas o por falta de conocimientos, eso ya es algo que no puedo decir. Pero declaro aquí *expressis verbis* que...»

Augustinus pasó la hoja, pero faltaba la continuación, es más, el bibliotecario comprobó que la página siguiente había sido arrancada del libro. Augustinus pasó hoja tras hoja, en la esperanza de encontrar la página que faltaba, pero al llegar a la guarda final tuvo que reconocer que alguien se habría apoderado en alguna ocasión del libro, arrancándole el verdadero secreto.

El padre Augustinus se pasó la mano por los ojos y la frente, como si quisiera enjugarse el cansancio del rostro. Luego se levantó y se puso a pasear de un lado a otro delante de su pupitre. Sus pisadas retumbaban en los vacíos aposentos del archivo. Con las manos ocultas en las mangas de su hábito, tal como suelen hacer los monjes, se puso a recapitular lo leído, de lo que muchas cosas le resultaban incomprensibles, y reflexionó largo rato sobre la parte en la que se afirmaba que Lucas, el evangelista, mentía. ¿Qué querría decir Abulafia con esto?

Lucas había sido uno de los primeros cristianos gentiles, uno de los colaboradores del apóstol san Pablo, cuyos hechos inmortalizaría más tarde en sus *Actos de los Apóstoles*. No escribió el primero de los evangelios, pues el primero fue, como se había logrado saber entretanto, Marcos, cuya relación sería compuesta probablemente por el año sesenta después de Cristo y que sirvió de fuente tanto a Lucas como a Mateo, mientras que el último de los evangelios, el de Juan, apenas coincide en el tiempo con los otros. Aún cuando de un modo distinto, en todos los evangelios se cuenta la misma historia de la vida y la muerte de Jesús y de la aparición del Señor resucitado. ¿A qué se refería entonces Abulafia cuando llamaba mentiroso precisamente a Lucas? En ese punto se quedó estancado el padre Augustinus en sus reflexiones.

Para poder acercarse más a la solución, el padre Augustinus sólo veía una posibilidad: encontrar un segundo *Libro del signo*, del que nadie hubiese arrancado esa hoja. ¿Pero dónde podía encontrar un segundo libro? La tirada de los libros era tan pequeña en aquellos tiempos, que con frecuencia no se conservaba más que un solo ejemplar. A esto se añadía que un libro cabalístico como aquél no encontraría cabida así como así en una biblioteca eclesiástica.

Por la mañana del día siguiente se reunieron el cardenal Jellinek y el padre Augustinus. Pero mientras que el cardenal no decía nada nuevo al oratoriano, Jellinek se quedó mudo de asombro al enterarse de que faltaba la página decisiva. Pero lo que ambos no alcanzaban a entender era la relación oculta que podría haber entre todas esas cosas.

—A veces creo —opinó Jellinek— que estamos muy cerca de solucionar el enigma de Miguel Ángel; pero al momento siguiente empiezo ya a dudar de si daremos jamás con la pista de esa maldición.

EL DÍA DE SAN JOSÉ

A primeras horas de la mañana entraba el hermano Benno en el desnudo despacho de la Oficina de los Peregrinos, situada en los soportales del Vaticano. Quería hablar con el papa. El religioso que estaba detrás de la ventanilla le dijo que volviese el miércoles, pues en ese día tenía lugar la audiencia general, pero le advirtió que en esa audiencia pública no era posible hablar personalmente con el santo padre, y que no, que ni para religiosos en general ni para frailes en particular podía hacerse ningún tipo de excepción.

—¡Pero debo hablar con su santidad! —exclamó el hermano Benno, indignado—. El asunto es de la mayor importancia.

–¡En tal caso presente su causa por escrito!

–¿Por escrito? ¡Eso es imposible! –replicó el hermano Benno–. ¡El asunto solamente lo puede conocer el papa!

El clérigo midió a su interlocutor de los pies a la cabeza, pero antes de que le diese tiempo de decir algo, explicó el hermano Benno:

–Se trata del hallazgo en la Capilla Sixtina.

–Eso es de la competencia del catedrático Pavanetto, director general de la Secretaría general de monumentos, museos y galerías pontificias, o también del cardenal Jellinek, pues él dirige las investigaciones.

–¡Escúcheme bien! –comenzó a decir de nuevo el hermano Benno–, tengo que hablar con su santidad el papa sobre algo de la mayor importancia. Hace muchos años que pude hablar sin ninguna dificultad con el papa Juan Pablo I, y para eso el único requerimiento fue una simple llamada telefónica, ¿y hoy en día ha de ser esto un problema tan grande?

–Le anunciaré en la secretaría de la Sagrada Congregación para la Doctrina de la Fe. Quizá esté dispuesto el cardenal Jellinek a recibirle, entonces podrá exponer ante él sus deseos.

–¿Deseos? –replicó el hermano Benno, riéndose amargamente.

El secretario del cardenal consoló al hermano Benno, prometiéndole que le daría cita para la semana próxima. Ésa era la fecha más temprana en la que se podía hablar con el cardenal.

Benno insistió en la gran importancia de su información.

–¡Ay, si usted supiera! –le espetó el secretario–. En estos días hay una legión de historiadores del arte solicitando audiencia, y todos creen tener la solución en el bolsillo, pero al final ninguno cuenta nada nuevo. La mayoría quiere destacar con sus teorías, hacer que se mencionen sus nombres. No me tome a mal la honradez de mis palabras, hermano Benno. Y en cuanto a la cita..., la semana que viene..., quizá.

El hermano Benno dio las gracias con toda amabilidad y salió del Santo Oficio por el mismo camino por el que había entrado.

EL LUNES SIGUIENTE AL QUINTO DOMINGO
DE CUARESMA

El lunes siguiente al quinto domingo de cuaresma se reunieron de nuevo los miembros del concilio. Sobre la gran mesa ovalada de sesiones reposaba *El libro del signo*, bajo la cubierta que llevaba por título *El libro de Jeremías*.

Tras inagurar la sesión y después de haber invocado al Espíritu Santo, los eminentísimos y reverendísimos señores cardenales y obispos, los ilustrísimos monseñores y los frailes, todos a una acosaron a preguntas al cardenal Joseph Jellinek, pues querían saber dónde había sido encontrado el ejemplar de *El libro del signo*, y el cardenal informó que en el archivo secreto le había llamado la atención un libro que no tenía por qué estar en ese lugar, ya que no era de índole confidencial ni pesaba sobre él prohibición alguna: *El libro de Jeremías*. Pero al examinarlo de cerca se pudo comprobar, sin embargo, que del llamado *Libro de Jeremías* no había más que la cubierta y algunas pocas páginas y que en ese volumen se ocultaba una obra que había salido de la pluma del cabalista Abraham Abulafia.

Intervención del cardenal Giuseppe Bellini:

–¿De ese Abulafia que se encuentra inmortalizado en la bóveda de la Capilla Sixtina?

–Precisamente del Abulafia que mandó quemar vivo su santidad el papa Nicolás III.

–¡Pues entonces no se ha extraviado la obra!

Todos los presentes se pusieron a hablar a la vez, pegando gritos, en medio de una gran confusión, mientras Pio Luigi Zalba, de los siervos de María, se santiguaba repetidas veces como si en ello le fuera la vida. Jellinek contempló a su auditorio con gesto de desesperación.

–¿Cómo he de explicárselo a ustedes? –dijo con cierta turbación–. Tal como se puede apreciar, la página fundamental de ese libro ha desaparecido, falta, ha sido arrancada.

Entonces el cardenal Bellini perdió los estribos y se

puso a vociferar, afirmando que todo eso le parecía un vulgar truco de cartas, que algunos miembros del concilio tendrían que conocer ya desde hace tiempo la solución de aquel misterio y que incluso en el caso de que esa solución fuese terrible e incompatible con la fe y no hubiese más remedio que ocultarla ante los ojos de los fieles, los miembros de ese concilio sí tenían el derecho a enterarse de las razones ocultas de ese funesto asunto.

Y a continuación, el cardenal Jellinek, acalorado:

—Si usted, hermano en Cristo, pretende insinuar con eso que *yo* he podido arrancar esa página, rechazo enérgicamente esa acusación. Como prefecto de este concilio, nada deseo más que el esclarecimiento de este asunto. ¿Y qué interés podría tener yo, por cierto, en ocultar la verdad?

El cardenal secretario de Estado Giuliano Cascone exhortó a Bellini a la temperancia y expuso sus dudas acerca de si la página que faltaba en *El libro del signo* tendría en verdad tanta relevancia y sería la clave para la solución del problema.

—¿No nos mostró acaso el padre Augustinus —insistió Cascone— en la última reunión un pergamino en el que se decía que al judío Abulafia le había sido confiscado un libelo, señor cardenal? ¿No es mucho más probable que el misterio de Miguel Ángel esté relacionado con ese escrito?

El cardenal Frantisek Kolletzki, vicesecretario de la Sagrada Congregación para la Educación Católica, objetó entonces:

—Pero un libro como ese del místico judío no se publicaba únicamente una sola vez. Para un hombre como el padre Augustinus no tendría que resultar difícil conseguir otro ejemplar de alguna otra biblioteca.

—Hasta ahora —replicó Augustinus— todos los pasos que hemos dado en esa dirección han sido infructuosos. En ninguna parte se encuentra archivada una obra que se titule *El libro del signo*.

—¡Porque se trata de un libro judío, a fin de cuentas! ¡Tendríamos que pedir información a bibliotecas judías!

Haciendo caso omiso de esa discusión, el cardenal Joseph Jellinek se puso en pie, se sacó una carta del bolsillo de la sotana, la levantó en alto y dijo:

–En el lugar donde faltaba esa página en *El libro del signo* he encontrado esta carta. Ha sido escrita por una persona a la que todos conocíamos muy bien, por el padre Pio Segoni, ¡que Dios se apiade de su pobre alma!

De repente se hizo el silencio. Todos se quedaron mirando fijamente la cuartilla que sostenía en su mano el cardenal. Jellinek la leyó despacio, deteniéndose entre cada palabra, dando a conocer así la advertencia del fraile benedictino, que exhortaba a suspender en ese punto las averiguaciones, antes de que fuese demasiado tarde.

–¡El padre Pio lo sabía todo, lo sabía todo! –exclamó el cardenal Bellini con voz apagada–. ¡Dios mío!

Jellinek hizo circular la carta y cada uno de los presentes leyó el escrito sin mover siquiera los labios.

–¿No nos quiere explicar de una vez lo que está escrito en ese *Libro del signo* –inquirió el cardenal secretario de Estado–, al menos hasta esa parte que ha desaparecido de un modo tan misterioso?

El cardenal Jellinek aclaró que se trataba fundamentalmente de una exposición sobre la epistemología cabalística y que ésta no tenía la más mínima importancia ni para la Santa Madre Iglesia ni para el caso que estaban tratando. Pero que, al final de la obra, Abulafia hablaba de su maestro, el cual le había transmitido todos sus conocimientos tras haberle sometido a tres pruebas, que logró superar. Y entre el bagaje de ese saber se encontraban también ciertas cosas que afectaban al papa y a la Iglesia, y todo esto culminaba en la declaración de que el evangelista san Lucas mentía.

–¿Que san Lucas mentía? –exclamó Kolletzki, golpeando en la mesa con la palma de la mano.

–Eso es lo que afirma Abulafia –le espetó Jellinek.

–¿Y hay más datos, alguna pista? –insistió Kolletzki.

–Sí –replicó el cardenal Jellinek–, en la página siguiente. Y es ésa la página que falta.

Un silencio prolongado se extendió por el concilio. Finalmente pidió la palabra el cardenal secretario de Estado Giuliano Cascone:

–¿Quién nos dice en realidad que en la página que falta tenga que encontrarse la aclaración, hermano en

Cristo? Y aun cuando esto fuese así, ¿quién nos dice que la alusión de Miguel Ángel se refiere a Abulafia? Me parece que hemos caído en la trampa de una de las jugarretas del florentino.

–A fin de cuentas –intervino el padre Augustinus–, esa jugarreta, como usted ha tenido a bien llamarla, eminencia, fue para el padre Pio lo suficientemente importante como para que se quitase la vida.

Al finalizar las discusiones, los eminentísimos señores cardenales y obispos, los ilustrísimos monseñores y los reverendísimos frailes acordaron suspender las deliberaciones del concilio hasta que se encontrase alguna copia de *El libro del signo*.

A altas horas de la noche se reunían Cascone y Canisius en la secretaría cardenalicia de Estado.

–Lo sabía –dijo Cascone–, y tú dudabas de que esa ridícula inscripción pudiese llegar a ser peligrosa. Las investigaciones siempre fueron funestas para la curia. ¡Piensa en Juan Pablo I!

Canisius contrajo el rostro en una mueca de dolor, como si tal fuera lo que le provocaba la simple mención de ese nombre.

–Si Juan Pablo I –insistió de nuevo el cardenal secretario de Estado– no se hubiese puesto de repente a husmear en actas secretas, metiendo su nariz en lo que no le importaba, todavía podría seguir con vida en el día de hoy. Si se hubiese celebrado realmente aquel concilio que quedó desierto, las consecuencias hubiesen sido inimaginables. Juan Pablo I hubiese hundido a la Iglesia en una crisis de fe. ¡Oh, no, inimaginables!

Canisius hizo un gesto de asentimiento. Se cruzó las manos a la espalda y se puso a dar vueltas de un lado a otro por delante de Cascone, que se había apoltronado en una butaca de estilo barroco, tapizada en terciopelo rojo.

–Ya solamente el propio tema del concilio –dijo Canisius– hubiese tenido efectos devastadores para la Iglesia. ¡Un concilio sobre un dogma de fe fundamental! ¡Suerte tuvimos en que sus proyectos no se diesen a conocer oficialmente!

–¡Sí, una suerte inmensa! –corroboró Cascone, haciéndose repetidas veces la señal de la cruz mientras se inclinaba en leve reverencia.

De repente Canisius se detuvo en seco, apuntando:

–Ese concilio sobre el asunto de la Capilla Sixtina ha de terminar lo antes posible, pues la situación se parece ya bastante a la que tuvimos entonces con Juan Pablo I. Por doquier andan todos metiendo sus narices en lo que no les importa. ¡Ese Jellinek no me hace ninguna gracia, y mucho menos me gusta ese padre Augustinus!

–Si hubiese podido sospechar siquiera –dijo Cascone– todo lo que arrastraría consigo esa inscripción, puedes tener la certeza de que hubiese mandado raspar esas letras.

–¡No tendría que haber permitido jamás que volviese ese Augustinus!

Cascone, acalorado, elevó el tono de voz:

–Lo despedí cuando me enteré de que andaba recopilando documentos sobre todos los papas que gobernaron sólo por poco tiempo, incluyendo también la documentación sobre Juan Pablo I. Pero entonces se nos metió por en medio el suicidio de Pio Segoni..., *tuve* que hacerle volver. Al manifestar claramente mis antipatías por esa persona, no hubiese logrado más que hacerme sospechoso.

–En la situación actual –replicó Canisius– no veo más que una posibilidad: tendrías que disolver el concilio, *ex officio*. El concilio ya ha cumplido con su misión. Miguel Ángel pretendería vengarse de la Iglesia al escribir el nombre de un hereje en la bóveda de la Capilla Sixtina. Esa explicación ha de ser más que suficiente. Ni la Iglesia ni la curia sufrirán daño alguno.

El cardenal secretario de Estado Giuliano Cascone prometió hacer lo que el otro le pedía.

EN LA FIESTA DE LA ANUNCIACIÓN

–¿Me ha mandado llamar, padre abad?

–Sí –contestó el abad Odilo, haciendo pasar al cofrade al despacho en que tenía su biblioteca privada y apresurándose a cerrar la puerta en cuanto entró el padre Augustinus–. Quisiera hablar de nuevo contigo.

–¿Sobre las cosas guardadas en la bóveda?

–Precisamente por eso –replicó el abad Odilo, acercándole a Augustinus una silla para que se sentara–. Ahora que conoces los hechos, tendrás que preocuparte de que no lleguen a saberse. Las averiguaciones en torno a la muerte del padre Pio me inquietan cada vez más y me temo que conduzcan inevitablemente al descubrimiento de nuestro secreto. ¡Ya te habrás percatado de que tenemos un invitado en el Oratorio!

–¿Ese benedictino alemán? ¿Por qué lo aceptó en el monasterio?

–Es deber cristiano, hermano, aceptamos a cualquier fraile mientras nos quede espacio. No sabía, a fin de cuentas, que quería dedicarse a unas investigaciones tan extrañas. Afirma que anda buscando ciertos volúmenes con documentación sobre Miguel Ángel. ¡Por la Santísima Virgen María! Le dije que aquí, en este Oratorio, no había ninguna documentación sobre Miguel Ángel, aun cuando pudiese haberla habido en otros tiempos. Pero tengo el presentimiento de que el hermano Benno desconfía de mí, al igual que yo desconfío del hermano Benno. Tú dispones de los conocimientos necesarios como para poder averiguar si ese hombre es verdaderamente un erudito o si en realidad está en pos de algo muy distinto.

Augustinus hizo un gesto de asentimiento.

Al día siguiente, después de la cena, el archivero fue a sentarse a la mesa del abad, junto al hermano forastero. Tal como habían convenido, el abad Odilo los dejó solos.

El padre Augustinus preguntó al huésped si podía serle de alguna ayuda en sus trabajos.

El hermano Benno le dio las gracias por su ofrecimiento y le explicó lo mismo que ya había explicado al abad, que estaba buscando los volúmenes de aquella documentación sobre Miguel Ángel que él mismo había tenido en sus manos hacía ya mucho tiempo. Le preguntó luego si toda aquella documentación no habría ido a parar quizá al Archivo Vaticano quién sabe cuándo.

–No, que yo sepa –contestó el padre Augustinus, negando también con la cabeza–. Pero, dígame, hermano, ¿de qué trataba aquella documentación, en qué consistieron sus investigaciones de entonces?

El hermano Benno suspiró profundamente antes de responder:

–Ha de saber, hermano en Cristo, que yo no llevaba todavía los hábitos en aquellos tiempos, pues era un joven historiador del arte. Una dolencia de la vista, que en aquel entonces no era operable y que me obligó a llevar unas gafas con unos cristales muy gruesos, me salvó de tener que hacer el servicio militar, y gracias a una beca del gobierno alemán pude trabajar aquí durante la guerra y dedicarme a mis investigaciones. Estaba entusiasmado con la figura de Miguel Ángel, con el más enigmático de todos los genios, al que elegí como objeto de mis investigaciones, y es así como me dediqué al estudio de los frescos de la Capilla Sixtina. Créame, hermano en Cristo, llegué a pasar tanto tiempo en la Capilla Sixtina, con la mirada permanentemente clavada en el techo, que al final sufrí la misma tortícolis que padeció el gran maestro florentino cuando estaba pintando la bóveda. En la biblioteca de este Oratorio se encontraban archivadas en aquel entonces algunas cartas de Miguel Ángel, documentos éstos del mayor interés científico y que muchas veces eran la clave para entender la significación de sus pinturas y la propia actitud intelectual de su autor.

–Miguel Ángel quemó poco antes de su muerte sus cartas y sus bocetos. Esto es de sobra conocido en los círculos de los historiadores, hermano.

–Es cierto, pero también es verdad que no es cierto. Miguel Ángel quemó todo aquello que le pareció carente de importancia. Pero dejó a su discípulo y amigo Ascanio Condivi un cofre de hierro, debidamente cerrado, en el cual, según se dice, no depositó nada más que su propio testamento.

El hermano Benno esbozó una sonrisita forzada, meneó la cabeza con gesto dubitativo y prosiguió:

–Pero esa versión no se corresponde con los hechos, hermano Augustinus. He visto con mis propios ojos algunas de las cartas provenientes de aquel cofre, y se encontraban, aquí, en este Oratorio, cartas en las que Miguel Ángel se ocupa fundamentalmene de cuestiones relativas a la fe. Me sumí en el estudio de aquellos documentos y realicé descubrimientos asombrosos, que se vieron corroborados por los frescos de la bóveda de la Capilla Sixtina. ¡Dios Todopoderoso, qué época tan excitante aquélla! En aquel entonces circulaban rumores de que los alemanes pensaban ocupar la Ciudad del Vaticano, poner a buen recaudo todos los tesoros artísticos y todas las actas y llevar al papa y a los miembros de la curia a las seguras regiones del norte. Se decía que Hitler no quería que el papa cayese en manos de los Aliados, quedando así bajo su esfera de influencia. El papa tenía que ser conducido a Alemania o a Liechtenstein. Los nazis estaban contratando a especialistas en arte para encomendarles la planificación y la ejecución de lo que sería una evacuación en toda regla de los tesoros artísticos, buscaban expertos que dominasen, además del italiano, también el latín y el griego, y en una de esas listas se encontraba también mi nombre. El papa Pío XII, a cuyos oídos llegó ese proyecto, declaró que no abandonaría por voluntad propia el Vaticano; si los nazis tenían la intención de llevárselo, eso era algo que sólo lograrían mediante la violencia, y tampoco quiso entregar ni una sola de sus obras de arte. En aquellos días la Gestapo ejercía ya la vigilancia sobre el Vaticano, y algunos de aquellos hombres, junto con un destacamento de las SS, se habían instalado aquí, en este Oratorio. Con el fin de entretener a los soldados, tuve que dar algunas conferencias, y he de confesar que dispuse de oyentes muy atentos. Un buen día por la noche hablé de Miguel Ángel y les informé de mis descubrimentos, del odio que profesaba Miguel Ángel a los papas y de sus tendencias cabalísticas. Con el entusiasmo propio del investigador joven, les hablé de los documentos que había encontrado, dándoles a entender que podrían ser peligrosos para la Iglesia, y prometí mostrarles los originales en una de mis siguientes conferencias. Ya esa misma noche pude advertir en aquellos hombres un interés tan grande como inesperado por mis trabajos, y a la mañana siguiente, aún no habría despuntado el sol, vino a despertarme uno de aquellos uniformados, que me entregó la orden de llamamiento a filas. Lugar de entrada en acción: la patria. De prisa y corriendo tuve que recoger mis cosas y hacer las maletas; quise entrar por última vez a la biblioteca, pero la puerta se encontraba cerrada, y un comandante de las tropas de asalto de las SS, que allí se encontraba apostado, me cortó el paso y me dijo que nada se me había perdido ya en ese lugar. Así que ni siquiera me fue posible volver a colocar en su sitio el original de una de las cartas de Miguel Ángel que me había llevado para copiarla.

El padre Augustinus meneó la cabeza con gesto meditabundo y preguntó:

–¿Y cuándo tomó la decisión de llevar los hábitos?

–Apenas medio año después. Durante un ataque aéreo las bombas destruyeron el edificio en que me encontraba y quedé enterrado entre los escombros. Pasados tres días, cuando el aire comenzaba a faltar y vi la muerte ante mis ojos, hice la promesa de entrar en una orden monástica si salía de allí con vida. Pocas horas después fui liberado.

–¿Y entonces?

–¡Debo hablar con el papa, y usted tiene que ayudarme en esto!

–Escúcheme, hermano en Cristo, el papa no se ocupa en modo alguno de ese tema. Se negará a concederle audiencia y a discutir con usted sobre ese tema. ¡Hable con el cardenal Jellinek!

–¿Jellinek? En la antesala del cardenal Jellinek ya me han despedido con buenas palabras.

–El cardenal Jellinek dirige el concilio que se ocupa de ese problema. Confío en él, y él confía en mí. No será para mí ningún problema conseguir que usted se reúna con él. Yo lo organizaré por usted. Manténgase a mi disposición.

EL LUNES SANTO

El cardenal Jellinek recibió al hermano Benno en la sede del Santo Oficio. El cardenal llevaba una sencilla sotana oscura con bordados de púrpura; su rostro denotaba seriedad, y en su frente se advertían dos profundas arrugas que la surcaban a todo lo ancho. Sus cabellos blancos, bajo el rojo bonete, lucían un corte severo, como el de un funcionario consciente de su deber. La boca, por encima de la prominente barbilla hendida en dos mitades, parecía pequeña, con los labios fuertemente apretados. En ese rostro no era posible leer los pensamientos que cruzarían por la cabeza de aquel hombre. Todo el aspecto de aquella figura parapetada tras el enorme y antiguo escritorio tendría que provocar en un visitante indeseado una sensación de veneración sobrecogedora.

—El padre Augustinus me ha hablado de usted —dijo Jellinek, tendiéndole la mano—. Ha de entender la actitud reservada de la curia ante todo este asunto. En primer lugar, se trata de una cuestión muy delicada, y en segundo lugar, hay centenares de personas que creen poder contribuir en algo para la solución de este caso. Al principio escuchábamos todos los argumentos que nos presentasen, pero ni uno solo sirvió para acercarnos en lo más mínimo a la solución. De ahí nuestras reservas, como podrá entender.

El hermano Benno hizo un gesto de asentimiento. En actitud hierática se mantenía sobre su asiento ante el cardenal. Al rato, sin pestañear siquiera, se puso a hablar:

—Llevo un peso en mi alma, que amenaza con triturarme desde hace muchos años. Creí poder vivir con mi saber en un monasterio apartado. Creí ser tan fuerte, que no necesitaría revelar jamás ese saber a ningún cristiano, ya que, una vez que lo hubiese revelado, ese secreto acarrearía desdichas siempre nuevas. Pero entonces me enteré del hallazgo en la Capilla Sixtina y de las investigaciones que se estaban realizando, y me dije: quizá puedas contribuir a poner coto al daño si explicas la amenaza de Miguel Ángel a la persona adecuada. Traté de hablar con el papa, no para dármelas de importante, sino debido a la transcendencia de lo que tengo que comunicar.

—El papa —le interrumpió Jellinek— no se ocupa de ese asunto. De ahí que tenga que conformarse conmigo. Yo dirijo *ex officio* el concilio que ha sido expresamente convocado con ese fin. Dígame una cosa, hermano, ¿pretende afirmar con toda seriedad que conoce el significado del nombre de Abulafia, tal como lo dejó en mensaje cifrado el florentino Miguel Ángel en su gigantesca representación pictórica del techo de la Capilla Sixtina?

El hermano Benno se quedó titubeante, sin saber qué responder. En esos instantes le cruzaron por la mente miles de cosas, evocó su vida entera, que tan trágica le parecía; y al fin contestó:

—Sí.

Jellinek se levantó del asiento, salió de detrás del escritorio, se acercó al hermano Benno, se quedó de pie ante el hombre sedente, inclinándose sobre su cabeza, y le dijo en voz baja, en tono que era casi amenazante:

—¡Repita lo que ha dicho, hermano en Cristo!

—¡Sí —replicó el hermano Benno—, conozco los nexos causales, y eso se debe a una razón concreta!

—¡Cuente usted, hermano, cuente usted!

Y entonces el hermano Benno se puso a contar al cardenal toda su vida, tal como ya había hecho con el padre Augustinus, le habló de su infancia en un hogar de la alta burguesía acomodada, de sus padecimientos de la vista, que ya le habían hecho sufrir en sus años mozos, obligándole a llevar gafas de gruesos cristales, lo que le condenaba a llevar la vida de un marginado, por lo que su única satisfacción fue la de lograr las notas más altas en la escuela. Sí, había sido un hijo de mamá, tras la muerte prematura del padre, y fue por deseo de la madre por lo que dedicó su vida al arte. De este modo fue a parar a Roma, para realizar investigaciones sobre Miguel Ángel, y pronto dio con la biblioteca del Oratorio sobre el Aventino, en la que se conservaban ciertos escritos del legado del florentino. Entre toda aquella documentación descubrió una carta de Miguel Ángel, dirigida a su amigo Condivi, en la que el artista hacía referencia al *Libro del signo* de Abulafia. Él mismo no le había otorgado ninguna importancia al principio, pero la alusión al cabalista había despertado su curiosidad, y por eso se puso a buscar algún ejemplar de *El libro del signo*, que al fin encontró en la biblioteca del Oratorio. ¿Acaso el cardenal lo conocía?

—Por supuesto —respondió Jellinek—, pero..., no advierto qué relación puede haber entre ese libro y la inscripción de la Capilla Sixtina.

—Pero ¿ha leído *El libro del signo*?

—Sí —respondió el cardenal, titubeando.

—¿Completo?

—Con excepción de la última página, hermano.

—¡Pero si es de esa de la que se trata! ¿Por qué pasó por alto la última página?

—Faltaba en esa edición. ¡Alguien la había arrancado!

El hermano Benno miró al cardenal fijamente a los ojos.

—Eminencia, en esa página se oculta, como creo, la clave de todo el misterio, o al menos una alusión importante al problema. Encierra una verdad amarga para la Iglesia.

—¡Pero hable de una vez! ¿Qué se dice en esa página?

—Abulafia escribe que por mediación de su maestro se ha enterado de una verdad sobrecogedora, que afecta al dogma y a la Iglesia, y dice también que había expuesto la documentación sobre el caso en su obra *El libro del silencio*. Fue precisamente ese *Libro del silencio* el escrito que quiso entregar Abulafia al papa Nicolás III, pero por medios desconocidos, los espías de la Inquisición dieron a conocer al papa el contenido de esa obra antes de que pudiera producirse el encuentro entre los dos. El papa Nicolás III consideró tan peligroso el texto de ese escrito, que hizo todo cuanto estaba a su alcance para apoderarse del documento. Sin embargo, antes de que pudiese detener a Abulafia ante las puertas de la ciudad y arrebatarle el escrito, el papa Nicolás III murió. De todos modos, Abulafia fue apresado y conducido al Oratorio sobre el Aventino, donde le confiscaron la obra y donde se conserva hasta nuestros días. Durante la prisión de Abulafia, le amenazaron para que no volviese a mencionar en toda su vida lo que se revelaba en aquella obra. Esto es lo que escribe el cabalista, y en *El libro del signo* se queja de que la curia romana está integrada por personas que anteponen su poder personal a todas las cosas de este mundo. En su obra se dan las pruebas de una verdad que conmovería los cimientos de la Iglesia, que cambiaría los principios sagrados y trastocaría la imagen terrenal de la

Iglesia, sí, hasta haría necesaria una reforma del dogma; de ahí que la Iglesia lo enterrase en el silencio. La Iglesia se negó a estudiar sus pruebas y ocultó aquella tremenda verdad, envolviéndolo en el silencio eterno, acallándola para siempre; pero no por un sentimiento de responsabilidad ante la creencia y los creyentes, sino por ansias de poder. La Iglesia, escribe Abulafia, es un coloso con los pies de barro. Y la prueba de ello se encontraría en su *Libro del silencio*.

–¿Encontró usted *El libro del silencio*?

–Sí, lo encontré junto con la documentación sobre Miguel Ángel. Es evidente que nadie concedió jamás particular importancia a ese escrito.

El cardenal alzó la voz, acalorado:

–¡Hermano en Cristo, no hace más que insinuar cosas de índole terrible! ¿No me quiere revelar de una vez lo que se dice en ese *Libro del silencio*?

–Señor cardenal, el *Libro del silencio* es un manuscrito redactado en hebreo. Ya sabe lo difícil que resulta descifrar esa escritura. Yo no llegué más que hasta la mitad de la obra, pero lo que descubrí en esa primera parte fue ya lo suficientemente terrible como para que perdiese la paz del alma. Abulafia cuenta lo que le había transmitido su maestro, a saber, que las Sagradas Escrituras no son correctas y que el Evangelio de san Lucas parte de premisas falsas. Abulafia afirma lo siguiente: Lucas miente...

–¡Lucas miente! –exclamó el cardenal, interrumpiéndole–. Eso es algo que también hemos discutido. Pero, ¿por qué Lucas? ¿Qué hay de tan particular en san Lucas?

–Durante todos estos años –respondió el hermano Benno con mucho tacto, como si no se atreviese a asesorar en cuestiones del Evangelio a todo un cardenal, y guardián por añadidura de la doctrina de la fe– me he estado ocupando mucho de ese asunto. Ya sabe, eminencia, que los primeros evangelistas coinciden bastante en lo que respecta a los hechos de Jesús. En este punto dependen todos de san Marcos, quien describe la vida terrenal del Redentor. Pero esa relación termina en el momento en que se excava la tumba; la última parte, la de la resurrección y la ascensión de Cristo, fue añadida posteriormente y fue redactada en una época en que ya estaban escritos los demás Evangelios.

—Pensáis entonces que san Lucas...

—Sí, san Lucas fue precisamente el primero en describir el fenómeno de la resurrección. ¿Y no recuerda ahora que fue también uno de los discípulos de san Pablo, el hombre que escribe en la epístola primera a los corintios, ya antes de san Marcos, antes de los Evangelios, de un modo reservado y como si lo supiese de oídas, de segunda mano, su confesión de fe sobre el Cristo resucitado?

—Conozco esos pasajes —respondió el cardenal Jellinek, sonriéndose ante sus propios recuerdos, pero al momento se hicieron más hondas las arrugas de su frente—. «Pues a la verdad os he transmitido, en primer lugar, lo que yo mismo he recibido: que Cristo murió por nuestros pecados, según las Escrituras; que fue sepultado, que resucitó al tercer día, según las Escrituras...» Esas palabras siempre han significado mucho para mí

—Es la misma epístola —prosiguió el hermano Benno— en la que se dice más adelante: «Y si Cristo no resucitó, vana es nuestra predicación, vana nuestra fe. Seremos falsos testigos de Dios, porque contra Dios testificamos que ha resucitado a Cristo, a quien no resucitó si en verdad los muertos no resucitan. Porque si los muertos no resucitan, ni Cristo resucitó, vana es vuestra fe, aún estáis en pecado. Incluso los que murieron en Cristo perecieron. Si sólo mirando a esta vida tenemos la esperanza puesta en Cristo, somos los más miserables de todos los hombres.» Y un poco más adelante: «Y como en Adán hemos muerto todos, así también en Cristo somos todos vivificados.» ¿Cuántas veces no me habré preguntado por qué esa legión de eruditos que se dedica a analizar el Antiguo Testamento, en su búsqueda tras el significado de los frescos de Miguel Ángel, no emplea mejor sus fuerzas leyendo el Nuevo?

—¿Se refiere a la relación que ahí se establece entre el antiguo Adán y el nuevo, representado en la figura de Cristo?

—Yo fui historiador del arte... y lo sigo siendo, en la medida en que eso no se puede olvidar. He estudiado a fondo los frescos de la Capilla Sixtina. Y siempre he buscado una explicación para el hecho de que el florentino coloque al comienzo de su obra la embriaguez de Noé y el diluvio universal; siempre me he preguntado por qué prosigue con ese pecado apocalíptico, con el que se destruye la creación del mundo, que para él dura sólo cinco días, y termina con ese espantoso Juicio Final, en el que un Dios iracundo, terrible creación de sí mismo, arroja a los hombres de nuevo en las profundidades del averno. Ante eso, ¿qué otra cosa más podríamos hacer que no fuese seguir el ejemplo de Noé, tal como dice el mismo apóstol san Pablo al afirmar que «si los muertos no resucitan, comamos y bebamos, que mañana moriremos»?

–¿Consiste entonces en eso el secreto de la Capilla Sixtina? ¿En que Miguel Ángel, su creador, niega la resurrección de Cristo y con ello la resurrección de la carne?

El cardenal Jellinek se había levantado de nuevo. Sentía vértigo y mareos, y esto no sólo le ocurría porque se había dado cuenta de repente de que esa interpretación encajaba a la perfección en el conjunto del enigma, al igual que explicaba muchas cosas que le habían resultado hasta entonces inexplicables. Nada de extraño tenía que el florentino temiese tanto a la muerte. Pues si Cristo no había resucitado, como el primero entre los muertos, entonces tampoco quedaba esperanza alguna para aquellos que nacieron después de él. En ese caso los cimientos de la Santa Madre Iglesia no únicamente estaban amenazados por la erosión en alguna que otra parte, sino que todo el inmenso edificio había sido erigido sobre unas peligrosas arenas movedizas...

–¡Herejía! –gritó el cardenal Joseph Jellinek, prefecto de la Sagrada Congregación para la Doctrina de la Fe, corporación que en tiempos no muy remotos había ostentado el nombre de Santa Inquisición–. ¡Herejía! –vociferó, dando un fuerte puñetazo sobre la mesa–. Pero la Iglesia ya ha sobrevivido a otras falsas doctrinas. Maniqueístas, arrianistas, la secta impía de los cátaros. ¿Quién los recuerda hoy en día?

–Pero, eminencia –apuntó el hermano Benno con voz ronca por la emoción–, Abraham Abulafia no afirmó que él *creyese* que Nuestro Señor Jesucristo no había resucitado al tercer día. Aquel hombre tenía la *prueba* de lo que afirmaba, y esa prueba se encuentra en *El libro del silencio*.

−¿Y en qué consiste esa prueba?

−No pude llegar tan lejos −confesó el hermano Benno−. En mitad de mi trabajo fui llamado a filas, y las SS, ante cuyos miembros había dado una conferencia precisamente el día anterior, me impidieron el acceso a la biblioteca.

−Nunca había oído hablar de ese *Libro del silencio* −dijo Jellinek.

−Y sin embargo, Miguel Ángel tuvo que haber conocido ambas obras, tanto *El libro del signo* como *El libro del silencio*. Estaba al tanto del curso entero de la vida de Abraham Abulafia.

El hermano Benno se sacó entonces un papel de uno de los bolsillos de su hábito y añadió:

−Miguel Ángel hace referencia en esta carta a Abulafia, y aquí se encuentra también la clave para entender la inscripción en la Capilla Sixtina.

−¡Tráigala aquí, hermano? ¿Qué clase de carta es ésa?

−Durante mis investigaciones en la biblioteca me llevé esa carta para copiarla y después ya no me fue posible ponerla de nuevo en su sitio, una vez llamado a filas. Durante todos estos años he guardado este escrito como oro en paño.

−¡Démela!

−Pero lo que ahora tiene en sus manos no es más que mi copia. La carta original se la entregué al papa Juan Pablo I, en cierta ocasión en que me martirizaba en demasía mi conciencia. Como puede ver, soy ya un anciano, y no quería morir llevándome ese secreto a la tumba. Juan Pablo I me recibió de buen agrado, y yo se lo conté todo a él, al igual que se lo estoy contando a usted. El papa se quedó muy afectado, muchísimo diría yo. Le dejé la carta y volví a mi monasterio. Mi misión estaba cumplida.

−¡Pero esa carta jamás llegó a conocimiento de la curia!

−No sé si esa carta de Miguel Ángel pondría en movimiento ciertas cosas, pero Juan Pablo I tuvo que reaccionar, no me cabe la menor duda, pues sólo él pudo haber sido quien envió a un hombre al Oratorio sobre el Aventino. El abad Odilo me contó que un enviado del Vaticano se había presentado hacía muchos años en el Oratorio preguntando por la documentación sobre Miguel Ángel. El abad ya no podía acordarse de aquello con exactitud, no sabía cuándo había sido; pero ante mis insistencias, me comunicó que habría sido después del cónclave en el que fue elegido papa Juan Pablo I, es decir, aproximadamente por la misma época en que yo me presenté ante el papa. Pero Juan Pablo I sufrió una muerte prematura, y no sé si inició averiguaciones o si otros las iniciaron por él. En todo caso, las noticias que leí en estos días en los periódicos me hicieron comprender que tenía que venir de nuevo aquí.

–Pues sí –asintió Jellinek–, ha hecho muy bien en venir, es una suerte tenerlo aquí.

Y el cardenal leyó entonces la carta, escrita en letra menuda y con una caligrafía plagada de arabescos:

Mi querido Ascanio:

Me haces una pregunta y voy a contestártela como sigue: puedes tener la certeza absoluta de que desde el momento de mi nacimiento hasta el mismo día de hoy jamás se me ha pasado por la mente el hacer algo que pudiese estar en contra de la Santa Madre Iglesia, ni en lo que respecta a pequeñeces ni tampoco en lo que atañe a cosas de mayor envergadura. En aras de la fe me he echado sobre las espaldas una pesada carga, sin escatimar penalidades ni trabajos, desde que dejé Florencia y vine a Roma, y puedo asegurarte que he soportado más de lo que puede soportar el común de los cristianos, y todo para amenizar la vida de los papas y quitarles el aburrimiento. Los escultores cumplen con su deber, luchan con las piedras, arrancándoles las formas que se presentan ante el artista en su mundo visual imaginario, y esto es algo que se logra o no se logra. Nada más puedo decir al respecto. Los pintores, por el contrario, y tú lo sabes mejor que nadie, se distinguen por ciertas originalidades, particularmente aquí, en Italia, donde se pinta mejor que en cualquier parte del mundo. La pintura de los Países Bajos se considera por regla general como más piadosa que la italiana, porque esa pintura arranca lágrimas de los ojos a los hombres que la contemplan, mientras que la nuestra los deja fríos. Los holandeses tratan de seducir la vista, representando objetos amorosos y agradables, cosas que llaman la atención por su aspecto, pero que, en verdad, nada tienen en sí mismas de arte auténtico. Censuro sobre todo a ese tipo de pintura la tendencia a acumular en un solo cuadro una gran cantidad de cosas, de las cuales con frecuencia una sola de ellas podría llenar por sí sola toda una obra de arte. Siempre he pintado del modo en que lo hago y no tengo por qué avergonzarme de ello, y esto lo digo sobre todo con relación a los frescos de la Capilla Sixtina, que los pinté inspirado en el espíritu de la antigua Grecia, pues nuestro arte es el arte de los griegos antiguos. Tendrás que darme la razón en esto, aun cuando el arte no sea privativo de ningún país en concreto, ya que es un don que nos viene del cielo. No tengo por qué avergonzarme de los frescos de la Capilla Sixtina, pese a que los señores cardenales despotrican en su contra y condenan como obra del demonio la libertad desenfrenada con la que ha osado mi intelecto abordar esa representación pictórica, cuya única meta final no era más que la conjunción de todos los sentimientos piadosos. Me echan en cara haber pintado a los ángeles sin su esplendor celestial, y a los santos sin el más mínimo indicio de pudor terrenal; es más, hasta me critican el haber utilizado como tema la violación de la castidad, convirtiéndola en todo un espectáculo. En su afán por condenarme, papas y cardenales llegaron en su ceguera a pasar por alto lo más importante, precisamente aquello que introduje subrepticiamente en la trama de los frescos de la bóveda. Tú habrás de saberlo, querido Ascanio, pero para ti lo guardarás mientras yo viva, pues serían capaces de dilapidarme vivo si les dijese la verdad. A ninguna de esas personas, que tanto se escandalizan con la desnudez de mis figuras, se le ha ocurrido hasta ahora fijarse en la gran dedicación a la lectura de que hacen gala mis sibilas y mis profetas, vestidos de un modo tan austero; nadie ha advertido el hecho de que todos esos personajes andan muy atareados con sus libros y sus rollos de pergamino, y es así que ya había creído que tendría que llevarme mi secreto a la tumba, hasta que tú, querido Ascanio, descubriste esas ocho letras y me preguntaste por su significado. Aquí tienes mi respuesta: esas ocho letras representan mi venganza. Tú, al igual que yo, simpatizas con la cábala y conoces a uno de sus más grandes representantes, a Abraham Abulafia. Y para todos aquellos que están iniciados en los misterios cabalísticos he colocado allá arriba signos de inmensa trascendencia. Pues Abulafia tenía conocimiento de una verdad que podría hacer temblar los cimientos de la Iglesia. Fue un hombre honrado, de integridad a toda prueba, al igual que Savonarola; ambos fueron acosados como perros por los papas y fueron perseguidos por herejes, pues la Iglesia no es lo que la Iglesia debería ser. Toda verdad que pueda representar un peligro para la Iglesia es reprimida, ocultada. Así le pasó a Abulafia, así también le ocurrió a Savonarola. Savonarola fue condenado a la hoguera, lo quemaron vivo. A Abulafia le robaron sus escritos. De esto me he enterado por mis amigos. En contra de toda razón humana, se mantuvo en secreto todo cuanto Abulafia pudo comprobar. Los papas se comportan como los amos del mundo, y la Iglesia en nada ha cambiado desde los tiempos de Abulafia. Ya sabes cómo me han tratado a mí. Pero allá arriba, en el techo, he estampado mi venganza, yo, Michelangelo Buonarroti. Vendrán nuevos papas, y cuando las miradas de los papas se alcen hacia el techo de la Capilla Sixtina y se fijen en el honrado profeta Jeremías, el más honrado de todos los honrados, advertirán entonces su honda preocupación y su silencio desesperado. Y es que Jeremías conoce la verdad. Y se darán cuenta entonces de la alusión que he hecho yo, Michelangelo Buonarroti, dejándola visible para todos e invisible también, al mismo tiempo. Pues en el rollo de pergamino que está a los pies de Jeremías se puede leer: «Lucas miente.» Y algún día se dará cuenta el mundo de lo que quise decir.

MICHELANGELO BUONARROTI, en Roma

Jellinek permaneció callado. El hermano Benno se quedó contemplando al cardenal. Entre los dos se hizo un largo silencio.

–¡Una venganza diabólica! –exclamó al fin el cardenal Jellinek–. Una auténtica venganza diabólica por parte del florentino. Pero, ¿qué es lo que dice ese Abulafia, de qué habla? ¿Hay alguna prueba? ¿O se trata de una conjura antiquísima contra la Iglesia y contra el mundo entero?

—¡Esa sola idea me atormenta desde entonces, señor cardenal!

—¡Paparruchas de herejes! Pero... ¿dónde se encuentran los volúmenes con los que usted trabajó entonces, dónde está el legado de Miguel Ángel, dónde *El libro del silencio*?

—Aparte esta única carta, todo lo dejé en la biblioteca del Oratorio. Allí he estado buscando, pero no encontré ni un solo documento, y los bibliotecarios no podían recordar haber visto jamás un volumen sobre Miguel Ángel o alguno de los documentos que integraban su legado. El mismo abad Odilo pudo recordar que incluso aquel delegado del Vaticano, con el que habló años atrás, no encontró nada y tuvo que irse con las manos vacías.

—¡Qué extraño! ¿Por qué habrán desaparecido esos escritos? Y ante todo, ¿adónde habrán ido a parar?

El cardenal se quedó reflexionando. ¿Acaso no había encontrado él en el archivo secreto cartas y documentos de Miguel Ángel? ¿No se había preguntado entonces por qué se guardaban aquellas epístolas en la *riserva*? Quizá se tratase de aquel legado de Miguel Ángel con el que había estado trabajando en otros tiempos el hermano Benno, aun cuando, pensó, poniéndose a dudar de nuevo, nunca había visto esa carta de Miguel Ángel cuya copia tenía ahora en sus manos, así como tampoco había visto *El libro del silencio*.

Jellinek pidió al hermano Benno que hiciese un esfuerzo por recordar cuáles eran los documentos y las cartas que había en el legado de Miguel Ángel.

El hermano Benno le respondió que aquello había sucedido hacía mucho tiempo, pero que si mal no recordaba, aquel legado contenía unas dos docenas de cartas, cartas *a* Miguel Ángel y cartas *de* Miguel Ángel, lo que ya era en sí bastante extraño, pues ¿quién guarda sus propias cartas? No obstante, entre la correspondencia mencionada había además algunas otras cartas dirigidas a Condivi, así como unas cartas al papa, cartas a su padre en Florencia y también, por supuesto, cartas a Vittoria Colonna, su amor platónico.

Cuando el cardenal Joseph Jellinek llegó esa misma tarde al palazzo Chigi, tenía todo el aspecto de un hombre derrotado. Incluso Giovanna, que le salió al encuentro en el rellano superior de la escalera, incluso aquella mujer no pudo despertar en él interés alguno.

–*Buona sera, signora* –dijo el cardenal, con aire distraído, mientras cerraba la puerta a sus espaldas.

Una vez solo en su biblioteca, leyó por enésima vez la carta de Miguel Ángel. El contenido de la misma amenazaba con aplastarlo. A lo mejor Jesucristo Nuestro Señor no había resucitado. No lo podía entender, así que se puso a recapitular: ahí estaba la inscripción de puño y letra del propio Miguel Ángel y ahí estaba también esa extraña representación pictórica de índole programática en la bóveda de la Capilla Sixtina; tenía la copia de una carta de Miguel Ángel, cuyo original había sido entregado al papa Juan Pablo I, pero que ahora se encontraba extraviado; ahí estaba *El libro del signo* de Abulafia, encuadernado en tapas que no eran las suyas y donde faltaba la página más importante de todas; y existía también un legado de Miguel Ángel, que por razones desconocidas se guardaba en el archivo secreto; y finalmente, tenía que haber también una obra titulada *El libro del silencio*, cuyo texto completo nadie conocía y que ni siquiera se encontraba en el archivo secreto.

El cardenal no lograba aclararse entre todos aquellos elementos; su agudo intelecto, tan penetrante por lo común, se negaba a sacar de todo eso las conclusiones correspondientes. Y una duda le asaltaba: de todo cuanto se había enterado hasta entonces, ¿podía en verdad informar de todo ello ante el concilio de los cardenales, los obispos y los monseñores? No, ni podía ni debía. Demasiado grande era el peligro que implicaban esas circunstancias. Y por eso decidió el cardenal Jellinek empezar primero con el padre Augustinus y discutir con él ese asunto.

EL MARTES SANTO

En uno de los rincones más apartados y ocultos de la Biblioteca Vaticana, allí donde el olor a moho de los libros antiguos es más penetrante y corrosivo y donde el polvo impide el respirar, se reunieron Jellinek y el padre Augustinus. El cardenal le habló de la conversación que había sostenido con el hermano Benno y le contó que había encontrado en el archivo secreto la documentación sobre Miguel Ángel que Benno había manejado en otros tiempos. Tan sólo faltaban *una* carta de Miguel Ángel y una obra desconocida cuyo título era *El libro del silencio*. Nada más dijo el cardenal Jellinek.

El padre Augustinus se mostró horrorizado y conmovido, conmovido sobre todo por lo que le había comunicado el otro sobre el contenido de la última página de *El libro del signo*, en la que se presentaba al Evangelio como una mentira.

—¿Ha oído hablar alguna vez de *El libro del silencio*? —preguntó el cardenal.

—No —respondió el padre Augustinus—, no puedo recordarlo, eminencia. ¡Pero, espere!

Y el padre Augustinus se perdió inmediatamente entre las estanterías, hojeó manuales, revisó catálogos y regresó con la noticia de que en el Archivo Vaticano no se hallaba registrado ningún escrito con ese título y que por consiguiente no podía estar almacenado.

Jellinek se sacó un papelito de un bolsillo y se lo entregó al archivero.

—Ésta es la signatura del legado de Michelangelo Buonarroti. ¿Podría verificar cuándo entró esa documentación a esta casa?

Augustinus entornó los párpados, como si quisiera divisar algo en la lejanía, y contestó:

—En todo caso, eminencia, no antes de acabada la segunda guerra mundial.

—¡Pues ya sé entonces cómo ocurrieron las cosas en aquellos días!

—¡Cuente, eminencia!

—¿Ha oído hablar alguna vez de ODESSA?

El padre Augustinus alzó la cabeza, asombrado.

—¿De esa organización de los antiguos nazis?

—Exactamente, a ésa me estoy refiriendo. En estos días pasados sostuve una conversación con Antonio Adelman, director general de la Banca Unione. En relación con la inscripción sobre Abulafia, me contó un episodio muy poco glorioso para la Iglesia.

−¿Ya lo sabe?

−Sé que en el Oratorio sobre el Aventino se escondieron los nazis, al terminar la última guerra mundial, y que les proporcionaron documentos falsos. Y aquello ocurrió con la venia del Vaticano.

El padre Augustinus miró a Jellinek a los ojos. No sabía si debía callar o debía hablar.

−¿Pero qué tiene todo eso que ver con Adelman, y sobre todo, qué relación tiene eso con Miguel Ángel? −dijo al fin.

−Adelman es judío. Los nazis lo persiguieron, pero logró sobrevivir en un escondite en el centro de Roma, porque no se fió de esos criminales. Habían arrancado con coacción a los judíos romanos una tonelada de oro y piedras preciosas, prometiéndoles que no les harían ningún daño. Adelman no se atrevió a salir de su escondite, y gracias a esa precaución pudo salvar la vida. Después de la guerra llegó a sus oídos el rumor de que los nazis estaban utilizando algo para ejercer chantaje sobre la Iglesia, con el fin de poder utilizar el Oratorio como refugio. Y al particular, el nombre de Miguel Ángel desempeñaba un cierto papel decisivo.

−No necesita seguir hablando, eminencia, pues conozco la historia.

−¿Conoce...?

−El abad Odilo me la contó, con voto de silencio. ¡Hasta me mostró el oro!

−¿Aún sigue ahí el oro?

−Una buena parte, al menos. En concreto no lo sé.

El cardenal hizo un gesto de asentimiento, como si de repente se hubiese dado cuenta de algo, y se puso a hablar, manteniendo en alto el índice de su diestra:

−Ahora entiendo, ahora sé cómo ocurrieron las cosas en aquellos días. Cuando el hermano Benno dio su conferencia, los nazis azuzaron el oído. Benno les comunicó que había descubierto en el legado de Miguel Ángel una obra misteriosa, titulada *El libro del silencio*, un escrito que podía perjudicar duramente a la Iglesia. Aquellos caballeros estaban para entonces al tanto de todo, sabían que sus días estaban contados, por lo que les vino como anillo al dedo un asunto con el que podrían coaccionar a la Iglesia. Al día siguiente entregaron al joven alemán su llamamiento a filas y se apoderaron de la documentación en la que él estaba trabajando. Abrigarían la esperanza de que el hermano Benno cayese en algún campo de batalla, llevándose al otro mundo su saber.

–Pero el hermano Benno sobrevivió.

–Sobrevivió, pero no se atrevió a revelar su secreto, y los nazis utilizaron ese *Libro del silencio* para doblegar a la Iglesia. La ruta de los monasterios fue una idea genial; y el Oratorio sobre el Aventino, un escondite discreto y seguro, una base de operaciones desde donde se podían ir infiltrando los nazis en el extranjero. La Iglesia no tuvo más remedio que colaborar, si no quería que se hiciese público *El libro del silencio*.

Jellinek se puso a reflexionar. Si todo había ocurrido de ese modo, entonces, una vez concluida aquella operación, el Vaticano tenía que haber recibido de vuelta la documentación condenatoria, incluyendo también *El libro del signo*; pues en caso contrario, ¿qué otra razón podía haber habido para guardar en la *riserva* el legado de Miguel Ángel? ¿Pero dónde se encontraba *El libro del silencio*, esa obra de la que todavía desconocían su verdadero contenido?

–Lo que todavía no puedo entender –dijo Jellinek– es la relación que hay con el padre Pio. Pio encontró *El libro del signo* y tuvo que haber sabido algo, o intuirlo al menos. Pio tuvo que ser la persona que arrancó la última página de ese libro, luego dejaría en ese preciso lugar su carta con la advertencia, exhortando al que la descubriese a no seguir las investigaciones. Tiene que haber intuido que existía un escrito con un mensaje aterrador, pues de lo contrario todo esto no tendría ningún sentido. ¿Pero cómo ha podido saber esto el padre Pio? Y sobre todo, ¿por qué se suicidó? Saber eso no es motivo para quitarse la vida.

El padre Augustinus meneó la cabeza de un lado a otro. Conocía la razón verdadera, creía conocerla al menos, después de todo cuanto le contó el abad en los sótanos del Oratorio. ¿Debería callar o debería decir al cardenal lo que él mismo sabía? Aunque, a fin de cuentas, tarde o temprano se enteraría de todo, pues Jellinek no era hombre que se conformara con quedarse a mitad de camino.

Así que el padre Augustinus informó al cardenal del papel desempeñado por la Oficina de Emigración Vaticana, a la que correspondió la misión de hacer pasar a los nazis por frailes y enviarlos sobre todo a Sudamérica, le habló de aquel monseñor Tondini, que dirigió la operación, y de su secretario Pio Segoni, que no tuvo escrúpulos ni reparos a la hora de ingresar en las arcas pontificias oro y piedras preciosas, provenientes sobre todo de aquel tesoro que los nazis habían arrancado por la fuerza a los judíos romanos.

En relación con su nombramiento como director del Archivo Vaticano, que sucedió por miedo a que su predecesor sacase demasiadas cosas a relucir, en el caso de que hubiese continuado en su cargo, cosas que tendrían que permanecer en las tinieblas por voluntad de ciertos poderes ocultos, el padre Pio Segoni se había visto de repente arrollado por su propio pasado. El tiempo cicatriza muchas heridas, pero con frecuencia basta sólo un recuerdo para que se abran de nuevo. El padre Pio conocía el secreto de esa carga explosiva que se ocultaba en el legado de Miguel Ángel y que afectaba directamente a su propia y desdichada vida anterior, sabía del oprobio que había caído sobre la Iglesia, de esa mancha que saldría a relucir ante los ojos de todo el mundo si se seguían revolviendo aquellas cosas.

Pero la cuestión que ahora se planteaba era: ¿conocía el padre Pio *El libro del silencio*? ¿Lo habría encontrado y hasta lo habría destruido quizá?

EL MIÉRCOLES SANTO

Por la mañana del miércoles santo se reunieron los miembros del concilio en sesión extraordinaria. El cardenal secretario de Estado Giuliano Cascone había solicitado con urgencia esa nueva reunión. Cascone dio comienzo a la asamblea preguntando a los presentes si alguno de ellos podía aportar algo nuevo a las investigaciones. Los congregados dieron una respuesta negativa y apuntaron que era ahora Jellinek quien tendría que resolver el enigma con la ayuda de la página que faltaba en *El libro del signo*. Sólo cuando se supiese qué era lo que había escrito Abulafia en esa página podrían aventurarse nuevas interpretaciones. ¿Qué motivo había entonces para que el cardenal secretario de Estado convocase ahora ese concilio, a mitad de la Semana Santa?

La Semana Mayor, replicó Cascone, era una fiesta de la paz para la Iglesia, y él se preguntaba si no se debería dejar en paz también ese enojoso asunto, cuanto más que no se había avanzado ni un solo paso desde hacía ya bastante tiempo. La solución ya había sido hallada: Miguel Ángel había pintado el nombre de un cabalista en el techo de la Capilla Sixtina; también se había hablado hasta la saciedad de sus inclinaciones cabalísticas, y él no hacía más que repetir aquí cosas conocidas. Faltaba por saber si al cardenal Jellinek le habrían llegado noticias nuevas.

Jellinek dijo que no, que nada había encontrado que fuese más allá de lo que ya se sabía. Había puesto patas arriba el archivo y la *riserva*, pero ni en un sitio ni en el otro había aparecido ese escrito que la Inquisición había confiscado a Abulafia, así como tampoco se había podido dar con nuevas referencias a la figura del cabalista hebraicoespañol. Las investigaciones emprendidas en las bibliotecas judías no habían arrojado hasta la fecha ningún resultado concreto y él no había podido encontrar ningún segundo ejemplar de *El libro del signo*. Ya había perdido las esperanzas de descubrir dentro de los muros del Vaticano algo que pudiese contribuir al esclarecimiento del caso. O bien se habían perdido los documentos con el correr del tiempo o el padre Pio los había destruido antes de su muerte. Esta última posibilidad no podía descartarse, si uno recordaba lo que había escrito el difunto en su última carta. Lo único que había de nuevo era que un fraile, tras haber leído en un periódico una de las noticias sobre el caso, le había entregado una carta de Miguel Ángel en la que éste anunciaba su venganza en el techo de la Capilla Sixtina. Se trataba de un escrito que había sido confiscado en aquel entonces por la Santa Inquisición. Todo lo demás era ya del conocimiento de los honorables miembros del concilio.

Cascone argumentó entonces:

—¡Señor cardenal, todo eso no nos hace avanzar ni un paso! Y no puede hacernos avanzar, porque ya hemos dado con la solución. Movido por la rabia contra el indeseado trabajo y encolerizado por los malos tratos que le infligió el papa, Miguel Ángel dio rienda suelta a su descontento. ¿De qué nos servirían nuevas interpretaciones? El enigma ya ha sido descifrado. ¿Qué más queremos saber sobre un hombre al que la Iglesia no ha considerado digno de mención durante siglos? Y esto lo digo refiriéndome al zaragozano. La búsqueda de las obras de Abufalia no puede servir más que para ocasionar daños. Ya sabemos lo suficiente. Miguel Ángel simpatizaba con la cábala. Y por eso, señores míos, es por lo que les he convocado aquí. Estamos malgastando nuestro tiempo, cada uno de nosotros tiene cosas realmente importantes que hacer.

—¡Pero, señor cardenal secretario de Estado! —gritó Parenti—. ¡Esa solución no me satisface! ¡Y tampoco satisface a la ciencia!

—¡Aquí estamos tratando un asunto eclesiástico —vociferó Cascone, interrumpiendo a Parenti—, no un asunto científico! ¡A nosotros sí nos satisface! Y por esto mismo es por lo que propongo aquí, y exhorto encarecidamente a los presentes para que secunden mi solicitud, que disolvamos este concilio y que sigamos tratando este asunto de *specialissimo modo*.

—¡Nunca, jamás podré estar de acuerdo con esa propuesta! —gritó Parenti.

—Ya encontraremos una solución para usted, profesor —le espetó Cascone—. ¡La Iglesia nunca olvida y tiene un brazo muy largo! ¡No lo olvide!

También Jellinek se opuso rotundamente; si bien era verdad que no avanzaba nada de momento, tenía la certeza de estar ya tras la pista de una solución.

El cardenal secretario de Estado tenía razón, afirmó Canisius, interviniendo en la discusión, y la mayoría de los presentes hizo gestos de asentimiento. También él era partidario de disolver el concilio. Todas las investigaciones que se hiciesen de ahora en adelante no podrían redundar en provecho alguno, pero sí ocasionar graves perjuicios.

Y de este modo terminó el concilio, cuya disolución fue aprobada por simple mayoría. Jellinek fue destituido *ex officio* de su cargo; se acordó tratar también en el futuro de *specialissimo modo* todo cuanto se había discutido en los marcos del concilio. Parenti tendría que presentar en las siguientes semanas una propuesta sobre la declaración, que se publicaría para informar a la opinión pública, y entonces se decidiría lo que habría que hacer con las letras.

Jellinek abandonó la sala en compañía de Bellini.

—No esté tan deprimido, cardenal.

—¡Estoy desilusionado! Cascone fue siempre un adversario de mis investigaciones, desde un principio prefirió cualquier explicación, con tal de que fuese rápida, a los estudios bien fundamentados. ¡Creí que al menos usted se encontraría de mi parte! Había contado con su ayuda. Veo que me he equivocado con usted. ¡Y también con Stickler!

—He de dar la razón a Cascone, tenemos en verdad cosas mucho más importantes de las que ocuparnos. ¿De qué sirve estar hurgando en cosas que ocurrieron hace siglos, cuando el pasado inmediato nos presenta tantos enigmas no aclarados? ¡Bastantes culpas hay que aún no han prescrito!

—Quizá sea así. En algunos momentos pensaba que mis investigaciones no conducían a ninguna parte. Había demasiados rastros que se perdían en la arena. Pero soy una persona que siempre ha llevado hasta el fin su trabajo; no me echo atrás tan fácilmente. De lo contrario no estaría aquí, en este lugar. Y me niego simplemente a renunciar ahora..., cuando lo más probable es que esté al borde de la solución.

—Tenemos que renunciar con harta frecuencia, hermano en Cristo —objetó Bellini—. La vida exige concesiones. ¿Cree usted que a mí siempre me resulta fácil mi trabajo? También yo tengo que hacer muchas veces de tripas corazón. ¿Recuerda nuestra conversación de hace algunas semanas junto con Stickler? Sigo manteniendo lo que le dije entonces.

—Pues tanto más hubiese necesitado de su apoyo contra los miembros del otro bando.

—Como ya le he indicado, hay que saber hacer concesiones para sobrevivir. Y por cierto..., ¿no recibió ninguna otra visita inesperada?

Jellinek denegó con la cabeza antes de contestar:

–Todavía sigo sin saber a qué atenerme en lo que respecta a aquella extraña advertencia. ¿Por qué he tenido que ser precisamente yo quien recibiera ese paquete?

–Entretanto he estado reflexionando sobre ese asunto. Tengo la sospecha de que usted, señor cardenal, ha ido a parar sin darse cuenta entre los engranajes de una organización secreta, debido a que las investigaciones sobre la inscripción de la Capilla Sixtina van mucho más lejos de lo que podía haberse esperado en un principio. Hay círculos que tienen miedo a que se siga investigando.

–¡De ahí, por tanto, ese extraño paquete con las zapatillas y las gafas del papa!

–Así es, exactamente. Para aquellos que no están iniciados en el misterio, el paquete resulta algo incomprensible. Pero para quien haya ido tan lejos en sus averiguaciones como para advertir las razones ocultas, para esa persona el paquete es una amenaza que no puede pasar por alto. ¡Hermano, su vida corre peligro, hasta puede decirse que vive en peligro mortal!

Jellinek, presa de un gran embarazo, se puso a juguetear con los botones púrpuras de su sotana. No era un hombre al que fuese fácil infundirle miedo, pero de repente escuchó los latidos de su corazón y sintió que le faltaba el aire.

–Ya habrá oído hablar –dijo Bellini, siguiendo el hilo de su discurso– de esa logia secreta que lleva el nombre de P2. Pues bien, esa organización está muy lejos de haber sido destruida. El objetivo de sus miembros consiste en acumular poder, influencia y riqueza más allá de las fronteras de Italia. Sus tentáculos se extienden hasta Sudamérica, y sus militantes se encuentran en las esferas más altas de los gobiernos, en los ministerios públicos, en la industria y en la banca. Ya hace tiempo que corre el rumor de que miembros de la curia, sacerdotes, obispos y cardenales, forman parte de esa logia clandestina. En lo que respecta a ciertos cardenales y obispos –agregó Bellini, haciendo una pausa–, estoy completamente seguro. Y dicho sea de paso, también hay una relación estrecha con los círculos más elevados de las altas finanzas. Los negocios monetarios de nuestro administrador financiero episcopal en el Vaticano, y se trata de transacciones monetarias y de proyectos financieros de dimensiones gigantescas, no son siempre cosa exenta de problemas y requieren la mayor discreción posible. Seguramente habrá oído ya la célebre frase de que no hace falta más que entrar en el Vaticano con un maletín lleno de dinero para que queden invalidadas todas las leyes fiscales del mundo terrenal. Cualquier escándalo en la curia o sobre la curia implica un grave peligro para el curso normal de los negocios. Sus investigaciones atraen demasiado la atención sobre lo que ocurre en la Santa Sede.

–¡La simple militancia en una logia ortodoxa es ya para la Iglesia motivo de excomunión!

Bellini se encogió de hombros.

–Al parecer –dijo–, eso es algo que preocupa a muy pocas personas. Esa lacra se ha extendido mucho por el Vaticano en los últimos años. La P2 mantiene un auténtico servicio de espionaje. Reúne expedientes sobre gente importante, trata de descubrir sus partes débiles para aprovecharse de ellas. Se dice que cada uno de sus miembros tiene que confesar, para poder afiliarse, algún secreto que pueda ser utilizado en su contra. Todavía no lleva mucho tiempo en Roma, señor cardenal. ¿No le estarán vigilando también a usted, por casualidad?

–¡La cabina telefónica ante mi casa! –exclamó Jellinek, alzando la voz–. ¡Y Giovanna, esa mujerzuela! ¡Todas esas cosas no son más que triquiñuelas!

–No lo entiendo, hermano.

–Ni falta que hace, cardenal Bellini, ni falta que hace.

De este modo se separaron los dos, y Jellinek reflexionó largo rato sobre lo que el otro le había dicho. Se daba perfecta cuenta del porqué de aquellas llamadas nocturnas frente a su ventana y de las visitas de personajes extraños. Y ahora sabía la razón de esas simpatías que Giovanna mostraba por él; pero aun cuando los favores de esa mujer no se centrasen en su persona, sino que estuviesen destinados a perseguir fines muy distintos, en su interior abrigó la esperanza de que la portera siguiese espiándolo. Y dominado por pensamientos libidinosos, emprendió el camino de su casa.

EL JUEVES SANTO

Por la tarde del jueves santo pasó Jellinek por la Sala di Merce para ver cómo iba la partida. Al entrar se encontró inesperadamente con Cascone, quien le dirigió un breve saludo, casi sin hacerle caso, como si estuviese distraído, y que de repente pareció tener mucha prisa por salir del aposento.

En la decimoctava jugada Jellinek había movido su alfil desde e4 a c5, y su adversario había contestado llevando su torre desde e6 a g6. El alfil de las blancas bloqueaba, junto con la dama blanca, la mayoría de los peones que tenían las negras en el ala de la dama. Jellinek se quedó muy asombrado ante esa rápida reacción de su adversario. Era evidente que éste le había tendido una trampa, haciéndole caer en ella, y que ahora trataba descaradamente de darle jaque mate. ¿Iba Jellinek a darse por vencido? De momento no tenía ninguna suerte. El concilio había sido disuelto en contra de su voluntad y tampoco en el ajedrez la ventaja estaba de su parte. Contempló con deleite las piezas artísticamente elaboradas, cuya belleza y perfección artesanal no dejaban nunca de fascinarle. Pues no, no era tan desesperada su posición, veía una salida.

Pronto podría emplear a fondo su mayoría en el ala del rey. Y esto cambiaría fundamentalmente el juego, *tenía* que cambiarlo, y de ese modo quedaría él en ventaja, y hasta era posible que la maniobra imprudente de su contrincante fuese decisiva en resumidas cuentas a la hora de culminar el juego a su favor. Tomando una pronta resolución, el cardenal movió su torre de e1 a e3. ¿Era acaso realmente monseñor Stickler contra quien estaba jugando? Ese juego precipitado y agresivo no se correspondía en modo alguno con el táctico prudente al que estaba acostumbrado a tener por adversario.

Jellinek rechazó la idea. De momento le asaltaban otros problemas. Se había quedado estancado en su búsqueda del *Libro del silencio*. Aun cuando ya había hojeado centenares de legajos y había revisado centenares de libros, en la esperanza de encontrar aquella obra dentro de algunas tapas que tuviesen un título distinto, todas sus pesquisas habían resultado hasta la fecha infructuosas.

Al salir de la Sala di Merce le vino al encuentro Stickler. Jellinek no pudo resistir la tentación de decirle al otro en tono malicioso:

—¡No parece que se inclinen las cosas a su favor, hermano en Cristo!

—¿Qué quiere decir con eso? —preguntó Stickler.

—¡A usted le toca, monseñor!

—No entiendo nada, señor cardenal. ¿De qué me está hablando?

—De nuestra partida. Puede darse a conocer tranquilamente.

—Lo siento, pero no sé de qué está hablando, eminencia.

—¿No pretenderá decirme que usted no es el misterioso adversario contra el que estoy jugando desde hace muchas semanas?

Jellinek hizo entrar a Stickler por la puerta de la Sala di Merce y le mostró el juego de ajedrez.

—¿Usted cree que yo estaría...? —dijo Stickler—. Pues tengo que desilusionarle, eminencia. Es francamente bello ese juego de ajedrez, pero ¡jamás he jugado con esas piezas!

Jellinek se quedó estupefacto.

—Aparte nosotros dos —prosiguió Stickler—, hay ajedrecistas de gran talla dentro de los muros del Vaticano. Piense, por ejemplo, en Canisius.

—No —contestó Jellinek, sacudiendo la cabeza—. No es ésa su estrategia, sé cómo juega.

—O piense en Frantisek Kolletzki, o en el cardenal secretaio de Estado Cascone, un estratega extraordinario pero osado, que se deleita en poner la zancadilla al adversario, al igual que hace en la vida real, si me permite la observación. En el juego de ajedrez no se puede ocultar el verdadero carácter. Todos los que he mencionado son maestros en el juego del ajedrez y tienen muchas oportunidades de pasar por aquí, debido a la cercanía en que se encuentran sus despachos y aposentos.

Jellinek dio un suspiro.

–¿Así que estoy jugando desde hace tiempo contra un adversario al que no conozco?

Stickler se encogió de hombros y Jellinek se quedó meditabundo.

–En realidad –apuntó el cardenal–, no es cosa que me asombre, pues ¿quién conoce en este lugar a su verdadero enemigo?

–Puede fiarse de mí, eminencia –replicó Stickler–, y hasta creo que *se fía* de mí, pero no *confía* en mí, ésa es la diferencia. ¿Por qué no confía en mí?

–Confío en usted, monseñor –replicó Jellinek–. Pero éste no es el lugar indicado para sostener una conversación confidencial. ¿Dónde podemos hablar sin que nos molesten?

–Venga usted –dijo Stickler, y juntos se encaminaron hacia la vivienda del ayuda de cámara de su santidad.

Stickler habitaba en un pequeño apartamento en el palacio pontifical. En comparación con el lujo pomposo de las habitaciones privadas del cardenal, la vivienda de Stickler tenía un aspecto extraordinariamente modesto. El oscuro mobiliario era antiguo, pero no valioso. En un rincón del cuarto de estar, donde había alrededor de una mesita un sofá y dos butacas cuya tapicería estaba ya desgastada por el uso, los dos hombres tomaron asiento, y el cardenal Jellinek se puso a contar cómo había recibido la visita de un hermano llamado Benno, que venía de un monasterio en el que los frailes guardaban voto de silencio. El hermano le había comunicado cosas francamente asombrosas en relación con la inscripción de la Capilla Sixtina, cosas que le quitaban a uno el sueño.

Stickler rogó al cardenal que le hablase un poco más sobre lo que aquel fraile le había revelado.

Jellinek le dijo entonces que el hermano Benno le había hecho entrega de una carta de Miguel Ángel, en realidad una copia, pero en la que se hacía alusión a ciertos documentos que él, Jellinek, no había logrado encontrar todavía. Le expresó entonces sus temores de que sin esos documentos no veía posible poder dilucidar del todo el enigma de la inscripción.

¿Cómo había llegado la copia de la carta a poder de ese hermano?

Benno, contestó a Jellinek, había estado en Roma en

un viaje de estudios, dedicándose a investigar sobre Miguel Ángel. Debido a una serie de circunstancias, había llegado a su poder el original; pero esa carta autógrafa de Miguel Ángel, en la que hacía esas misteriosas alusiones, la había entregado, al parecer, al papa Juan Pablo I. En este punto de su relato, el cardenal Jellinek preguntó a Stickler si podía acordarse de algún hecho parecido.

Stickler repitió varias veces seguidas el nombre de Benno y dijo que le parecía haber escuchado ese nombre en alguna ocasión. Pues sí, recordaba haber visto una carta antiquísima sobre el escritorio de su santidad. En aquellos días Juan Pablo I había ido con mucha frecuencia al archivo secreto, y él había imaginado que también aquella carta provendría del archivo. Por lo demás, no había otorgado la más mínima importancia a aquella carta. Por lo que pudo deducir en aquel entonces de las palabras de Juan Pablo I —y rogaba al cardenal que considerase esa información como de índole estrictamente confidencial y secreta–, se estaba preparando la celebración de un nuevo concilio.

¿Un concilio? Jellinek no pudo ocultar su espanto. Nunca había oído hablar de que Juan Pablo I hubiese tenido un proyecto de ese tipo.

Y era imposible que hubiese podido oír hablar de ello, apuntó Stickler, pues Juan Pablo I no tuvo tiempo de dar a conocer públicamente sus planes. Aparte Cascone y Canisius, nadie sabía de los proyectos de su santidad, a excepción de su modesta persona, por supuesto, agregó Stickler, en un tono que revelaba un cierto orgullo. Cascone y Canisius, sin embargo, habían sido enemigos acérrimos de aquel proyecto. Con frecuencia les había oído hablar con su santidad sobre el asunto y recordaba los muchos esfuerzos que hacían por convencer al papa para que renunciase a sus proyectos, advirtiéndole que serían perjudiciales para la Iglesia; hasta habían osado contradecir a Juan Pablo I, y en varias ocasiones se produjeron altercados de carácter violento. A través de las cerradas puertas había podido escuchar con gran frecuencia discursos acalorados y acusaciones mutuas, pero Juan Pablo I se había mantenido firme y había insistido en que tenía que convocar ese concilio. Pero cuando el papa estaba dispuesto a dar a conocer públicamente sus planes, justamente el día anterior al que tenía fijado para hacerlo murió su santidad en circunstancias harto misteriosas, las que ya le serían conocidas a su eminencia, el cardenal.

Jellinek manifestó su extrañeza ante el hecho de que el sucesor no hubiese recogido los proyectos para aquel concilio, pero Stickler le replicó que aquello ya no había sido posible, entre otras cosas porque habían desaparecido todos los documentos y apuntes sobre el caso. De todos modos, él, Stickler, podía afirmar con toda certeza que Juan Pablo I se había ocupado de aquel proyecto incluso en la noche en la que se produjo su muerte. Con el fin de tener las manos libres, pensaba introducir cambios en la curia.

¿Creía que esos documentos habían sido robados?

Sí, eso es lo que creía, respondió Stickler. La monja que encontró a Juan Pablo I por la mañana, muerto en su cama, dijo que su santidad sujetaba entre sus manos varios folios de papel. Sin embargo, en la declaración oficial sobre la muerte del papa se afirmaba que Juan Pablo I había fallecido mientras se encontraba leyendo un libro, y a aquella religiosa le fue impuesto el más estricto voto de silencio y fue enviada a un convento situado en un lugar muy apartado. De un modo oficial, él no sabía absolutamente nada de todo aquello, por supuesto; pero, como ayuda de cámara de su santidad, había estado bien informado de todos los actos del papa.

—Me asalta —dijo Jellinek, titubeando un poco— una sospecha tremenda. Con excepción de usted, tan sólo dos personas tenían conocimiento de los planes del papa, precisamente dos enemigos acérrimos de sus planes, dos prelados a los que el papa quería destituir de sus cargos, así que su muerte..., justamente en esos momentos..., los documentos extraviados..., no queda más que una conclusión..., que Cascone y Canisius..., ésos son los que *han tenido que*..., ¡oh no!, no me atrevo a decir lo que pienso.

—Esa sospecha —apuntó Stickler— es también la que yo tengo, pero carezco de pruebas, y de ahí que sea necesario callar.

Jellinek carraspeó con nerviosismo antes de decir:

—Bellini me habló hace poco de una logia secreta. ¿Ha oído hablar de eso?

—Por supuesto.

—Me explicó que hay también miembros de la curia militando en esa agrupación ilegal. ¿Cree usted que hay alguna relación entre esa logia y las personas que hemos mencionado?

—Estoy seguro de ello. Existe una lista de los miembros de la logia, y ha llegado a mis oídos que los nombres de los dos están incluidos. Lo más probable es que no las tuviesen todas consigo y empezasen a barruntar el peligro cuando usted inició esas averiguaciones, por lo que utilizaron a mediadores para que le trasmitiesen sus amenazas. ¿Quiénes si no iban a utilizar zapatillas y gafas como medio de presión más que aquellos que han tenido que ser los responsables de la desaparición de esos objetos personales?

—Apenas puedo creer todo esto. Tan espantoso es lo que me cuenta. Pero, monseñor, volvamos de nuevo al concilio: ¿cuál era el tema del mismo?

—Se trataba de la resurrección de Nuestro Señor Jesucristo.

—¿La resurrección de Cristo?... ¿Así que las cartas y los documentos que manejaba Juan Pablo I en aquellos días desaparecieron igualmente el día de la muerte del papa?

—No al principio —respondió Stickler—. Lo recuerdo muy bien, ya que como ayuda de cámara de su santidad, una de mis obligaciones consistía en ordenar el escritorio de Juan Pablo I. Y entre sus papeles encontré algunos legajos antiguos, y también cartas viejísimas, y un manuscrito en hebreo, que apenas se podía descifrar. El papa se había pasado noches enteras inclinado sobre esos documentos, y recuerdo que cuando yo entraba a su despacho, los ocultaba.

—¿De qué manuscrito se trataba, no podría decírmelo?

—Lo siento, eminencia. En aquel entonces no concedí ninguna importancia a esas cosas. No me parecieron importantes, así de simple. Por otra parte, Cascone no hacía más que meter prisa. Todo tenía que hacerse lo más rápidamente posible. Así que recogí las últimas actas con las que había estado trabajando el papa y las metí dentro de su legado.

–¿Y dónde se encuentra el legado papal?

–En el archivo, donde se guardan los legados de todos los papas.

Jellinek se levantó de un salto y exclamó excitado:

–¡Stickler, ésa es la solución! Por eso no encontraba los documentos en el archivo secreto, que era donde tenían que estar y de donde procedían.

DESDE EL SÁBADO DE GLORIA A LA PASCUA DE RESURRECCIÓN

Ni siquiera en el viernes santo, con sus representaciones sagradas del martirio y la muerte de Nuestro Señor, pudo el cardenal Jellinek encontrar ni el más mínimo resquicio de paz interior. ¿Hallaría el *Libro del silencio*? Esa pregunta hacía incluso que se despertase sobresaltado por las noches, robándole el descanso del sueño. ¡Si al menos Stickler tuviese razón! Y tenía que tener razón, pues, en todo caso, ésa era la única explicación plausible: a cambio de la operación de la ruta de los monasterios, los dirigentes de la ODESSA tenían que haber devuelto al Vaticano toda aquella documentación, que habría ido a parar a la *riserva*, donde se guardaría sin que a ella tuviesen acceso las personas no autorizadas. Y allí habrían permanecido esos documentos, inviolables y olvidados, ya que el archivo secreto era como una tumba para aquellas cosas que no están destinadas al conocimiento del público. Y como quiera que el nombre de Abulafia había sido desterrado del fichero general, ese secreto seguiría siendo un secreto por los siglos de los siglos si el hermano Benno no hubiese informado a Juan Pablo I sobre los estudios que había realizado en Roma. Juan Pablo I tuvo que haber sacado el manuscrito de Abulafia del archivo secreto y haber esbozado después el proyecto de un nuevo concilio ecuménico.

Pero ¿qué podía contener, *domine nostrum!*, ese *Libro del silencio* como para que el papa se viese obligado a dar un paso de tan magna trascendencia? Una cosa era evidente: por eso mismo tuvo que morir. Parecía como si ese escrito misterioso pugnase por salir de las tinieblas, luchando una y otra vez por alcanzar la luz del día. Primero estuvo almacenado en el Oratorio sobre el Aventino, sin que nadie le prestara atención, luego pasó al archivo secreto y ahora se encontraba entre los papeles del legado papal, y en circunstancias normales nunca más hombre alguno le hubiese echado ni un vistazo. ¿Quién podía estar interesado en revisar el legado de un papa? Y sobre todo: ¿quién tenía acceso a esa sección?

Jellinek no estaba dispuesto a esperar hasta el martes, cuando el archivo abriese sus puertas tras las festividades de la Semana Santa; tenía que esclarecer el asunto con absoluta certeza hoy mismo, en el sábado de Gloria. De ahí que hiciese venir al custodio de las llaves, al que informó de que debía realizar algunos estudios de suma importancia, ordenándole que le entregase las llaves y que le dejase solo. Se dirigió entonces directamente a una de las puertas más ocultas del Archivo Vaticano, por la que se entraba a un recinto en el que el cardenal jamás había puesto los pies, y con cada paso que daba iba aumentando su expectación. Aún estuvo titubeando durante unos instantes antes de atreverse a meter la llave en la cerradura. ¿Qué sorpresa le depararía el destino? ¿Qué verdad tan terrible se revelaría ante sus ojos? Con firme resolución, abrió la pesada puerta.

No conocía aquella habitación y tuvo que ir acostumbrándose primero a la oscuridad, pues el recinto estaba sumido en una penumbra que era iluminada a duras penas por la parca claridad que difundían unas lámparas de cristal opalino que colgaban del techo. El cuarto le pareció una tumba. En las estanterías de las paredes había cajas y cofres de metal. Despedía el recinto un olor indefinido, no el aroma típico del papel y del cuero, como en la *riserva*, sino más bien una pestilencia insípida, propia de los lugares herméticamente cerrados. Ese lugar era un mausoleo, que se utilizaba para guardar los objetos personales de los papas. En cada una de esas cajas mortuorias de latón se conservaban los objetos más íntimos, las pertenencias más personales de los papas, y cada una de ellas llevaba un nombre: León X, Pío XII, Juan XXIII..., formando una larga fila continua. Y allí estaba también el nombre de Juan Pablo I, grabado en una sobria lámina de cobre, no con adornos, como muchos otros, sino sencillo, tal como había sido aquel papa en vida.

Jellinek sacó con todo cuidado la caja –mediría un metro de largo por medio metro de ancho– y la depositó sobre una mesa colocada contra una pared lateral. Luego se quedó contemplando durante un rato aquel recipiente de un color pardusco. En aquel momento, cuando se encontraba tan próximo a la solución del enigma, cuando sólo se tenía que armar de valor para abrir aquella caja, las fuerzas parecían abandonarle. Pero aún mayor era el miedo que experimentaba ante lo desconocido. ¿Qué sorpresa le tendría preparada el destino? ¿Qué verdad oculta se abriría ante él? ¿Tenía acaso derecho a husmear en el legado del papa? Si era la voluntad de Dios Nuestro Señor que ese manuscrito fuese retirado una y otra vez de la circulación para que permaneciese olvidado, ¿era realmente justo que él, Jellinek, lo sacase de nuevo a relucir? ¿Podía hacerse responsable de ese acto? ¿Estaba autorizado acaso a investigar aquí por su cuenta, sin hacérselo saber a nadie? ¿No tendría que comunicárselo a los miembros del concilio?

Todas estas preguntas asaltaban y conmovían al cardenal en esos instantes; entonces rompió el sello con el que estaba precintado el sencillo cierre. En el interior de la caja, cuyo contenido estaba ordenado en montones, había cartas, documentos y actas manuscritas, y allí se encontraba el original de la carta que Miguel Ángel había escrito a su amigo Ascanio Condivi. Las manos del cardenal comenzaron a temblar, pues debajo de aquellos papeles sintió el tacto de un pergamino poroso y desgastado. Al sacarlo, reconoció inmediatamente los garabatos de la escritura hebrea, pálidos y amarillentos por el transcurso de los años, y leyó el título que rezaba: *El libro del silencio*.

Descifrar aquella caligrafía costaba grandes esfuerzos. Jellinek se entregó con paciencia a la tarea:

Yo, el innombrado, el más humilde de todos, he recibido de mi maestro los conocimientos que abajo expondré, los que mi maestro recibió también de su maestro, y éste, por su parte, también de su maestro, siempre con el encargo de transmitir ese saber a quien tuviese por digno y capaz, para que éste lo transmitiese igualmente a otra persona digna y capaz, con el fin de que esa sabiduría no llegase a perderse por los siglos de los siglos.

El cardenal reconoció en seguida el estilo característico del cabalista Abulafia, y en medio de grandes esfuerzos fue leyendo línea tras línea. Había redactado ese escrito, decía Abulafia, porque dudaba de si podría transmitir oralmente el secreto al verse perseguido por la Inquisición. Pero con el fin de que no llegase a ser olvidado, había decidido componer ese escrito en el que transcribiría las palabras reveladas por su maestro. Pero a todo aquel que fuese ajeno a la cábala le estaba prohibido leer ni una sola línea de ese *Libro del silencio*, so pena de hacerse merecedor de la maldición del Altísimo.

Esta amenaza no hizo más que avivar la curiosidad del cardenal, y así se puso a leer ávidamente, lo más aprisa que podía, y leyó cuanto allí estaba escrito sobre la transmisión del secreto y sobre la fortaleza de espíritu y la confianza en la fe, pero no llegaba a enterarse, sin embargo, de adónde quería ir a parar el cabalista zaragozano, hasta que se topó con el meollo del escrito, en unos párrafos en los que se decía textualmente:

Me enteré de este secreto en beneficio de la humanidad, para que vuelva a la fe verdadera, alcance el conocimiento total y abjure de toda doctrina falsa. Ese Jesús al que nosotros consideramos un profeta mortal, y en contra de lo que creen aquellos que lo tienen por el hijo de Dios, no resucitó al tercer día de entre los muertos, sino que su cadáver fue robado por gentes adictas a nuestra doctrina, que se lo llevaron a Safed, en las tierras altas de Galilea, donde Simón ben Jeruquim le dio sepultura en su propia tumba. Hicieron aquello con el fin de prevenir la difusión del culto que empezaba a formarse alrededor de la muerte

del nazareno. Por supuesto que nadie podía adivinar que
aquella acción fuese a desembocar precisamente en todo
lo contrario y que los seguidores del profeta utilizarían
aquel hecho como pretexto para aseverar que Jesús había
subido al cielo en carne y hueso.

Y a continuación se daban los nombres de treinta
personas que habían revelado ese secreto a sus respecti-
vos sucesores; y la lista era completa.

A Jellinek se le cayó el manuscrito de las manos, dio
un brinco, sintió que se asfixiaba y se desabrochó el
botón superior de la sotana. Luego se dejó caer de nuevo
sobre la silla, recogió los pergaminos, se acercó la página
a los ojos y leyó el pasaje por segunda vez en voz alta,
aunque susurrante, como si quisiera representarse el texto mediante su propia voz, y apenas había terminado,
cuando lo leyó en voz bien alta una tercera vez, y también una cuarta, pero ahora a gritos, vociferando como si
estuviese poseído por algún demonio. Un horror parali-
zante se había apoderado de él, la asfixia se le hizo
insoportable, ahogándose, se apretó los puños contra el
pecho. El manuscrito, al igual que todo cuanto le rodeaba, comenzó a tambalearse. ¡Dios Santo, no podía ser
verdad lo que allí estaba escrito! ¿Conque ésa era la
verdad que quiso ocultar el papa Nicolás III? ¿Así que
ésa era la verdad que habían revelado los cabalistas a
Miguel Ángel? ¿Ésa era entonces la verdad que tanto
aterró a la Iglesia, hasta el punto de doblegarse ante la
coacción de los nazis? ¿Tal era, pues, la verdad que
obligó al papa Juan Pablo I a acariciar el proyecto de
convocar un concilio ecuménico sobre el tema de la fe?

Y al hacerse estas preguntas, Jellinek dejó caer el
manuscrito sobre la mesa, como si en sus manos tuviera
un tizón ardiendo. Le temblaban las manos, sintió un tic
nervioso en los párpados. El miedo a morir asfixiado le
hizo salir corriendo de la habitación, en precipitada huida, sin prestar atención al manuscrito. Acosado por el
horror, se precipitó tambaleante por los oscuros y solitarios pasillos, por salas y galerías, arrastrando los pies
para no caerse. Huero y vacío se le antojó de repente el
boato que le rodeaba. Sin rumbo fijo, se deslizó por las
dependencias vaticanas, en las que no había ni un alma,

ya no tenía ojos para los cuadros de un Rafael, de un Tiziano o de un Vasari, había perdido todo sentido del tiempo, sus piernas le conducían de un modo mecánico. Si Jesús, se repetía una y otra vez como idea martillante en su cerebro, si Jesús no había resucitado, todo cuanto le rodeaba ahora, todo ese lujo y pompa, todo quedaba en tela de juicio. Si Jesús no había resucitado, la Iglesia católica se veía despojada de su principal dogma de fe, y todo cuanto predicaba la Iglesia carecía de sentido, era absurdo, nada más que una ilusión gigantesca, un engaño colosal. Jellinek vio ante sus ojos una escena horripilante: millones y millones de personas, desprovistas de sus esperanzas, perdían todo control, arrojando por la borda sus principios morales. ¿Tenía derecho él, Jellinek, a transmitir esa verdad?

Trepó por la escalera de piedra hasta la torre de los Borgia, dejó atrás la sala de las sibilas y los profetas y entró en la sala del Credo, que recibió ese nombre por los profetas y los apóstoles que están distribuidos por parejas en las lunetas. Entre sus manos sostienen rollos de pergamino con los versículos del credo: san Pedro con Jeremías, san Juan con David, san Andrés con Isaías, san Jacobo con Zacarías... El cardenal Jellinek trató de rezar el credo, pero no le salieron las palabras, por lo que siguió adelante.

En la sala de los santos se detuvo al fin: si ponía de nuevo en su lugar *El libro del silencio*, si se lo confiaba de nuevo al legado de Juan Pablo I, ese descubrimiento volvería a caer en el olvido, quizá durante algunos siglos, quizá por toda la eternidad. Pero en seguida rechazaba esa idea: ¿concluiría así el problema? La desazón impulsó al cardenal a seguir deambulando. Pensaba en el profeta Jeremías, al que Miguel Ángel había dado las facciones de su propio rostro y que se encontraba allá arriba, con la mirada perdida en el infinito, torturado por sus pensamientos, sumido en la más honda desesperación. Miguel Ángel no había puesto al lado de Jeremías a ningún santo, sino que le había asignado figuras paganas, y lo había hecho con toda intención. ¡Ay, si jamás hubiese abierto la caja con el legado de Juan Pablo I!

Ya se había hecho de noche, la noche del sábado de Gloria. Desde la Capilla Sixtina le llegaban los cánticos del coro ensalzando al Señor. Los oía y tendría que estar participando en aquellas ceremonias, pero no podía. Jellinek siguió errando por aquellas galerías solitarias, mientras escuchaba la música celestial que llegaba a sus oídos desde la Capilla Sixtina.

Mi-se-re-re retumbó en la cabeza del cardenal, *voci forzate* de claridad celestial, voces de castrados entonadas por tenores de timbre metálico, por bajos de inmensa tristeza, todo sonido reflejaba el alma entera, el amor y el dolor. Nadie que haya escuchado durante el *Triduum sacrum* las antífonas, los salmos, las lecciones y los responsorios, cuando todos los cirios se apagan, menos uno, en señal de que Jesús se encuentra ahora abandonado por todos, cuando el pontífice, acompañado por la antífona del *traditor*, se arrodilla ante el altar, envuelto ahora en un silencio sobrecogedor, hasta que suenan tímidamente los primeros versículos y se alza poco a poco el grito agudo de *Christus factus est!*, nadie que haya escuchado al menos una vez la música sacra de Gregorio Allegri podrá apartar jamás de su cerebro esos cánticos. Sin los acordes del órgano y sin ningún tipo de acompañamiento instrumental, *a capella*, desnuda como los cuerpos de Miguel Ángel, esa música nos hace derramar las lágrimas, nos estremece, nos subyuga y nos incita al placer, como la Eva salida del pincel del florentino..., *miserere*.

De un modo totalmente involuntario fue a parar el cardenal a la Biblioteca Vaticana, al mismo sitio donde todo aquello había empezado. Abrió un ventana, desesperado por respirar aire fresco. Demasiado tarde advirtió que era la misma ventana de cuyo travesaño se había ahorcado el padre Pio, poniendo fin a sus días. Y mientras aspiraba los aires de la noche y llegaba a sus oídos la música de Allegri como un llanto fúnebre, sufrió un vértigo, sintió los bramidos del mar retumbando en su cabeza y los coros comenzaron a entonar las partes más altas, en la que se ensalza a Nuestro Señor Jesucristo, que ya ha ascendido a los cielos, y Jellinek tomó impulso y se echó hacia adelante, no de un modo muy brusco en realidad, pero sí lo suficiente como para que el peso de su cuerpo se inclinara al vacío, precipitándose por la ventana. Al caer percibió un airecillo fresco, luego le embargó por breves instantes un dulce sentimiento de felicidad, y después ya no sintió nada.

Uno de los centinelas, que había observado la escena, declaró después que el cardenal había lanzado un grito durante su caída. No podía decir con certeza lo que había gritado, pero le había parecido oír algo así como:

– ¡Jeremías!

Sobre el pecado de callar

Y así termina la historia que me contó el hermano Jeremías. Durante cinco días seguidos nos estuvimos viendo en aquel jardín paradisíaco del monasterio. Durante cinco días, como los cinco días de la creación que salieron del pincel del florentino, bebí con fruición las palabras que pronunciaban sus labios, en aquella casucha de madera, sin atreverme a hacerle ni una sola pregunta que pudiese interrumpir su discurso. El jardincillo del monasterio, la caseta de madera, pero sobre todo aquel monje barbudo, se me hicieron familiares durante aquellos cinco días; pero también el hermano Jeremías había llegado a confiar en mí. Si en el primer día en que nos vimos aún hablaba tartamudeando y con reservas, su discurso fue haciéndose cada vez más fluido día tras día, sí, hasta parecía como si apresurase y tuviese prisa en acabar su relato, porque temía que pudiésemos ser descubiertos en cualquier momento.

Al sexto día subí como de costumbre por la escalera de piedra que conducía al jardín. Llovía a cántaros, pero la lluvia no desmerecía en nada la belleza del jardincillo. Empapadas en agua, las flores se inclinaban pesadamente hacia la encharcada tierra, y grande fue mi alegría cuando entré al fin en la seca casita de madera. Ese día había tomado la firme resolución de hacer algunas preguntas al hermano Jeremías; pero el hermano Jeremías no se presentó. Y como no sabía qué había podido ocurrir que impidiese venir a Jeremías, me pasé todo el tiempo solo en la cabaña, a solas con mis pensamientos. La lluvia azotaba el tejado de cartón embreado, haciéndolo redoblar como un tambor. ¿Qué podía hacer? ¿Debería ir al monasterio a preguntar por Jeremías? Pero eso sólo hubiese servido para hacer recaer sobre mí las sospechas y perjudicar a Jeremías.

Así que esperé hasta el día siguiente, el séptimo. El sol brillaba de nuevo y de nuevo abrigaba yo nuevas esperanzas, al pensar que había desaparecido el estorbo de la lluvia, pues eso sería lo que le habría impedido venir a visitarme al jardín. Pero el monje tampoco se presentó al séptimo día. Recordé sus palabras, cuando me dijo en cierta ocasión que huiría si pudiera hacerlo; mas, ¿cómo podría haber huido Jeremías con sus piernas paralíticas?

De la capilla del monasterio llegaban hasta mis oídos los cánticos que acompañan a las vísperas. ¿Se encontraría Jeremías entre los frailes cantores? Me quedé esperando hasta que hubo terminado el ritual y luego me dirigí por el camino más corto al edificio del monasterio. Uno de los monjes con los que me tropecé en el largo pasillo, al oír mi pregunta, me indicó cómo ir hasta el despacho del abad. Lo encontré sentado, parapetado detrás de dos puertas, en una gran sala desprovista de muebles, cuyo piso era de tablones de madera ya desgastados por el tiempo y las pisadas, rodeado de antiguos legajos y de una planta de interior que llegaba hasta el techo, un caballero de imponente figura, calvo completamente y con unas gafas sin montura en los cristales.

Dando muchos rodeos, traté de explicar al abad cómo había llegado a conocer al hermano Jeremías; pero antes de que pudiese terminar y sin darme tiempo a que lo hiciera, aquel religioso me interrumpió y me preguntó por qué le contaba todo aquello. La verdad es que no entendía su pregunta.

¿Por qué?, le repliqué, pues porque todo había ocurrido en ese mismo monasterio durante los últimos siete días y porque en ese monasterio se retenía por la fuerza al hermano Jeremías en contra de su voluntad.

¿El hermano Jeremías? En ese monasterio no había ningún fraile que se llamase hermano Jeremías, y ni mucho menos un fraile que tuviese que ir en una silla de ruedas.

Sentí como si me hubiesen dado un mazazo en la cabeza y conjuré al abad para que me dijese la verdad. Sabía perfectamente que a Jeremías se le mantenía apartado del mundo exterior, que se le trataba como si hubiese perdido el juicio, pero también sabía que Jeremías no estaba loco, podía poner mi mano en el fuego.

El abad me miró con los párpados entornados, meneó la cabeza con gesto de compasión y permaneció callado. Pero yo no me di por satisfecho. De algún modo, todo encajaba a la perfección en la terrible historia que me había contado el enigmático monje. Me atrevería a asegurar, le dije, que al hermano Jeremías sólo le habían puesto ese nombre para ocultar su verdadera identidad, pues sospechaba que detrás del hermano Jeremías se ocultaba en realidad el cardenal Joseph Jellinek, prefecto de la Sagrada Congregación para la Doctrina de la Fe, y que había sido empujado a la muerte por la curia, pero que había logrado sobrevivir a su intento de suicidio.

Al abad no parecieron impresionarle mis palabras. Finalmente se levantó de su asiento, se dirigió a una estantería y cogió un periódico que estaba guardado entre los libros. Me lo puso sobre el escritorio y sin dirigirme la palabra me señaló un artículo en la primera página. El periódico era del día anterior. En grandes titulares se leía:

La inscripción de la Capilla Sixtina no es más que una falsificación

Roma. *En lo que respecta a la inscripción que habían descubierto los restauradores en la Capilla Sixtina, se trata de una falsificación. Tal como habíamos informado anteriormente durante la limpieza de los frescos de Miguel Ángel, los restauradores encontraron unos caracteres incoherentes, lo que dio lugar a todo tipo de especulaciones en los círculos del Vaticano y a la convocatoria de un concilio extraordinario. Al parecer, Miguel Ángel habría dejado un mensaje cifrado en la capilla que fue construida durante el pontificado del papa Sixto IV (1475-1480). Tal como dio a conocer el cardenal Joseph Jellinek, director del concilio extraordinario y prefecto de la Sagrada Congregación para la Doctrina de la Fe, durante una rueda de prensa celebrada ayer en Roma, esos caracteres inexplicables fueron pintados en la bóveda en el curso de unos trabajos de restauración que se realizaron en el siglo pasado. De ahí que tenga que descartarse por completo cualquier tipo de relación con el pintor Michelangelo Buonarroti. Durante el proceso de restauración han sido borrados esos signos. El catedrático Antonio Pavanetto, director general de la Secretaría general de monumentos, museos y galerías pontificias, fue presentado ante los periodistas como el nuevo director de restauraciones en la Capilla Sixtina.*

En una foto podía verse al cardenal durante la rueda de prensa. Sentí que me asfixiaba.

¿No habría sido simplemente un sueño todo cuanto le había contado?, me preguntó el abad, pues ocurre a veces que se sueñan cosas y luego se cree uno haberlas vivido de verdad.

¡No, no!, grité, me había estado reuniendo durante cinco días seguidos con aquel monje y había escuchado con gran atención sus palabras. Conocía muy bien su rostro, podría describir hasta la más mínima arruga en sus facciones, distinguiría en seguida su voz entre un centenar de voces distintas. Aquello no podía haber sido un sueño. El hermano Jeremías existía realmente, era un hombre paralítico y desvalido, al que todos los días había tenido que traer al jardín del monasterio otro fraile, que le llevaba en su silla de ruedas, ¡Dios mío!, ésta era la verdad.

Pues tendría que estar equivocado, replicó el calvo, ya que si en ese monasterio viviese un monje paralítico, él tendría que saberlo. Y como quiera que un acontecimiento de esa índole no era de su conocimiento, podría darme perfecta cuenta de que me había equivocado, sin lugar a dudas.

Una rabia ciega se apoderó de mí, mezcla de ira y de impotencia, me di cuenta entonces de cómo habría tenido que sentirse el hermano Jeremías y salí de aquel despacho sin despedirme del abad, luego me precipité por el largo pasillo, bajé de dos en dos los escalones de la escalera de piedra que conducía a la planta baja y entré en el jardín por la alta y estrecha puerta. Dos frailes vestidos con ropa de trabajo se encontraban allí, atareados con sendos rastrillos, borrando las huellas que la silla de ruedas había dejado marcadas en el caminillo de arena.

Desde aquel día no he dejado de preguntarme si sería mejor hablar o callar, si debería contar cuanto el monje me confió. Cierto es que un discurso puede ser pecaminoso, pero el silencio también puede ser pecado.

Muchas de las cosas que conciernen a esta historia continúan siendo un misterio para mí, y lo más probable es que jamás lleguen a ser esclarecidas. Hasta ahora no he encontrado ninguna explicación para el hecho de que la A, la letra inicial del nombre de ABULAFIA, que se encuentra estampada en el rollo de pergamino que tiene a sus pies el profeta Jeremías, no haya sido borrada hasta la fecha. Quien tenga ojos para ver, la podrá descubrir en aquel sitio hoy mismo... en cualquier momento.

Anexo

TRADUCCIÓN DE LAS EXPRESIONES LATINAS E ITALIANAS

SOBRE EL PLACER DE NARRAR

Ordo Sancti Benedicti casta meretrix	Orden de San Benito puta púdica

EN LA EPIFANÍA

buon fresco (ital.)	al fresco
a secco (ital.)	en seco
ex officio	de oficio (por deber de su cargo)
speciali modo	de modo especial
Fiat. Gregorius papa tridecimus	Cúmplase. Gregorio XIII, papa
fondi (ital.)	fondos
Archivio Segreto Vaticano (ital.)	Archivo Secreto Vaticano
riserva (ital.)	departamento de reserva
scrittori (ital.)	escribientes
buste (ital.)	legajos
laudetur Jesus Christus	alabado sea Jesucristo
Sala degli Indici (ital.)	sala de catálogos
de curia, de praebendis vacaturis, de diversis formis, de exhibitis, de plenaria remissione	sobre la curia, sobre las prebendas vacantes, sobre las diversas formas, sobre las dispensas, sobre la absolución general

custos registri bullarum apostolicarum	custodio del registro de las bulas pontificias
Schedario Garampi (ital.)	Archivo Garampi
de jubileo	sobre el jubileo
de beneficiis vacantibus	de los beneficios vacantes
verba volant, scripta manent	las palabras vuelan, los escritos quedan
credo quia absurdum	lo creo porque es absurdo
ignis ardens	fuego ardiente
religio depopulata	religión devastada
Lignum vitae: ornamentum et decus Ecclesiae	la madera de la vida: ornato y gloria de la Iglesia
Prophetia S. Malachiae Archiepiscopi, de Summis qontificibus	profecía del santo arzobispo Malaquías sobre los papas
sidus olorum	ornato de los cisnes
Peregrinus apostolicus	peregrino apostólico
lumen in coelo	una luz en el cielo
pastor et nauta	pastor y navegante
scultore (ital.)	escultor
pittore (ital.)	pintor
in nomine Jesu Christi	en nombre de Jesucristo
Brachettone (ital.)	fabricante de braguetas
Jesu domine nostrum	Jesucristo Nuestro Señor
terra incognita	tierra desconocida
intonaco (ital.)	revoque
in nomine domini	en el nombre del señor
scolare (ital.)	escolar
omnia sunt possibilia credenti	para el creyente todo es posible
amore non vuol maestro (ital.)	el amor no necesita maestro

AL DÍA SIGUIENTE DE LA EPIFANÍA

Fondo Assistenza Sanitaria	Departamento de asistencia sanitaria
atramento ibi feci argumentum	con pintura he plasmado allí la prueba

miserere domine	Señor, apiádate de nosotros
funicoli, funicola (ital.)	cancioncilla popular italiana sobre el viaje en un ferrocarril funicular
novecento italiano (ital.)	siglo XIX italiano
domine nostrum	Nuestro Señor

DOS DÍAS DESPUÉS

ex paucis multa, ex minimis maxima	sacar mucho de lo poco y el máximo de lo mínimo
quoquomodo possumus	de la forma en que podamos
causa causarum	causa de las causas
Genesis ad litteram Hoc indubitanter tenendum est, ut quicquid sapientes huius mundi de natura rerum demonstrare potuerint, ostendamus nostris Libris non esse contrarium; quicquid autem illi in suis voluminibus contrarium Sacris Literis docent, sine ulla dubitatione credamus id falsissimun esse, et, quoquomodo possumus, etiam ostendamus.	De un escrito de san Agustín: Hemos de establecer aquí, sin ningún género de dudas, que todo cuanto pudieron demostrar de la naturaleza de las cosas los sabios de este mundo no lo podemos presentar como contradictorio a nuestras Sagradas Escrituras; pero lo que enseñan en sus libros contra las Sagradas Escrituras hemos de tenerlo, sin duda alguna, por completamente falso, y lo probaremos en la medida en que podamos.
Providentissimus Deus	el Dios providentísimo
Accessorium sequitur principale	lo secundario es posterior a la causa principal
et omnia ad maiorem Dei gloriam	y todo para mayor gloria de Dios (divisa de Ignacio de Loyola)
Societas Jesu	orden de los jesuitas = Compañía de Jesús

285

EL CUARTO DOMINGO DESPUÉS DE LA EPIFANÍA

sic florui	con tal brevedad florecí
Missa Papae Marcelli	Misa del papa Marcelo
in fiocchi (ital.)	por todo lo alto
non verbis, sed in rebus est	no hay que hablar, sino actuar (Séneca)

IGUALMENTE EN EL CUARTO DOMINGO DESPUÉS DE LA EPIFANÍA

corpus delicti	prueba del delito
Ave Maria, gratia plena...	Ave María, llena eres de gracia...
Requiescat in pace	Descanse en paz

FIESTA DE LA CANDELARIA

buona sera, eminenza (ital.)	buenas tardes, eminencia
ad majorem Dei gloriam	para mayor gloria de Dios

EL LUNES SIGUIENTE A LA FIESTA DE LA CANDELARIA

Praeparatio evangelica	Preparación para el Evangelio
Compendium theologicae veritatis	Tratado de verdad teológica
Jucunditas maerentium, Eternitas viventium, Sanitas languentium, Ubertas egentium, Satietas esurientium	Alegría de los que lloran, vida eterna, salud de los enfermos, riquezas para los pobres y saciedad para los hambrientos
horribile dictu	horrible es decirlo
Atramento ibi feci argumentum, locem ultionis bibliothecam aptavi	Con pintura he plasmado allí mi prueba, eligiendo la biblioteca como lugar de mi venganza
non est possibile, ex officio	es imposible, por mandato

taedium vitae	cansancio de la vida
Confutatis maledictis, flammis acribus addictis	El infierno será la única recompensa de los condenados
Domine Deus	¡Dios mío!
Deus Sabaoth	Señor de los ejércitos celestiales
Libera me, Domine de morte aeterna in die illa tremenda, quando coeli movendi sunt et terra	Sálvame, Señor, de la muerte eterna en ese día de horror en que temblarán los cielos y la tierra.

Miércoles de Ceniza

Domine Jesu Christe, Rex gloriae, libera animas omnium fidelium defunctorum de poenis inferni et de profundo lacu	Señor mío Jesucristo, rey de la Gloria, protege las almas de todos los creyentes difuntos de los tormentos del infierno y de las profundidades del tártaro
Libera eas de ore leonis, ne absorbat eas tartarus, ne cadant in obscurum; sed signifer sanctus Michael, repraesentet eas in lucem sanctam, quam olim Abrahe promisisti, et semini eius	Protégelas de las fauces del león, para que no las devore el averno y no se precipiten en las tinieblas. Que el abanderado san Miguel las conduzca hacia la sagrada luz, que prometiste una vez a Abraham y a todos sus descendientes.
lux aeterna luceat ei	la luz eterna le ilumine
Exitus. Mortuus est	Ha fallecido. Muerto está
Pater noster, qui es in coelis...	Padre nuestro, que estás en los cielos...

EL DÍA DEL APÓSTOL SAN MATÍAS

ad rem	al grano

EL SEGUNDO DOMINGO DE CUARESMA

Ecce ego abducam aquas super terram	Mira, haré caer un diluvio sobre la tierra

EL MIÉRCOLES DE LA SEGUNDA SEMANA DE CUARESMA

Credo in Deum Patrem omnipotentem...	Creo en Dios Padre, todopoderoso... (profesión de fe que pronuncian los cristianos)
bracchium domini	el brazo del Señor
videbis posteriora mea	me verás las espaldas

EN ALGÚN DÍA DE LA SEMANA ENTRE EL TERCER DOMINGO DE CUARESMA Y LA LAETARE

Theologica Moralis Universa ad mentem praecipuorum Theologorum et Canonistarum per Casus Practicos exposita a Reverendissimo ac Amplissimo D. Leonardo Jansen, Ordinis Praemonstratensis	Teología moral universal según los principales teólogos y canonistas, con ejemplos de casos prácticos, compuesta por el reverendísimo y distinguidísimo doctor Leonardo Jansen, de la orden de los premonstratenses

EL DÍA SIGUIENTE A LAETARE Y A LA MAÑANA SIGUIENTE

expressis verbis	con palabras claras

EL LUNES SANTO

Buona sera, signora (ital.)   buenas tardes, señora

DESDE EL SÁBADO DE GLORIA A LA PASCUA DE RESURRECCIÓN

miserere   apiádate de nosotros
voci forzate (ital.)   voces poderosas
Triduum sacrum   jueves, viernes y sábado
                                  santos
Christus factus est   Cristo se ha hecho (hombre)

PLANO DE LOS FRESCOS DE LA CAPILLA SIXTINA

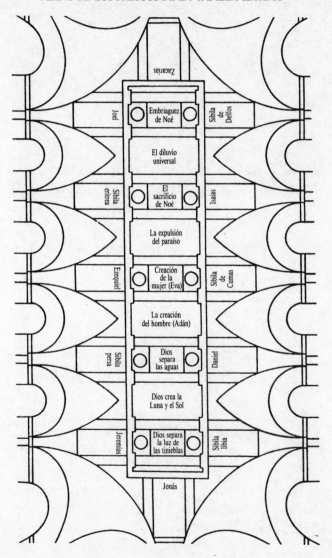

Zacarías

Joel

Sibila de Delfos

Embriaguez de Noé

El diluvio universal

Sibila eritrea

Isaías

El sacrificio de Noé

La expulsión del paraíso

Ezequiel

Sibila de Cumas

Creación de la mujer (Eva)

La creación del hombre (Adán)

Sibila persa

Daniel

Dios separa las aguas

Dios crea la Luna y el Sol

Jeremías

Sibila libia

Dios separa la luz de las tinieblas

Jonás

Índice